Dochters van Sevilla

SUSANA MARTÍN GIJÓN

DOCHTERS *van* SEVILLA

Vertaald door Fennie Steenhuis

LUITINGH-SIJTHOFF

Translated from the original edition of Penguin Random House Grupo Editorial SAU, Barcelona, 2023
This edition has been published through the agreement with Hanska Literary & Film Agency, Barcelona, Spain

Oorspronkelijke titel *La Babilonia 1580*
Vertaling Fennie Steenhuis
Omslagontwerp Marry van Baar
Omslagbeeld Enric Satué, Shutterstock
Opmaak binnenwerk Crius Group, Hulshout

ISBN 978 90 210 4846 8
ISBN 978 90 210 4847 5 (e-book)
NUR 302

www.susanamartingijon.com
www.lsuitgeverij.nl
www.boekenwereld.com

Uitgeverij Luitingh-Sijthoff vindt het belangrijk om op milieuvriendelijke en verantwoorde wijze met natuurlijke bronnen om te gaan. Bij de productie van dit boek is daarom gebruikgemaakt van papier waarvan het zeker is dat dit niet tot bosvernietiging heeft geleid.

Voor alle vrouwen die geen geschiedenis hebben geschreven.

In El Arenal is dat.

O Sevilla, pracht van een stad!
Is zij alleen maar wonderbaar?
Zelfs Babylon buigt voor haar.*
LOPE DE VEGA

Voor de rechters van deze wereld, allemaal mannen,
zijn de vermogens die vrouwen hebben altijd
verdacht.
THERESIA VAN AVILA
(door pater García de Toledo verwijderde tekst omdat hij deze
als een apologie van vrouwen beschouwde)

Waarheid krijgt vorm aan de hand van een grote hoeveelheid
fragmenten van waarheid.
JORGE VOLPI

* Vertaling Hans Kloos

Een opmerking vooraf

Door de eeuwen heen hebben veel schrijvers het grote geluk gehad een manuscript te vinden dat hen naar een fascinerende geschiedenis leidde. Dat overkwam koning Josia van Juda al in de zevende eeuw voor Christus met het boek Deuteronomium, en zeventienhonderd jaar geleden ook Lucius Septimius met de kronieken over de Trojaanse Oorlog, verteld door Dictys van Kreta. In de laatste etappe van de middeleeuwen joeg er een vlaag van geluk door grotten en graven in de vorm van teksten over ongelooflijke ridderavonturen, van de *Amadís de Gaula* tot de *Cristalián de España*. En laat ik niet de aaneenschakeling van toevalligheden vergeten die moesten plaatsvinden om de wederwaardigheden van *De vernuftige edelman Don Quichot van La Mancha* in handen te laten vallen van Miguel de Cervantes Saavedra en daarmee ook in de onze. Ook Umberto Eco was zo fortuinlijk *Le manuscrit de Dom Adson de Melk* te vinden en slechts een paar jaar daarvoor stuitte Camilo José Cela op de memoires van Pascual Duarte, in een apotheek in Almendralejo. En dan zijn er ook nog mensen die buitengewone brievenbundels in handen kregen, zoals de *Cartas marruecas* waar José Cadalso toegang toe kreeg na de dood van zijn vriend.

Hoe had ik, een bescheiden schrijfster van hedendaagse *romans noirs*, ooit kunnen bedenken dat het lot mij zo'n geluk in de schoot zou werpen. Ik, die zelfs nog nooit een knuffel bij een tombola heb gewonnen, laat staan een prijs bij de kaartjes die studenten verkopen om hun reis mee te bekostigen aan het eind van hun studie of een van de armzalige troostprijzen van El Gordo, dé loterij van het jaar, rond de kerst.

Maar na door een buitengewone toevalligheid deze bladzijden

gevonden te hebben in Cuerva, in het Colegio de Gramáticos – een verlaten gebouw waar mijn overmoedige nieuwsgierigheid me naartoe dreef om te kijken in welke erbarmelijke staat het zich bevond om op de rode lijst van Spaans Erfgoed te belanden, en waar vierhonderd jaar geleden al grammaticalessen werden gegeven – werd ik bevangen door een heel sterk voorgevoel, maar ook door iets kleptomaans, dat zal ik niet ontkennen. Ik aarzelde geen moment, stopte de papieren in mijn rugzak en liep fluitend naar mijn landelijke logement. Pas daar, in die eenpersoonskamer met de privacy waarvoor ik had moeten dokken, durfde ik het manuscript te bekijken. Het was gedateerd in de achttiende eeuw, maar de transcribent beweerde een getrouw afschrift te hebben gemaakt van een manuscript van twee eeuwen eerder. Dit gaf de doorslag, want de geschriften uit de zestiende eeuw zijn slechts voor een selecte minderheid van paleografen leesbaar en ik kan me er niet op beroemen daar deel van uit te maken.

Dus al bevond de bundel papieren zich in betreurenswaardige staat en verschilde de stijl zeer sterk van onze hedendaagse taal, de tekst was in ieder geval begrijpelijk. Mijn enthousiasme werd nog groter toen ik erachter kwam dat het verhaal zich afspeelde in de gouden tijd van mijn geboorteplaats en veranderde in complete koortsachtigheid toen ik zag van welke feiten verslag werd gedaan. De dagen dat ik in dat logement verbleef, kwam ik alleen mijn kamer uit om te eten – meer omdat ik het halfpension nu eenmaal al betaald had dan uit echte noodzaak, zozeer was ik betoverd – om me vervolgens opnieuw op te sluiten. Ik stortte me met evenveel hartstocht op het verhaal als op vroegere liefdes van vlees en bloed. Ik sliep met het verhaal naast me, ik werd 's ochtends vroeg wakker en pakte het weer op, ik kon er geen genoeg van krijgen, ik bewonderde het van de vroege ochtend tot de late avond, ik wilde er steeds meer van weten en in laatste instantie – en misschien kreeg alles daar een wending – wilde ik het met iedereen delen.

De laatste twee jaar heb ik me met grote inzet gewijd aan het bestuderen van alle historische personages en gebeurtenissen en aan het scheppen van een geactualiseerde versie van de tekst. Ik heb me net zolang in die tijd ondergedompeld tot ik me er middenin bevond, iets wat alleen mogelijk is dankzij de krankzinnigheid die sommige schrijvers eigen is. Ik heb de tekst omgezet in een gemakkelijk te begrijpen taal en me zelfs een paar kleine afdwalingen veroorloofd die alleen te tolereren zijn omdat het om een hedendaagse publicatie gaat. Verder achtte ik het voor een soepel verlopende plot raadzaam om enkele in onbruik geraakte termen te veranderen in bekendere, die geen buitengewone inspanning van de lezer eisen. Toch moet ik benadrukken dat deze geschiedenis niet van mij is en ook niet van de eerdergenoemde transcribent, maar van een groot schrijfster uit de zestiende eeuw die in de vergetelheid is geraakt. Zoals zovelen. Mijn wens om haar op de juiste manier zichtbaar te maken is daarom groter dan de ijdelheid om mezelf enige verdienste in deze geschiedenis toe te dichten.

SUSANA MARTÍN GIJÓN
Sevilla, juni 2023

Voorwoord

Mijn oude vijanden hebben zich niet gewonnen gegeven en ik weet dat de man met de zeis zich nu eindelijk bij hen zal voegen. In de waarschijnlijk laatste vredige momenten die mij resten voltooi ik de tekst die ik altijd al wilde schrijven, maar wat ik elk jaar weer moest uitstellen. Mijn ontelbare plichten dwongen mij daartoe, al moet ik eerlijk zeggen dat de grote verwarring waaraan ik ten prooi viel sinds deze geschiedenis mij ter ore kwam er ook schuldig aan is. Angst overwinnen is een van mijn grootste wapenfeiten.

In mijn leven heb ik dikwijls de pen opgepakt om uitdrukking te geven aan bepaalde zaken. Soms voelde ik me daartoe verplicht, meestal deed ik het puur voor mijn plezier. Maar deze bladzijden ben ik aan mijn geweten verschuldigd en aan degenen die destijds in die plaats woonden.

Twee dagen geleden is me meegedeeld dat ik word verbannen en het moment om te vluchten is aangebroken. Te lang ben ik een vreemdelinge geweest, vervolgd en door het slijk gehaald, sinds ik deze missie op me nam. Eerst in die dichtbevolkte stad in het zuiden waar ik gevangen ben gezet, net zoals ze later in de Portugese hoofdstad met me hebben gedaan. Mijn gezondheid gaat achteruit en als ik er al in slaag mijn bestemming te bereiken, dan vermoed ik dat ze niet willen dat ik blijf leven. Het maakt mij niet uit; ik ben moegestreden. Ik berust in vrede in de dood, zoals ze me hebben geleerd. Ik heb naar beste kunnen gedaan wat er van mij verwacht werd en ik heb er nooit iets voor terugverlangd. Laten ze niet nog meer van me vragen.

Als ik toch iets mag wensen, dan is het dat dit geschrift niet verloren gaat, zoals al die andere die de inquisitie met zoveel vuur censureert. Dat het op een dag aan het licht mag komen en er dan recht geschiedt, al zou het om recht achteraf gaan, want dit geschrift zal dan het enige zijn wat er van alles is overgebleven. Tot die dag dient het verborgen te blijven.

Een vrouw uit Toledo
Lissabon, oktober 1603

Deel 1

Zicht op Sevilla vanaf Triana. Cartograaf: Rombout van den Hoeye. Museo de Bellas Artes de Sevilla.

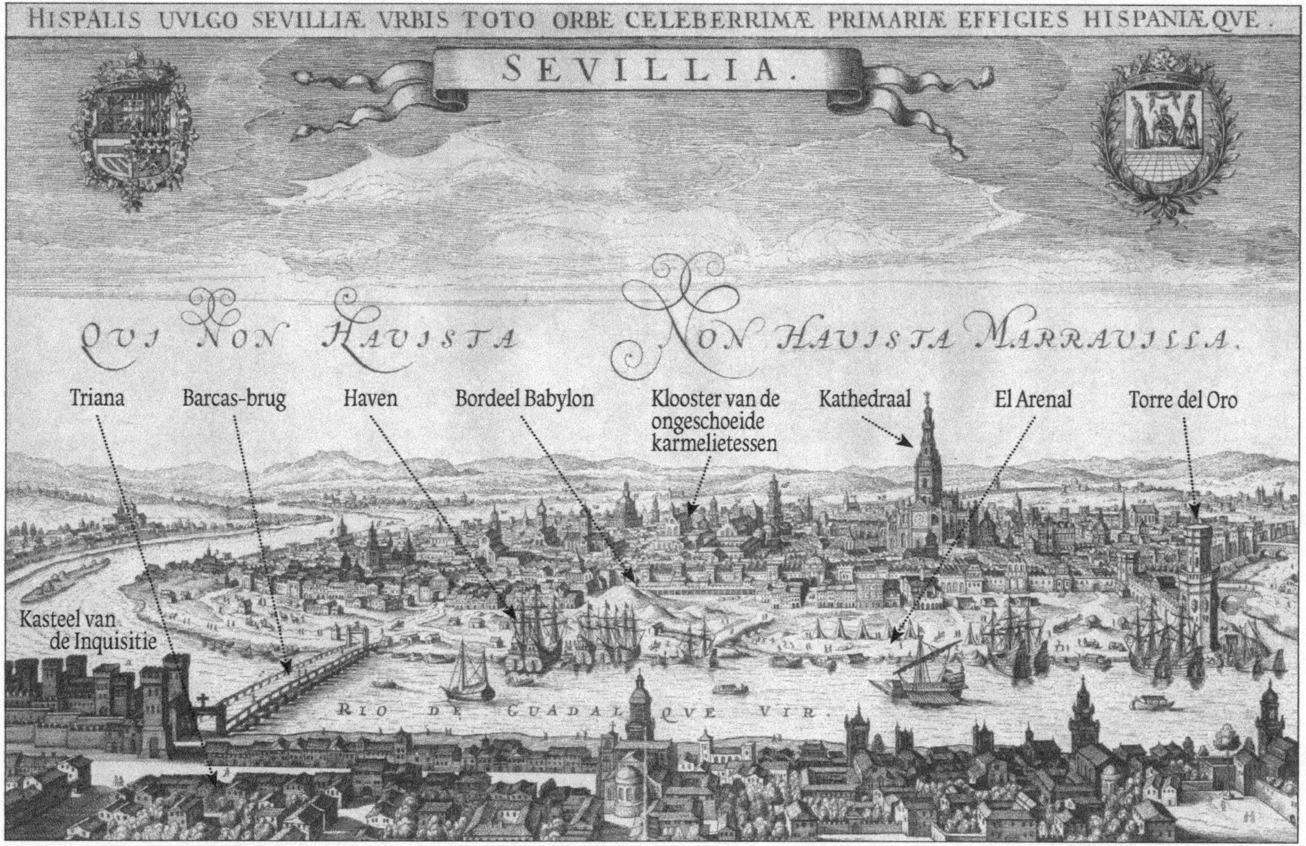
HISPALIS UVLGO SEVILLIÆ VRBIS TOTO ORBE CELEBERRIMÆ PRIMARIÆ EFFIGIES HISPANIÆ QVE.
SEVILLIA.
QVI NON HAVISTA NON HAVISTA MARRAVILLA.
Triana
Barcas-brug
Haven
Bordeel Babylon
Klooster van de ongeschoeide karmelietessen
Kathedraal
El Arenal
Torre del Oro
Kasteel van de Inquisitie
RIO DE GUADALQUEVIR.

1

26 april van het jaar des Heren 1562

De hitte daalt als gesmolten lood op de menigte neer. Het lijkt de duizenden mensen die op het plein zijn samengedromd niet te deren. Van edelman tot straatschoffie, niemand wil het schouwspel missen.

Al drie dagen lang is er zoveel publiek toegestroomd dat er in Sevilla geen herberg meer te vinden is die nog plek heeft en veel mensen hebben de nacht in de openlucht doorgebracht. De stad is helemaal versierd. Over balkons, aan gevels en voor ruiten zijn voor de gelegenheid fraaie kleden en draperieën geschikt. Toch hebben van de gewone burgers alleen degenen vooraan op de tribune een goed plekje. De loges zijn gereserveerd voor hoogwaardigheidsbekleders, die inmiddels met hun gevolg aankomen. Zij hoeven niet voor dag en dauw op te staan. Markgraven en belangrijke heren en dames evenmin; voor hen is een goede plek vrijgehouden. Wie wel het geld heeft maar niet de status regelt iets via de levendige handel in tribuneplaatsen, waar menigeen al een lieve duit in heeft gestopt.

De meeste aanwezigen staan geanimeerd in groepjes te praten. Sommigen snoepen van de lupinebonen en de pitten die de straatverkopers met luide stem aanprijzen. Anderen doen zich tegoed aan het eten dat ze hebben meegenomen, of hebben een vleespasteitje of een drankje op de kop weten te tikken waarmee ze het afwachten veraangenamen.

Uiteraard ontbreken de horden bedelaars niet, net zomin als de verlamden, de blinden, de kreupelen en de manken, al verkeert de helft van hen slechts in die toestand zolang de publieke vertoning duurt. De echte en de zogenaamde, ze klagen even ijverig. Ze houden pas op met jammeren tot ze ergens een muntstuk loskrijgen of uiteindelijk een serie vuiligheden over iemand uitstorten waar zelfs de ruwste zeebonk nog aanstoot aan zou nemen.

Ook aan gauwdieven, die de beurs of tas stelen van de eerste de beste die niet oplet is geen gebrek. Niet voor niets is in deze tijd het schelmenbestaan een manier om te overleven.

In dit gekrioel heeft in een hoek een man postgevat met een zuigeling in de armen. Pas wanneer het kindje begint te huilen, komt hij onhandig in beweging om haar te wiegen. Zijn harde, gelooide gezicht, zijn gefronste voorhoofd boven borstelige wenkbrauwen, zijn korte baard, zijn samengeknepen lippen onder de dikke snor en zijn stevige armen geven hem de aanblik van iemand met wie je liever geen ruziemaakt. Temeer omdat er aan zijn riem een groot mes hangt.

Bij het ochtendgloren is het op het Plaza de San Francisco al een drukte van belang. Dat ze zelf moe zijn of dat er een zure lucht van de woelige menigte af komt ontgaat de mensen, ze worden steeds verwachtingsvoller. De laatste keer dat er zo'n spektakel plaatsvond is bijna twee jaar geleden en het belooft een gedenkwaardige dag te worden.

De timmerlieden haasten zich de laatste hand aan hun werk te leggen. Het decor is indrukwekkend. Het karmozijnrode damast glanst met een pracht die past bij de gelegenheid. De verhoging is meer dan zestig voet breed. Eindelijk nadert het moment van de grootse voltooiing van de werkzaamheden, die het op zich al fraaie plein met zijn majestueuze stadhuis, zijn overdekte galerijen en plaveisel nog mooier maken.

Het rumoer neemt toe. Aan de linkerkant van het plein verschijnen in processie de functionarissen van de inquisitie. Een paar minuten later wordt op het podium het groene kruis zichtbaar. Ja, nu kan de voorstelling beginnen.

Een groep van meer dan dertig mannen en vrouwen komt aanlopen te midden van een escorte soldaten van het speciale korps van la Zarza. Achter hen de functionarissen van de inquisitie, de informanten die dit instituut ten dienste staan. Ze zijn gestoken in deftige zwarte gewaden en dragen met trots het vaandel. Dit staat in schril contrast met het moeizame lopen van de veroordeelden, aan wie de langdurige opsluiting in het kasteel van Triana en de geleden folteringen in de martelkamer af te lezen zijn. Na maanden van gebrek hangen de vellen om hun magere lijf als een vermomming die van het lichaam zou willen af vallen.

De meesten van hen zijn in een standaardproces beschuldigd van ketterij. Ze dragen allemaal een kaars in de hand en een *coroza* op het hoofd, de vernederende papieren puntmuts, als een symbool van straf.

Het publiek raakt in opwinding bij de aanblik van hun zwarte gewaden, waarop de vlammen van de hel zijn afgebeeld. Deze mensen zijn ter dood en tot de brandstapel veroordeeld. Overal klinken afkeurende geluiden en beledigingen. Iemand gooit als eerste met een beschimmelde kool. Er volgt een regen van fruit en groenten, die nog opgeluisterd wordt met stokken en een enkele steen. Dankzij een nauwkeurige worp belandt één steen tegen het hoofd van een lijkbleke veroordeelde, die met een bloedend gezicht op de grond valt. Hij wordt overeind gezet door mannen van de inquisitie en naar de verhoging gesleurd. Achter de doodsstoet naderen, op hun met zwartfluwelen dekkleed getooide paarden, plechtig de heren inquisiteurs, de bodes, de rechters en griffiers. Nu is iedereen er.

Na het sermoen volgt de voorlezing van de veroordelingen. De strenge straffen voor de lutherse ketters worden met veel enthousiasme begroet. Ze gaan of lijfelijk op de brandstapel, of symbolisch, in effigie, wanneer ze aan het gerecht hebben weten te ontsnappen. De lichamen van negen ongelukkigen zullen branden nog voor de zon ondergaat. Onder hen bevindt zich de drukker Sebastián Martínez, die is veroordeeld vanwege zijn ketterse verzen. Verder zijn er de vele veroordeelden in effigie, die welbekend zijn omdat het voor het merendeel monniken zijn uit het klooster van San Isidoro del Campo: de uit Sevilla afkomstige Antonio del Corro en de uit Extremadura afkomstige Casiodoro de Reina en Cipriano de Valera worden het hardst uitgefloten. Vrouwen ontlopen hun straf evenmin. Grootheden als Ana de Mairena en María de Trigueros zullen ook op het schavot eindigen, evenals de ketterin Nali de Villanueva en Leonor Gómez met haar drie dochters.

Verscheidene uren later woont de man met de zuigeling het tweede deel van de vonnisvoltrekkingen bij in een heel andere omgeving. Hij bevindt zich op het grasland van San Sebastián, een vlakte vanwaar je de ommuurde stad kunt zien liggen.

De veroordeelden tot de brandstapel zijn overgedragen aan het wereldlijke recht, dat zijn taak vlot heeft uitgevoerd. De vuren hebben al gebrand en alleen de overblijfselen van de tragedie resten nog: de palen waar de slachtoffers aan werden vastgebonden, de in menselijk vet gedrenkte asbrokken, een verschroeid bot, her en der een stukje stof dat aan de vlammen is ontsnapt, de geblakerde haarvlecht van een vrouw, een door het vuur kromgetrokken medaillon. De as waait overal heen en de onmiskenbare stank van verbrand vlees blijft lang hangen.

Als de kaak van de man niet lichtjes had getrild, zou hij door kunnen gaan voor een van de poppen die samen met de levende mensen werden verbrand. Hij verroerde geen vin toen de veroordeelden met de knots kregen voordat de brandstapels werden aangestoken. Ook niet toen de lichamen veranderden in menselijke toortsen die de avond verlichtten. Zelfs niet toen die moeder, die geen kik had gegeven tot ze op de verhoging aankwam, een gehuil aanhief toen haar drie dochters door de vlammen werden verslonden.

Pas wanneer de soldaten de in bot en as uiteengevallen lichamen opgeraapt hebben en ze in smerige zakken hebben gestopt, wanneer de meeste mensen al zijn weggegaan en de avond valt, komt de man met een schok tot zichzelf. Als iemand hem in de ogen had gekeken, had hij een onmetelijke pijn gezien. En behalve die pijn, slechts iets meer op de achtergrond, in de ruimte van versluierde gevoelens, een overduidelijk sprankje schuldgevoel. Hij spreekt zijn kindje toe met een schorre stem die uit de hel lijkt te komen waar deze dag verscheidene zielen naartoe zijn gebracht.

Die hel waarin, zo wenst hij met al zijn kracht, ook de schuldigen van dit schouwspel zullen eindigen.

'Je moeder is er niet meer, Damiana. Alleen jij bent er nu nog.'

2

27 augustus van het jaar des Heren 1580

Het is zondag, een vrije dag voor Fermín.

Die heeft hij verdiend door een aantal dagen in de haven van Sevilla te werken, waar hij aan het breeuwen is geweest op een van de zesenvijftig schepen die naar West-Indië zullen varen. En nu hij wat geld heeft voor vermaak, richt hij zijn schreden naar het bordeel waar hij andere mannen alleen maar lovend over heeft horen praten. Hij loopt door de wijk El Arenal heen in de richting van de stadsmuur, wandelt vervolgens door een straat die daar evenwijdig aan loopt en komt bij de Klappoort, de hoofdingang van de hoerenwijk. De poort heet zo omdat je de grendel ervan sluit door er gewoon een klap tegen te geven. Naast de lusteloze jongeman die de poort bewaakt, ziet hij een bord met daarop de regels die het stadsbestuur het etablissement heeft opgelegd. Zinloos, want hij kan niet lezen. Wanneer hij door wil lopen, komt er een man met een volle baard op hem af die hem wenkt mee te komen. De knaap die de wacht houdt maakt geen enkel bezwaar. Het gaat om een van de mannen met de meeste hoerenkamers in de prostitutiewijk.

'Op het Plaza de la Laguna vind je de beste vrouwen,' zegt de man met een samenzweerderig glimlachje tegen Fermín. 'Die vervullen de diepste verlangens van iedere man op deze aarde.' De bebaarde man vertelt uitgebreid hoe uitmuntend de meisjes zijn.

Fermín laat zich overtuigen en betaalt vooruit, zoals de regels voorschrijven. Dat is voor hem geen punt, hij zou niet weten waaraan hij zijn met zweet verdiende centen beter kan besteden dan te slapen met een van de beroemdste vrouwen van het grootste bordeel in het land. Als er op aarde al genietingen zijn die vergelijkbaar zijn met die in het paradijs, waar de geestelijken over spreken, dan hier wel. En hij gaat niet wachten tot zijn dood om ervan te proeven.

Nadat de baardman afscheid van hem heeft genomen loopt hij door de hoofdstraat, om de meisjes te bekijken. De meeste zijn niet ouder dan veertien, vijftien. Allemaal zijn ze schaamteloos gekleed, deels omdat ze willen verleiden en deels vanwege de hitte die op de stad drukt.

Een gezet meisje dat voor de deur van haar kamertje zit, staat op zodra ze hem ziet en probeert hem met geflikflooi binnen te krijgen. 'U hebt geen idee hoe u in De Erfzonde kunt genieten.'

'Groentje, kom hier! Babylon is de beste plek in heel Sevilla om te zondigen!' roept er eentje in de buurt van het Plaza. Ze heeft een donkere huid, lang bruin haar en zit wijdbeens.

'Laat u niks wijsmaken, het beste van de stad is hier!' Heupwiegend maakt het gezette meisje duidelijk waar hij het beste van de stad kan vinden. Ze knipoogt ondeugend naar hem: 'Ik heet Milagros,* en dat is niet voor niets.'

Fermín weet zich uit haar greep te bevrijden. Het zal lang duren voor hij zich weer zoiets kan veroorloven en hij wil waar voor zijn al uitgegeven geld. Hij kijkt naar het gebruinde meisje dat hem vanuit het andere huis heeft toegeroepen. Ze is niet meer van de jongsten, maar ook niet oud: misschien achttien, negentien jaar. Haar gelaatstrekken zijn opvallend: amandelvormige ogen, uitstekende jukbeenderen, heel volle lippen en een kromme neus, die haar iets van een roofvogel geeft. Hij zou niet weten of ze knap is, maar het is wel duidelijk dat ze niet aan de schoonheidseisen voldoet, wat je wel zou verwachten bij de gewildste vrouwen van de stad.

Het meisje verdoet geen tijd en loopt op hem af. 'Damiana, om u te dienen.' Ze toont hem haar onbeschaamdste glimlach. 'In alles wat u wilt.'

Ongegeneerd keurt hij haar van top tot teen. De kleur van

* Letterlijk 'Wonderen', vert.

haar huid trekt hem aan, hij heeft nog nooit geslapen met zo'n exotische vrouw. Dan wendt hij zijn blik weer naar de ander, die nog staat te wachten op zijn besluit. Milagros heeft meer vlees om vast te pakken. Maar wie zal zeggen welke geheime kunsten er in al die kamertjes voor hem te vinden zijn?

Terwijl hij nog staat te dubben, vangen zijn oren het geluid op van een rumoerige discussie die bij de ingang van het bordeel gevoerd wordt. Door elkaar heen roepende mannen die steeds luider beginnen te praten. Milagros haast zich meteen haar huis in.

Verscheidene in het zwart geklede geestelijken zijn de poort door gekomen, samen met gelovigen die rozenkransen en bijbels bij zich hebben, maar ook zwepen en knuppels. Een aantal jaagt met de zweep de meisjes op die bij de eerste hoerenkasten rondhangen. Anderen dringen naar binnen om alle mannen eruit te gooien die ze maar te pakken krijgen, sommige in zeer onwaardige toestand. De geschrokken Fermín kijkt zoekend rond, hij wil vragen wat er aan de hand is. Maar de dunne, donkere vrouw is nu ook verdwenen.

Damiana loopt alle kamers af om iedereen te waarschuwen. 'Iedereen wegwezen! Pater León is er!'

Sommige meisjes gaan er angstig vandoor. Andere kiezen ervoor zich te verstoppen, terwijl de doorgewinterde vrouwen die dit vaker hebben meegemaakt blijven waar ze zijn, al beginnen ze wel te schelden op de priester en aanverwanten.

Damiana gaat gehaast alle kamers langs. Het huis is een heksenketel van heen en weer dravende mensen, maar het kamertje aan het eind is leeg: degene die haar het meest zorgen baart, vindt ze niet. 'Heeft iemand Violante gezien?' roept ze in de chaos.

'Die is bij Lucinda,' fluistert een meisje haar toe dat bezig is haar rok recht te trekken na een half geklaarde klus.

Damiana loopt rechtstreeks naar een van de kamers aan de achterkant. Op het bed zit een meisje dat niet ouder is dan twaalf, de leeftijd waarop je officieel in een bordeel kunt werken. Haar blonde haar zit in de war en met vermoeide groene ogen staart ze naar de muur voor haar.

Naast haar zit een vrouw met een vuurrode haardos. Alleen al haar rijzige gestalte en weelderige vormen imponeren, in tegenstelling tot het schriele meisje van twaalf dat haar dochter zou kunnen zijn. Met veel tederheid geeft ze het meisje uit een kom te drinken.

Damiana dringt het vredige tafereeltje binnen. 'Violante, pater León is hier.'

'Die vervloekte vent! Heeft hij veel mensen bij zich?'

'Z'n hele leger gekken.'

'Christus.'

Violante treuzelt, en Damiana wordt ongeduldig. 'Schiet op, ik geef Luci wel te drinken. Zorg jij voor je spullen!'

De roodharige gehoorzaamt en staat gejaagd op. Maar voordat ze de kamer uit loopt, draait ze zich naar Damiana om. 'Je moet haar verstoppen. Als ze haar vinden, zetten ze haar het bordeel uit.'

'Mijn verdiende loon. Het is de toorn van God,' kreunt Lucinda zachtjes.

Damiana kijkt naar het meisje met het mooie, volmaakte gezichtje dat nu uitgeput is door ziekte. Ze heeft pech gehad, nog geen twee maanden nadat de eigenaar van de hoerenkast haar had ontmaagd heeft ze sjanker opgelopen.

'Praat geen onzin. Ben je sterk genoeg om uit bed te komen?'

Het meisje knikt en Damiana helpt haar opstaan. Dan komt Violante terug. Haastig pakt ze Lucinda bij de andere arm.

'Waar zijn je brouwsels?' vraagt Damiana.

'Veilig verstopt. Die duivelspriester vindt ze niet.'

Damiana knikt, niet helemaal gerustgesteld. Violante is de medicijnvrouw van hun hoerenhuis. Niet officieel, want de vrouwen mogen alleen geholpen worden door de geneesheren die de hoerenwijk van tijd tot tijd komen inspecteren, dokters die hen met minachting of wellust – of allebei – onderzoeken, en voor deze handelingen wordt de vrouwen de waarde van een aantal afwerkbeurten in mindering gebracht. En mochten ze ziek worden, dan mogen ze niet langer werken, terwijl ze daar juist hun brood mee verdienen. Als ze niets verdienen, kunnen ze nog niet de real betalen die ze iedere dag moeten neerleggen voor het beddengoed waar ze op slapen en waar de mannen hun dagelijkse frustraties op uitstorten. Schulden mogen ze ook niet hebben. Dat betekent dat ze zich nog niet één dag níét kunnen prostitueren. Daarom zoeken de meisjes hun toevlucht bij de medicijnvrouw Violante, een goede heks die velen voor de ergste zaken behoedt, ook voor de zo gevreesde zwangerschap. En daarom houden ze haar bezigheden geheim. Als iemand zijn mond voorbijpraat, zal het niet lang duren of ze wordt veroordeeld door de inquisitie.

Met z'n drieën gaan ze via een achterdeur naar een rommelige binnenplaats en van daaruit slaan ze de Calle Pajería in, die evenwijdig loopt aan de muur die hen scheidt van de fatsoenlijke vrouwen. Op een plek die verstopt ligt achter struikgewas heeft iemand een gat gemaakt in het van aarde en steen geconstrueerde bouwwerk.

Wanneer Violante door het gat kruipt, blijven haar kleren haken en komt er een scheur in. 'Bij Beëlzebub! Dat zal ik die pater León betaald zetten.'

'Stil, je gaat zo nog naar het schimmenrijk,' mompelt Lucinda.

'En die vent sleep ik aan z'n ballen mee.'

Het meisje kijkt haar verwijtend aan, te zwak om te reageren, en laat zich door Damiana door het gat in de muur heen helpen. Nu haar twee vriendinnen aan de andere kant zijn, neemt Damiana haastig afscheid. 'Kom pas terug als alles weer rustig is.'

'En jij dan?'

'Ik blijf.' Damiana glimlacht uitdagend. 'Ik wil weleens weten wat die verdomde priester ons te vertellen heeft.'

3

De cel meet iets meer dan zes vierkante el.

In de Calle Pajería, op enkele ellen afstand van de plek waar Damiana haar twee vriendinnen heeft achtergelaten, gaat een jonge vrouw van haar leeftijd helemaal op in het boek dat ze leest tussen de vier muren die de hitte van het warme weer vasthouden.

Haar biechtvader heeft haar het boek stiekem toegestopt. Dankzij deze menslievende daad zijn er nu enkele schaarse momenten die haar afleiding bieden in haar eentonige bestaan. In gedachten reist ze door Constantinopel, waar ridder Floriseo naartoe is gegaan om de schone koningin van Bohemen te redden die door haar vijanden gevangen wordt gehouden. En dat nadat hijzelf in Indië gevangen is genomen toen hij verwikkeld was in een amoureuze verhouding met de betoverende koningin Lacivia. Hoewel Floriseo een gevangene was, was zijn kerker ingericht met kostbaarheden als schitterende wandkleden, dikke tapijten, houten deuren en ramen met geometrische figuren erin en uiteraard een hemelbed met grote zijden gordijnen die verhullen wat er dankzij de betovering achter gebeurt. Het lijkt in niets op haar cel, waar het meubilair slechts bestaat uit haar strooien matras, een houten kruis aan de muur en een kurken matje waarop ze geknield kan bidden.

Het klooster van de ongeschoeide karmelietessen heeft zijn zetel in dit vervallen gebouw, waar een groep vrouwen hun leven aan God wijdt. Zuster Catalina is een van hen. Ze mag dan voor dit leven gekozen hebben, gemakkelijk is het niet. Om vijf uur kondigden drie slagen het ochtendgebed aan en sindsdien heeft ze nog geen moment rust gehad. Na haar karige middagmaal heeft ze eindelijk een paar minuten de tijd om zich in een veel spannender wereld onder te dompelen.

Uiteindelijk heeft de koningin toch een goed hart. Dat ze zich heeft ontfermd over de familie van Floriseo en heeft besloten hem vrij te laten, is het bewijs. Catalina is ontroerd. Lacivia doet haar denken aan een jeugdvriendin, een koppig, dromerig meisje dat over grootse plannen fantaseerde terwijl ze samen het kleine beetje eten oppeuzelden dat ze hadden kunnen betalen door spulletjes te verkopen die ze hadden gestolen. Het meisje dat haar later liet vallen en niets meer van haar wilde weten. Zoals altijd wanneer ze eraan terugdenkt, voelt ze een steek in haar binnenste die een mengeling is van tederheid, pijn en verdriet.

Het luiden van de klok haalt haar uit haar overpeinzingen. Het is de none, het uur van barmhartigheid. Met een berustende zucht verstopt ze het boek onder haar matras en knielt neer om te bidden.

4

28 augustus van het jaar des Heren 1580

De avond valt in het havengebied.

Het is er een gekrioel van mensen die weggaan. Vissers die de laatste vangst van de dag meenemen, vrachtrijders met hun karren vol levensmiddelen, schippers die mensen van en naar Triana brengen, allemaal verdwijnen ze even snel als de stralen van ons grote hemellichaam. Het beeld van overdag zal, kortom, ruimte maken voor vrienden die willen spelen, de gewetensvolle mannen met een gat in hun hand en de valsspelers die alle kunstjes kennen.

Op dit tijdstip zoeken de vrouwen van lichte zeden de zeelieden op die in de pakhuizen met scheepsbenodigdheden werken; die zien in de vrouwen een manier om een werkdag goed te beëindigen. Sommige mannen, die geen geld hebben om hen te betalen, nemen het risico om te gaan stelen op de schepen. Je kunt hen zien met de wanhopigste van al die vrouwen, illegale prostituees die zichzelf buiten de hoerenwijk aanbieden. Die accepteren allemaal betaling in natura om die te kunnen ruilen voor hun dagelijkse kost.

Fernando heeft onder zijn gestreepte wambuis een vissersnet verstopt. Zijn tandeloze glimlach maakt de hoer duidelijk dat hij heeft gevonden wat hij wilde. Besmuikt wenkt ze naar de achteraf staande stulpjes waar ze onopgemerkt hun waar kunnen uitwisselen.

Wanneer Aldonza het hutje binnenloopt, dringt een enorme stank haar neusgaten binnen, die tot in haar hoofd doordringt. Zelfs voor háár neus, die gewend is aan de rotte lucht van de rivier en het afval op de mestvaalt, is hij onverdraaglijk. Vast een hond die half door de ratten is aangevreten. De zon heeft de hele dag genadeloos geschenen en dat versnelt het ontbindingsproces in rap tempo. Maar wanneer ze aan de schemer gewend is, vertellen haar ogen dat er helemaal geen hond te bekennen is.

Voor haar ligt het naakte lichaam van een vrouw. Waar haar hoofd zou moeten zitten, bevindt zich een onduidelijke bloederige massa met daarin een paar dode ogen en een kaak die aan reepjes roze pezen hangt. De aanblik is zo huiveringwekkend dat Aldonza weet dat hij voor de rest van haar leven in haar geheugen gegrift staat. Misschien dat ze daarom, om haar afgrijzen te bezweren, uit alle macht begint te gillen.

Fernando vlucht zonder achterom te kijken. Het vissersnet glijdt uit zijn handen, hij struikelt en komt erin vast te zitten als een van de vissen die hem zijn voorgegaan.

5

29 augustus van het jaar des Heren 1580

Gaspar heeft kunnen ontsnappen uit het voorname huis van zijn heer.

Al zou hij een vrij man moeten zijn omdat hij een zambo is, het kind van een zwarte vrouw en een indiaanse man, de realiteit is dat hij met zijn achttien jaar nog steeds in het huis woont waar zijn moeder dienstmeid is. Ze is een zwarte slavin die de pech had een West-Indiër te huwen die overleed kort nadat hij haar zwanger had gemaakt.

Toen Gaspar om een boodschap werd gestuurd is hij gaan kijken hoe het staat met de voorbereidingen van de eerstvolgende reis naar West-Indië. De rivier de Betis* ligt vol met zo'n honderd schepen, het is er een woud van masten waartussen nauwelijks nog water te onderscheiden is. De vloot galjoenen staat op het punt uit te varen, en Gaspar is gefascineerd door de mierenhoop waarin de haven tijdens deze dagen verandert. De haven biedt altijd al een levendige aanblik, maar in de dagen voor vertrek is het er helemaal een drukte van belang. Het heen-en-weergedraaf van en naar de schepen, het breeuwen en teren van het hout, de muilezels met de handelswaar, en dat alles overgoten met de nerveuze gejaagdheid van mensen die zich spoedig in het grote avontuur van hun leven zullen storten.

Toch merkt Gaspar dat de wanorde bij het vlaggenschip ongebruikelijk is. Mensen staan elkaar te verdringen en een angstig geroep dringt door in zijn oren. Hij heeft zich in de menigte gewaagd, maar naarmate hij dichterbij komt gaat het steeds langza-

* Romeinse naam voor de Guadalquivir.

mer. De kreten van de mensen bij het schip sporen hem aan om de ziekelijke nieuwsgierigheid te bevredigen die de mens zo eigen is.

Een man die ook naar voren probeert te komen duwt hem zonder pardon opzij. Het is een breedgeschouderde, lange man met een verzorgde baard die een diep litteken op zijn wang niet helemaal bedekt. Gaspar ziet aan zijn gedrag en kleding al dat het niet zomaar een pottenkijker is. Zijn Waalse hemd en zijn leren vest onderscheiden hem evenzeer van de anderen als zijn lengte.

De lange man snijdt een iele jongen, die de andere kant op loopt, de pas af. Die heeft een blond puntbaardje en sluik, vettig haar dat tot op zijn ogen valt.

'Waar ga je naartoe, Fermín?'

'Ik ga terug naar mijn dorp.'

'Bij mijn baard, dat doe je niet! We vertrekken over twee dagen.'

'Zonder mij. Mijn moeder had me al gewaarschuwd, ik had nooit moeten komen in een schrikkeljaar.'

'Kom me niet aan met bijgeloof, kinkel. We hebben breeuwers nodig op zee.'

'Eergisteren moest ik vluchten voor een troep monniken en nu dit,' klaagt Fermín. 'Ik ben niet van plan te wachten op een derde waarschuwing van de Heer.'

'De Heer leidt de kerk, maar aan dek ben ik de baas.'

'Dat schip is vervloekt.'

'Om godswil, Fermín. Een volwassen man gaat niet af op bakerpraatjes.'

'Het zijn geen bakerpraatjes, don Eugenio. Gaat u zelf maar kijken.'

Gaspar staat met open mond naar hen te luisteren. Don Eugenio. Die man is niemand minder dan Eugenio de Ron, de eerste stuurman van de koninklijke armada die de vloot galjoenen zal leiden en beschermen, en een van de meest bewonderde mannen in heel Sevilla. Hij is stuurman op de *Soberbia*,* het vlaggenschip

* *La Soberbia* betekent zowel 'de Hoogmoedige' als 'de Uitmuntende', vert.

waar Gaspar zelf hoopt ooit aan boord te gaan, als het hem lukt de zo begeerde passage naar West-Indië te krijgen. Van niemand kan hij zoveel leren als van deze man.

Fermín heeft weten te ontsnappen en vervolgt zijn weg in de menigte.

Don Eugenio's gezicht is van pure woede helemaal rood geworden. Hij schreeuwt hem na: 'Je krijgt nog met me te maken!' Dan loopt hij door.

Gaspar volgt hem op de hielen, zodat hij makkelijker vooruitkomt. Door het gedrang heeft hij het ondanks het vroege ochtenduur al warm gekregen en breekt het zweet hem uit. Ze moeten zich nog een paar minuten langs plakkerige lijven wringen om bij de voorsteven van het imposante oorlogsschip te komen.

Daar aangekomen wendt hij zijn blik naar het punt waar alle ogen op gericht zijn: het boegbeeld. Heel even denkt hij dat het houtsnijwerk op de scheg van het schip een nieuwe lik verf heeft gekregen. Maar het heeft iets verontrustends, iets lugubers, waar zijn nekharen van overeind gaan staan. Het is geen verf, alle duivels, het is bloed. Want op de gebeeldhouwde leeuwenkop heeft iemand het afgehouwen hoofd van een vrouw gezet. Wat het schip moest beschermen, is door gevilde huid en een rode haardos iets angstaanjagends geworden.

Eugenio de Ron ziet het boegbeeld op hetzelfde ogenblik als Gaspar. Zijn ogen lijken uit hun kassen te vallen. Hij staat te zwaaien op zijn benen en zoekt steun bij een vrouw, maar die glipt ervandoor als een geoefende zakkenrolster.

Gaspar kan maar moeilijk verwerken wat er om hem heen gebeurt. Het ijselijke beeld van dat gezicht dat ooit mooi moet zijn geweest en dat iemand met een mes heeft gevild, het onteren van het schip door het boegbeeld te besmeuren en, het ongelooflijkste: de eerste stuurman van de koninklijke armada, bleek als een juffertje.

Iedereen weet hoe belangrijk een boegbeeld voor zeelieden is. Het is hun beschermer tegen de gevaren op zee. Iedereen weet ook dat roodharigen ongeluk brengen. En dat het beter is niet uit te varen in een schrikkeljaar. Voldoende redenen om paniek te veroorzaken onder een onontwikkelde, bijgelovige bemanning.

Maar Eugenio de Ron moet niets van bijgeloof hebben, zoals hij de jonge breeuwer zojuist duidelijk heeft gemaakt. Wat niemand weet, en wat Eugenio de Ron graag zo wil houden, is dat hij in dat gevilde vlees het gezicht van de vrouw heeft herkend met wie hij twee nachten geleden nog het bed heeft gedeeld. En vele nachten daarvoor.

6

Damiana opent de gordijnen van een van de kamertjes. Een rimpelige oude man ramt zich in een van haar huisgenotes, maar ze maakt zich te veel zorgen om zich daardoor te laten tegenhouden.

'Isabel, heb jij Violante gezien?'

Tussen de stoten door schudt het meisje haar hoofd.

'Ik moet haar spreken.'

'Ik heb haar gisteren de hele dag niet gezien.'

'Luci heeft koorts, ze ijlt.'

'Leg een natte doek op haar voorhoofd. Mij hielp het...'

De oude geeft Isabel een klinkende slag op de wang. 'Koppen dicht, snollen! Ik betaal niet om kletspraat aan te horen.'

Damiana stapt naar voren. 'Hé! Laat dat.'

De man stopt, hij raakt steeds kwader. 'Wil je ook een klap?'

'Waagt u het eens.'

Ze wisselen boze blikken uit. De man besluit het erbij te laten, maar dan komt hij erachter dat hij niet verder kan met Isabel.

Damiana heeft het meteen door. 'Is-ie gaan hangen, opa?'

De oude gaat van Isabel af en knoopt zijn broek dicht. 'Hier laat ik het niet bij zitten,' zegt hij woedend, om zijn vernedering te maskeren.

'Gaat u me met uw dolk doorboren?' vraagt Damiana spottend.

'Pas op, teef. Straks eindig je net als dat rooie wijf.'

Misschien is het de perverse glimlach op zijn gezicht, misschien zijn het zijn loerende ogen of de toon waarop hij het zegt, maar er loopt een rilling over Damiana's lijf. 'Wat zei u?'

'Je hebt me wel gehoord.' Weer die scheve glimlach.

Ze gaat voor hem staan. 'Ik vroeg wat u zei.'

Nu is het geduld van de man op. Hij blijft haar aankijken terwijl hij een mes van zijn riem haalt.

Damiana is te doorgewinterd om zich erdoor te laten verrassen. Voordat hij met het mes kan zwaaien heeft zij het hem al afhandig gemaakt en dreigt ze hem ermee. 'Gaat u het nu zeggen?'

'Geef terug, slet.'

Ze houdt het mes enige tijd geheven voor hem. Dan laat ze haar arm zakken. Ze kan zich geen krachtmetingen met klanten veroorloven. 'Ik geef het terug. En u gaat ervandoor en we zien u hier niet weer.'

Met hernieuwde woede kijkt de man haar aan. Hij grijpt ruw naar zijn mes en loopt het vertrek uit, maar een paar stappen verder draait hij zich om. 'In de haven is de bos haar van een rooie vrouw opgedoken. Het haar en het vel waar het aan hangt. Gevild als een kippetje.' Hij begint weer te grijnzen als hij Damiana's bange gezicht ziet. 'Ze zeggen dat het van een heks is die hier hoereerde. Zoveel van zulke rooien zijn er toch niet?'

Damiana is al weggerend naar de Calle Pajería, naar het gat waar Luci en Violante twee dagen geleden doorheen zijn gekropen. Wanneer ze door de muur heen is die de hoereerders en overspeligen van de rest van de samenleving scheidt, glipt ze door steegjes naar de Puerta del Arenal. Het duurt even voor ze de afkeurende blikken van een paar vrouwen opmerkt: ze is vergeten om haar gele omslagdoek waar ze zich buiten het bordeel mee moet bedekken, omgekeerd te dragen. Wanneer ze niet wil dat ze buiten de poort als prostituee herkend wordt keert ze hem om, ze heeft de achterkant zelf heel slim geweven in een onbestemde kleur. Maar het enige wat nu van belang is, is dat ze uitsluit dat die klootzak de waarheid heeft gesproken. Dat haar vriendin iets is overkomen. De vrouw die haar heeft behoed voor een veel ongelukkiger leven in de illegale hoerenkasten buiten de muur, de vrouw die haar een plek bezorgd heeft in het elegantste bordeel dat er is. Een moeder voor alle meisjes die er werken, die haar eigen leven in de waagschaal stelt om hen gezond te houden. De enige in deze ellendige wereld die ze vertrouwt. Niet Violante.

Alsjeblieft, niet Violante. In haar hart blijft ze dit herhalen, alsof ze niet weet dat God gewoonlijk niet luistert naar de smeekbeden van een vrouw als zij.

In de haven aangekomen loopt ze werktuiglijk naar de drukste plek. Ze stort zich in de menigte en ziet al snel een groep gerechtsbodes en dienders aan het eind van een schip staan. Dat hier mannen van de sterke arm rondlopen is geen goed teken. In haar wanhoop botst ze op tegen een donkere jongen die de andere kant op loopt. Hij ziet er goed uit, heeft een donkerder huid dan zij, gitzwarte krullen en een atletisch lichaam zoals ze maar zelden in haar bed aantreft.

'Verduiveld, kijk uit waar u loopt!'

'Kijkt u zelf uit. U bent toch niet blind!'

Gaspar weet niet wat hij daarop moet zeggen. Deels omdat hij verrast is door de belediging van de jonge vrouw, deels omdat hij gecharmeerd is van haar lef.

Maar Damiana's hoofd en lijf staan niet naar lust of liefde. Ze vervolgt haar weg door de massa. Dankzij de onbarmhartige zon van het middaguur en de aanwezigheid van de eerste bode met zijn voltallige gevolg is de menigte uiteengevallen, zodat het haar weinig moeite kost om bij de plek in kwestie te komen.

Ze had nog liever haar ogen uit haar hoofd gerukt dan het tafereel voor haar te zien. Zelfs de dienders hebben de verdroogde huid niet weg durven te halen, die nog steeds aan het boegbeeld vastzit en waar de muggen zich inmiddels geestdriftig op hebben gestort. De haren, die vuil zijn van het opgedroogde bloed, wiegen in de wind.

Een hartverscheurende kreet klinkt op in de drukte. Pas wanneer de mensen haar kant op kijken, beseft Damiana dat die uit haarzelf is opgeweld. Ze valt op haar knieën en laat snikkend haar tranen de vrije loop, terwijl de mensen al niet meer op haar letten.

7

30 augustus van het jaar des Heren 1580

'*In nomine Patris et Filii et Spiritus Sancti*. Amen.'

Zuster Catalina zit in de biechtstoel. Achter het rooster bevindt zich de priester, een man van halverwege de dertig. Met zijn dikke baard en haar en zijn gezicht met fijne trekken is het ondanks zijn soutane een knappe man. Hij heeft haar zojuist de penitentie voor haar zonden opgelegd en haalt een boek uit zijn scapulier.

'Wat hebt u voor me meegenomen, eerwaarde?'

Hij opent het rooster net ver genoeg om het boek erdoor te schuiven.

Zuster Catalina neemt het met zorg in de hand, streelt het perkamenten kaft en leest fluisterend de titel voor: '*Cristalián de España.*'

'Ik dacht dat u dat andere wel uit zou hebben.'

'U kent me goed, eerwaarde.'

Haar woorden ontlokken don Pedro de León een glimlach, die zij niet kan zien. 'Ik vraag me nog steeds af waar u de tijd vandaan haalt om te lezen, met al uw werk.'

'Ik slaap gewoon minder. Ik zou die tijd niet beter weten te besteden.' Ze realiseert zich haar fout en corrigeert zichzelf. 'Behalve aan bidden, uiteraard.'

'Zeker.' De geestelijke glimlacht toegeeflijk.

De non is van de wijs geraakt door haar eigen misser en zwijgt.

'Ik denk dat dit verhaal u ook zal bevallen,' probeert hij haar op te beuren.

Ze bladert voorzichtig in het boek. 'Ik weet niet hoe ik u moet bedanken.'

'We moeten onze geest ontwikkelen. God heeft die ons toch niet voor niets gegeven?'

'Maar als de andere zusters erachter komen... Zij zijn ervan overtuigd dat het scherpen van de geest tot de zonde van de hovaardigheid leidt.'

'Maar de priorin niet, en zij is de enige die voor u van belang is. Ze noemen haar niet voor niets de geleerde non.'

Zuster Catalina knikt. De priorin van de ongeschoeiden in Sevilla vormde, samen met de stichtster Theresia van Avila, voor haar de belangrijkste reden om tot deze orde toe te treden. Twee ontwikkelde, autodidactische vrouwen die pleitten voor minder voorrechten voor nonnen die met een hoge bruidsschat intraden.

'Ik zou de gedichten wel willen lezen die ze heeft geschreven toen ze in Malagón was.'

'Ze is heel vaardig met de pen, maar de mystieke poëzie van de priorin lijkt in het geheel niet op de ridderverhalen die u zo graag leest.'

Opnieuw bloost zuster Catalina. Hoewel Pedro de León haar zelf die boeken brengt, weet ze dat het geen goede indruk maakt.

'Maakt u zich geen zorgen. María de San José is een intelligente, verstandige vrouw.'

'U hebt gelijk, eerwaarde.'

'Vraag haar er maar een keer naar, dat zal ze kunnen waarderen. En blijf ook de gewijde boeken bestuderen. Deze zijn alleen... voor de vrije tijd.'

'Ja, eerwaarde.'

'Ik moet gaan. Ik wil nog langs het ziekenhuis voor galeiboeven voor ik de gedetineerden in de Koninklijke Gevangenis de biecht afneem.'

Ze verbergt haar teleurstelling. God vergeve haar, maar de gesprekken met pater León zijn een van de weinige dingen die haar inspireren in haar leven van devotie en gebed. 'De genade van de Heilige Geest zij met u, eerwaarde.'

'Amen, kind.'

Wanneer ze al weggelopen is, roept haar biechtvader haar nog even terug.

'Vergeet de penitentie van het vasten niet.'

'Eerwaarde...'

'Vierentwintig uur, zuster Catalina. U weet dat een vrouw van God een voorbeeld van deugd moet zijn. Ze kan zichzelf niet de zonde van gulzigheid toestaan.'

De non knikt berustend en pater León loopt naar de uitgang van de kerk. Zijn lippen zijn gekruld in een welwillende, zelfs iets dromerige plooi. Die is er nog steeds wanneer hij op straat bijna opbotst tegen een meisje met een donkere huid die in de richting van het klooster loopt. Hij zou zweren dat hij haar eerder gezien heeft. Ze gaat eenvoudig gekleed, in een rok met jak en een omslagdoek. Misschien is het een dienstmeid of een slavin die om een boodschap gestuurd is. En de manier waarop ze haar blik afwendt... Alsof ze hem ook kent. Hij fronst zijn voorhoofd. Wie een priester ontloopt, heeft iets te verbergen. Aan de andere kant: zijn er mensen die géén geheimen hebben? Hijzelf ook, God vergeve het hem.

Hij weert de vrouw uit zijn gedachten en versnelt zijn pas, want de zon staat al hoog aan de hemel. Hij blijft altijd te lang met zuster Catalina praten. Hij moet zich haasten als hij wil helpen met het opdienen van de armensoep, het enige eten dat de zieken die afhankelijk zijn van liefdadigheid op een dag krijgen.

'U hebt bezoek, zuster.'

Zuster Guadalupe heeft haar laten schrikken. Catalina was alweer in haar kloostercel, aan het kijken in haar nieuwe boek. Ze kan het nog net op tijd achter haar verstoppen.

'Mijn biechtvader is al geweest.'

'Dat weet ik. Ander bezoek. In de spreekkamer.'

Zuster Catalina kijkt haar verbaasd aan. Er komt haar nooit iemand opzoeken, behalve pater León. Familie heeft ze niet, niet in Sevilla en nergens anders ter wereld, en de andere vrouwen verwaardigen zich niet tot een gesprek met haar omdat ze daarvoor niet belangrijk genoeg is. Zij is gewoon een non die het habijt kon aannemen dankzij de bruidsschat die een weduwe als erfenis naliet. Haar witte kap onderscheidt haar van de meeste andere zusters, die getooid gaan in een zwarte, wat ernaar verwijst dat hun familie een hogere bruidsschat heeft ingebracht. Sommige lopen haar daarom straal voorbij, en zuster Guadalupe vormt daarop geen uitzondering. Hoewel ook zij een witte kap draagt, behandelt ze zuster Catalina met de minachting waarmee sommige bedienden hun collega's behandelen, om hun vriendelijkheid voor te behouden aan mensen die hoger in rang staan.

'Weet u zeker dat het voor mij is?'

'Is er in dit klooster soms nog iemand die zuster Catalina heet?'

'Nee... natuurlijk niet... Ik ga al.'

Maar de profes blijft in de deuropening van haar cel staan.

'U hoeft niet met me mee te gaan, zuster Guadalupe.'

Gewoonlijk worden andere geloofszusters met bezoek afgeluisterd, om te waarborgen dat ze zich beperken tot geestelijke zaken, maar het is gebruik om kloosterlingen een zekere privacy toe te staan. Althans, de priorin keek altijd een andere kant op. Dat was tenminste zo voor ze werd berecht omdat ze lid zou zijn van de ketterse sekte van de *alumbradas*. Sinds ze terug is lijkt ze niemand meer te vertrouwen.

Zuster Catalina heeft geen idee wie haar zou kunnen komen opzoeken, maar juist daarom wil ze liever in haar eentje gaan. Ze kijkt zuster Guadalupe dan ook strak aan, met een blik die duidelijk maakt dat ze zich niet laat commanderen.

Zuster Guadalupe aarzelt. Enerzijds is het een kwelling om gedwongen te worden toezicht te houden op deze celbewoonster, deze non uit de achterbuurten. Anderzijds weet ze maar al te goed dat deze vrouw graag privacy wil, en daarom zou ze haar met plezier dwarszitten. Uiteindelijk wint de gemakzucht het van haar, of misschien een opwelling van toegeeflijkheid. Zuster Guadalupe slaakt een verveelde zucht, draait zich om en loopt weg.

Pas wanneer het geluid van haar voetstappen is weggestorven pakt zuster Catalina opnieuw het boek en stopt het zorgvuldig onder haar stromatras. Ze schikt haar habijt en loopt naar de spreekkamer, waar haar mysterieuze bezoek op haar wacht.

8

'Is dit de rij om aan te monsteren?'

De zeeman draait zich om en kijkt naar de jongen alsof die getikt is. 'We staan hier in de rij omdat we nog gage krijgen.'

'Maar waar is de rij om aan te monsteren dan?' houdt Gaspar vol. 'Ik heb gehoord dat je je vandaag kunt komen melden.'

Sinds het verhaal over het boegbeeld zich als een lopend vuurtje heeft verspreid zijn er veel schepelingen gedeserteerd. Dat heeft bij Gaspar de hoop aangewakkerd om aan boord als leerling mee te kunnen werken aan de taken die op zee verricht moeten worden.

'Er is geen rij.'

'O?'

'Niemand wil een schip op na wat er gebeurd is, jongen. De vloot is vervloekt.'

'Maar er worden toch bemanningsleden gevraagd?'

'Op mij hoeven ze niet te rekenen, godzijdank.'

Mooi, denkt Gaspar. Weer een mededinger minder. 'Weet u echt niet waar ik me kan melden?'

De zeeman heft zijn ogen ten hemel, alsof hij de Heer om uitleg vraagt over deze onbegrijpelijke halsstarrigheid. 'Ga aan boord en vraag daar naar don Eugenio de Ron. Ik mag door de bliksem getroffen worden als er behalve hij nog iemand wil uitvaren.'

9

Damiana herkent haar jeugdvriendin bijna niet.

Het habijt bedekt haar van top tot teen en verbergt haar kastanjebruine haar, haar slanke hals en zelfs haar grappige flaporen. Maar ondanks de wijde tuniek van de karmelietessen die ze draagt, kan ze zien dat ze dikker is geworden. Het koord dat haar kledij om haar middel insnoert is heel wat langer dan dat van het meisje dat door Triana rende om er met een stuk brood vandoor te gaan. Ze heeft nu een figuur met benijdenswaardige rondingen. En in haar gezicht heeft ze nu geen scherp uitstekende jukbeenderen, maar gezonde blozende wangen, die geen poeder of smeersel nodig hebben. Ondanks de wrok die ze al die jaren heeft gevoeld, gaat er een schok van blijdschap door Damiana heen. Haar vriendin zei altijd dat ze ooit geen honger meer zou lijden en het lijkt erop dat ze haar doel heeft bereikt.

'Dag, Carlina.'

De non tegenover haar neemt haar nog steeds onderzoekend op, alsof ze niet weet wie zij is. Maar dat is onzinnig. Zíj is niet veranderd. Goed, ze loopt niet meer in vodden rond. Ze geeft haar geld tot de laatste cent uit aan kleren, zodat ze niet meer lijkt op de bedelares die ze ooit was. En ze draagt niet het geel dat haar als zondares zou aanmerken, want dan had ze nooit deze gewijde plaats binnen kunnen gaan. Ze draagt de omslagdoek nu met de andere kant naar buiten. Het is een van haar waardevolste bezittingen: met deze elegante, onopvallende omslagdoek kan ze een aantal van de vele verboden omzeilen die de samenleving haar heeft opgelegd. 'Carlina? Wat is dat nou, ben ik zo knap geworden dat je me niet meer herkent?' grapt ze.

Damiana weet niet dat er in de non een titanenstrijd woedt. Een strijd tussen liefde die ze vroeger voor haar vriendinnetje voelde en ergernis, maar ook tussen liefde en de angst en afkeer die het liederlijke leven van deze vrouw haar inboezemt.

'Wat doe jij hier?' vraagt de non ten slotte.

'Je hebt me zo lang niet gezien, en dan begroet je me zo?' zegt Damiana verwijtend.

Zuster Catalina perst haar lippen op elkaar. Haar vriendin heeft haar nooit vergeven dat ze haar in de steek liet om haar leven aan de kerk te wijden. Dezelfde kerk die haar moeder op de brandstapel heeft gezet. 'Inderdaad. Ik snap niet wat je bezielt.'

Damiana kijkt haar spottend aan. 'Ik had gedacht dat het kloosterleven je wat milder zou stemmen.'

'Ik ben non geworden, geen heilige.'

'Je bent nog zuurder geworden dan je al was.'

'En jij bent juist hetzelfde serpent gebleven,' flapt zuster Catalina eruit.

Ze werpen boze blikken naar elkaar.

Dan barst Damiana ineens in lachen uit. 'Nou, daar heb je dan wel weer gelijk in.'

Zuster Catalina laat een zweem van een glimlach zien, maar trekt meteen weer een serieus gezicht. 'Waarom ben je hier gekomen?'

'Ik wilde je zien.' Ook Damiana kijkt nu ernstig. 'En ik kom je om hulp vragen.'

De strijd in de non laait weer op. Ergens is ze geneigd, zoals altijd, te vragen wat ze voor haar kan doen. Maar tegelijkertijd zou ze willen zeggen waar ze het lef vandaan haalt, na zoveel jaar niets van zich te hebben laten horen. Haar lippen staan steeds strakker, de woorden die ze spreekt klinken scherp als een mes. 'Een hoer in het klooster van San José. Heb je er niet bij stilgestaan dat ik grote problemen kan krijgen als iemand je ziet?'

'Ik zou niet weten waarom.' Damiana verschikt schaamteloos iets aan haar decolleté. 'Ik ben degene die met iedereen slaapt die zijn beurs losknoopt, niet jij.'

'Heer in de hemel.'

'Carlina, maak je nou niet druk. Jij hebt daar niks mee te maken.'
'Noem me niet zo. Ik ben zuster Catalina.'
'God mag je noemen zoals Hij wil, voor mij blijf je Carlina.'
'Ik meen het. Je moet weggaan.'
'Ik ben hier echt niet voor de grap gekomen. Ik kan moeilijk gaan wachten tot jij de poort van het klooster uit komt, want je zit hier opgesloten.'
Zuster Catalina zwijgt. Ze denkt terug aan het verleden dat nu zo ver weg lijkt, een verleden waarin ze haar leven nog niet had gewijd aan een God die zich nooit heeft laten zien, maar haar daarvoor in de plaats eten en onderdak en soms wat te lezen geeft.

14 februari van het jaar des Heren 1571

De een wit als een parel, de ander donkerder dan een kastanje. Zwijgend slenteren ze door de nauwe straatjes van de arme buurt. De donkerste loopt op blote voeten, de ander draagt schoenen met gaten en zonder zolen. Daar heeft ze meer hinder dan gemak van. Groezelige hemden die ooit wit moeten zijn geweest, voddige rokken vol gaten en verstelwerk. Beide meisjes zijn vel over been. Carlina stelt voor naar het Plaza de San Salvador te gaan, waar altijd wel iets te halen valt, al is het een homp oud brood van een of andere vrome ziel. Haar vriendin luistert niet, ze heeft iemand in de gaten gekregen. Te oordelen naar haar glinsterende zwarte ogen heeft ze een volgende prooi gevonden, weet Carlina.
'Hou jij die vent bezig,' fluistert Damiana Carlina toe.
De jongeman in kwestie heeft een rood kalotje op zijn hoofd en is gestoken in een blauwe kiel en mantel, de kleuren die zeelieden dragen. Het konvooi van Nieuw-Spanje is een paar dagen geleden in de haven aangemeerd en iedereen heeft zijn gage inmiddels geïnd. Een kind weet dat er geen scheepsjongen in Sevilla is te vinden zonder gevulde beurs.
Carlina loopt naar de man toe en steekt een verhaal af over haar

bedelaarsbestaan. Met haar welsprekendheid weet ze hoe ze een jongeman als hij aan de praat moet houden. Haar vriendin houdt hem scherp in de gaten en maakt hem in het voorbijgaan zijn beurs afhandig, verstopt hem onder haar lompen en loopt door. Wanneer Carlina ziet dat haar vriendin zich al een stuk van haar verwijderd heeft, neemt ze abrupt afscheid van de jongeman om zich op de afgesproken plek weer bij haar te voegen.

'Wel alle duivels.' Geërgerd kijkt Damiana in de tas. De buit is bij lange na niet wat ze ervan verwachtte: een paar stuivers en een oude lap. Die scheepsjongen bewaart zijn centen op een veilige plek, als hij ze al niet heeft uitgegeven aan wijn en kaartspel.

'We kunnen er een paar dagen van eten,' zegt Carlina opbeurend. 'Kom, die snotlap verkopen we op de Rommelmarkt.'

Op de Rommelmarkt is het een mengelmoes van gestolen waar, tweedehands kleding, handelswaar uit verre streken en elk ander denkbaar artikel. Zoals de naam al aangeeft is alles van weinig waarde en slechte kwaliteit. Maar tijd om ernaartoe te lopen krijgen ze niet, want de knaap heeft inmiddels doorgekregen dat ze hem hebben beduveld.

'Hé, jullie daar!'

Meteen hollen de meisjes weg, om kraampjes en wagens heen. De een loopt als een haas, de ander schiet weg als een hert. Ze ontwijken modderpoelen en afval met de behendigheid van kinderen die hun hele leven al op straat leven. Ze weten waar ze naartoe lopen, naar hun geheime doorgang in de muur. Er is niemand die hen inhaalt, maar er is ook niemand, behalve het slachtoffer, die er moeite voor doet. Totdat Carlina op een fruitboer botst die haar de pas afsnijdt.

'Waar wou jij naartoe, jij gauwdief? Denk je soms dat ik niet weet dat jullie mijn appels gappen?'

Terwijl de man haar bij de haren grijpt komt de scheepsjongen hijgend aangelopen, boos omdat ze hem heeft bedrogen.

'Zoekt Uwe Genade deze tas?'

'Ik heb een appeltje met haar te schillen.'

De marktkoopman kijkt naar het meisje. Hoewel ze kalm probeert te blijven, is ze doodsbang. Hij zou haar graag haar verdiende loon geven, maar er staat een slavin bij zijn fruitkraam te wachten. 'Ga uw gang,' besluit hij.

Hij wil het meisje aan de scheepsjongen overdragen wanneer Damiana verschijnt. Ze is teruggelopen en kijkt afwisselend van de ene naar de andere man.

'Bij de kruiswonden van Christus, de andere dievegge. Die is nog erger,' zegt de kraamhouder snuivend.

Damiana weet dat ze maar één kans heeft en loopt langs hem om hem onverhoeds te grazen te nemen. Zonder aarzelen geeft ze een trap tegen zijn edele delen en met een kreet van pijn laat de man Carlina los.

'Hierheen!' roept Damiana tegen haar vriendin.

De twee meisjes rennen er opnieuw vandoor, terwijl de zeeman onder het aanroepen van alle heiligen van de kalender de achtervolging inzet.

'Een heks die ze de huid hebben afgestroopt?' Zuster Catalina heeft haar herinneringen opzijgezet en luistert aandachtig naar Damiana. Nu de geschiedenis deze wending heeft genomen, fronst ze haar voorhoofd.

'Een goede medicijnvrouw, Carlina.'

'Deed ze aan bezweringen?'

Damiana schudt het hoofd. 'Ze genas ons met haar drankjes.'

Zuster Catalina bekruist zich.

Damiana kijkt haar boos aan. 'Als een man iets geeft noemen ze het een medicijn, wat is het verschil?'

'Het is niet hetzelfde...'

'Natuurlijk niet. Zij vroeg er geen geld voor en ze bepotelde ons ook niet, zoals die geneesheren van het bordeel.'

'Als haar drankjes werkten, betekent dat dat ze van de duivel bezeten was.'

'Hoe kun je nog steeds zo onnozel zijn?' zegt Damiana verontwaardigd. 'Het is niet de duivel die medicijnvrouwen veroordeelt, maar jouw soort mensen.'

De afkeer waarmee ze haar woorden uitspreekt doet Catalina pijn. Al zo lang bevinden ze zich in kampen die tegenover elkaar staan, en dat doet haar zo'n verdriet: voor haar vriendin is er geen verlossing. Ze haalt diep adem. 'Je zei dat je mijn hulp nodig had.'

'Violantes grootste angst was dat iemand haar zou verklikken. Ik wil weten of deze macabere rituele moord een straf was.'

'De kerk zou nooit zoiets doen.'

'De kerk is tot de ergste wreedheden in staat.' Damiana's stem is vol aversie.

Zuster Catalina slikt moeilijk. 'Als er sprake is van een misdrijf, begint de inquisitie een proces,' zegt ze voorzichtig. 'Het recht wordt niet in eigen hand genomen.'

'Weet je dat zeker?'

'Ze doen dat in naam van God,' probeert Catalina zonder veel overtuiging de gang van zaken te verdedigen. 'En nooit op die manier, dat weet je.'

'Je haat heksen.'

'Ik haat niemand. Druk me niet in die hoek.'

'Je hebt jezelf in die hoek gedrukt.'

Damiana ziet dat haar opmerking Catalina verdriet doet en beseft dat ze onredelijk is, maar iets is sterker dan haarzelf. Je ziel verkopen aan het hardvochtige instituut dat haar moeder bij haar heeft weggerukt lijkt haar veel erger dan je lichaam aan een man verkopen. 'Het spijt me. Het komt omdat ook ik... Ik moet weten of ik ook gevaar loop.'

'Jij bent toch niet ook met die middeltjes bezig?'

'Dat is het niet.'

'Wat dan wel?'

Voor het eerst aarzelt Damiana. 'Het beeldje,' fluistert ze nauwelijks hoorbaar.

Zuster Catalina wordt bleek. 'Het houten beeldje van de vreemde godin? Dat je van je vader gekregen hebt? Wat heeft dat met die heks te maken?'

'Zij bewaarde het voor mij.'

'Damiana!'

Maar haar vriendin is nog niet uitgesproken. 'Het is weg. Ik weet niet waar het is.'

Ondanks de warmte voelt zuster Catalina een ijzige kou. Damiana's woorden hebben zojuist een van haar grootste angsten bewaarheid.

10

Het schip zal minstens zeshonderd ton vervoeren.
De zon brandt op het dek waar Gaspar loopt. Het ligt er vol spullen: vaten, balen, kisten, kratten, netten, opgerolde touwen en allerlei tuigage. Hij loopt eromheen terwijl hij het oorlogstuig bewondert. De grote en kleine kanonnen en het lichtere geschut zoals falconetten en mortieren vormen bij elkaar meer dan vijftig stuks schiettuig dat klaarstaat om onverstandige piraten, die het gemunt hebben op de kostbare waar van de vloot, in de pan te hakken.

Het koortsachtige gejacht van de dag ervoor heeft plaatsgemaakt voor een onheilspellende rust. Nadat hij op het dek geen levende ziel is tegengekomen krijgt hij twee mannen op de achtersteven in het oog die, aan hun gebaren te zien, staan te ruziën.

'U behoort nieuwe bemanningsleden te zoeken.'

'Laat Uwe Genade het zelf doen, als u er zoveel belang bij hebt.'

'U kunt er niet ook nog vandoor gaan!'

'Bij het bloed van Christus, dat kan ik wel.'

'Mag ik weten hoe we zonder volmatroos kunnen vertrekken? Wie let er op de matrozen? Wie leidt de werkzaamheden aan dek en aan de masten?'

'Mij een zorg,' antwoordt de man. 'Het gaat mij niet meer aan.'

De eerste stuurman heeft een kop van scharlaken, hij lijkt de ander wel te kunnen vermoorden, maar houdt zich in als hij Gaspar in de gaten krijgt die met open mond staat toe te kijken. Hij werpt hem een ongeduldige blik toe.

Pas dan durft Gaspar iets te zeggen. 'U bent toch don Eugenio de Ron?'

'Als je nog geld krijgt, moet je beneden zijn.'

'Nee, ik kom niet voor geld.'

'Wat kom je hier dan doen, knaap?'

'Ik wil me bij de bemanning aansluiten.'

De belangstelling van Eugenio is gewekt en hij stapt op Gaspar af, wat door de volmatroos wordt aangegrepen om ertussenuit te knijpen. Eugenio kijkt sceptisch naar Gaspars donkere huid. 'Ben je een vrij man?'

'Ja.'

'Spaans?'

Gaspar antwoordt opnieuw bevestigend. 'Ik ben hier geboren.'

'Maar ben je vrij?' vraagt de stuurman nog eens, voor de zekerheid.

Het is waar dat er steeds meer vrije zwarten in Sevilla wonen, een stad waar zoveel donkere mensen zijn dat sommigen haar als een schaakbord aanmerken. Maar veel van deze mensen zijn nog steeds slaaf, ofwel omdat ze zijn binnengehaald via Portugal, waar de regels voor invoer en verkoop van slaven veel minder streng zijn, ofwel door geboorte. Niet voor niets is Lissabon, samen met Sevilla, de stad in het Westen met de grootste slavenbevolking.

'Ziet Uwe Genade soms een brandmerk op mijn gezicht?' vraagt Gaspar verstoord. 'Ze hebben mijn moeder uit haar land ontvoerd en haar verkocht aan een edelman, maar al lang geleden heeft ze haar vrijheid gekocht met de brief van invrijheidsstelling. En ik ben vrijgeboren.'

'Goed, jongen, goed. Dat verhaal van je moeder interesseert me geen lor, als jij je papieren maar in orde hebt. Zeg eens, hoelang zit je al op zee? Ben je matroos of nog scheepsjongen?'

Gaspar buigt zijn hoofd. 'Dit is voor het eerst dat ik voet aan boord van een schip zet, heer.'

'God nog aan toe, ik zou ook eens geluk hebben.' Eugenio smakt afkeurend met zijn tong. 'Luister eens, de bootsman is ervandoor en de volmatroos ook, zo te zien. Ik heb meer te doen.'

Gaspar blijft bewegingloos staan en waagt het niet iets te zeggen.

'Als je iemand kent die ervaring heeft, laat het me dan weten,' vervolgt Eugenio gemelijk. 'En nu wegwezen.'

Omdat de jongen maar blijft staan laat Eugenio een geërgerde zucht horen. 'Kun je breeuwen? Die lafbek van een Fermín heeft zelfs de naden waar hij mee bezig was niet dichtgemaakt.'

'Nee, heer. Maar ik leer snel.'

'Een leergierige snotaap. Maar een kier wacht niet tot je het kunt. Dan hebben we al water gemaakt.' Eugenio krabt peinzend op zijn wang met het litteken. 'Wat kun je wel? Ik heb zelfs geen kapelaan meer. Maar je ziet er niet uit als een priester.'

'Ik... ik werk in het huis van don Rafael de Zúñiga y Manjón. Ik ben boodschappenjongen.'

'Je doet boodschappen,' zegt de eerste stuurman spottend, 'voor die gezagsdrager. En welke boodschappen denk je dan te doen op een oorlogsschip, mannetje?'

Gaspar voelt het bloed naar zijn wangen stijgen. 'Ik kan als kajuitsjongen werken.'

'Daar ben je wel erg oud voor. Mijn hulpjes beginnen op hun achtste, verdomme.'

'Ik zei u toch dat ik snel leer,' zegt Gaspar nu vastberaden. 'En ik hoef echt niet aan wal te blijven. Ik wil varen.'

Er valt weer een stilte. Geduld maakt geen deel uit van de gaven die God aan Eugenio de Ron heeft geschonken. Gaspar vraagt zich af of de man hem schreeuwend te lijf zal gaan of dat hij hem rechtstreeks tegen het dek zal smijten. In de herberg heeft hij horen vertellen over ergere barbaarsheden.

'Maak dat je wegkomt.'

De stuurman loopt in de richting van de boeg, die vervloekte plek.

Zonder te aarzelen loopt Gaspar hem achterna. 'Ik kan ook schrijven.'

Eugenio de Ron draait zich abrupt om. De meeste zeelieden zijn analfabeet, en iemand die geletterd is, is altijd nuttig, of het nou is om te helpen bij de beschrijving van de lading, de controle van de merktekens van alle balen, het bijhouden van de proviand of het op schrift zetten van een voorval dat zich onderweg voordoet. Hij kan er maar beter voor zorgen dat hij daar iemand voor heeft, anders zit hij straks ook nog zonder klerk. 'Ik neem aan dat je de cijfers ook kent.'

'Ja, heer.'

'Kun je optellen en aftrekken?'

Gaspar knikt met grote stelligheid. 'Ik kan razendsnel rekenen.'

Eugenio krabt weer aan zijn opvallende litteken, dat reikt tot aan zijn oor. 'Had dat meteen gezegd, knaap.'

11

'Hoe krijg je het voor elkaar?'

Damiana is altijd nonchalant geweest. Daarom had Miguel, haar vader, meer vertrouwen in Carlina dan in haar. Het gaat door haar heen dat ze daardoor uiteindelijk ook ruzie kregen. Maar haar jeugdvriendin uit haar straatleven heeft net laten zien dat hij gelijk had.

'Ik wist niet waar ik het moest bewaren. De patroon zou hem kunnen zien, of die gelovigen die onze kamers doorzoeken wanneer het maar in hun hoofd opkomt. Daarom hield Violante het voor me verborgen op een geheime plek bij haar kruiden...'

'Zo geheim was die plek duidelijk niet.'

'Ik weet niet wat ik moet doen, Carlina.'

Zuster Catalina dubt wat ze zal zeggen. Damiana is voor raad gekomen, dus die zal ze moeten geven. 'Allereerst zorgen dat je daar wegkomt. Ga iets anders doen.'

Damiana kijkt Catalina aan alsof die haar verstand heeft verloren. 'En waarmee zou ik de kost kunnen verdienen, denk je?'

'Met van alles. De was doen, bijvoorbeeld.'

'Ten eerste is het al niet gemakkelijk om een klantenkring op te bouwen. Ten tweede, ik denk er niet aan. De wasvrouwen en strijksters werken zich uit de naad en verdienen nog geen real per dag, daar kun je niet eens van eten. Weet je wel hoeveel ik betaald krijg?'

'Nee, en ik wil het ook niet weten. En jij? Wil jij weten hoe het is om in de hel te eindigen?'

'Daar komen we allebei vandaan.'

Zuster Catalina klemt haar kaken op elkaar, zodat Damiana haar verhaal voortzet.

'In de haven was het heel erg. Sommigen wierpen me een muntstuk toe na afloop, maar anderen deden zelfs dat niet. Waarom zouden ze? Ik kon het niet van hen eisen.' Met haar grote zwarte ogen kijkt ze Catalina doordringend aan. 'Hier heb ik in elk geval mijn geld, en een reputatie.'

Deze woorden vormen voor zuster Catalina een marteling. 'Reputatie? Hoe kun je dat woord in de mond nemen?'

'Babylon is een van de meest gewaardeerde huizen in de hoerenwijk. En ik ben het meest gewild daar. Dat betekent dat ik het meest gewild ben in heel Sevilla, Carlina. Kun je je voorstellen hoeveel moeite het kost om zover te komen?'

'Het is walgelijk.'

Damiana zucht. 'Inderdaad. De meesten stinken uit de mond en aan hun vieze pikken zit opgedroogde pis.'

De lippen van zuster Catalina trekken zich vol afkeer samen.

'Maar ik heb mijn eigen centen,' vervolgt Damiana, 'en een patroon die me beschermt tegen geweld.'

'Een patroon,' zegt de zuster cynisch. 'Die schaamteloze lui hebben het lef zich patroon te laten noemen, alsof het religieuze gidsen zijn.'

'Hij beschermt me heel wat beter dan die priesters van jou.'

'Die vriendin van jou beschermde hij toch blijkbaar niet. En kwelt de gedachte je echt niet om tot in eeuwigheid te moeten lijden?'

Damiana kijkt haar aan. Haar blik is nu ernstig, zonder een spoortje ironie. 'Ik bedenk dan maar dat het nog lang niet zover is.'

'Heilige God.'

'Ik moet weten wie Violante dit heeft aangedaan,' verklaart Damiana. 'Ze heeft mijn leven gered.'

De non schikt haar habijt. Sinds ze uit elkaar zijn gegaan, heeft ze geprobeerd niet aan Damiana te denken, haar enige familie, haar trouwe vriendin. Om niet te vervallen in zwaarmoedigheid en verbittering, maar ook om zich geen zorgen te hoeven maken dat er iets met haar zou kunnen gebeuren. Ze beseft nu dat ze nooit heeft gedacht dat dat werkelijk zou kunnen gebeuren. 'Hoe dan?'

'Ze heeft me van straat geraapt. Ik lag dood te bloeden. Ik was door drie zwijnen verkracht, achter elkaar, in alle mogelijke gaten.' Zuster Catalina slaat opnieuw een kruis en Damiana onderdrukt een verbitterd lachje. 'Violante heeft me genezen en een paar weken verborgen gehouden. Toen ik hersteld was, kreeg ik van haar en de andere vrouwen kleren, poeders, zalfjes, en daarna hebben ze me naar de patroon gebracht die ons bordeel leidt. Hij heeft me uitgeprobeerd en daarna besloot hij me op proef aan te nemen.'

De non knikt. Alleen God weet hoeveel moeite het haar kost dit aan te moeten horen.

'Ik liet geen kans voorbijgaan.' Damiana verbergt haar trots niet. 'Dus na een paar maanden was ik al bekend buiten de muren van El Compás. Alle mannen willen me. En wanneer ze een nacht bij me zijn geweest, willen ze me nog meer.'

'Sla niet zulke taal uit, Damiana. Je vergeet dat je in het huis van de Heer bent.'

'Kan Hij gekwetst worden dan?'

'Zeker.'

'Hij kan zich beter gekwetst voelen door andere zaken.'

Zuster Catalina heeft daar geen antwoord op.

Damiana's blik wordt weer somber. 'Violante is als een beest vermoord en gevild.'

'Dat risico loopt een overtreedster van de wet,' zegt Catalina verdrietig.

'Ik dacht dat jij het zou begrijpen. Jij bent ook zo geweest...'

'Ik heb ervoor gevochten om mezelf te redden.'

'Vind je jezelf nu beter? Omdat je hier opgesloten zit en wacht tot een paar oudjes je een aalmoes geven voor de gebeden die je opzegt? Jij hebt jezelf ook verkocht, Carlina!' Damiana kan zich niet inhouden en begint met stemverheffing te praten. 'En niet alleen je lichaam, dat aan het wegrotten is onder dat vreselijke kledingstuk! Ook je vrijheid!'

Deze aanval zag zuster Catalina niet aankomen. 'Ik vind mezelf niet beter,' zegt ze met een klein stemmetje. 'Ik heb ervoor gezorgd dat ik aan de kost kom, net als jij.'

'Ik had niet het geluk een erfenis te krijgen waarmee ik novice kon worden.'

'Dat zou je ook niet hebben gewild.'

Damiana kijkt haar afkerig aan, maar dan verzachten haar trekken zich en uiteindelijk glimlacht ze, al is het met een zekere bitterheid. 'Dat is zo. Ik zou hier niet opgesloten kunnen zitten.'

Zuster Catalina knikt. Dat weet ze. Ze kent Damiana goed. In haar hoofd doemt het beeld op van twee kleine meisjes die 's nachts midden in de winter de armen om elkaar heen slaan om warm te blijven en elkaar moed inspreken, in de beschutting van een uitsteeksel in de muur. Toen ze acht was, had ze gezworen dat Damiana voor altijd haar beste vriendin zou zijn. Maar op je achtste heb je geen idee van het leven, zelfs niet wanneer je gedwongen bent heel snel volwassen te worden.

'Ik moet weten waarom ze vermoord is.'

Even heerst er een gespannen stilte in het vertrek.

Dan neemt de non een besluit. 'Ik weet niet hoe, maar ik zal je helpen om erachter te komen.' Ze mompelt het, haar stem is schor, alsof haar innerlijke strijd zich heeft uitgebreid naar haar stembanden. 'En ook om dat houten beeldje terug te krijgen.'

De ogen van de prostituee schitteren van emotie. Ze strekt haar armen uit en pakt de handen van zuster Catalina. Meer is niet mogelijk door de dubbele tralies van het spreekkamertje. 'Dank je, Carlina.'

De non wil protesteren, maar Damiana is haar voor en zegt met stelligheid: 'Voor mij zul je altijd Carlina blijven.'

Het gezicht van de jonge zuster Catalina laat een mengeling van verwijt en tederheid zien. Ze kan niet verhinderen dat haar lippen zich tot een glimlach plooien.

12

De priorin is bij het zwakke schijnsel van een olielamp aan het lezen.

Ze zit op een ruwe, houten kruk, haar handen leunen op de tafel. Al heeft ze de leiding over het klooster, haar cel heeft geen enkele luxe. De leer van soberheid die de orde van de ongeschoeiden predikt, voert zuster María de San José tot het uiterste door, deels omdat het gebouw in de Calle Pajería niet méér toestaat. In dit vertrekje is slechts ruimte voor een veldbed, een tafel en een kruk. Niet dat het haar deert: het is meer dan ze in de gevangenis had, waar ze maanden opgesloten heeft gezeten.

María de San José leidt de gemeenschap van de ongeschoeide karmelietessen inmiddels vijf jaar, sinds ze in 1575 samen met Theresia van Avila naar Sevilla kwam om het klooster te stichten. Alsof God hen op de proef wilde stellen, hadden ze onophoudelijk met tegenslagen te doen.

Behalve met geldgebrek en wantrouwen van hun eigen zusters kregen ze ook te maken met allerlei intriges. Toen de vrome María del Corro hen ervan beschuldigde dat ze behoorden tot de ketterse mystieke sekte van de alumbradas, moesten ze zich tot hun schaamte onderwerpen aan de onderzoeken van de inquisitie. Na maanden van vernedering werden ze uiteindelijk vrijgesproken. Moeder Theresia was van mening dat het werk van María de San José nu een aanvang kon nemen en vertrok naar Castilië, maar de problemen bleven elkaar opvolgen. María de San José werd het doelwit van nieuwe beschuldigingen en ze kwam er niet altijd ongeschonden uit: ze was nog maar net dertig toen ze haar gevangen lieten zetten omdat ze de leer van Theresia aanhing. Maar die leer is iets wat inherent is aan haar roeping, aan haar bestaan zelfs. Als er iets is op de wereld waar ze bang voor is, behalve voor Gods oordeel, dan is het om niet te voldoen aan hetgeen moeder Theresia van haar verwacht.

Ze heeft net een brief van haar ontvangen, waardoor haar hart van pure vreugde altijd een sprongetje maakt. Deze avond heeft ze zich opnieuw in de brief verdiept. Ze geniet van de nieuwtjes die ze leest, al laat de eerwaarde moeder geen gelegenheid voorbijgaan om haar te vermanen. Hoe groter de liefde is, hoe meer er geëist wordt. Daarom dringt moeder Theresia erop aan dat ze haar spoedig de middelen stuurt om nieuwe kloosters te stichten.

De priorin pakt pen en papier om te antwoorden. Vandaag zal ze de moeder niet opnieuw verzoeken om te bemiddelen in het conflict dat ze hebben met het naastgelegen franciscaner klooster. Evenmin zal ze beginnen over de moeilijkheden waarmee ze kampen op deze nieuwe plek. Er is sprake van zoveel zaken en netelige kwesties dat ze haar grote voorbeeld er maar liever niet mee vermoeit. Ze zal zich richten op de zusters, daar heeft de moeder veel waardering voor. Niet dat het zo'n aantrekkelijk onderwerp is: de dagelijkse problemen van de nonnen op zich bezorgen haar al flinke hoofdpijn. Maar het is wel het eerste waarvoor gezorgd moet worden, het morele welzijn van haar vrouwen. Alleen dan kunnen ze samen de uitdagingen aan.

Er is een non die haar zorgen baart. Dat ze een andere biechtvader heeft dan de anderen geeft haar een onprettig gevoel. De herinnering aan Garcíalvarez, een prelaat die het aanlegde met onbetrouwbare nonnen, ligt haar nog vers in het geheugen. Ze weet dat de duivel overal naar binnen glipt en daarom vertrouwt ze alleen moeder Theresia en zichzelf, al twijfelt ze zelfs weleens aan die laatste. Bovendien heeft een van de nonnen haar verteld over een onbekende vrouw die deze non heeft opgezocht. Een vrouw die, God zij haar genadig, rechtstreeks uit de hoerenwijk kwam aanlopen.

Ze besluit het haar mentrix te vertellen, die met haar profetische geest haar al eerder heeft gewaarschuwd voor trouweloze nonnen. Bovendien ziet ze de zaken altijd helderder als ze ze zwart-op-wit zet. Ze doopt haar pen in de inktpot en zet zorgvuldig de letters in haar kenmerkende priegelige handschrift op papier.

Wanneer ze klaar is, zwaait ze het papier heen en weer om de inkt te laten drogen en neemt ze een besluit: ze zal zuster Catalina kort houden. Ze moet nagaan of deze jonge vrouw, die er zo op aandrong om deel uit te maken van hun orde, te vertrouwen is. Met dit besluit stopt ze de brief in de envelop en pakt de lak om hem te verzegelen.

13

Don Rafael de Zúñiga y Manjón is in bespreking met zijn secretaris.

Ze bevinden zich in de kamer die de adellijke stadsbestuurder gebruikt voor zaken, een vertrek met grote ramen en met aan de muren kostbare wandkleden uit Vlaanderen. Het is een van de weelderigst ingerichte ruimten, want de functie die de gezagsdrager bekleedt moet door iedereen die zaken met hem doet op de juiste waarde geschat worden.

's Ochtends heeft hij opdracht gegeven om uit te zoeken wat er aan de hand is met het scheepskonvooi dat naar West-Indië zou vertrekken, en de secretaris is zojuist teruggekomen met slecht nieuws.

'Het lichaam van de vrouw is in een hok langs de rivier gevonden. Door een hoer.'

Don Rafael maakt een afkeurend gebaar. Hij trekt het fijne kantwerk aan zijn mouwen recht en slaat een stofje van zijn wambuis. 'Een snol.'

'Dat is niet het enige.' De lip van de secretaris trilt onder zijn dunne snorretje. 'Het vertrek van de vloot is voor onbepaalde tijd uitgesteld.'

'Hoe is dat mogelijk, Florencio?'

'Veel zeelui zijn gedeserteerd, vooral die van de *Soberbia*.'

'Vanwege een hoer? Grote hemel, we hebben het over de koopvaardijvloot naar West-Indië! Over de galjoenen, het konvooi naar Tierra Firme!'*

* Noordelijke kuststrook van Zuid- en Midden-Amerika en delen van het Caribisch gebied.

‘Niet vanwege die vrouw, maar voor wat ze vertegenwoordigt.’

‘En wat voor de duivel vertegenwoordigt ze dan?’

‘Zeelieden zijn buitengewoon bijgelovig, heer. En als er iets heilig is voor hen, dan is dat wel het boegbeeld van hun schip. Dat dichten ze dezelfde krachten toe als een talisman. En dan gaat het ook nog om het boegbeeld van het vlaggenschip dat onteerd is: een leeuw met een kroon die symbool staat voor ons koninkrijk, op een schip aan het hoofd van de begeleidende armada naar West-Indië.’

Zijn heer staart nadenkend naar het schilderij dat tegenover hem aan de wand hangt. Het is een portret van hemzelf, waarbij de schilder mild is geweest met het weergeven van zijn trekken. ‘Wat zegt het hoofd van de bodes?’ vraagt hij dan.

‘Niet veel. Ze hebben het dek schoongemaakt en verder niets gedaan.’

‘Dus het is onbekend wie de dader is?’

‘Dat komen ze niet te weten ook,’ zegt Florencio stellig. ‘In die buurt lopen ’s nachts alleen pooiers rond. Daar krijg je geen woord uit.’

‘Als dienders en bodes geen knip voor de neus waard zijn, dan moet de Raad van Indië op de hoogte worden gebracht, zodat die het probleem oplost. Deze vertraging is een zaak voor de Raad, en de begane bezoedeling van het schip al helemaal.’

‘Als er geen bemanning is kunnen ze weinig doen, behalve wachten tot de boel bedaard is.’

Don Rafael slaat met zijn vuist op tafel. ‘Straks is de hele lading bedorven.’

‘Het spijt me, heer,’ mompelt Florencio.

‘Er moet een oplossing zijn.’

‘Nou...’

‘Ja, wat wil je zeggen? Ik laat me niet ruïneren door een slet.’

Zijn secretaris doet een stap naar voren en begint zachter te praten. ‘Ik heb gehoord dat de eerste stuurman bezig is om nieuwe bemanningsleden te werven.’

‘Is dat zo?’

'Maar er zijn er niet veel die na het gebeurde de zee op durven.'

De stadsbestuurder begint door zijn werkkamer te ijsberen terwijl hij de punten van zijn snor opdraait. 'Ik wil een gesprek met die man.'

'Dat zal ik regelen, heer.'

'Maar dat al die voortekenen zo samenkomen... Dat kan geen toeval zijn.' Don Rafael laat zijn snor met rust en trekt zijn manchetten weer recht. 'Een schrikkeljaar, het boegbeeld, een roodharige... Een roodharige vrouw nog wel.'

'En niet te vergeten dat het voor een zeeman een van de slechtste voortekenen is als er doden aan boord worden gebracht. Ik geloof ook niet dat het om toeval gaat.'

Don Rafael staakt zijn geijsbeer en kijkt zijn secretaris bedenkelijk aan. 'Wat is het volgens jou dan wel, kluns?'

Florencio haalt zijn schouders op, wat hem nog muiziger doet lijken. 'Ik heb her en der in de taveernes in de haven mijn oor te luisteren gelegd.'

'Vertel op, wat heb je gehoord, bij Christus?' vraagt de gezagsdrager ongeduldig.

'Er doen twee geruchten de ronde: het ene spreekt van een goddelijke straf vanwege de inhaligheid van de scheepsofficieren... Die zouden meer zilver dan munitie in het laadruim stoppen.'

'En het andere?'

'Dat zegt dat iemand er belang bij heeft om paniek onder de bemanning te zaaien.'

'Iemand die niet wil dat de vloot uitvaart,' vult don Rafael aan.

'En dat is hem gelukt, heer.'

Opnieuw een vuistslag, harder deze keer, die door het hele vertrek dreunt. 'Niet voor lang, dat zweer ik!'

De buffelvrouw

Land van Do, aan de oever van de Sankarani, 1216

De buffelvrouw zwemt in het lauwe water. Op dit uur van de middag is de zon ongenadig en alleen het water geeft verkoeling. Ze gaat helemaal kopje-onder en laat daarna, met haar rug naar boven, haar lichaam langzaam naar de oppervlakte komen. Eerst verschijnt de grote boog van haar rug, dan haar bos krullen, haar armen en haar stevige benen. Ze laat zich drijven, tot haar longen zo aandringen dat ze haar hoofd boven water steekt. Ze ademt diep een teug warme lucht in, opent loom haar ogen en precies op dat moment ziet ze ze. Twee Donso-jagers aan de kant. Met gefronst voorhoofd en met een van afkeer vertrokken mond staren ze haar aan. Het verbaast haar niet, ze is gewend aan steeds dezelfde reactie bij mensen die haar voor het eerst zien. Het is vanwege haar lelijke verschijning, die zelfs voorbij de uitgestrekte vlakten van Do bekend is. Maar wat ze niet begrijpt is de triomfantelijke blik in hun ogen, alsof ze een goede vangst hebben gedaan. Wat ze ook niet weet, is dat zij de prooi is. Ze zullen haar naar de koning brengen, die een rode stier heeft laten offeren en diens bloed de aarde heeft laten doordrenken, zodat niemand zich zal verzetten tegen de komst van deze vrouw. Wanneer hij haar ziet, zal alle twijfel van hem af vallen en zal hij haar meteen met hem in de echt verbinden. De Donso zijn ervan overtuigd: Sogolon Kedjou is de uitverkorene om de profetie te vervullen die is verkondigd via de twaalf kauri's. Haar zoon zal koning worden.

14

30 augustus van het jaar des Heren 1580

Voor rouwen is geen plaats in een bordeel.

En voor uitrusten ook niet. De mannen blijven komen en bij de vaste klanten van Damiana hebben zich nu ook die van de roodharige gevoegd. De patroon stuurt hen allemaal naar haar; in de jongste meisjes heeft hij geen vertrouwen. Hij weet dat veel mannen graag kleinemeisjeslichamen willen met nauwelijks ontloken borstjes, onvolgroeide heupen en gladde venusheuveltjes. Maar mannen die naar Violante gingen waren uit op andere zaken. Zaken die een meisje van twaalf of dertien nog niet beheerst.

Damiana wel. Ze is een paar jaar jonger dan Violante, de veterane onder zijn hoeren, maar toen ze in het bordeel kwam had ze al een gedegen leerschool achter de rug. Met haar kromme neus en opvallende trekken is ze niet de mooiste, maar wel de pienterste, want het loeder is heel bijdehand. Ze past zich snel aan, is oplettend en weet wat iedereen wil, vaak zonder dat die het duidelijk hoeft te maken. Er zijn weinig eigenschappen die meer gewaardeerd worden in een lichtekooi.

Maar Damiana weet dat ze het vandaag niet klaarspeelt. Steeds moet ze aan Violante denken. Ze moet weten hoe het gebeurd is, welk monster haar dit kon aandoen. En ze moet ook het enige voorwerp uit haar kindertijd zien terug te krijgen, het enige wat haar met haar familie verbindt en wat ze beloofde te bewaren.

Bij iedere man die in haar kamer komt, vraagt ze zich af of hij er wat mee te maken heeft. Alleen al bij de gedachte draait haar maag zich om, en het kost haar meer moeite dan ooit om al die handelingen te verrichten met die zwetende, stinkende lijven. Ze heeft al twee keer overgegeven. Pure gal, dat is het enige wat er nu nog in haar maag zit. Gal die gelig in de waskom terechtkomt, maar die in haar lichaam tot in haar hersenen doordringt en daar verandert in een dichte, rode mist.

Ze trekt haar kleren recht en loopt na de laatste klant haar kamer uit. Wanneer ze het gordijn wegschuift ziet ze de patroon met een vent praten die ze kent. Hij vroeg altijd om haar vriendin. Hij is een van de mannen die voor meer komen. Ze storten hun hart uit, vertellen vertrouwelijkheden, behandelen hen als vriendinnen, willen begrepen worden. Voor Damiana zijn het de ergsten. In ruil voor wat geld staat zij toe dat ze haar lichaam gebruiken, maar ze moeten niet proberen ook nog medegevoel van haar te krijgen. Ze kan doen alsof ze genot beleeft aan een lichaam dat haar afstoot, maar wat ze niet kan, en niet wil, is bewondering veinzen voor degenen die haar gebruiken.

Violante was anders. Misschien was ze niet zo beschadigd, misschien was ze gewoon sterker. Ze gaf ruimte voor gevoelens en vatte genegenheid op voor een aantal mannen. Deze vent was een van hen. De ellendeling zoekt al binnen twee dagen een vervangster.

Damiana ziet haar beschermer wenken en ziet ook dat de boom van een kerel naar haar kijkt, maar ze schudt haar hoofd. Deze man laat ze haar kamer niet binnen. Ze doet een stap naar voren en spreekt zich uit met een stelligheid die haarzelf verrast. 'Nee.'

De patroon grijpt haar bij de arm en trekt haar een hoek in. 'Bij Beëlzebub! Ben je gek geworden? Waar hij bij staat!'

'Vandaag niet één meer.'

'Violante was zijn favoriet.'

'Ze was de favoriet van half Sevilla. Wilt u ze mij allemaal laten neuken?'

'Let op je taal, slet.' Haar patroon werpt haar een waarschuwende blik toe. Als hij toestaat dat een van zijn meisjes hem een grote bek geeft, is hij verloren.

'Ik kan niet meer,' bekent ze dan, terwijl ze haar blik neerslaat.

Haar onderdanige toon kalmeert hem. 'Deze is anders,' geeft hij als enige uitleg.

'En wat maakt hem zo bijzonder?'

Er ontsnapt hem een zucht. Hij gaat echt niet zeggen hoe belangrijk deze man is. Dat is een van zijn basisregels: hoe minder de hoeren weten, hoe minder problemen er zijn. 'Hij wil van bil in Violantes kamer,' zegt hij enkel.

Damiana verbergt haar afkeer niet. 'Nog niet voor al het goud van Indië.'

'Dit is geen verzoek, snol.'

Ze kijkt hem onwillig aan. Ze wil iets zeggen, iets wat haar ongetwijfeld in moeilijkheden zal brengen, wanneer ze Lucinda uit haar kamertje ziet komen. Die stapt met vleierijtjes op de lange man af. Met haar pas geborstelde, blonde haar en haar teint, die door haar ziekte bleker is dan ooit, zou ze bijna voor een courtisane kunnen doorgaan. Damiana voelt een steek in haar hart: het meisje is nog zwak. Ze had niet eens uit bed moeten komen.

De patroon draait zich nog net op tijd om om te zien hoe Luci zich door de man de kamer van Violante laat binnenleiden. Hij laat een sluwe, voldane glimlach zien. 'Het lijkt erop dat dat blondje je gaat inhalen.'

Damiana voelt zich zo schuldig dat ze zich moet bedwingen om er niet naartoe te rennen en het van Luci over te nemen. Maar je kunt je geen zwakheid permitteren als je wilt overleven in de wereld waarin zij is terechtgekomen en dus haalt ze al haar sarcasme uit de kast: 'Ik zal proberen erin te berusten.'

'Doe toch niet zo bijdehand, mens.' Hij laat haar los en loopt weg, maar dan hoort hij achter zijn rug haar stem weer.

'Gaat u niets doen?'

Hij kijkt haar niet-begrijpend aan.

'Violante. Er wordt van u verwacht dat u ons beschermt. Daar betalen we u toch voor?'

Het ongeloof op zijn gezicht maakt al snel plaats voor ergernis. 'Wil je terug naar de haven? Heb je het daar beter, bij die illegale hoeren?'

'Misschien wel.' Damiana verzamelt moed. 'Ik ken daar niemand die is gevild.'

'De enige van wie ik domme opmerkingen verdroeg was die

roodharige. Ook omdat ze de andere hoeren genas.'

Het lukt Damiana niet haar verbazing te verbergen.

Haar patroon glimlacht spottend. 'Denk je dat ik zwakzinnig ben? Dat er mij hier ook maar iets ontgaat?'

'Maar... waarom...'

'Waarom ik dat toestond? Wat denk je? Elke keer jullie naar het ziekenhuis brengen als er iemand ziek wordt kost me veel meer. En dan heb ik het nog niet eens over haar onvruchtbaarheidsdrankjes, die me heel wat ellende hebben bespaard en voor goede verdiensten hebben gezorgd.' Hij zwijgt even, dan wordt zijn blik donker. 'Maar Violante is dood en het leven gaat nu eenmaal door.'

'Wie heeft het gedaan?' Damiana wil en kan zich niet inhouden.

'Zeg jij het maar.'

'U zei net dat u alles weet wat er hier gebeurt.'

'Dat is ook zo. Maar Violante is stiekem naar buiten gegaan nadat er hier afgesloten was.'

'Hoe weet u dat?'

'Ze heeft dit zelf opgezocht,' zegt de patroon, haar vraag negerend. 'Een hoer, alleen, midden in de nacht. En dan ook nog een heks met het haar van de kleur van de duivel. Wat verwachtte ze dan?'

Damiana vecht tegen haar verdriet en woede die via het vocht in haar donkere ogen een weg naar buiten zoeken.

Haar leed ontgaat de patroon niet, en hij slaat een vriendelijker toon aan. 'Luister, meisje. Violante was mijn beste hoer, maar met heksen loopt het nooit goed af. En buiten dit huis kan ik jullie niet beschermen.'

15

‘U lijkt ongerust, eerwaarde moeder.’

Ze bevinden zich in de refter, na het avondeten. Zuster Catalina is blijven treuzelen tot de andere nonnen zijn weggegaan en gaat dan naar de priorin, die haar gedrag wel in de gaten heeft.

‘Het klooster moet veel problemen bestrijden, zuster. Dat kan ik niet verborgen houden.’

‘Als er niet voldoende aalmoezen binnenkomen, kan ik nog meer in de moestuin doen. Misschien heb ik over een paar maanden dan meer zaden...’

‘Over een paar maanden zouden we hier weg moeten zijn,’ onderbreekt de kloostermoeder haar onomwonden. ‘Dit is geen plek voor de gemeenschap van de ongeschoeide karmelietessen van Sevilla.’

‘Maakt u zich over ons geen zorgen, eerwaarde moeder. We zijn gekomen om soberheid te beoefenen.’

María de San José weet een ongelovig glimlachje te onderdrukken. Dat zegt de non die als enige dikker is geworden nadat ze tot de orde is toegetreden. ‘Ik maak me meer zorgen over de ligging,’ antwoordt ze. ‘Die verdwaalde vrouwen die hier zonder enige eerbied rondlopen.’

‘U hebt het over…’

‘Over de vrouwen die in het leven zitten, uiteraard. Die in El Compás wonen.’

Zuster Catalina bekruist zich en de priorin moet haar boosheid over zulk huichelachtig gedrag onderdrukken.

‘U zult ze toch ook wel gezien hebben, zuster?’

‘Ik begrijp deze zorg niet goed.’ Catalina ontwijkt haar vraag. ‘Ik bedoel... ik weet wel dat ze een slecht voorbeeld zijn, maar wij worden er niet door aangetast. Wij zijn vrouwen van God.'

'Onze weldoensters nemen er aanstoot aan. Dat zijn vrouwen van eer, die zulke mensen niet willen zien. Ik ben bang dat ze steeds minder vaak zullen komen.'

'Daar zouden onze inkomsten onder lijden...'

'Precies. En flink ook. We hebben nu eindelijk verkoopbelasting kunnen betalen.' De priorin zwijgt. Ze heeft al te veel gezegd. Een non met witte kap heeft geen recht op details over het klooster.

Zuster Catalina merkt haar ongemak op en haast zich om het gesprek in andere banen te leiden. 'Ik dacht dat u zich om iets anders zorgen maakte.'

María de San José kijkt met hernieuwde achterdocht naar haar. Ze zal het toch zeker niet wagen om over de penibele situatie te beginnen waarin ze zich bevindt nadat ze haar haar ambt weer hebben laten uitoefenen? Zou ze daar vraagtekens bij durven zetten? Is ze daar plannen over aan het smeden? 'En wat mag dat wel zijn?' Haar stem is koud en afgemeten.

Maar zuster Catalina laat zich niet uit het veld slaan. 'Er gaan geruchten over het gebeurde in de haven. Over die vrouw die ze op een van de schepen hebben gevonden.'

De trekken van de priorin hadden zich even verzacht, maar meteen verschijnen er weer rimpels op haar voorhoofd. 'De muren hier dienen als bescherming voor Gods bruiden tegen wereldse slechtheid, niet om hen daaraan te herinneren. Ik krijg de indruk dat de nonnen te veel babbelen.'

'Maar dan is het dus waar.'

'Het vel van een vrouw zat over het boegbeeld van een schip en…' María de San José slaakt een zucht. 'Het is een zeer onverkwikkelijke geschiedenis.'

'Is het waar dat het een roodharige vrouw was? En een... een gevallen vrouw?'

De priorin kijkt haar onderzoekend aan. Met steeds meer argwaan vraagt ze zich af wat een van haar karmelietessen te maken kan hebben met hoerenkwesties. Ze besluit in zuster Catalina's verhaal mee te gaan. 'Er wordt gezegd dat haar haar zo rood was als vuur,' beaamt ze.

'En dat ze een heks was...' vult Catalina aan.

'Bedenk wel dat u niet alle geruchten moet geloven, zuster.'

'Op hekserij staat toch de doodstraf, eerwaarde moeder?'

María de San José kan zich niet meer inhouden. 'Vanwaar al die vragen?'

'Neemt u me niet kwalijk. Ik wil gewoon graag alles weten.'

De priorin knikt. Zou dat het zijn? Een ontembare nieuwsgierigheid die haar zo aan haarzelf doet denken, voordat haar verplichtingen als bestuurster van de priorij dit onmogelijk maakten. Het was vanwege zuster Catalina's leergierigheid dat een weduwe haar uit onbemiddelde maagden uitkoos om haar een bruidsschat na te laten. Maar er moet meer aan de hand zijn. En daar kan ze alleen maar achter komen als zuster Catalina haar vertrouwt. Als ze haar vertelt wat ze wil horen.

De priorin gaat op de houten bank zitten. 'Ga zitten, zuster.'

Zuster Catalina gehoorzaamt.

'Zo schrijft de Lex Carolina het voor, die is uitgevaardigd door onze keizer Carlos I van Spanje,* God hebbe zijn ziel. Misdadigsters en volgelingen van Satan moeten uitgeroeid worden.'

'En... wat zegt de kerk? Ze worden ook door de inquisitie vervolgd.'

'Zeker. Kennis over de duivels is al heel oud en is gebaseerd op de teleologische beginselen van de heilige Augustinus en de heilige Thomas van Aquino.'

'Wat bewonder ik uw kennis, eerwaarde moeder. Het verbaast me niets dat u de geleerde non wordt genoemd.'

María de San José glimlacht. Die bijnaam heeft Theresia van Avila zelf aan haar gegeven en is een begrip geworden binnen de gemeenschap, wat haar buitengewoon vleit. Maar ze dwingt zichzelf weer ernstig te worden; ze kan zich dit soort ijdelheid niet veroorloven.

* Karel V.

'Denkt u dat ik die geschriften zou mogen lezen die u noemt?' vraagt de non, die nederigheid voorwendt. 'Ik zou willen leren welke regels in onze samenleving van kracht zijn.'

De kloostermoeder kijkt haar belangstellend aan. Voor de meeste zusters staat eenvoud haaks op kennis, die alleen maar naar de verleiding van de hoogmoed voert, een zonde die dichters en geleerden zo eigen is. Toch zou een klooster volgens de priorin een centrum van geleerdheid en creativiteit van vrouwen moeten zijn, wat in mannenkloosters voor mannen al vaak het geval is. 'U weet dat veel van onze boeken donaties betreffen van parochianen of legaten van weduwen. Desondanks bezitten we toch een paar schatten,' zegt ze met een vleugje trots. 'Ik meen me zelfs te herinneren dat we iets hebben over het onderwerp dat uw nieuwsgierigheid zo heeft gewekt.'

'Zou ik mogen...'

'Ik zal eens gaan kijken.'

'Of... misschien zou ik zelf kunnen kijken, als u me daarvoor toestemming geeft. Toen ze u uit uw ambt zetten, hebben ze de bibliotheek gesloten en sindsdien heb ik er niet weer naartoe kunnen gaan.'

María de San José is verrast door haar lef. 'U hebt gelijk, zuster,' zegt ze, na even nagedacht te hebben. 'Met al die tegenslagen ben ik er nog niet toe gekomen om daar weer orde te scheppen.'

Zuster Catalina knikt eerbiedig.

'Eigenlijk ben ik doodsbang erachter te moeten komen dat die zeloten onze waardevolste boeken hebben meegenomen...'

'Dat begrijp ik, eerwaarde moeder.'

'Na de none zal ik er met u naartoe gaan,' besluit María de San José. 'Tot de vespers hebt u dan tijd om de werken te raadplegen die u wilt.'

'Ik ben u erg dankbaar.'

'Dat hoeft niet. Ik hou van ontwikkelde mensen. Hoe dan ook is het lang geleden dat een vrouw tot de dood is veroordeeld voor hekserij. Het gaat nu hoofdzakelijk om ketterij, vooral die van de alumbrados,' zegt ze met een bittere trek om haar mond. 'Op zijn hoogst worden er nog mensen voor sodomie, godslastering en overspel veroordeeld.'

'En niet voor hekserij?'

'Ik geloof niet dat vonnissen verder gaan dan de kerker of verbanning.'

'Dus niet de doodstraf.'

'Geen doodstraf, zuster,' zegt de priorin met nadruk. 'En nu gaan we door met ons werk. Er is veel te doen.'

Samen lopen ze de eetzaal uit, en beiden houden hun echte zorgen voor zich. Die van de priorin betreffen het feit dat Guadalupe gelijk had: deze karmelietes verbergt iets. Die van de non gaan over Damiana, want als haar meerdere het bij het rechte eind heeft en de moord op Violante niets met hekserij te maken heeft, dan loopt haar vriendin meer gevaar dan ze had gedacht.

16

Zuster Catalina kijkt vol ontzag de bibliotheek rond. Eigenlijk zijn het niet meer dan wat wankele rekken met planken vol oude manuscripten en bundels documenten, maar voor iemand als zij, die nooit meer dan twee boeken bij elkaar had gezien voordat ze intrad in het klooster, ziet het eruit als het paradijs.

'Het ziet ernaar uit dat er niet veel door de inquisitie is meegenomen,' zegt María de San José, die geen poging doet haar opluchting te verbergen.

Zuster Catalina loopt naar een van de planken om te kijken wat er ligt.

De priorin glimlacht bij dit gedrag, dat ze zelf zo goed kent. 'U had de bibliotheek van doña Luisa de la Cerda moeten zien,' zegt ze met weemoed in haar stem.

'Wie is dat?'

'De dochter van de hertog van Medinaceli. Ik werd bij haar thuis door haar onderwezen. Daar heb ik moeder Theresia leren kennen.'

'Woonde zij daar dan ook?'

'Niet zo lang. Ze werd ernaartoe gestuurd om doña Luisa te troosten toen die weduwe geworden was. Haar leven was een aaneenschakeling van tegenslagen geweest.'

De Carlina, die zuster Catalina nog steeds met zich meedraagt, heeft moeite dit te geloven. Ze heeft zelf te veel ellende meegemaakt om medelijden te voelen voor een hooggeboren edelvrouw, die is opgegroeid met talloze privileges. Het valt moeilijk te accepteren dat het lot voor de een alle mogelijke hindernissen opwerpt en voor anderen alles gladjes laat verlopen. Maar nu wil ze het vertrouwen van de priorin winnen en daarom verandert ze van onderwerp. 'Moeder Theresia heeft uw leven veranderd, hè?'

'Dat klopt. Ik was nog geen veertien toen zij naar dat huis kwam, en zij zag wat mijn roeping was. Daarom ben ik in het klooster van Malagón ingetreden, dat is gesticht met geld van doña Luisa zelf.'

'Daar hebt u uw eerste gedichten geschreven.'

Het verbaast de priorin dat de non dit weet en ze probeert te verbergen dat het haar ijdelheid streelt. Dit is vandaag al de tweede keer dat zuster Catalina haar vleit. 'Al snel kreeg ik de eer door moeder Theresia gekozen te worden om het klooster te helpen stichten en toen zijn we naar het zuiden vertrokken. Maar hier is geen plaats voor ledigheid. En laten we niet langer over mij praten. Grijp uw kans nu maar, want voor u het weet is het weer tijd voor de vespers.'

Zoals de priorin al voorspelde is de tijd voor zuster Catalina stil blijven staan. Wanneer ze opnieuw de bibliotheek in komt is Catalina helemaal verdiept in een geschrift.

'Het is tijd, zuster. Hebt u uw nieuwsgierigheid kunnen bevredigen?'

'Daar zou ik een heel leven voor nodig hebben.'

De priorin glimlacht. 'Kom, het is tijd voor het gebed.'

'Als u het goedvindt, zou ik u graag nog één ding vragen.'

María de San José kijkt haar aan met een mengeling van verbazing en nieuwsgierigheid. Deze zuster Catalina durft wel. 'Zegt u het eens.'

'Toen ik tot de orde toetrad, moest ik afstand doen van mijn weinige bezittingen.'

'Zeker. Zoals wij allemaal.'

'Ik zou graag één ervan terug willen.'

De uitdrukking op het gezicht van de priorin verandert. Door de vleierijen en de sympathie die ze voelt voor iemand in wie ze zichzelf herkent, is ze bijna de reden vergeten waarom ze zuster Catalina zo dichtbij heeft laten komen. Het lijkt haar dat de vrijmoedigheid van deze zuster al op het randje van brutaliteit is geraakt. 'Dat is onmogelijk.' Haar stem klinkt kortaf. 'Wie zelf geen grenzen stelt, krijgt ze opgelegd.'

'Ik moet er zeker van zijn dat het goed bewaard wordt.'

'Alles waar de novices afstand van doen bij hun toetreding, blijft bij de orde in bewaring. Maakt u zich daarover geen zorgen.'

'Het is heel belangrijk voor mij, eerwaarde moeder,' houdt zuster Catalina aan.

María de San José wil zeggen dat ze misbruik maakt van haar toegeeflijkheid en dat iemand van de orde van ongeschoeiden dit gedrag niet past. Maar voor de donder, misschien is dit de sleutel naar de manoeuvres van deze merkwaardige non. 'Waar gaat het dan om?' vraagt ze uiteindelijk.

Zuster Catalina aarzelt, maar de ongeduldige blik van María de San José dwingt haar tot een besluit. Het is haar meerdere, de moeder die waakt over nonnen zoals zij. En bovendien is deze vrouw de reden dat ze besloot tot de orde toe te treden. Een ontwikkelde, verstandige, beminnelijke vrouw. In wie kan ze anders haar vertrouwen stellen? Ze zet haar angst opzij en kijkt haar vastbesloten aan. 'Om iets wat mijn stiefvader mij gegeven heeft voordat hij verdween. Ik moest hem beloven dat ik het met mijn leven zou beschermen. Ik hoef alleen maar te weten of het veilig is.'

17

31 augustus van het jaar des Heren 1580

Zuster Catalina stopt een handjevol frambozen in haar mond. Terwijl ze er genietend van eet kijkt ze de moestuin rond om te controleren of iemand haar misschien ziet.

Haar moeder zei altijd dat je, zolang je maar werkte en een stukje grond had, geen honger hoefde te lijden. Ze had een hekel aan de stad, maar haar vader dacht juist dat daar zijn dromen zouden uitkomen. Ze maakten vaak ruzie, en altijd over hetzelfde. Hij had verhalen gehoord over de gouden bergen in Sevilla en net als veel anderen had hij zijn gezin ermee naartoe genomen. Uiteindelijk waren ze niet verder gekomen dan een armoedige kamer in een huizenblok rond een plein in de achterbuurt van Triana, aan de andere kant van de rivier de Betis. Tijdens een uitbraak van pest in de stad werden de daar opeengehoopte gezinnen als eerste getroffen. Haar ouders bevonden zich ook onder de slachtoffers. Ze had hen voor haar ogen zien wegkwijnen en was zelf ook bijna bezweken. Tot op een dag haar lichaam schreeuwde dat het niet bereid was zo jong weg te rotten. Ze ging weg uit die van ziekte en dood doortrokken kamer en begon in Triana op straat rond te zwerven. In de eerste vijf dagen was het enige wat ze bij elkaar wist te scharrelen een halfvergane peer die een vrouw haar gaf en een homp oud brood die ze een hond ontfutselde.

Het lot wilde dat ze Damiana tegenkwam, een ziekelijk meisje met een donkere teint en een glimlach die haar omgeving deed oplichten. Het goede van de kindertijd is dat er niet wordt geoordeeld maar gespeeld. Dat is wat ze deden, en ze bleven bij elkaar. Toen Damiana zei dat ze weer naar huis moest, bekende Carlina dat zij geen plek had waar ze heen kon, dus Damiana overtuigde haar vader, Miguel, ervan dat ze een paar dagen bij hen moest blijven. Ze woonden in een piepklein kamertje met een rieten dak, maar desondanks voelde het voor Carlina meteen als haar thuis. De dagen werden maanden en toen een jaar, twee jaar, bijna drie. Totdat Miguel verdween. Daarna werd iedere dag een strijd om te overleven, om fruit te gappen van een koopman, een lap stof te stelen om die te kunnen ruilen voor een stuk brood; of als dat allemaal niet lukte, om te bedelen en dan toch iedere avond nog met een rammelende maag te moeten gaan slapen. Toch was er iets wat fijn was: ze waren samen. Honger, kou, troosteloosheid, het was allemaal minder erg wanneer ze tegen elkaar aan kropen en elkaar verhaaltjes vertelden voor het slapengaan. Maar ze groeiden op, en hun levens veranderden.

Toen het Carlina lukte in het klooster in te treden, was het voor haar duidelijk. De orde van de ongeschoeiden was de strengste van alle, maar binnen de muren van het haveloze gebouw bevond zich een kleine moestuin, en zij bood aan daarvoor te zorgen. Naast het voedsel dat ze uit liefdadigheid krijgen, geeft de tuin hun een aantal vruchten en groenten, en die keurt zij als eerste: een doperwtje, een handje druiven, een paar sinaasappels die van de boom zijn gevallen.

Bevangen door de hitte stroopt ze de mouwen van haar habijt op en schort haar rok ook wat op. Hoewel de grove katoen dunner is dan de wol waarvan de nonnenkleding meestal wordt gemaakt, is het nog steeds te dik voor de onbarmhartige zomer in deze stad.

Met haar schoffel verwijdert ze alle oneffenheden uit de keurige groeven die zijn gemaakt om in te zaaien. Ze bukt zich om te kijken hoe het met het zaaisel gaat dat de broer van moeder Theresia uit Amerika heeft meegenomen. Don Lorenzo de Cepeda, God hebbe zijn ziel, waakte altijd over het klooster in Sevilla.

Ze glimlacht als ze de vruchten ziet. Ze zijn nog groen, maar als alles goed gaat, zijn ze over een paar weken dieprood. En dan zal zij haar eerste tomaat oogsten.

'Carlina.'

Ze schrikt op, wat de indringster een heldere lach ontlokt.

'Nog altijd even schrikachtig.'

'Damiana! Wat doe jij hier?'

'Word je er niet moe van steeds dezelfde vraag te stellen?'

'Maar de moestuin is helemaal omheind...'

'Met een muur zo lek als een mandje. Je komt heel wat makkelijker jouw klooster in dan de hoerenwijk uit.'

'Je moet hier niet komen.'

'Je zei toch dat de spreekkamer geen goede plek was?'

Zuster Catalina zucht hoorbaar. Ze veegt het zweet van haar gezicht en legt haar schoffel naast de groef. Dan monstert ze het gezicht van Damiana met afkeurende blik. 'Is het echt nodig dat je jezelf zo toetakelt? Er zit meer verf op je gezicht dan op een altaarstuk.'

'Met deze kleur rood zie ik eruit als een net meisje dat bij het minste of geringste bloost, vind je niet?'

'En die moedervlek? Die had je eerst niet.'

'Die is vals. Heb je nog meer aan te merken?'

'Alsjeblieft.'

'Mannen vinden het leuk.' Damiana haalt haar schouders op.

'We moeten hier weg, straks zien ze ons. En we moeten de schaduw in, want anders brokkelen al die smeerseltjes op je gezicht nog af.'

Ze gaan in de schaduw van een vijgenboom zitten en Damiana valt met de deur in huis. 'Wat ben je over Violante te weten gekomen?'

'Ik heb een pauselijke bul gevonden uit 1484, de *Summis desiderantes affectibus*. Paus Innocentius VIII maande de inquisitie om heksen te straffen en te zuiveren, en de bul vormt de morele grondslag voor de vervolgingen. Het is buitengewoon interessant.'

Nu is het Damiana die een zucht slaakt. Zuster Catalina met haar boeken en geschriften. Alsof het antwoord op alle problemen in deze wereld in die oude papieren te vinden is. 'Buitengewoon interessant?' zegt ze spottend. 'Denk je op die manier te kunnen helpen?'

'Ik heb kunnen vaststellen dat het jaren geleden is dat er iemand is terechtgesteld wegens hekserij,' vervolgt de non enigszins geërgerd. 'En in elk geval...'

'In elk geval wat?'

'Als er al een terdoodveroordeling was, dan zou de uitvoerende arm van de inquisitie niemand villen. De wet is duidelijk: degene die schuldig is bevonden aan het berokkenen van schade via toverij, wacht de straf van het vuur, en altijd na een proces.'

'Dan heeft iemand dat dus in de wind geslagen.'

'Wat?'

'Carlina, je lijkt niet meer van deze wereld. De wet geldt alleen in die papierbundels die jij zo graag leest.'

'De kerk handelt niet zo,' houdt zuster Catalina vol.

'Ze laten niet-geestelijken het vuile werk opknappen.'

'Damiana, je bent niet eerlijk,' zegt Catalina verwijtend. 'Je bent nog steeds helemaal geobsedeerd door de kerk.'

'Ik geobsedeerd door de kerk? Jij eerder, dacht ik toch.' Onder de strenge blik van haar vriendin plukt Damiana een paar vijgen, ruikt eraan en vervolgt: 'Er is een priester... Hij komt met zijn kwezels naar de hoerenwijk. Ze beschimpen ons en gooien onze klanten eruit. En ze bestelen ons.'

'Een priester in de hoerenwijk? Die jullie berooft?'

Het komt zuster Catalina lachwekkend voor, maar haar vriendin is doodernstig.

'Ze dwingen de klanten het geld dat voor ons bedoeld was, aan hen te geven.'

'Ik weet het niet, hoor,' zegt Catalina na een tijdje. 'Dat geld zal wel naar liefdadigheid gaan.'

Damiana kijkt haar boos aan. 'Wat kan mij het schelen waar dat geld naartoe gaat! Ik verdien mijn geld op een eerlijke manier, ze kunnen het niet van me stelen om het aan iemand te geven die het niet zelf heeft verdiend.'

Zuster Catalina laat Damiana tot bedaren komen. Ze heeft geen zin in een discussie.

'Snap je het niet, Carlina?' zegt Damiana. 'Die priester is een fanaticus. Als hij de totem heeft gevonden, maakt hij hem vast kapot. Ze verbranden alles wat ook maar riekt naar ketterij.'

Dat laatste zegt ze heel gefrustreerd. Zuster Catalina kent haar, ze weet waar ze aan denkt en ze weet ook dat ze met dit gedrag haar emoties de baas probeert te blijven. Daarom slaat ze een arm om haar schouder. Damiana laat zich tegen haar aan drukken. Het gebaar is voor alle twee troostend. Voor de een omdat het zo lang geleden is dat ze enig lichamelijk contact had. Voor de ander omdat al het lichamelijke contact dat ze heeft geen pretje is.

Tot haar eigen spijt is zuster Catalina degene die zich losmaakt. 'Je moet weggaan, ze mogen je hier echt niet zien.'

'Hij heeft haar vermoord,' prevelt Damiana, alsof ze niet hoort wat Catalina zegt.

'Besef je wel wat je zegt?' Catalina wordt doodsbang als ze deze beschuldiging hoort, haar geprevelde woorden zijn nauwelijks hoorbaar. 'Je kunt opgepakt worden voor het beschuldigen van een man van God.'

'Ze zouden me sowieso graag oppakken.'

Damiana reikt haar een paar vijgen aan en Catalina pakt ze zonder haar onrust te verbergen. Uiteindelijk wint haar gulzigheid het. Ze stopt ze in haar mond en beiden zitten verzonken in eigen gedachten te kauwen.

'Je bent dikker geworden,' zegt Damiana opeens. 'En bruiner.'

'Jij bent nog even dun. En even donker.'

Damiana schatert.

'Het komt van de moestuin,' gaat Catalina door.

'Wat?'

'Dat ik bruiner ben. Ik ben veel in de zon, ik kom hier zo veel mogelijk.' De non pakt Damiana haar laatste vijg af. 'En wat dat dikker zijn betreft... Er is hier altijd wel iets te eten.'

Haar vriendin lacht opnieuw.

Zuster Catalina kijkt haar geamuseerd aan, maar meteen daarop wordt haar blik weer zorgelijk. 'Je moet nu echt gaan.'

'Ik heb ook iets ontdekt. Violante is 's nachts de hoerenwijk uit gegaan.'

'Levend?'

'Uiteraard!'

'Maar de... jullie mogen na zonsondergang toch niet meer naar buiten?'

'Natuurlijk niet. De hoeren mogen niet naar buiten, zeg gewoon waar het op staat,' zegt ze spottend. 'Ik zou hier ook niet mogen zijn, maar ik ben hier wel.'

'Ze is dus buiten de wijk vermoord.'

'Terwijl ik me maar steeds pijnigde met de gedachte dat iedere vent die haar neukte, haar moordenaar zou kunnen zijn.'

Zuster Catalina slaat bijna heimelijk een kruis.

Damiana produceert een glimlachje, dat niet verder komt dan haar mondhoeken. 'Ik begrijp het niet,' zegt ze, meer tegen zichzelf. 'Ze riskeerde een boete van zeshonderd *maravedí*. En nog een boete van zeshonderd voor de patroon, omdat hij niet op haar had gelet. En die zou wel weten waar hij die zeshonderd vandaan moest halen.'

'Had ze de totem bij zich?'

'Waarom zou ze die meenemen?'

'De totem is op hetzelfde moment verdwenen als zij,' brengt zuster Catalina haar in herinnering. 'Misschien heeft ze tegen een van de vrouwen gezegd waar ze heen ging.'

Damiana wijst die gedachte van de hand. 'De enige in wie ze vertrouwen stelde was ik, en nog niet eens veel.'

'Hoe weet jij dan dat ze is weggegaan?'

'Iemand heeft haar verklikt.'

'Wie dan?'

'Dat weet ik niet. Maar dat is wel het eerste wat ik ga uitzoeken,' zegt Damiana met plotselinge beslistheid. Ze springt op en schudt haar rok uit.

'Wees voorzichtig,' zegt de non, die toch opgelucht is dat ze eindelijk weggaat.

'Die priester moet ook in de gaten worden gehouden.'

'Dat kan echt niet. Haal je alsjeblieft geen problemen op de hals. Niet met de kerk.' Aan het gezicht van haar vriendin ziet Catalina al dat ze tegen dovemansoren praat. 'Hoe zou je hem trouwens in de gaten willen houden?'

'Dat ga jij doen.'

Er ontsnapt Catalina een zenuwachtig giecheltje. 'Wat wil je nou, dat ik net als jij over muren heen spring?'

'Ik heb hem dit klooster zien uit komen.'

'Die fanatieke priester? Wat een onzin. Je bent vast in de war met een van die franciscaners van hiernaast.'

'Nee.'

'Hier komen alleen de geestelijken van de ongeschoeiden en de speciale biechtvaders van een paar zusters...' Er glijdt een schaduw over zuster Catalina's gezicht. 'Wanneer heb je hem gezien dan?'

'Op dezelfde dag dat ik met jou in de spreekkamer zat.'

'Hoe zag hij eruit?'

'Ik schat hem begin dertig, hij ziet er goed uit voor zijn leeftijd. Dikke wenkbrauwen, dikke baard, volle bos haar. Welgemanierd en charmant. Bij Beëlzebub, zonder die soutane zou het een adonis kunnen zijn.'

Damiana loopt naar de muur zonder te merken dat ze met haar woorden een schok heeft teweeggebracht bij haar vriendin. Voor ze de muur op klautert draait ze zich om, alsof haar weer iets te binnenschiet. 'Hij heet Pedro de León en het is geen franciscaan, maar een jezuïet. En als hij Violante iets heeft aangedaan, zal hij ervoor boeten, dat zweer ik bij alle duivels in de hel!'

18

María de San José is in gedachten verzonken.
Ze heeft nagekeken wat het klooster allemaal tekortkomt. Het kan niet langer uitgesteld worden, ze moet moeder Theresia op de hoogte stellen van de achterstanden. Die zijn zodanig dat ze haar brief ongefrankeerd zal moeten verzenden, want zelfs daar is geen geld voor. Wanneer het winter wordt, zal de noordenwind door de kieren in de muren het klooster binnendringen en zullen de nodige nonnen ziek worden. Dat herinnert haar eraan dat ze nog steeds niet naar de muur achter in de tuin heeft gekeken, die eerder bij een ruïne past dan bij het klooster van de ongeschoeiden in Sevilla. Ze loopt er meteen naartoe, maar houdt haar pas in wanneer ze stemmen hoort. De zusters zouden niet met elkaar moeten praten tijdens het stille uur. Ze glimlacht toegeeflijk: ze zal een andere keer naar de muur gaan kijken.

Wanneer ze terug wil keren naar haar cel, bekruipt haar een gevoel van argwaan. Het gefluister herinnert haar aan gekonkel in het verleden. Ze heeft zichzelf beloofd op te letten, en dat doet ze niet. Niet voldoende. Als een bevestiging van haar voorgevoel klinkt er op dat moment luid een godslastering. Er loopt een rilling over haar rug. Geen van haar nonnen zou het ooit wagen te zweren bij de Boze.

Behoedzaam komt ze naderbij en ze ziet nog net een vrouw over de afgebrokkelde muur heen klauteren. Een vrouw met een donkere huid en, God vergeve het haar, een gele omslagdoek. Met een paar grote stappen is ze in de moestuin.

Daar is zuster Catalina, die zo zorgzaam met de tomatenplanten bezig is dat iedereen haar voor de ijverigste van alle ongeschoeiden zou houden. Wanneer ze de priorin opmerkt, gaat ze staan en groet haar met de onschuldige blik van een pasgeboren lammetje. 'Goedemiddag, eerwaarde moeder.'

María de San José kijkt naar de zuster met haar witte kap. Dat kleine, magere meisje dat zich iedere dag bij het klooster kwam melden om te laten zien dat het noviciaat haar grote doel was. Dat kleine meisje dat niet meer zo klein is en ook niet meer zo dun, want, zo weet ze heus wel, die stopt meer in haar mond dan ze aan tafel krijgt. Deze vrouw die meer neemt dan wie ook, die meer vraagt dan wie ook. Die zij toegang tot de bibliotheek heeft gegeven, de grootste schat van dit onaanzienlijke klooster, en door wie ze zich als een onnozele hals heeft laten vleien. De vrouw die bovendien een biechtvader van buiten heeft die haar steeds weer komt opzoeken, een biechtvader die, zo weet heel Sevilla, geobsedeerd is door de hoeren van El Compás. Hoeren zoals de vrouw die net over de muur is verdwenen. En zoals de vrouw die onlangs Catalina kwam opzoeken, daar is geen twijfel meer over mogelijk. En dat na alle verraad en schande die ze heeft meegemaakt, dat na opgesloten te hebben gezeten dankzij valse getuigenissen van mensen die ze vertrouwde, na zichzelf en God te hebben beloofd – want ze werkt en leeft voor God – zichzelf nooit meer zo te laten bedriegen.

'Goedemiddag, zuster,' reageert ze vriendelijk op het onschuldige gezicht dat zuster Catalina trekt.

Dan loopt de priorin terug naar haar cel. Jarenlang heeft ze de deugden van geduld en kalmte beoefend. Ook toen ze werd afgezet, onderging ze stoïcijns alle mogelijke vernederingen. Opnieuw wordt er iets bekokstoofd in haar klooster, maar zij laat zich niet van de wijs brengen, al bonkt haar hart alsof het uit haar lijf zal springen. Als ze iets geleerd heeft, is het koelbloedig te handelen. En ze weet welke stap ze nu moet nemen.

19

De zon is al een tijdje onder.
Net zo lang als de Klappoort dicht is, die de wijk El Compás tot de volgende dag afsluit. Zoals altijd wanneer er geen klanten zijn, zijn de vrouwen in de grootste kamer van het bordeel gaan zitten. Ze praten bij het licht van een olielamp en zitten op de fraai bewerkte leren kussens die het best aangeschreven huis van plezier in de hoerenwijk een vleugje grandeur geven. De meesten hebben alleen een hemd aan, geen rok of broek. In het hele gebouw is het warm van de drukkende hitte van de afgelopen dag en een paar vrouwen zijn op de vloer gaan liggen voor enige verkoeling. Een meisje wrijft het gezicht van een van de anderen in met loodwitpoeder.

'Dat prikt vreselijk, Mencia.'

'Wacht maar tot ik klaar ben. Dan is je gezicht blanker dan de kont van een dame.'

Er klinkt gelach op, terwijl het meisje blijft protesteren. Iemand legt aan een hoertje van een jaar of vijftien uit hoe ze kan voorkomen dat haar schaamhaar gaat groeien. 'Je moet limoensap kloppen met het wit van eieren en gemberpoeder. Dat papje smeer je erop en laat je een tijdje zitten.'

'En dan groeit het niet verder?'

'Je zult er als een klein meisje blijven uitzien, net als Luci.'

'Luci heeft niet zulke tieten,' zegt de ander, die haar hemd naar beneden trekt en voor ieders ogen haar borsten wiegt.

'Nou ja, vanaf je middel naar beneden dan,' zegt Mencia. 'Bij jou zit daar toch nog niet één haartje, Luci? En als er al eentje zit, dan net zo blond als je andere haar.'

Damiana komt binnen en ziet nog net hoe Lucinda, die zich doodschaamt, haar blik neerslaat.

'Laat haar met rust.'

'Hou jij je mond, jou willen ze zelfs zonder loodwit.'

'Je krijgt haar met alle pooiers en poeiers van de hoerenwijk nog niet wit.'

Sommigen moeten lachen om de dubbelzinnige opmerking en Damiana weet dat de meisjes het niet kwaad menen. Haar hele leven is ze getreiterd met haar huidskleur en het hielp haar niets om daar verdriet over te hebben. Trouwens, sinds ze hier een zekere populariteit heeft gekregen kan het haar weinig meer schelen. Als het je lukt om alle zeelui in de haven over jou te laten praten, dan maakt het niet uit welke kleur je gezicht of het haar van je pruim heeft.

'Hoe kom je aan al die spullen?' De vijftienjarige keert terug naar het onderwerp dat haar bezighoudt.

'Van de markt, waar anders.'

'Ik kom daar nooit.'

'Waar peuzel jij je eten dan op?' vraagt Alonsa.

'In de taveerne vlak bij de Calle Harinas. Of, als ik meer geld heb, in een herberg waar ik een fatsoenlijke maaltijd krijg. En dan maak ik een ommetje om met mezelf te pronken en in de straat van de banketbakkers besluit ik met een taartje.'

'Smulpaap!'

'Ik eet zoveel ik kan.' Dan kijkt ze ernstig. 'Dat zalfje is toch niet schadelijk?'

'Niet zo schadelijk als klanten verliezen omdat je haar zo hard wordt als ijzerdraad.'

Ze trekt een gezicht. 'Hoelang moet ik het laten zitten?'

'Zo lang als je het uithoudt.'

'Zorg wel dat je je daarna goed wast,' zegt Isabel. 'Of iemands pik gaat heel erg branden!'

Damiana wordt moe van het frivole geklets. Ze gebaart dat ze moeten ophouden met lachen. 'Jullie doen alsof er niets gebeurd is.'

'Wat wil je dan?' vraagt Brígida.

'Op z'n minst een beetje respect voor onze collega.'

'Violante zou niet willen dat we met een lang gezicht rondlopen,' zegt de vijftienjarige.

'En ze zou ook niet willen dat je je kut braadt met die troep,' dient Damiana haar van repliek.

Iedereen begint weer te lachen. Behalve Margalinda, een vrouw in de twintig met lang kastanjebruin haar. 'Ik heb bijvoet nodig,' zegt ze opeens.

Ze worden nu allemaal serieus.

'Sinds wanneer?'

'Weet ik niet. Ik dacht eerst dat ik gewoon wat over tijd was, maar nu is het al een paar weken.'

'Heb je je wijnruitthee dan niet genomen?' vraagt Mencia boos.

'Ik werd daar misselijk van.'

Isabel is de eerste die de stilte verbreekt. Het uitblijven van je stonden is voor hen een van de grootste nachtmerries.

'Je zult de patroon moeten inlichten.'

'Absoluut niet,' zegt Margalinda. 'Ik sla me nog liever net zolang op de buik tot die openbarst.'

'Je kunt zware dingen gaan tillen,' zegt Alonsa. 'Of de hele hoerenwijk doorrennen. Of heel vaak achteruitspringen.'

Een veterane maakt een eind aan hun gepraat. 'Doe niet zo dom. We moeten die bijvoet gaan halen in Violantes kamer. Ik weet hoe die plant eruitziet, ik heb diverse keren gekeken hoe ze die klaarmaakte. Ik moest er drie keer per dag thee van drinken.'

'Er is niks,' onderbreekt Damiana haar.

'Hè?'

'Alle kruiden zijn weg.'

Het bericht slaat in als een bom. Misschien waren sommigen zich er nog niet van bewust welke vergaande gevolgen de afwezigheid van Violante heeft. Ze hebben niet alleen een goede huisgenote verloren, maar ook de middeltjes die hun leven minder hard maakten: van drankjes voor menstruatiepijn tot remedies tegen syfilis en zwangerschap. Ze beginnen druk door elkaar heen te praten, niemand luistert naar wat de ander zegt.

Dan legt Damiana hun met een kort zinnetje het zwijgen op. 'Ik heb met de patroon gepraat.'

Nu heeft ze ieders aandacht. De eigenaar van hun bordeel zegt niet vaak wat, en als hij het wel doet, belooft het meestal weinig goeds.

'Hij zei tegen me dat Violante die nacht buiten de hoerenwijk was. Iemand heeft haar zien weggaan.'

Er valt een stilte als in een graf.

'Ik wil weten wie dat was,' vervolgt ze beslist. 'Iemand van ons weet meer dan ze ons heeft verteld en is met dat verhaal naar de patroon gegaan.'

Het is Brígida die ten slotte iets zegt. 'Beschuldig je ons nou van verklikkerij, havikje?'

'Ik beschuldig niemand. Ik zeg alleen dat de patroon precies weet wat er hier allemaal gebeurt. Hij wist zelfs dat Violante ons genas met haar middeltjes.'

Er worden achterdochtige blikken uitgewisseld en sommigen fluiten van ongeloof.

'Hij kan alleen maar weten dat ze die nacht is weggegaan als iemand hem dat verteld heeft. Het moet een van ons zijn geweest,' dringt ze aan.

Ze zwijgt, wachtend op een reactie. Maar dat is tevergeefs. Het enige wat ze zal horen zullen nieuwe protesten zijn, dat ze hen niet vertrouwt. Het is waar. Ze heeft het vertrouwen in iedereen verloren, te beginnen bij haar eigen huisgenotes. En daardoor voelt ze zich eenzamer dan ooit.

20

Damiana is alleen met Lucinda achtergebleven.

Die ziet er niet meer uit alsof de man met de zeis op het punt staat haar mee te nemen.

'Hoe gaat het met je?' Damiana gaat naast haar op het vloerkleed zitten.

'Die *guayaco*-thee heeft me gered. En de dekens waar Violante me mee instopte. Het was vreselijk om die zweren er zo uit te zweten, ik kreeg het gevoel dat ik in de hel zat, maar ik voel me nu een stuk beter.'

Damiana knikt. Het is jammer dat Violante geen tijd heeft gehad om haar kennis op iemand over te dragen. Met haar had ze het wel geprobeerd, maar Damiana moest al gapen bij het idee dat ze recepten uit het hoofd moest leren. Daar heeft ze nu spijt van. Ze zijn niet alleen de kruiden kwijt, maar ook nog iets veel belangrijkers: Violantes kennis.

'Bedankt dat je het net voor me opnam,' zegt Lucinda met een klein stemmetje.

'Dat was niks, Luci. Ik zou jóú moeten bedanken... vanwege die vent laatst.'

'Die lange die zo op Violante viel?'

'Ik kon echt niet meer,' zegt Damiana. 'Maar je had het niet moeten doen, je bent nog zo zwak.'

'Dat loopt wel los.' Lucinda haalt haar schouders op, alsof het onbelangrijk is.

Damiana heeft heel wat vrouwen aan syfilis zien overlijden, maar dit meisje, dat er zo teer uitziet, heeft meer kracht in zich dan je zou vermoeden. Ze glimlacht, want ze weet dat dat het enige is wat ertoe doet in dit ellendige leven. Weer opstaan, steeds weer opstaan.

‘Bovendien zou je hem kunnen besmetten. En als hij dan naar de patroon gaat, zit je echt in de problemen.’

‘Daar hoef je niet bang voor te zijn.’ Ze glimlacht ondeugend.

‘Kreeg-ie hem niet omhoog?’

Luci schudt haar hoofd. ‘Hij wilde alleen maar over Violante praten.’

Damiana knijpt haar ogen tot spleetjes. Misschien was die reus echt met Violante begaan. Misschien wilde hij alleen maar nog een laatste keer in haar slaapkamer zijn.

‘Ik ga wat rusten, ik ben nog niet helemaal beter,’ zegt Lucinda terwijl ze overeind gaat staan.

‘Wacht even. Hoe heette die man?’

‘Geen idee. Schatje, zoals iedereen.’

‘Juist. En wat... wat heb je hem verteld?’

‘Datgene waardoor hij tevreden kon weggaan.’ Luci geeft Damiana een knipoog. ‘Wat je iedereen vertelt.’

‘Aha. Alleen maar wat kletsen dus.’

‘Precies, en in Violantes spullen rommelen.’

Damiana schrikt, al probeert ze dat te verbergen. ‘Wat voor spullen?’

‘Hij heeft overal gekeken. Ik neem aan dat hij de laatste keer wat had laten liggen.’

‘Dat lijkt aannemelijk.’ Damiana heeft moeite zich te beheersen. ‘Dat verklaart ook waarom hij er zo op stond naar haar kamer te gaan.’

‘Uiteraard, en ook dat hij zich al zo snel weer liet zien.’

‘Wat bedoel je?’

Ondanks de hitte voelt Damiana haar lichaam helemaal koud worden. En door de woorden van Luci wordt ze alleen maar in haar slechte voorgevoel bevestigd.

‘Wist je dat niet? De nacht dat Violante verdwenen is, was hij bij haar.’

21

‘Vertel jij maar eens wat je in je schild voert.’
‘Ik?’ Gaspar houdt zich van de domme.
‘Je loopt al dagen met die onnozele grijns rond. Vertel op, ben je verliefd?’
Hij begint te lachen. Zijn moeder denkt altijd aan hetzelfde. ‘Kraam geen onzin uit, mam.’
Ze staakt haar bezigheden en werpt hem een van die blikken toe die dwars door hem heen gaan.
‘Weet je het zeker?’
Gaspar knikt. Het klopt dat hij voortdurend aan het meisje denkt tegen wie hij opbotste in de haven, maar die houdt hem niet uit zijn slaap.
‘Wat is er dan?’
Gaspar aarzelt. Hij wil het haar eigenlijk pas zeggen wanneer hij zeker weet dat het konvooi naar Tierra Firme uitvaart. Een besluit hoeft hij niet te nemen, want hun heer komt binnen en onwillekeurig buigt zijn moeder zich voorover. Ze pakt de boenlap, doopt hem in het water en gaat verder met het dweilen van de vloer. Don Rafael heeft al dagen een pesthumeur en dan kun je maar beter bij hem uit de buurt blijven.
‘Ifigenia.’
‘Ja, heer?’
‘Ga naar de keuken. Mijn gast komt er zo aan en ik wil niet dat er iets misgaat bij het diner.’
Ifigenia knikt, nog steeds met gebogen hoofd.
Don Rafael geeft haar een schop. ‘Schiet op, mens, hij komt er zo aan, zei ik!’
Gaspars gezicht wordt heet van woede. Het maakt niet uit dat

zijn moeder de staat van vrije vrouw heeft gekregen, die vent blijft haar behandelen alsof hij niet verder kijkt dan de brandmerken op haar wangen. Op haar ene wang staat de letter S en op de andere de tekening van een *clavo*, een nagel. *Es-clavo*. Slaaf. Voor altijd vastgenageld. Wát wetten, die te ver af staan van mensen als zijn moeder, ook mogen voorschrijven.

Bovendien is Ifigenia niet bepaald meer de jongste. Een leven lang hard werken heeft zijn tol geëist, en Gaspar weet dat ze soms de slaap niet kan vatten door de pijn in haar knie en dat het haar steeds meer moeite kost om te verbergen dat ze hinkt. Trouwen met zijn vader was een mooie kans voor haar, maar de dood haalde hem veel te vroeg bij haar weg. Omdat ze opgescheept zat met een baby kon ze niets anders doen dan als dienstmeid gaan werken in het huis waar ze altijd slavin was geweest.

Hij zal haar hier weghalen, zegt hij bij zichzelf. Hij zal fortuin maken in de Nieuwe Wereld en terugkomen om zijn moeder haar laatste jaren te laten doorbrengen zoals ze verdient.

Zijn gedachten worden onderbroken door de stem van don Rafael.

'Laat die slapjanus van een zoon van jou maar meehelpen, die heeft toch niets te doen. Ik wil geen uitvreters in mijn huis.'

22

Damiana kan niet slapen.

Ze blijft maar draaien, het stro van haar veldbed plakt aan haar bezwete huid en de muggen lijken er meer dan ooit op uit haar te willen opvreten. Verwoed begint ze zich te krabben, terwijl ze nadenkt over alles wat er gebeurd is. Misschien heeft ze zich wel vergist en haar collega's ten onrechte beschuldigd. Het kan best zijn dat iemand van een ander bordeel Violante heeft zien weggaan en dat aan de patroon heeft verteld. Ze is niet gek, ze weet dat andere prostituees jaloers zijn op de vrouwen die in Babylon werken, en dat jaloezie meer kapotmaakt dan menig wapen. Maar wat haar het meest bezighoudt, is de mysterieuze rol die de lange man speelt. Wat zocht hij in Violantes kamer? En wat wilde hij van Luci weten over Violante? Ze moet het Luci nog eens vragen, haar alle details ontfutselen. Had die man soms de totem meegenomen, was Violante daarachter gekomen en was ze daarom de hoerenwijk uit gegaan? Als dat zo is, moet ze die man hoe dan ook spreken. En wat ze zich het meest afvraagt: wat is er die nacht tussen hem en Violante gebeurd? Had dat iets te maken met de moord op Violante?

Ze denkt aan het ruwhouten beeldje van palissanderhout, een menselijk figuurtje met vrouwelijke vormen waarop in levendige kleuren blaadjes en bloemen zijn geschilderd. Als ogen zijn in de holten twee gitten aangebracht die je lijken uit te dagen. Eerlijk gezegd voelde ze zich nooit erg prettig bij het beeldje. Eigenlijk vindt ze het een vreselijk ding. Daarom was het een opluchting dat Violante het op een geheime plek voor haar wilde bewaren, zodat haar die oordelende blik van dat stuk hout bespaard bleef, die haar altijd herinnerde aan het vertrouwen dat haar vader wel in Carlina stelde, maar niet in haar. Carlina heeft hij wel iets echt belangrijks nagelaten. En hoewel Damiana het nooit zal toegeven raakten ze daardoor van elkaar verwijderd.

Ze is het zat om nog langer op de slaap te liggen wachten en gaat naar buiten, in een poging wat verkoeling te vinden. Tevergeefs, want er staat nog niet het minste briesje. Al lopend plukt ze het stro van haar huid en uit haar haren. 's Nachts zijn de poorten dicht en kan ze wandelen zonder het voorwerp van lust voor mannenogen te zijn. Ratten en kakkerlakken daarentegen nemen er nu wel hun gemak van. Een jong katje speelt met een dode kakkerlak en rolt hem alle kanten op terwijl de moederpoes trots naar hem kijkt. Die zal wel denken dat het een goede jager belooft te worden. Verwachtingen van familie. Damiana laat een diepe zucht horen: daarvan is bij haar geen sprake. Niemand van de hoeren van El Compás heeft een moeder die teleurgesteld zou kunnen zijn om wat ze doen. Niet hier in de stad althans. Dat is een van de voorschriften van het hoerenbedrijf: je mag niet uit Sevilla afkomstig zijn en er ook geen familie hebben wonen. Aan haar moeder bewaart ze zelfs geen enkele herinnering en toen haar vader verdwenen was, heeft ze samen met Carlina maandenlang de hele stad afgezocht. Ze zijn elke wijk, elke herberg, elke straat afgelopen, tot ze alle huizen hadden gehad. Maar de noodzaak om te overleven dwong haar haar zoektocht te staken en te accepteren dat ze gewoon een van de vele weeskinderen was. Nu ze negentien is, is ze gehard. Ze heeft het best goed in haar eentje, het is precies wat ze wil: zich geen zorgen hoeven maken om wie dan ook.

Ze wordt door gefluister uit haar overpeinzingen gehaald. Het komt uit het steegje waar de patroon zijn kamer heeft. Ze zoekt dekking tegen de muur en loopt dan behoedzaam op de stemmen af, die al snel verstaanbaar worden. Het wordt haar duidelijk dat een van haar collega's de patroon op de hoogte brengt van het gesprek dat ze uren daarvoor hebben gevoerd. Dat zij, Damiana, haar neus steekt in iets wat haar helemaal niet aangaat. Haar wantrouwen was gegrond: de verklikster is een van hen.

Ze komt zo dichtbij als ze durft, maar nog steeds slaagt ze er niet in te horen van wie de stem is die zo fluistert. Als ze nog een stap zet, kunnen ze haar ontdekken. Ze brandt van nieuwsgierigheid om het gezicht van de verraadster te zien, maar ze moet slimmer zijn dan zij. Ze besluit terug te gaan naar haar kamer en gaat achter haar gordijn staan om daar te wachten tot de vrouw zich laat zien.

Lang wachten hoeft ze niet. Het is een iele gedaante, een spook bijna, dat het huis in loopt en helemaal doorloopt naar de achterste kamer. Een kamer waar zij de laatste paar dagen vaak op bezoek is geweest.

Verraad doet pijn. Als het afkomstig is van iemand die je beschermd hebt zoals de poes haar moordende nakomeling beschermt, dan doet het nog meer pijn. Luci. Die kleine, vervloekte Luci.

23

De priorin draagt een geelkoperen olielamp met maar één pit. Meer dan een paar duim om haar heen wordt er niet door verlicht, maar dat is voldoende om te zien waar ze loopt. Het laatste wat ze wil is gezien worden door een zuster die is achtergebleven na de dienst van de completen.

Ze daalt de wenteltrap af en komt in de kelder. Daar loopt ze een duister, beschimmeld gangetje door, plukt een paar spinnenwebben van de muren en vervolgt haar weg naar een gesloten deur. Ze pakt de sleutelbos die ze heeft gekregen van de non die alle sleutels van het klooster in bewaring heeft, en blijft ze proberen tot ze de juiste heeft. Hij is verroest, ze moet al haar kracht gebruiken voor hij in het slot omdraait. Daardoor schiet haar te binnen dat er al heel lang geen nieuwe novice is ingetreden. De beschuldiging dat ze een alumbrada zou zijn heeft haar niet populair gemaakt. Eerst had ze veel moeite om zich een plek te veroveren in de stad, maar beetje bij beetje kwamen er gegadigden voor de orde. Intussen weet heel Sevilla dat de priorin door het hoogste hof is berecht. En hoewel de heilige Theresia nog steeds in haar gelooft, zullen andere mensen altijd twijfel blijven hebben.

Ze is het vertrek nog niet binnen of er komt iets met grote snelheid op haar gezicht af. In een reflex beschermt ze haar gezicht met haar handen terwijl er een gil uit haar keel ontsnapt. De gevleugelde engerd ontwijkt haar op het laatste moment en ze verwijt zich haar eigen stommiteit. Om godswil, het was gewoon een vleermuis.

Onderzoekend kijkt ze het vertrek rond. Er liggen verscheidene balen naast de spullen die don Lorenzo de Cepeda haar in bewaring heeft gegeven nadat hij van zijn zeereis terugkwam. Ze moet moeder Theresia vragen wat ermee moet gebeuren, maar de dood van haar broer is nog niet lang geleden en ze durft het onderwerp nog niet ter sprake te brengen. De rest van de spullen nemen weinig ruimte in. De bezittingen van de novices zijn grotendeels omgezet in hun bruidsschat, hier zijn alleen wat zaken van weinig waarde terechtgekomen. Ze vindt het pak dat van zuster Catalina is en gaat ernaast op de vloer zitten.

Ze wil net het koord gaan losknopen dat een schijn van privacy moet geven, maar blijft in haar beweging steken. Heel even krijgt ze de aanvechting het pak terug te leggen en rechtsomkeert te maken. Zij is de hoogste autoriteit van het klooster, maar deze avond voelt ze zich een ordinaire dievegge die stiekem de privésfeer binnendringt van een vrouw die zich met ziel en lichaam heeft gegeven aan de zaak waarvan zij in Sevilla aan het hoofd staat. Dieper kan ze niet zinken, gemener kan ze niet zijn. Haar vingers spelen zenuwachtig met het koord. Is het juist wat ze doet? Ze probeert te achterhalen wat haar drijft. Misschien de angst om weer een kerker in te moeten, opnieuw berecht te worden, en dat deze keer de inquisitie zich door leugens laat overtuigen? Eindigen als de zoveelste ketter, verbrand aan een paal. Ze probeert zichzelf ervan te overtuigen dat dat het niet is. Het is iets groters waar ze zich door laat leiden, een missie waarvoor ze vernederingen ondergaat. Ze moet denken aan de woorden van de heilige Theresia toen die haar vertrouwen in haar uitsprak. Moeder Theresia heeft zich met hart en ziel overgeleverd aan de orde, heeft kloosters gesticht op heel het Castiliaanse grondgebied. Haar heeft ze opgedragen voor slechts één ervan te zorgen. Na alle ellende die ze hebben doorstaan om het klooster te kunnen stichten, hoeft zij er alleen maar voor te waken dat niemand het zaadje vernietigt dat geplant is.

Ze heeft voldoende moed verzameld. Behoedzaam maakt ze het pak leeg en bekijkt de eenvoudige spulletjes een voor een. Tot ze bij het laatste komt, dat zo ver mogelijk weggestopt op de bodem ligt. Het is een oud handgeschreven boekje, een soort schrift. Ze zet de olielamp vlak naast zich neer en begint te lezen.

Eerst met verbazing, dan met verbijstering, tot het laatste spoortje schuldgevoel uit haar hoofd verdwenen is.

Inderdaad, deze non heeft haar gebruikt, en nu weet ze waarom.

24

Ifigenia roept haar zoon.

Aanvankelijk reageert hij niet, omdat hij in gedachten helemaal opgaat in wat er te gebeuren staat. Hij zal op een oorlogsschip varen, dat als taak heeft om alle waren en dieren gezond en wel in Amerika te laten aankomen, net als – of nog meer dan – alle mensen. Paarden, koeien, schapen, geiten, varkens, konijnen en kippen, maar ook specerijen als gember, kostbare saffraan, oregano, koriander, peterselie, fruit en groenten, en uiteraard vaten olie en wijn, kikkererwten, tuinbonen, tarwe en rijst; basale levensmiddelen voor de mannen en vrouwen die overzee wonen.

Hij blijft verstrooid, maar nu heeft zijn moeder geen tijd om naar de reden te vragen. Ze loopt zo snel als haar slechte been het toestaat langs hem heen.

'Help me even met de tafel, de gast kan elk moment komen.'

Gaspar is eindelijk tot de werkelijkheid teruggekeerd en pakt haar het aardewerk uit handen. 'Doe jij het bestek maar, want ik leg het altijd in de verkeerde volgorde. Dan doe ik de rest wel.'

Ze werpt hem een dankbare blik toe. Wat zou ik zonder hem moeten, zegt ze bij zichzelf, niet wetend dat haar zoon op dat moment precies hetzelfde denkt. Hoe kan hij leven als er zo'n grote afstand tussen hen is, zonder haar glimlach iedere dag te zien, zonder te weten dat ze wakker is geworden van de pijn, zonder te weten of die ellendige heer die ze dienen haar goed of slecht heeft behandeld?

Ze horen al stemmen en haasten zich alles af te maken. Gaspar kijkt voldaan naar de gedekte tafel: een smetteloos tafellaken, de tot een mijter gevouwen servetten, het zilveren bestek dat in volmaakte lijn ligt met de borden van geglazuurde keramiek, en alles verlicht door vijfarmige, fraai gesmede kandelaars. Zijn moeder heeft zich al discreet teruggetrokken via de deur die naar de keuken leidt en hij wil net hetzelfde doen wanneer hij een bekende, schorre stem hoort.

'Krijg nou wat, jongen. Ben je van plan me overal te volgen?'

De man die net naar binnen is gestapt is niemand anders dan don Eugenio de Ron.

Achter hem staat don Rafael niet-begrijpend naar hen te kijken.

'Ik... trek me terug, heer,' zegt hij, zijn hoofd neigend naar don Rafael.

'Stil jij,' beveelt die. 'Waar kent u dit leeghoofd van, don Eugenio?'

De eerste stuurman fronst zijn voorhoofd. Hij begrijpt dat hij de jongen in een lastig parket kan brengen, dat hij niet om toestemming lijkt te hebben gevraagd om aan te monsteren. Hij wil zijn gastheer niet voor het hoofd stoten, maar ook niet een van zijn nieuwe bemanningsleden verliezen.

'Op de markt botste hij tegen me op,' verzint hij. 'Uw bediende kijkt niet uit waar hij loopt.'

'Als je 't mij vraagt is hij er nooit met zijn hoofd bij.'

'Neem het hem maar niet kwalijk. Het is zijn leeftijd.'

'Ik weet niet waar het heen moet met hem,' gromt de bestuurder. Hij gebaart onvriendelijk naar Gaspar dat hij weg moet gaan.

Eugenio glimlacht geforceerd. Hij heeft zo'n vermoeden dat zijn gastheer zijn smoesje niet heeft geslikt.

Tijdens de eerste gangen komt de edelman nog niet ter zake. Ze praten over de reizen die Eugenio de Ron naar Amerika heeft gemaakt, terwijl ze met smaak eten van de geroosterde varkenspootjes, de groenteschotel met ingelegde kwartel en een royaal bord met Araceense ham. Iedere hap wordt overgoten met wijn uit Bordeaux.

Don Rafael vraagt de zeevaarder naar de ontwikkelingen in de scheepvaart en Eugenio praat enthousiast over de instrumenten die hem leiden en elkaar aanvullen: kompassen, een serie passers, de havenkaarten met de koers van de windroos, telramen om het rekenen te vergemakkelijken, maar ook het astrolabium en de graadboog. Zijn gastheer luistert beleefd en veinst belangstelling, maar hij is niet in het minst geïnteresseerd.

Pas wanneer het lamsvlees is getrancheerd en opgediend, besluit don Rafael dat het moment daar is. 'Ik heb gehoord wat er op uw schip is gebeurd.'

Nu komt het, denkt Eugenio. Hoewel hij sinds zijn benoeming tot eerste stuurman wel vaker met edellieden te maken heeft gehad, is dit de eerste keer dat een stadsbestuurder hem uitnodigt voor een privé-etentje. Daar moet een bepaalde reden voor zijn. 'Dat heeft Uwe Genade dus gehoord, net als heel Sevilla.'

'Natuurlijk. De vloot naar West-Indië hou je niet zomaar tegen.'

'Eigenlijk vergist u zich nu.'

'Wat zegt u?' De edelman fronst zijn wenkbrauwen, hij is niet gewend te worden tegengesproken.

'Er is altijd wel iets waardoor er vertraging wordt opgelopen. Uwe Genade weet dat het konvooi naar Nieuw-Spanje in april moet uitvaren, en dat van de galjoenen in augustus. Maar dat gebeurt zelden. Als er al geen nieuwe schepen moeten komen omdat de teruggekeerde schepen in slechte staat zijn, dan komen er wel berichten over piraten op de route, of komt de proviand die moet worden ingescheept maar niet binnen.'

'Maar nadat alles is ingescheept, kan het anker toch worden gelicht?'

Er ontsnapt don Eugenio een glimlachje. Wat een sukkel is die man, binnen een minuut legt hij al zijn kaarten al op tafel. 'Natuurlijk, dat vergat ik te zeggen. Ik hoorde bij de kathedraal dat een stadsbestuurder ook had geïnvesteerd in deze expeditie. Dat is Uwe Genade waarschijnlijk?'

Rafael de Zúñiga y Manjón wordt rood zonder het te willen. Hij besefte zelf ook al dat hij een flater had geslagen, maar wat hem nog meer ergert is dat op dé plek van samenkomst van Sevilla, de treden naast de kathedraal, dit gerucht al de ronde doet. Alles wat er in de stad gebeurt, wordt besproken door de mannen die daar hun tijd doorbrengen met het sluiten en verbreken van hun eigen overeenkomsten. Om zijn gêne te verbergen neemt hij een slok wijn. 'Ik zal vrijuit tegen u spreken,' begint hij, wijn en trots indrinkend. 'Voor iemand van mijn stand valt het niet mee om in het onderhoud te voorzien. De handelaren pakken ons terrein af, en als verantwoordelijke voor het vermogen van de familie Zúñiga y Manjón moet ik veel kosten zien te dekken. Daarom heb ik besloten zelf te investeren in de verkoop van wijn die naar Tierra Firme gaat. Achthonderd fusten van de beste Seviliaanse Aljarafe.'

'Dat zijn heel wat gouden escudo's.'

'Meer dan u zich kunt voorstellen.' Don Rafael laat een stilte vallen, neemt weer een teug uit zijn fraai bewerkte kristallen glas. 'En die bezit ik uiteraard niet.'

Eugenio wacht zwijgend zijn verdere woorden af. Hij weet welke moeite dit de man kost: als er iets is waar een edelman zich voor schaamt, nog meer dan toegeven dat hij op zwart zaad zit, is dat hij zich als een ordinaire woekeraar met handel bezighoudt.

'Ik heb dit huis beleend om de wijn te kunnen kopen. En ik heb ook nog een lening moeten aangaan voor de betaling van het transport van de wijn naar de schepen.'

Dat begrijpt de eerste stuurman. 'En u bent alles kwijt als de handelswaar bedorven op de plaats van bestemming aankomt.'

'De wijn kan zuur worden. Als het aan de andere kant van de oceaan als azijn aankomt, ben ik geruïneerd. Dat mag niet gebeuren.' Het gezicht van don Rafael wordt hard, harder dan Eugenio tot nu toe gezien heeft. 'Onder geen enkele voorwaarde.'

Peinzend richt don Eugenio zich op de maaltijd. Geldschieters, meestal Genuezen of Portugezen, begaan zelden stommiteiten. Ze nemen een groot risico door dit soort ondernemingen te financieren, maar de opbrengst moet navenant zijn. Don Rafael heeft alles op één kaart gezet, terwijl niemand verwachtte dat die wijn de haven op tijd zou verlaten. Eerder dat die zou verzuren in het ruim van de koopvaardijschepen.

Terwijl hij nog wat lam neemt, richt de edelman een nieuwe pijl op hem. 'Dat van die goddelijke straf gaat er bij mij niet in.'

'Bij mij ook niet,' geeft Eugenio toe. 'Achter dat misdrijf zit gewoon een mensenhand.'

'Maar wie heeft er belang bij dat de vloot niet uitvaart?'

'Dat zou ik ook wel willen weten.'

'Verkoopt u mij geen onzin. Als belangrijkste stuurman moet u over meer informatie beschikken.'

Eugenio weegt zijn woorden. In hoeverre is zo'n wanhopige man te vertrouwen?

'Vertel op, u kunt me vertrouwen.'

Het lijkt alsof de edelman zijn gedachten heeft gelezen. Maar de gretigheid waarmee hij naar voren buigt, de spanning op zijn gezicht en zijn doordringende blik lijken eerder te wijzen op het tegendeel. Eugenio drinkt zijn glas leeg, schraapt zijn keel en neemt een besluit. 'Zoals u weet heeft deze stad haar enorme bloei te danken aan haar heerschappij over de scheepvaart.'

Don Rafael knikt.

'Dat we in de grootste stad met de beste voorzieningen van heel het land leven, dat Sevilla meer dan honderdduizend zielen telt, dat hier honderden statige huizen zijn gebouwd en zelfs dat de hoerenwijk gigantische inkomsten genereert, is allemaal te danken aan het feit dat dit de handelshaven van en naar West-Indië is.'

'Dat weet ik ook wel.' Don Rafael wordt ongeduldig.

Eugenio daarentegen is de kalmte zelve. Hij spreekt met zo'n bedachtzaamheid dat je zou zeggen dat het zijn bedoeling is zijn disgenoot nerveus te maken. 'Naar het schijnt heeft Zijne Majesteit koning Filips II, God zegene hem, zich omringd met bepaalde...' hij zoekt naar het juiste woord, '... invloedrijke mensen.'

'U bedoelt handelaren?'

'Precies. Spaanse en buitenlandse handelaren.'

De stadsbestuurder trekt een grimas. Als hij iets meer verafschuwt dan lui van dat handelsgilde, dan zijn het wel buitenlandse lui van dat buitenlandse handelsgilde. Mensen als zijn geldschieter, die duivelse Martinelli.

'Handelaren,' vervolgt Eugenio, 'die geen belang hebben bij het monopolie van Sevilla.'

'Maar dat is het meest praktisch,' protesteert don Rafael. 'Door over rivieren te varen, hebben de schepen geen last van vijandelijke aanvallen.'

'Toch heeft het ook zijn nadelen. Door de zandbank bij Sanlúcar kunnen schepen van steeds meer tonnage er maar moeilijk aanleggen, en er gaat te veel tijd verloren bij het stroomopwaarts vervoeren van goud en zilver in schuiten. Om nog maar te zwijgen van wat er onderweg verdwijnt.'

Don Rafael wordt ziek bij de gedachte dat iemand hem, na zoveel in het werk gesteld te hebben, de winst van deze expeditie door de neus kan boren. Hij, die nooit heeft gewerkt. 'De beveiliging moet opgeschroefd worden,' gromt hij.

'Dat brengt weer kosten met zich mee,' verklaart Eugenio. 'Maar als er hier in de buurt een ruime baai zou zijn die toegankelijk is voor alle soorten schepen... op bijvoorbeeld twintig of dertig zeemijl afstand van de monding van de Betis... een baai die de zware, gevaarlijke tocht stroomopwaarts over de rivier onnodig maakt...'

'Gádir,' mompelt don Rafael.

'Juist.'

'De stad Cádiz zou dan de voorrechten genieten die Sevilla nu heeft.'

'Alles wat hier voorspoed heeft gebracht, zou zich met de snelheid van een stevige bries naar het nieuwe handelscentrum van de wereld verplaatsen,' beaamt Eugenio.

'Heer in de hemel.'

'Stelt u zich voor dat het gerucht gaat dat deze haven vervloekt is. Dat zeemannen deserteren, handelswaar bederft, er door vertragingen tekorten ontstaan op de plaats van bestemming...'

'Dan heeft Cádiz dus een kans om zijn doel te bereiken.' De edelman springt op uit zijn stoel en begint met zijn handen op de rug rondjes om de tafel te lopen. 'En daarom bent u niet bang voor de vloek over het boegbeeld.'

'Tot de taken van de eerste stuurman van het vlaggenschip van de armada die de koopvaardijvloot naar West-Indië begeleidt, behoort onder meer wetenschappelijk onderzoek,' zegt Eugenio met veel aplomb. 'Ik breng de wereld in kaart, meet afstanden, de hoogte van golven, windkracht. Ik zou me schamen me door zoiets redeloos te laten leiden.'

'En daarom,' vult Rafael aan, 'bent u nieuwe bemanningsleden aan het werven.'

'Er moet worden afgerekend met deze dwaasheid voordat de toestand ernstig wordt,' stemt de stuurman met hem in.

Don Rafael houdt zijn woede in bedwang. Een totale stillegging van de haven, precies op het moment dat hij kans ziet om zijn bezit te redden. Maar hij moet koel blijven en de kaarten die hem zijn toebedeeld zo goed mogelijk uitspelen. 'Sta me toe u nog iets te vragen. Waarom doet u dit?' vraagt hij.

Eugenio de Ron gaat met zijn hand naar het litteken op zijn wang, een gewoonte die zijn onrust verraadt. Maar dan wordt het nagerecht binnengebracht en wint de ijdelheid het bij zijn gastheer.

'Een noviteit van mijn kokkin. Cacao uit Amerika, gekookt met rietsuiker,' zegt don Rafael.

Eugenio wacht tot er geserveerd is en proeft er zwijgend van. Hij heeft vaker chocolade gegeten, maar nooit in deze combinatie. 'Bij mijn baard, het is voortreffelijk.'

'Inderdaad. En geeft u nu antwoord. U lijkt de enige zeeman te zijn die pogingen doet om uit te varen.'

'Ik vervul alleen maar mijn plicht.'

'Met zo'n onverschrokkenheid,' kaatst de edelman terug, 'dat u zelfs mijn jonge bediende van me wilt afpakken.'

Eugenio glimlacht flauwtjes. Zoals hij al vermoedde is zijn gastheer niet in zijn leugentje van daarnet getrapt. 'Ik wist niet dat hij voor een stadsbestuurder werkte.' Ook een leugen, en hij kijkt met iets van uitdaging in zijn blik don Rafael aan. 'Hoe dan ook is hij een vrij man.'

Die opmerking kan de edelman in zijn zak steken. Hoewel hij niet de enige is die zijn bedienden als slaven blijft behandelen, mag hij dat wettelijk gezien niet doen. Maar Rafael de Zúñiga y Manjón is opgegroeid in de overtuiging dat hij altijd gelijk heeft, en dat gaat nu niet veranderen.

'Ik heb het niet over de wetten van de koning, maar over basale omgangsvormen. Als zelfs die u niets uitmaken, bent u óf slecht opgevoed, óf enorm wanhopig over het niet vertrekken van de vloot.'

'Ik heb geïnvesteerd in een aantal onroerende zaken in Sevilla,' zegt Eugenio na een korte aarzeling. 'Ook ik zou aan de grond zitten als die in waarde dalen.'

Don Rafael knikt langzaam terwijl hij deze nieuwe informatie verwerkt. Werktuiglijk draait hij zijn snor op.

'Dat kan zijn, maar denk niet dat uw zaken mij ook maar iets kunnen schelen. Er is maar één ding dat voor mij van belang is.'

Eugenio wacht af.

De stadsbestuurder glimlacht. Het is een valse glimlach, maar daarom is hij niet minder breed.

'Dat we in hetzelfde schuitje zitten.'

Terwijl hij dit zegt steekt hij als terloops het trancheermes in de lucht. Maar ze weten beiden dat het een verkapt dreigement is, minder subtiel dan de klunzige stadsbestuurder bedoeld had.

Eugenio de Ron is er de man niet naar om zich te laten intimideren door een aan lagerwal geraakte edelman. Hij heeft alle zeeën doorkruist, zich teweergesteld tegen stormen en piraten, heeft op doortocht verscheidene epidemieën overleefd en op zee de grootste heldendaden van deze eeuw verricht.

'De maaltijd was zeer geslaagd. Mijn complimenten aan de kokkin. En met uw goedvinden, zegt u me dan nu voor de drommel wat u van me wilt.'

De edelman verstrakt en zijn trekken verharden zich.

'Vergist u zich niet. Ik vraag u niets. Integendeel, ik zal u iets geven.' Don Rafael luidt de bel en Ifigenia verschijnt meteen. 'Laat mijn secretaris halen.' Hij wacht even, alsof hij geniet van wat hij gaat zeggen. 'En je zoon.'

Wanneer de twee verschijnen zegt don Rafael meteen waar het op staat. 'Vanaf nu staan jullie onder bevel van de eerste stuurman van de galjoenen. Jullie moeten hem helpen bij het werven van bemanningsleden. Zoek op alle kerkpleinen, loop overal het erf op met deze boodschap en vertel het voor mijn part aan de mensen in de krotten buiten de muren. Maar zet alle mannen op de lijst die bereid zijn uit te varen.' Hij wendt zijn blik af van Florencio en Gaspar en kijkt de stuurman aan. 'Don Eugenio, ik hoop dat u er geen bezwaar tegen hebt een kind van een negerin op uw schip te hebben.'

'We hebben zeelieden van alle huidskleuren, heer. Als hij maar hard werkt is hij welkom.'

'In dat geval ben je de eerste die op de rol staat, druiloor. Zorg dat ik me niet voor je hoef te schamen.'

'Ja, heer,' antwoordt Gaspar met opeengeklemde kaken.

Ifigenia, die naast hem staat, wordt helemaal bleek. Ze zou die snoever willen toeschreeuwen wat hij zich wel verbeeldt, dat haar zoon niemands eigendom is, dat hij hem niet op die manier kan afblaffen en, vooral, dat hij hem niet bij haar kan weghalen. Hem voor altijd van haar afpakken. Is er een grotere ramp denkbaar? Gaspar is het enige waarvoor ze 's ochtends opstaat, voor wie ze werkt om een dak boven het hoofd en om eten te hebben. Hij is haar droom, haar hoop, door hem is het leven de moeite waard, al was het maar om ervoor te zorgen dat het goed met hem gaat en om hem te beschermen, voor zover een oude vrouw als zij in staat is de flinke man te beschermen die hij, dat moet ze met pijn in het hart toegeven, zo langzamerhand aan het worden is. Dat zou ze allemaal willen roepen en nog meer, nog veel meer wat ze al veel te lang heeft binnengehouden. Maar haar lippen houden zich beleefd gesloten, want ze heeft haar lesje geleerd: tegen haar heer in gaan voorkomt in het geheel geen beledigingen en zorgt alleen maar voor meer narigheid. Dus doet ze niets. Of bijna niets, want haar knieën verraden haar en ze moet zich aan haar zoon vastgrijpen om niet op de vloer terecht te komen.

'Morgen bij zonsopkomst melden jullie je in de haven en zal de eerste stuurman jullie precieze orders geven,' vervolgt don Rafael, geheel onverschillig voor de worsteling van zijn bediende. Hij neemt een laatste slok voor hij zich tot don Eugenio richt: 'Het was een plezier met Uwe Genade de avondmaaltijd te gebruiken.'

Het is een manier om iemand je huis uit te werken. Eugenio de Ron neemt afscheid en gaat weg na Ifigenia en Gaspar, die elkaar krampachtig vasthouden.

Wanneer de stadsbestuurder alleen met zijn secretaris is achtergebleven, wordt zijn gezicht weer hard. 'Die man weet veel meer dan hij zegt, Florencio. Ik durf er mijn rechterhand om te verwedden dat hij iets belangrijks verzwijgt.'

Met tot spleetjes geknepen ogen kijkt de secretaris naar de deur waarachter Eugenio zojuist verdwenen is. 'Ik kom er wel achter wat dat is.'

De leeuwenkoning

Land van Mandé, 1228

Sundjata voelt zich het ellendigste kind op aarde. Op zijn tiende kan hij nog steeds niet lopen, waardoor hij Sogolon, zijn moeder, geen eten kan brengen en zij het moet vragen aan die gemene Sassouma.

Net als zo vaak verborg Sogolon ook vandaag haar tranen toen Sassouma de hut binnenkwam. Hij zag hoe die vrouw zijn moeder vernederde. 'Ik heb liever een kind dat op twee benen loopt dan een leeuw die zich over de grond voortsleept,' had ze zijn moeder toegebeten, terwijl ze de baobabbladeren in haar gezicht smeet.

Waarom laat ze hen niet met rust? Sassouma heeft alles. Ze is beeldschoon, ze is de eerste echtgenote van de koning, en Allah heeft haar sterke, gezonde kinderen gegeven. Bovendien houdt het hele Mandinka-volk van haar. Hoe kan het ook anders met zo'n intelligentie, zo'n zoete stem, zo'n natuurlijke bevalligheid?

Maar ze haat Sundjata. Ze spot met zijn zwakke ledematen en zijn reusachtige hoofd, ze scheldt hem uit omdat hij nutteloos is en omdat het zijn vaders ongeluk was een tweede huwelijk aan te gaan met die lelijke Sogolon. En ook omdat de naam die ze hem hebben gegeven belachelijk is: Sundjata Keita, wat 'leeuwenkoning' betekent in het Mandinka. Een leeuw staat symbool voor macht, kracht, moed, trots. Allemaal eigenschappen waar hij zich niet op kan beroemen.

Hoewel de buffelvrouw haar zoon probeert te beschermen, heeft Sundjata inmiddels al de verhalen gehoord die over hem de ronde doen, waarvan vele afkomstig zijn uit Sassouma's zieke geest. Voor het Mandinka-volk is hij een wezen dat half mens, half monster is. Hij heeft achttien maanden in Sogolons buik gezeten, totdat hij vanuit haar ingewanden schreeuwde dat het tijd was om eruit te komen. Toen werd het donker op de wereld; uit het oosten verschenen grote donkere wolken die de zon verborgen, de donder rommelde en bliksemschichten doorkliefden het zwerk. Terwijl er een harde wind waaide, barstte er zo'n stortbui los dat het dorp geheel onder water kwam te staan. Zelfs de alleroudsten hadden nog nooit zo'n ramp meegemaakt. Pas vele uren later, toen zijn moeder op het punt stond flauw te vallen, kwam er een enorm hoofd tevoorschijn en ging de storm liggen. Er wordt gezegd dat zijn ogen zo rood als bloed waren, dat hij een mond vol tanden had en een angstaanjagende glimlach. Een misvormd schepsel, een vergissing van de natuur.

Er wordt ook gezegd dat zijn vader er zeven maanden over had gedaan voor het hem lukte met Sogolon te slapen. Ze bleef hem koppig afwijzen. Die gebochelde, gruwelijke vrouw, die iedere man die belangstelling voor haar had als een godsgeschenk had moeten verwelkomen, en de schone prins al helemaal. Naré Maghan is tot ver buiten de grenzen van Mandé beroemd om zijn ongelooflijke schoonheid.

Maar iedere keer dat hij de hut binnenging, veranderde ze in een buffel, een stekelvarken of een panter. Haar gebrul was in de hele nederzetting te horen en keer op keer mislukten de pogingen van de koning om haar tot de zijne te maken. Totdat hij op een dag de strijd moe was en hij gewapend met zijn sabel binnenkwam en haar dreigde haar hoofd af te hakken. Het bloed van een maagd moest ter meerdere glorie van zijn stam de aarde bevloeien. Dat zei hij tegen haar terwijl hij haar met ijzeren hand bij het haar greep. Pas toen gaf de buffelvrouw, die nog steeds een doodsbang meisje was, zich gewonnen. 'Het zal een buitengewone vrouw worden als het je lukt haar te bezitten,' had de jager, die van ver kwam, voorspeld. En dat ze hem zijn opvolger zou baren. En in die nacht werd Sogolon zwanger.

Waarom zoveel moeite, vraagt Sundjata zich nu af. Zijn dagen verglijden daar voor de hut, hij ziet de bewoners van Mandé langslopen over het stoffige pad en zijn enige hoop is dat hij op een dag zal kunnen staan.

Hij sleept zich net de hut in om zijn moeder te troosten, wanneer hij de griot van zijn vader, Balla Fassaké, ziet komen aanlopen. De verhalenverteller is ook de raadsman en vertrouwensman van de koning, zoals alle generaties Fassaké voor hem dat voor de Mandinka-bestuurders waren. Hij schrikt als hij ziet dat de man zijn kant op komt, en nog meer wanneer hij met een ernstig gezicht bij hem neerhurkt.

'De koning is dood, Sundjata,' zegt de man plompverloren.

Sundjata's lichaam verstijft, alsof het midden in een hartslag blijft steken. Zijn ontsteltenis gaat over in verdriet, en zijn verdriet weer in angst. Zonder de gunst van zijn vader kan Sassouma met zijn moeder en hem doen wat ze wil.

'Dan zal nu mijn stiefbroer Karandan hem opvolgen op de troon,' zegt hij nauwelijks hoorbaar.

De griot schudt zijn hoofd.

'Hij heeft jou tot zijn opvolger benoemd, Sundjata Keita.'

'Mij?' De jongen kijkt hem ongelovig aan. 'Dat kan niet. Hij haatte me.'

'Je bent zijn zoon, hij kon je niet haten. Hij vond je alleen wel ongeschikt om over zijn rijk te heersen.'

'Waarom heeft hij mij dan benoemd?'

'Een koning kan zich niet veroorloven de grillen van de goden te trotseren.'

Sundjata's angst wordt steeds groter, tot een enorme onrust zich van hem meester maakt. Hij merkt dat zijn lippen trillen wanneer hij spreekt. 'En Karandan?'

De griot, een meester in welsprekendheid, weet niet wat te zeggen. Wanneer hij eindelijk antwoord geeft, klinkt er het medelijden in door dat de jongen gewend is te zien in de ogen van de mensen die naar hem kijken.

'Hij zal het je niet gemakkelijk maken, Sundjata.'

25

1 september van het jaar des Heren 1580

Damiana heeft geen oog dichtgedaan.

De hele nacht heeft ze liggen bedenken wat ze moet doen. Soms zag ze heel helder dat ze Lucinda moet blijven volgen, moet vaststellen tot hoever die kan gaan. Vervolgens veranderde ze van lichaamshouding en daarmee ook van gedachten, en kreeg ze zin naar Lucinda toe te gaan om haar alles te laten opbiechten. Ze stelde zich voor welke vragen ze haar zou stellen. 'Wat heb je gezien, Luci, wat heb je die nacht gezien? Waarom heb je Violante verraden, terwijl zij voor je zorgde alsof je haar dochter was? Was die man echt bij haar, of heb je mij ook om de tuin geleid en verraden? Hoe heb je naar de patroon kunnen gaan om te vertellen wat ik heb gezegd? Weet je soms niet dat hij me daarvoor de rekening presenteert? Dat hij me niet meer zal vertrouwen? Dat is wat je wilde, hè? Ja toch? Zeg op, beken maar!' En dan, terwijl zij Lucinda's arm zou verdraaien, zou ze haar eens vertellen wat ze van haar dacht. 'Jij kleinzielig, ellendig kind. Begrijp je niet dat als wij elkaar niet helpen, niemand dat zal doen? De patroon al helemaal niet, domkopje.' En met een minachtende, maar ook oneindig spijtige blik zou ze weglopen en teruggaan naar haar kamer, na haar eerst nog een flinke klap in het gezicht te hebben verkocht. En dan zou ze de slaap weer kunnen vatten en dat gewetenloze schepsel vergeten. Laat háár maar wakker liggen.

Ze heeft honger gekregen van de slapeloze nacht en het gepeins. Het duurt niet lang meer voor de mannen komen en dan heeft ze geen moment meer voor zichzelf. Ze slaat haar omslagdoek om met de gele kant naar buiten, loopt het huis uit en zet er flink de pas in om bij een van de marskramers een stevig ontbijt te kopen. De zon is nog nauwelijks op en de stad rekt zich loom uit. Wanneer ze bij de Klappoort aankomt kijkt de jongen geeuwend naar haar. Ze groet hem even onverschillig terug en is net de drempel over wanneer iemand haar roept. Het is Isabel, die als een jong veulen op haar komt afgerend. Ze vertraagt haar pas en zwijgend lopen ze samen op. Alle twee gaan ze liever samen met iemand naar buiten, hoewel Damiana weet dat Isabel haar beschuldiging van de vorige dag haar niet heeft vergeven. Ze slikt. 'Isabel...'

'Ja.'

'Ik denk dat het toch iemand van een ander hoerenhuis was,' liegt ze.

Isabels trekken verzachten zich. 'De patroon probeerde je natuurlijk in de war te brengen, dat stuk ongeluk. Hij wil niet dat we bang zijn binnen de muren van de hoerenwijk en zei daarom dat Violante naar buiten was gegaan.'

'Daar had ik niet aan gedacht.'

'Dat had je wel moeten doen. Voordat je ons of iemand anders beschuldigt.'

'Je hebt gelijk,' geeft Damiana toe. Meepraten lijkt haar het beste.

Isabel is gerustgesteld en begint haar gebruikelijke gekwebbel. 'Weet je waar ik zin in heb? Een maiskolf.'

'Die heb ik nog nooit gegeten.'

'Kom mee dan. In El Arenal is een vent die ze uit Nieuw-Spanje krijgt, hij stooft ze.'

Damiana glimlacht. Isabel is de lekkerbek onder hen, en dat is te zien aan haar weelderige lijf, waar ze trots op is. Heel wat klanten van Babylon komen alleen maar om zich daaraan te laven.

'Ik zal Luci ook eentje brengen.'

'Goed idee,' stemt Damiana met haar in. 'Dat zal goed zijn voor haar herstel.'

'Ze is al hersteld.'

'Hoezo?'

'Ik ben net bij haar wezen kijken om te vragen hoe het ging, maar ze was niet op haar kamer.'

'Wat bedoel je, ze was er niet? Het is nog maar net licht buiten...'

'Dat bedoel ik. Dat is voor het eerst dat die slaapkop vroeg opstaat. Joost mag weten waar ze naartoe is,' zegt Isabel lachend.

Damiana beantwoordt haar lach niet. Ze versnelt haar pas en slaat haar omslagdoek steviger om haar borst, alsof ze het plotseling koud heeft gekregen. Er bekruipt haar een heel slecht voorgevoel.

26

'Er gaan geruchten dat u veel in de hoerenwijk komt.'

Zuster Catalina zegt het onomwonden. Sinds Damiana het haar vertelde is ze haar nachtrust en haar kalmte kwijt en na lang aarzelen gooit ze haar twijfel er nu ineens uit. Ze wordt rood wanneer ze ziet dat pater León aan de andere kant van het houtsnijwerk haar stomverbaasd aankijkt. Het lijkt of hij twijfelt tussen haar antwoorden, of opstaan en weglopen. Maar ze moet weten welke man er werkelijk schuilgaat onder die soutane.

'Die kloppen,' zegt hij ten slotte.

Ze kijkt hem met een diep teleurgestelde blik aan.

Die blik heeft pater León nog nooit gezien in haar ogen, en het doet hem meer pijn dan hij ooit aan iemand zou toegeven. Ook niet aan zichzelf. Hij geeft meteen een verklaring. 'Ik hou redes om deze verdorven vrouwen vrij te kopen.'

'Om ze vrij te kopen?' vraagt zuster Catalina verward.

'Ja. Deze vrouwen zijn het zinnebeeld van morele verdorvenheid, van laagheid, het treurige teken van het eind der tijden.'

Zuster Catalina laat niet merken hoe ongemakkelijk ze zich voelt. Ze wordt heen en weer geslingerd tussen opluchting, nu ze weet dat hij zich verre houdt van de zonden van het vlees, en de afwijzing waarmee hij spreekt over meisjes als Damiana. 'Ze zullen niet allemaal zo slecht zijn.'

'Allen die hun lichaam verkopen zoals de verdorven Izebel.'

'Misschien hadden ze geen keus.'

De geestelijke kijkt verontrust naar haar. Zijn gewaardeerde zuster Catalina, zo toegewijd aan God, die het voor lichtekooien opneemt? Misschien moest hij zo'n jonge vrouw als zij niet langer van die heilloze boeken te lezen geven. Misschien kan hij haar beter eerst de schrijvers laten bestuderen die diep ingaan op de kerkelijke leer. 'De volgende keer zal ik geschriften van de heilige Johannes meenemen.'

Zuster Catalina knikt gedwee, hoewel er in haar ogen geen spoortje te vinden is van de glans die verschijnt wanneer ze over ridderboeken praten of wanneer ze hem ziet aankomen en plaatsnemen aan de andere kant in de biechtstoel.

'Daar worden ze in afgebeeld,' vervolgt hij, 'als de grote hoer van Babylon.'

'Van Babylon?'

'De meest goddeloze stad, de wieg van de zonde en het verderf.'

'Ik dacht dat het een hoerenhuis was.'

De ontsteltenis is van het gezicht van de priester te lezen. Hoe kan een non in een klooster weet hebben van het bestaan van die plek? Hij haalt diep adem en telt tot tien. Dan slaat hij zijn meest belerende toon aan. 'In El Compás is een bordeel dat ze die naam hebben gegeven. Dat is het ergste: ze zijn er nog trots op ook. Maar een vrouw van God zou dat soort dingen niet moeten weten,' zegt hij afkeurend.

Zuster Catalina houdt zich zo veel mogelijk in. Ze zou graag tegen hem zeggen dat hij dat soort dingen dan ook niet moest weten. Want ook hij is een man van God, en hij kent dat hoerenhuis niet alleen persoonlijk, maar komt er zelfs geregeld, zoals hij net heeft toegegeven. Hij zou zich eerst om zijn eigen ziel moeten bekommeren en haar niet als een weerloos kind moeten blijven behandelen, haar niet afschermen van bepaalde kennis, want zonder kennis blijf je langer kind en kun je niet groeien en blijf je voor altijd weerloos. En zij heeft zich niet zo uitgesloofd om vervolgens niet verder te groeien.

Maar ze zegt niets van dat alles. Althans, niet letterlijk. 'U hebt gelijk, eerwaarde. Er komen hier meer berichten binnen dan iemand zou denken. En daarom, om geen verkeerd beeld te hebben, moet ik er meer over weten.'

'Babylon was een grote, machtige stad, maar vol zonde. Net als dit nieuwe Babylon waarin onze stad is veranderd, mijn kind.

Vol met huizen van gulzigheid en wellust, met schurken, hoeren en sjoemelaars.'

'Ik begrijp het,' zegt Catalina met neergeslagen blik. Dan richt ze haar hoofd op en kijkt hem recht aan. 'Waarom hebt u zoveel belangstelling voor die arme vrouwen?'

Pedro de León glimlacht welwillend, een glimlach die haar ontwapent en tegelijkertijd in verwarring brengt. 'De zonde van de hoeren raakt niet alleen henzelf, maar dat slachthuis van de ziel schaadt de hele maatschappij die het toestaat. Zo'n maatschappij is ziek, en de ziekte moet met wortel en tak worden uitgeroeid. We moeten ze dus uit hun dwaling weghalen: ze vormen een bedreiging voor de redding van de mensen.'

'Vandaar die preken?'

'Het is onze bedoeling dat ze het voornemen krijgen hun leven te beteren.'

'Ik begrijp het,' zegt zuster Catalina weer, al weet ze niet bepaald zeker of ze het wel echt begrijpt.

'Hoe dan ook, ik zeg u nog eens dat het geen onderwerp is voor een gelovige.'

'Nog één ding, vader.'

Met een mengeling van ongeduld en toegeeflijkheid kijkt hij haar aan.

'Waarom houdt u hun geld?'

De toegeeflijkheid verandert in verbijstering.

'Het geld dat afkomstig is van de zonde,' dringt ze aan. 'Waarom houdt u dat?'

'God in de hemel.' Pedro de León haalt diep adem voor hij antwoord geeft. 'Nu u toch zoveel weet, zult u ook wel bekend zijn met de huizen voor de berouwvollen.'

Ze schudt haar hoofd en hij legt uit: 'Doorgangshuizen, om later een nieuw leven te beginnen.'

'Een soort vagevuur?'

'Zoiets. In Sevilla heb je zo'n huis in San Vicente. Maar er zijn zoveel vrouwen met het oudste beroep ter wereld dat het niet genoeg is, ook al zijn er nog zo weinig die spijt krijgen. Soms kunnen we ze niet eens één maaltijd per dag geven. Veel vrouwen worden wanhopig en pakken hun zondige leven weer op.'

'Dan wordt het doel dus niet bereikt.'

'Daarom werk ik aan een nieuwe instelling, die zal worden geleid door jezuïeten,' zegt de priester, zonder zijn trots te verbergen.

'Een nieuwe instelling?'

'Het Vrome Huis. We hebben al heel wat geld bij elkaar gekregen en daarvan kunnen de bekeerlinges hun bruidsschat krijgen voor een man of om het habijt aan te nemen.'

'Dus dat geld...'

'Een deel is afkomstig uit aalmoezen en een deel uit... wat minder vrijwillig gegeven aalmoezen.' De geestelijke laat een gedwongen lachje zien. 'We overtuigen die mannen ervan dat ze hun ziel alleen kunnen zuiveren door hun geld aan deze zaak te geven. Het geld komt bij de vrouwen terug, kind. Maar dan wel op een manier die ver van hun zonde af staat.'

Zuster Catalina zwijgt. Ze voelt zich schuldig dat ze pater León heeft gewantrouwd. Altijd gaf hij er blijk van een goede, vrome man te zijn. Hopelijk grijpt Damiana deze kans aan om eindelijk het goede pad op te gaan. Dan zou ze haar ten slotte kunnen geven wat haar toebehoort, haar belofte kunnen waarmaken.

Opeens kijkt ze op. 'Vader.'

'Ja, kind?'

'Er is een vrouw... in de hoerenwijk. Als ik het u vroeg, zou u haar dan helpen haar ziel te redden?'

Wanneer hij de biechtstoel verlaat, ligt er een bezorgde frons op het voorhoofd van pater León. Toch is het geen bezorgdheid waardoor hij zijn schouders instinctief optrekt, alsof hij zich wil ontdoen van iets wat hij zich op de hals heeft gehaald.

Op een paar ellen afstand, verborgen achter het koor van de kerk, kijkt de priorin hem met priemende ogen na, met een blik die een en al achterdocht is. Dit is de derde keer deze week dat die priester zuster Catalina de biecht komt afnemen. Ze weet niet wat die twee aan het beramen zijn, maar als er inmiddels iets duidelijk is voor María de San José, dan is het wel dat het een gevaarlijk boekje is dat ze in de spullen van deze zuster vond. In verkeerde handen zou het iedereen in gevaar kunnen brengen. En dat kan ze niet toestaan.

27

Na iedere klant is Damiana even uit haar kamer weggegaan. Steeds weer vraagt ze naar Lucinda, maar niemand weet waar ze zou kunnen uithangen. Het is één uur in de middag en de andere vrouwen worden ook zenuwachtig. Al proberen ze het nog zo uit hun gedachten te bannen, niemand is de bloedige dood van een van hen vergeten. Onverbiddelijk word je herinnerd aan de kortstondigheid van het leven wanneer de man met de zeis langs je loopt. En als het verscheiden ook nog eens veel te vroeg plaatsvindt, gewelddadig is en veroorzaakt is door een mens, dan wordt de angst nog groter. Misschien lukt het om die uit je hoofd te zetten, maar dan haast de angst zich naar beneden en sijpelt door alle tweehonderdzes botten van het menselijk lichaam. En daar houdt hij zich schuil.

Iedereen heeft zich daarom aangesloten bij de zoektocht naar Luci. Tijdens hun vrije momenten doorkruisen ze de hoerenwijk straat voor straat en stellen ze vragen in elk bordeel, aan ieder meisje. Niets.

'Misschien weet de patroon iets,' laat Alonsa zich ontvallen.

Brígida schudt beslist haar hoofd. 'Hij mag hier geen lucht van krijgen. Als hij erachter komt dat ze al zo lang buiten is, krijgt ze een flink pak slaag.'

'Maar… stel dat haar iets is overkomen?'

'Ik heb hem nergens gezien,' komt Damiana tussenbeide. De patroon is een van de mensen die ze het minst vertrouwt. 'Hij is vast zaken aan het regelen in de stad.'

'Laten we naar zijn werkkamer gaan, dan weten we het zeker.'

Ze krijgen geen tijd om dat voorstel te bespreken, want Isabel komt eraan. 'De jongen van de Klappoort heeft haar gezien.'

'Maar ik heb hem er uren geleden ook al naar gevraagd.'

'Die uitzuiger praat alleen als hij er iets voor terugkrijgt,' zegt Isabel met afkeer in haar stem.

'Wanneer heeft hij haar gezien?'

'Nog voor het licht werd. Ze was met een man.'

'Een klant?'

'Nee, een van de geneesheren. Iemand zag dat ze verschijnselen van de Franse ziekte had en heeft dat gemeld. Ze is naar het Zwerenziekenhuis gebracht.'

Er klinken kreten van ontsteltenis. Het ziekenhuis van de heilige Cosmas en Damianus werd door de broederschap van geneesheren en chirurgijnen aanvankelijk gebruikt als quarantaineplaats na de grote epidemie, maar het stadsbestuur heeft het nu bestemd voor de behandeling van geslachtsziekten, omdat die explosief zijn toegenomen. Daar terechtkomen betekent voor een prostituee dat je gebrandmerkt bent. Niet alleen heb je geen inkomen omdat je je vak niet meer kunt uitoefenen, maar in het onwaarschijnlijke geval dat je op je oude plek terug mag komen, overheerst daar het wantrouwen.

Damiana wordt verdrietig. Het spijt haar voor het jonge meisje, dat te snel haar ster wilde laten rijzen en dat nu terug zal moeten naar de illegale prostitutie. Desondanks zal ze zaken bij haar moeten ophelderen. Ze omklemt haar omslagdoek. 'Hou je van de domme als de patroon komt. Ik ga naar haar toe.'

'Ik dacht dat jij ons niet vertrouwde, havikje,' zegt Brígida. Haar sarcasme is in elk woord te horen. 'En wat als wij het hem eens vertelden?'

Damiana kijkt haar kort boos aan, maar dwingt zich dan meteen tot een glimlach die zowel een blijk van vertrouwen als een waarschuwing kan betekenen. 'Ik weet dat jullie dat niet zullen doen.'

28

Don Eugenio raadpleegt het Koninklijke Model.

Hij bevindt zich in de privébibliotheek van de Beurs van Indië, waar alleen de hoogste leiding in de scheepvaart toegang toe heeft. Op een reusachtige tafel ligt een groot aantal perkamenten kaarten over elkaar heen uitgespreid, die hij uiterst geconcentreerd bestudeert.

Voor het Koninklijke Model bestond, heerste er totale wanorde in de geografie. De modellen en zeekaarten waren allemaal verschillend en stonden vol fouten, waardoor de ligging van plaatsen er dus verschillend op werd aangeduid. Dat hield een voortdurend risico voor de scheepvaart in. Daarom werd het Koninklijke Model de leidende kaart in de scheepvaart, waarop met alle beschikbare kennis bekend land staat aangegeven, fouten zijn verbeterd en nieuw ontdekt land is toegevoegd. Uit deze oerkaart werden gegevens gehaald voor nieuwe zeekaarten, die veel realistischer waren dan de kaarten die waren gebaseerd op de warboel van voorheen.

Als er in de christelijke wereld dus een betrouwbaar document is, dan is dat het Koninklijke Model. Samen met de koninklijke kosmograaf dient Eugenio de Ron als eerste stuurman van de vloot deze kaart bij te houden en te verbeteren aan de hand van de nautische kaarten die hij van andere stuurmannen krijgt als ze terugkeren, om de geografische werkelijkheid zo getrouw mogelijk weer te geven. Het model staat in don Eugenio's geheugen gegrift, net als iedere baai, iedere inham, ieder rif van iedere kust waar hij gevaren heeft.

Eigenlijk had hij, aangezien hijzelf de kaarten en scheepvaartinstrumenten keurt, hier vandaag helemaal niet hoeven te komen om het model na te kijken. Hij heeft dat alleen maar gedaan omdat de opdracht die hij heeft gekregen van zo'n gewicht is dat hij zich ervan wil verzekeren dat zijn geheugen geen steekje heeft laten vallen. En dat heeft het ook niet. Hij heeft zojuist vastgesteld dat hij op deze kaarten de ligging kan bepalen van een vondst van iets wat nog meer waarde heeft dan het perkament dat hij bestudeert. Iets waar elke man al jaren van droomt.

29

Damiana loopt door de Calle del Sol.

Het is een ontzettend lange, smalle, rechte weg die verscheidene wijken doorkruist. Ze heeft er spijt van dat ze deze route heeft gekozen, want de lucht die er hangt is verschrikkelijk. Een van de grootste riolen die naar de stadsmuur leiden loopt door Sol, en in combinatie met de brandende hitte wordt de stank bijna ondraaglijk, zelfs voor de geoefende neuzen van de inwoners van Sevilla.

Ze versnelt haar pas. Inmiddels bevindt ze zich ter hoogte van de parochie Santa Catalina in het uiterste noordoosten van de stad, die begrensd wordt door de Almohadenmuur met de bijbehorende Poort van Osario. De omgeving van gemeenschappelijke moestuinen en erven met op elkaar gepropte gezinnen heeft plaatsgemaakt voor gezinswoningen waarin winkels en werkplaatsen zijn gehuisvest. Santa Catalina is het gebied voor handelaren, ambachtslieden en herbergiers, wat te zien is aan de kwaliteit van de woningen en aan de vele grote taveernes en logementen. Een florerende wijk dankzij de graanbeurs die zich er bevindt en de Franse, Genuese en Italiaanse vreemdelingen die er in groten getale naartoe zijn gekomen, evenals inwoners uit Valencia en Biskaje, en morisken. Sevilla is niet zomaar een van de grootste steden van Europa geworden. Vooral de verovering van Nieuw-Spanje en Peru, en daarmee de toegang tot voorraden zilver en goud, heeft hieraan bijgedragen.

Santa Catalina is meegegaan in deze beweging en begint steeds meer overeenkomst te vertonen met San Salvador en de omgeving van de kathedraal, waar de meeste handel gedreven wordt. De wijk telt maar liefst achthonderd inwoners, evenveel als de hele stad Cádiz.

Het is paardenmarkt, waardoor er nog meer handelaren en paardendrijvers op de been zijn en de winst van de herbergiers groeit. Een handelaar die goede zaken heeft gedaan heeft haar gele omslagdoek gezien en roept haar. Hij wil zijn opbrengst wel investeren in vleselijk genot. Damiana vervolgt hooghartig haar weg. Daarmee weet ze soms lastposten van zich af te schudden, hoewel het voor anderen alleen maar prikkelend werkt.

'Wat heb jij, hoer? Hoor je me soms niet? Kom hier, dan krijg je nog eens een lekkere pik.'

Een aantal omstanders begint te lachen, maar Damiana loopt stug door.

'Die van jou lijkt haar niet erg te trekken,' zegt er iemand.

'Pak haar dan.'

'Dat doet iemand anders wel... met een pik waar ze meer belangstelling voor heeft.'

Het geschater neemt toe, en de koopman aarzelt of hij haar mee zal slepen om haar op haar nummer te zetten, of haar zal laten gaan. Uiteindelijk besluit hij zijn geld uit te geven in een van de vele taveernes in de buurt. Wijn en heerlijke spijzen zullen hem minder hoofdbrekens bezorgen dan deze hoer.

Damiana haalt opgelucht adem en loopt verder door de donkere, naargeestige straat, die desondanks een van de drukste van de stad is. Door de vele rijtuigen is ze gedwongen langs de muren te lopen, wil ze niet overreden worden. Ze loopt door de Corral del Conde, een buurtschap die eigendom is van de graaf van Olivares en die vele zielen telt. Het is de buurt van wasvrouwen en gokkers, die altijd wel een reden zien om feest te vieren, al was het maar om hun trucs in te kunnen zetten. Het is er zoals gewoonlijk een kabaal van jewelste. De meeste feesten eindigen er in een handgemeen.

Damiana is heel wat keren met een van de spelers hiernaartoe geweest, en ze gaat er prat op te weten hoe ze hier hun tijd besteden. Dankzij de gokkers leerde ze alle kansspelen en ook de trucs om met valsspelen te winnen, zodat ze geen honger hoefde te lijden en zelfs meer dan eens een feest kon geven. Nu loopt ze er liever onopgemerkt doorheen en haast ze zich om de buurt zo snel mogelijk achter zich te laten.

Ten slotte komt ze bij het Zwerenziekenhuis aan. Ze loopt door de reusachtige overdekte kloostergang met marmeren zuilen. Van de kleinste patio's zijn kamers gemaakt voor zieken en voor de verplegenden van het ziekenhuis, die uiteindelijk ook in de eerstgenoemde categorie terecht zullen komen.

Ze bedekt haar neus en mond met een doek en loopt door alle zalen, die een troosteloze aanblik bieden. De zieken liggen er opeengepakt op met stro gevulde zakken die dienstdoen als matras. Ze liggen zo dicht op elkaar dat ze alle mogelijke ziekten op elkaar zullen overbrengen.

In een van deze patio's meent Damiana een meisje van de hoerenwijk te zien en ze loopt naar haar toe. Het meisje ligt in haar enige kledingstuk, een bezweet hemd, op een strozak. Op haar armen en benen zijn al etterende puisten te zien en door de ontstoken zenuwknopen is haar gezicht helemaal verwrongen. Haar eens fraaie haardos vertoont nu kale plekken.

Damiana houdt de doek nog strakker voor haar mond. 'Gegroet.'

Het meisje bevindt zich in een schemerige, nachtmerrieachtige toestand. Ze draait haar hoofd van de ene kant naar de andere en mompelt iets onverstaanbaars.

'Martina? Jij bent het, toch?' probeert Damiana.

De oogleden knipperen, de oren lijken zich te spitsen.

'Ik ben het, Damiana, van Babylon. Het havikje.' Ze noemt de bijnaam waaronder ze bij veel vrouwen bekend is.

Een oog wordt langzaam geopend en kijkt onderzoekend naar haar. Een glimp van nieuwsgierigheid. Lippen die zich tot een vermoeide glimlach plooien. Een paar schorre, nauwelijks uitgesproken woorden: 'Dus ook de beste hoeren ontkomen er niet aan.'

Afgunst. Zelfs nu nog, nu het uur van de dood zo nabij is.

'Ik ben niet ziek, Martina. Ik zoek een huisgenote van me. Ze heet Lucinda. Ze was een van de laatsten die in ons hoerenhuis is gekomen,' legt Damiana uit. 'Heel jong nog, met blond haar en een heel lichte huid.'

Maar Martina heeft alle belangstelling verloren: haar ogen zijn weer gesloten en ze is niet in staat wie dan ook te helpen.

'Heb je haar gezien? Ze is deze ochtend binnengebracht.'

Stilte.

'Ze moeten hierlangs gekomen zijn.'

Nog een laatste poging. 'Martina... alsjeblieft...'

Met een uiterste krachtsinspanning probeert de vrouw omhoog te komen. Damiana buigt zich verwachtingsvol voorover, brengt haar gezicht bij dat van de vrouw. Ze lijkt iets te willen zeggen, maar een hoestaanval verhindert dat en Damiana schiet instinctief achteruit. Wanneer het gerochel afneemt, wenkt Martina haar. Ze zijn niet meer dan een handpalm van elkaar verwijderd, Damiana kan de piepende borst bijna horen van de jonge vrouw die lucht in haar longen probeert te krijgen. Met veel moeite lukt het Martina haar te zeggen wat ze wilde. 'We zien elkaar in de hel, havikje.' Ze valt terug op de strozak, sluit haar ogen en lucht ontsnapt uit haar mond. Misschien is het haar laatste ademtocht.

30

'Lucinda Expósito?'

Damiana wil net weggaan wanneer ze deze naam hoort. Hij wordt uitgesproken door een man met bruine ogen, die haar welwillend aankijkt. Al vertrouwt ze in het geheel niet op welke gezichtsuitdrukking ook. Ze heeft lang geleden al geleerd dat het gezicht geen spiegel van de ziel is.

'Wat?'

'Is dat niet het meisje dat je zoekt? Expósito.'

'Nee... ik weet niet wat haar achternaam is.' Daar heeft ze nooit bij stilgestaan. Ze herinnert zich die van zichzelf niet eens goed.

'Ze kwam vanochtend binnen, ze zei dat ze het zelf ook niet wist, daarom hebben we haar zo ingeschreven, Expósito.* Ze had een engelengezicht en gouden lokken als een tarweveld in de zomer.'

Damiana onderdrukt haar emotie. 'Ja, dat is haar. Waar is ze?'

'In een van de huizen tegenover de kapittelkerk van San Salvador. Hier was geen gaatje meer te vinden. Het is het tweede huis vanaf het ziekenhuis gerekend. Je moet ergens achterin zijn.'

Ze bedankt de man en loopt in de aangegeven richting.

'Wacht even!' zegt de man.

Ze draait zich wantrouwig om. 'Wat nu, wilt u er iets voor hebben?'

Hij werpt haar een bevreemde blik toe. Een gekwetste blik misschien. Het interesseert haar niet. Als zij zich door alle woorden liet kwetsen die haar in het gezicht worden geslingerd...

* *Expósito* betekent 'vondeling', vert.

'Nee, ik hoef niets. Ik hoop alleen dat je haar ervan weet te overtuigen dat ze die kwikzalf moet nemen. Ze verzet zich tegen behandeling, en op die manier komt ze daar nooit weg.'

Inwendig glimlacht Damiana. Dat is de koppige Lucinda ten voeten uit.

Ze komt bij het huis aan en zoekt tientallen nieuwe gezichten van mannen en vrouwen af. Door de opgewarmde muren en de opeengehoopte lichamen is het haast ondraaglijk benauwd in het gebouw. Ze loopt naar de hoek achterin en kijkt een voor een de strozakken af.

Een oud, met zweren bedekt vrouwtje kijkt nieuwsgierig naar haar. 'Wat ben je kwijt?'

'Ik zoek iemand.'

'Maak dat je wegkomt.'

'Pas als ik haar gevonden heb,' zegt Damiana, die niet onder de indruk is.

Het oudje haalt haar schouders op. 'Niemand wil hier naar binnen, maar jij wilt niet naar buiten.'

'Ze is vanochtend vroeg gebracht. Twaalf jaar, al lijkt ze tien, blond haar, mager als een straathond. Mooi, heel mooi.'

'Lucinda,' zegt het oudje alsof ze tegen zichzelf spreekt.

'Die, ja!'

'Ik ben tot in het merg weggerot, maar namen onthou ik nog steeds als de beste.'

'Waar is ze?'

'Niet hier.'

'Hoezo niet hier?' Damiana wordt ongeduldig. 'Ze zeiden dat ze hierheen was gebracht.'

'Dat is ook zo. Hier, aan mijn kant.'

'En waarom is ze er dan niet?'

'Ze is niet eens in- en uitgeschreven.'

Damiana voelt het bloed in haar aderen koken. Ze zou die vrouw door elkaar willen rammelen, maar ze is haar enige hoop. Daarom gaat ze naast haar zitten en zet ze een vriendelijke stem op. 'Wanneer hebt u haar voor het laatst gezien?'

Zonder schaamte laat de vrouw een tandeloze glimlach zien. 'Wat krijg ik ervoor?'

Damiana kijkt wat ze bij zich heeft. Nog geen maravedí, en ook niets anders van waarde. Ze zou een te gemakkelijke prooi zijn geweest voor schurken die niets anders doen dan zich het bezit van anderen eigen maken. 'Ik heb niks bij me.'

'De doek.'

'Maar die is ter bescherming.'

'Onzin.'

Damiana weet dat het geen onzin is. Dat heeft ze van Violante geleerd, en als er iemand is in wie ze vertrouwen had wat gezondheid betreft, dan was het die goede heks.

'En vervolgens neuk je met honderd mannen. Ja, dán loop je gevaar.' Het oudje kijkt haar uitdagend aan. En hier heeft ze gelijk in.

Damiana steekt haar met tegenzin de doek toe, maar wanneer het vrouwtje hem wil pakken trekt ze hem met een ruk terug. 'Eerst vertellen wat u weet.'

'Kort nadat het licht werd is ze binnengebracht,' zegt ze dan lijzig. 'Een lastig kind, ze deed niets dan klagen. Alsof wij hier voor onze lol zijn.'

'En toen?'

'Ze begon tegen te spartelen toen ze haar wilden insmeren met kwikzalf. Het lukte hun gewoon niet, een duivels meisje was het.'

'Wat gebeurde er toen?'

'Niks. Het was hopeloos. Ze zei dat ze niet vergiftigd wilde worden.' De vrouw slaakt een zucht. 'Er worden hier alleen maar gekken binnengebracht.'

Er verschijnt een triest glimlachje op Damiana's gezicht. Dit komt ook door Violante. Die was voorstander van behandeling met thee van guayaco of *palo santo*, die veel minder agressief was dan kwik. Ze beweerde dat er door kwikzalf meer mensen stierven dan genazen.

'O ja, en later kwam die man.'

'Welke man?'

'Een knapperd.' Het vrouwtje glimlacht weer met lege mond. 'Een geluksvogel, dat meisje.'

'En toen?'

'Dat weet ik niet. Ze namen me mee voor onderzoek en toen ik terugkwam, was ze er niet meer.'

'En die man?'

'Ze waren alle twee verdwenen.'

'Was het een priester?'

'Als dat een priester was, dan ben ik een heilige.'

Damiana denkt koortsachtig na. Als het niet die vervloekte pater León was... wie zou haar hier dan weghalen? 'Het was toch niet toevallig een heel lange man, hè?'

'Een boomlange man.'

'Had hij een litteken op zijn wang?'

Het vrouwtje pakt opeens de doek van haar af. Ze brengt hem naar haar met zweren bedekte gezicht, streelt het ermee. 'Een zachte doek.'

'Had hij een litteken, ja of nee?' dringt Damiana aan.

'Ja. Een litteken tot aan zijn oor. Maar dat maakte hem nog knapper.'

Opnieuw zo'n tandeloze, maar ondeugende glimlach. Damiana staat woedend op. Alles leidt naar dezelfde: het liefje van Violante, de man die haar kamer kwam doorzoeken. En die nu Lucinda heeft meegenomen.

'Meisje!'

Ze draait zich om.

De oude vrouw schikt de doek op haar hoofd, ze bedekt haar kaalheid met een koketterie die haar pas zal verlaten wanneer ze dood is. 'Eugenio de Ron.'

'Hè?'

'Die knapperd,' zegt het oudje, terwijl ze de doek dichtknoopt. 'Ik zei toch dat ik heel goed in namen ben.'

31

2 september van het jaar des Heren 1580

Het wordt licht in de haven.

De eerste zonnestralen breken door en matineuze lieden zijn al bezig met de voorbereidingen van hun werkdag. Ze zijn in de plaats gekomen van het nachtelijke gespuis dat zich er ophoudt wanneer het terrein rond de haven enkel verlicht wordt door het schijnsel van de maan en er her en der vreemde uitsteeksels in het zand te zien zijn, speelkaarten die geluk hebben gebracht of de schittering van een groot, puntig mes dat de een of andere onverlaat je graag in de borst of rug had willen steken. Het tafereel is volledig veranderd: koopmannen bouwen hun kramen op, timmerwerklieden maken boomstammen schoon, schippers druppelen binnen en stoere stuwadoors laden alles in wat voorhanden is... Tussen vele geeuwen door komt de dag op gang. En ook geeuwen de nodige boeven, die nog onvoldoende tijd hebben gehad om bij te komen van de wijn die ze genuttigd hebben.

Gaspar is vroeg opgestaan om hier te zijn. Hij moet zo veel mogelijk mannen zien aan te monsteren, of ze nou wel of geen ervaring hebben. Don Eugenio zal wel zorgen voor een spoedopleiding. Gisteren is Gaspar samen met de secretaris herbergen en taveernes afgelopen en dat verliep niet slecht. Niet dat die lakei van don Rafael zo toegewijd is, maar de opdracht was heel duidelijk en Gaspar moet bekennen dat hij veel van Florencio kan leren. Ondanks diens gedrongen gestalte en ogen die zo dicht bij elkaar staan dat hij iets muizigs heeft, weet hij respect af te dwingen. Er zijn er niet veel die hem, de rechterhand van een stadsbestuurder, durven uit te dagen. Bovendien was de opdracht die ze hadden gekregen ook weer niet zo ingewikkeld: in Sevilla zijn veel te veel mannen die niets omhanden hebben en die graag de kans grijpen om af te varen naar een beter leven.

Gezien de resultaten zijn ze vandaag afzonderlijk op pad gegaan om alles nog sneller te laten verlopen. Misschien lukt het hun, ondanks alles, zonder al te veel vertraging het anker te lichten. Hij vraagt zich af waar hij moet beginnen. In ieder geval niet bij het tuig dat bij de Triana-poort loopt te schelden. Als ze zo doorgaan, raken ze al slaags voor de zon helemaal op is. Er worden hier heel wat duels uitgevochten en de fusten wijn die elke avond in El Arenal worden leeggedronken helpen niet het zwaard in de schede te houden.

Gaspar zucht en laat zijn blik langs de vloot dwalen. Hij is altijd gefascineerd geweest door de aanblik van het konvooi naar West-Indië dat klaar is voor vertrek. Een hele reeks schepen, waardoor de rivier bijna aan het oog onttrokken raakt. Je zou praktisch van het ene op het andere schip kunnen overspringen, zover het oog reikt, zonder natte voeten te krijgen. En hij zal meevaren op het oorlogsschip dat de vloot aanvoert en over het beste geschut beschikt. Met een van trots gezwollen borst kijkt hij naar de *Soberbia*. Er is maar één schip dat zich kan meten met het vlaggenschip en dat is het admiraalsschip, het galjoen dat de vloot achteraan sluit. Tussen deze twee zijn de overige schepen veilig: geen enkele piraat die zijn leven liefheeft zal het wagen hen aan te vallen.

Nu glijdt zijn blik naar het admiraalsschip. Het is nog vroeg, er is nog niemand te zien, zodat de ruim vierhonderd ton van het schip al zijn pracht tentoonspreidt. Ook dit is een schoonheid, een oorlogsschip van vijftig el lengte met achtenveertig kanonnen van brons en ijzer. De zwarte, gebreeuwde flanken van het schip zijn versterkt met dikke planken, die bespikkeld zijn met rijen schietgaten. Van de plek waar hij staat, kan Gaspar het voorkasteel van het schip zien, bewerkt met krullen in levendige kleuren die schitteren in de vroege ochtendzon. Hij kijkt naar de vlaggen, de banieren en wimpels die aan elke mast bevestigd zijn, een heel woud dat zich naar de hemel richt. Wacht even. Er hangt iets aan de fokkenmast. Er glijdt een lichtbundel tussen hem en het oorlogsschip, waardoor er een schaduw op geworpen wordt en hij niet goed kan zien wat het is. Hij houdt zijn hand boven zijn ogen en loopt ernaartoe, door een grote nieuwsgierigheid gedreven.

Hij raakt in zo'n gemoedstoestand waarin je niet goed begrijpt wat je ziet. Eeuwigdurende seconden voordat de hersenen de noodlottigheid zijn ontstegen en weer in staat zijn de beelden in begrippen, in woorden te vatten. Begrippen: hoog aan de paal hangt een menselijk lichaam. Geen voorwerp, nee. Een lichaam. Woorden: nee, nee, nee en nog eens nee. Het is de ontkenningsfase waaraan hij zich vastklampt wanneer hij constateert dat degene aan wie dit lichaam heeft toebehoord nog maar een meisje was, met lang blond haar, en dat het, aan haar gezwollen gezicht te zien, al uren geleden is dat het touw om haar nek haar van het leven beroofde. Toch is er iets heel zuivers aan haar, door de extreme witheid, de fijne, als in porselein bewerkte trekken, de vredige uitdrukking die haar op een Mariabeeld doet lijken. Maar dat is ze niet, en die gewaarwording maakt de verschrikking nog groter. Het meisje is vermoord, net als de roodharige vrouw.

In het hoofd van Gaspar is het een wirwar van gedachten en hij loopt door tot hij zich ter hoogte van het galjoen bevindt. Pas dan valt hem op dat er ook iets aan de andere masten hangt. Meeuwen? Het zijn mantelmeeuwen. Dode donkere meeuwen, opgehangen, net als het meisje. Touwen die aan hun warme lijven bungelen. Hij telt de touwen, de vogels en dan, alsof hij tot dat moment niet in staat was het echt te verwerken, slaat hij schreeuwend alarm.

De voorbijgangers in El Arenal komen aangelopen, ze zien hetzelfde als hij, hun hersenen gaan door hetzelfde omzettingsproces naar de werkelijkheid, en enkele ogenblikken later ontstaat er een opschudding die nog meer mensen trekt, totdat het net zo'n rumoer is als op de dag dat het besmeurde boegbeeld werd ontdekt. Gaspar kijkt, telt nog eens: een, twee, drie, vier; hij probeert te begrijpen wat het betekent. Zijn nekharen gaan overeind staan, die op zijn armen ook. Het zijn er dertien. Dertien dode meeuwen. En bovendien donker. Het slechtst mogelijke voorteken.

32

'Damiana, je hebt bezoek.'

Damiana laat een aantal vloeken horen. Een klant op dit uur van de dag is het laatste wat ze kan gebruiken. Het is nog nauwelijks licht en ze wilde er net tussenuit knijpen om Eugenio de Ron te gaan zoeken. Gisteren was het ineens donker en zag ze zich gedwongen terug te gaan, maar vandaag is ze van plan Sevilla en Triana uit te kammen totdat ze weet waar hij woont en wat die klootzak met Lucinda heeft uitgevoerd. 'Kun je hem niet van me overnemen, Isabel?'

Isabel maakt een guitige grimas waar Damiana geen wijs uit wordt. 'Deze niet, liefje. En hij ziet er best goed uit.'

Damiana snuift. Wat kan het haar schelen of die hoerenloper knap is. 'Laat hem dan maar komen, bij Christus.'

Voordat de gordijnen worden opengeschoven en de man haar kamer in komt, heeft Damiana nog tijd om haar schoenen aan één kant van het bed neer te leggen, haar jurk te pakken en te gaan liggen. Dan bedenkt ze zich en kleedt zich helemaal uit. Misschien kan ze het in ieder geval snel afhandelen.

'God in de hemel!' roept een mannenstem. De man tegenover haar verwachtte ze wel in het minst en hij is ook nog eens de laatste die ze wenste te zien.

'De sjoemelpriester.'

'Bij de gezegende Heer, kleedt u zich aan.'

Damiana slaat een laken om haar onderlichaam heen. Met zijn rug naar haar toe kijkt Pedro de León naar de muur, totdat ze aangeeft dat ze zover is. Dan draait hij zich om en kijkt onbewogen naar haar. Hij herkent haar, ze is de vrouw met de donkere huid en de haviksneus die hij een aantal dagen geleden het klooster van de karmelietessen zag binnengaan. En ze is ook, zo gaat hem nu een licht op, dezelfde hoer die met uitdagende blik zijn laatste preek in de hoerenwijk aanhoorde.

Deze vrijpostige, snauwende vrouw is de beroemde vriendin van zuster Catalina. God sta hen bij. Hij doet een poging een vriendelijk gezicht te trekken, hoewel de blos die hem beving toen hij haar naakt zag nog niet helemaal is verdwenen. 'Ik ben blij u persoonlijk te ontmoeten.'

Damiana schatert. 'Mij? Dus de geruchten over mijn grote vaardigheid in de amoureuze kunsten bereiken zelfs de kerk?'

Nu bloost pater León tot achter zijn oren.

'Dat niet. Laat het me uitleggen.'

'Of gaat u me nu behandelen als een fatsoenlijke vrouw?' Damiana's glimlach is buitengewoon sarcastisch. 'Als u wat van me wilt, kunt u gewoon betalen.'

'Ik wil alleen maar even met u praten.'

'Praten betaalt heel slecht. Het spijt me, ik heb haast.'

Damiana trekt haar blouse aan, maar de pater heeft zich vermand en doet een stap naar voren. 'Heel kort maar.'

'Ik heb geen tijd.'

'Zuster Catalina heeft me gestuurd.'

Damiana kijkt hem wantrouwend aan. Dit is een valstrik, vast en zeker.

'Ik ben haar biechtvader.'

Damiana zwijgt. Haar biechtvader? Onmogelijk, dan had Carlina dat gezegd. En bovendien zou Carlina niet zo'n bedrieger als biechtvader hebben.

'Ik heb haar bijgestaan sinds ze als novice in het klooster kwam. Ze zocht iemand die haar kon helpen om zich te ontwikkelen in de letteren.'

Damiana wacht af. Dat past wél bij Carlina.

'Ik leen haar boeken. Soms gewijde, soms... minder gewijde, maar zij beleeft er heel veel plezier aan. En dat is een van de functies van lezen.'

'Mij interesseren boeken niet,' bijt ze hem toe, zoals alleen zij dat kan.

'Dan mist u heel wat. Maar daar kom ik niet voor... of misschien ook wel.'

'Wat bedoelt u?'

'Ik weet dat u de beste vriendin van zuster Catalina bent. De enige, zou ik zelfs zeggen. En dat ze van u, God vergeve me, bijna net zoveel houdt als van Hem.'

Nu Damiana zwijgt, grijpt pater León zijn kans om haar in te palmen. 'Kan ik u trakteren op een ontbijt? Dat zal ons onderhoud ongedwongener maken.'

De achterdocht in Damiana's blik wordt er niet minder van, maar ze heeft honger en, wel duivels, niet iedere dag komt een priester haar een maaltje aanbieden. 'Snel dan, ik heb werk te doen.'

Tot ze bij herberg Ginés aankomen, die aan de omheining van de hoerenwijk grenst, zegt Damiana geen woord. Tevergeefs heeft pater León een aantal pogingen gedaan om een gesprek te beginnen. Damiana heeft alleen haar mond opengedaan om haar ontbijt bij de waardin te bestellen. Het overvloedigste dat er was: een rijkgevulde soep, samen met een van vet druipende rundvarkenssalade, waar ze zich nu tegoed aan doet. De priester heeft gebakken worst besteld en eet er ook flink van. De andere gasten zijn voortdurend aan het fluisteren: die twee samen zien eten is voldoende reden om elke slok te laten vergezellen van een portie kletspraatjes.

'Priesters nemen het er maar van,' zegt Damiana, als ze hem zijn eten ziet verzwelgen.

'U kunt er anders ook wat van.'

'Ik zou elke week wel vlees willen eten. Voor alles wat u van me hebt gestolen.'

'Stelen, ik? God bewaar me.'

'U hebt me meer dan eens het geld van een klant uit handen gerukt.'

'O, dat bedoelt u. Daar wilde ik het juist over hebben... Ik kan u een aanbieding doen.'

'Een aanbieding? Niet dat u de eerste priester bent, hoor.'

Pater León slikt een zucht in. Die vrouw vraagt echt het uiterste van zijn geduld. 'Ik ben bezig een nieuwe instelling op te zetten: het Vrome Huis.'

Damiana knikt, terwijl ze verwoed doorkauwt. 'Onlangs heb ik u ook al horen preken.'

'Dit wordt een heel ander soort huis voor berouwvollen. Het zal u daar aan niets ontbreken.'

'Wat, mij? Nog niet voor alle heiligen op de kalender.'

'Ik zou zelfs een bruidsschat voor u kunnen regelen om in te treden. Wie weet in hetzelfde klooster als zuster Catalina...'

'Ik verkoop mijn lichaam, vriend. Nu ook nog mijn ziel vragen is te veel van het goede.'

'... of om te trouwen met iemand die u zelf wilt.'

'Dat ontbrak er nog aan, een man die me neukt zonder ervoor te betalen.'

Pedro de León begint zich flink te ergeren. Met een laatste inspanning probeert hij zijn kalmte te bewaren. 'Uw vriendin maakt zich zorgen om u. Daar zou u veilig zijn.'

Damiana eet haar bord leeg en staat dan op. Het is lang geleden dat Carlina haar zo kwaad wist te maken. 'Als ze u hierom heeft gestuurd, dan zijn we nu klaar. Zeg haar maar dat ze zich de moeite in het vervolg kan besparen.'

'Ze zei tegen me dat u gevaar liep,' dringt hij aan. 'Ik zou u bescherming kunnen geven. En dagelijks eten.'

'Ik ben tevreden met wat ik nu heb gehad,' zegt ze, terwijl ze wegloopt. 'En als Carlina zo bezorgd is, moet ze maar een paar ave maria's voor me bidden.'

'Ze kan u ook leren lezen. Ik denk dat... u er wat aan zou hebben.'

Nu is het Damiana die rood wordt tot achter haar oren. Hoe durft Carlina zich met haar zaken te bemoeien? 'Ik zei toch dat boeken me niet interesseren.' Ze loopt de deur uit en laat de ontgoochelde pater León met de vuile borden zitten. En uiteraard ook met de rekening.

33

De Maagd van de Zeevaarders kijkt hem met zachte blik aan. Zo komt het Eugenio althans altijd voor. Haar moederlijke gelaat brengt een ongeëvenaarde vredigheid over. In de manier waarop ze de schepen op zee beschermt, hoe ze met haar mantel de Spaanse koningen en ontdekkingsreizigers beschutting geeft. Ze staan er allemaal op: Ferdinand de Katholieke, Carlos I, Christoffel Columbus... en ook Amerigo Vespucci, de eerste stuurman van het koninkrijk, de cartograaf en avonturier die Eugenio het meest bewondert. Hij is hem in zijn voetsporen gevolgd en heeft alles in het werk gesteld om een functie op zijn niveau te bemachtigen: al meer dan zes jaar naar West-Indië varen, op Tierra Firme aanmeren, op Nieuw-Spanje, op de Spaanse eilanden en op Cuba. Daarom voelde hij zich ook zo vereerd toen hij benoemd werd tot eerste stuurman van de armada der galjoenen naar Tierra Firme.

Hij bevindt zich geknield voor het retabel in de ontvangstzaal, die ook dienstdoet als de kapel van de Beurs van Indië. Zo kan de voortreffelijk door Alejo Fernández geschilderde Maagd de officieren en cartografen beschermen die voor de overtocht verantwoordelijk zijn en hen naar de juiste beslissingen leiden. Hij zou zweren dat ze dat deze keer ook gedaan heeft.

Hij heeft zojuist gesproken met de hoogste ambtsdragers van de vloot. De generaals, admiraals, kapiteins en stuurmannen lijken bereid om af te varen, en werken eraan mee om de bemanning voltallig te krijgen. Hij veroorlooft zichzelf een glimlachje. Al snel zullen ze het anker kunnen lichten en op die manier kan hij, met wat hulp van de Maagd, zijn doel bereiken.

Zijn glimlach vervaagt wanneer hij kapitein Vásquez ziet binnenkomen. Aan diens gezicht te zien brengt hij geen goed nieuws.

'Wat is er aan de hand?'

'Ik ben nu ook getroffen, Eugenio.' Zijn stem is een en al wanhoop.

'U? Wat bedoelt u?'

'Het admiraalsschip. Het admiraalsschip is vervloekt.'

34

'Weet jij waar ik hem kan vinden?'

Damiana stelt de vraag in een taveerne op het pleintje van La Paja. Ze is al langs een aantal herbergen geweest, maar werd er niets wijzer. Daarom is ze taveerne La Esquinilla binnengegaan, waar ze nog iets tegoed heeft van een bekende. Marianela is uit de illegale prostitutie gestapt om te trouwen met José Juan. Nu is het haar taak om mannen te dienen met een veel beter hanteerbare zonde: die van de gulzigheid.

'Waarom ben je op zoek naar Eugenio de Ron? Hij heeft je toch niet met jong geschopt?'

'Zie ik eruit alsof ik zwanger ben?'

'Nee, en ook niet dat je dat zou willen zijn. Hier, drink iets.' Marianela zet ongevraagd een kruikje wijn voor haar neer.

'Die is van het huis, neem ik aan.'

'De eerste kruik wijn wel, ja. Omdat jij het bent.'

Damiana neemt een slok. Hij is zuur, maar ze zegt er niets van. Een gegeven paard kijk je niet in de bek. Ze neemt een tweede, grotere slok. 'Weet je het of niet, Nela?'

Marianela kijkt haar vermoeid aan. 'Vanwaar die belangstelling? Weet je zeker dat hij je niet zwanger heeft gemaakt?'

'Ik moet een paar dingen van hem weten.'

'Kon je niet iemand uitzoeken met minder strepen?'

Damiana fronst haar voorhoofd. Ze kan moeilijk gaan zeggen dat ze geen idee heeft wie of wat de man is.

'Ik ga altijd voor het hoogste.'

'Kijk dan maar uit dat je niet valt, want het is een heel eind tot de grond.'

'Je vertelt het me dus?'

'Wacht.'

Er is een aantal klanten binnengekomen en Marianela haast zich om hen te bedienen. Te oordelen naar hun luidruchtige gepraat hebben ze al heel wat alcohol in hun lijf. De waardin is een hele tijd met hen bezig, die Damiana aanwendt om haar kruik leeg te drinken. Misschien is die wijn toch zo slecht nog niet.

'Het is hier heel onrustig sinds het gebeurde met het boegbeeld,' zegt Marianela wanneer ze terugkomt.

Damiana begrijpt niet waarom ze daar ineens over begint.

'Dat heb jij toch ook wel gehoord?' vraagt Marianela. 'Op het vlaggenschip. Die gevilde roodharige…'

'Ja, ja.' Damiana kapt haar meteen af. Ze kan dit niet nog eens aanhoren.

'Don Eugenio loopt van hot naar haar om voor elkaar te krijgen dat de vloot vertrekt,' legt de ander uit, terwijl ze haar kruik weer volschenkt. 'Gisteren waren er hier twee mannen om bemanningsleden te werven. En de nodige vrijbuiters gaven zich er doodleuk voor op.'

'En hij werkt voor de Beurs van Indië.' Damiana begint verbanden te leggen.

'Je hebt geen idee wie hij is, hè?'

'De bliksem moge me treffen als ik dat wel heb,' zegt Damiana na een tijdje.

'Ik weet niet waar je mee bezig bent, maar wees voorzichtig.'

'Begin niet zo, Nela.'

'Uiteraard werkt don Eugenio voor de Beurs van Indië. Bij de Maagd, Damiana, hij is de eerste stuurman van de begeleidende koninklijke armada.'

'Die met de meeste ervaring dus…'

'De belangrijkste zeemansfunctie van de hele vloot,' onderbreekt Nela haar. 'Benoemd door de koning zelf.'

Damiana drinkt haar tweede kruikje in één teug leeg. 'Dan moet ik hem dus in de haven gaan zoeken.'

'Ja, of in de Beurs van Indië…' Marianela ziet dat ze wegloopt en al niet meer naar haar luistert. 'Damiana!'

'Bedankt voor de wijn.'

'Alleen de eerste kruik was gratis, zei ik toch!'

'Schrijf die andere maar op.'

Marianela schudt haar hoofd. Dan kijkt ze naar de groep dronken lui. Ze zijn aan het dobbelen en vertellen intussen snoevend over de heldendaden die ze ooit zullen verrichten, ze praten steeds harder en zetten steeds hoger in. Ze zucht. Die gaan haar problemen bezorgen.

35

De eerste stuurman staat tegenover Rafael de Zúñiga y Manjón.

Hij heeft meer dan een halfuur moeten wachten voordat die fat zich verwaardigde hem te ontvangen, en dat deed hij ook nog eens met een vervloekte verwaandheid. Een stoel kreeg hij niet eens aangeboden. Hij was genoodzaakt de kwestie waar hij voor kwam, staand af te handelen. Met deze onbeschofte ontvangst maakt de edelman hem nog eens duidelijk dat hij maar een zeeman is, iemand van lage komaf die eelt op zijn handen heeft gekregen van het roeien en het trekken aan de touwen om te komen waar hij nu is.

Als het niet van zo'n belang was waar ze mee te maken hebben, had hij don Rafael met alle genoegen uitgedaagd tot een duel. De praktijken van de stadsbestuurder vormen een belediging van het koninkrijk, waar hij als stuurman aan verplicht is. Maar nu don Rafael het nieuws gehoord heeft, is hij zijn branie op slag kwijt. Zijn mond is verwrongen en zijn ogen pinnen zich vast op het Vlaamse wandkleed. Diep vanbinnen is dat het enige wat Eugenio troost geeft.

'Bij alle duivels in de hel,' bitst de edelman wanneer hij zich enigszins heeft vermand. 'Die hypothese over Cádiz wint aan kracht. We moeten die ontwikkeling hoe dan ook afremmen.'

Eugenio zwijgt. Het is de secretaris, die een paar ellen bij zijn heer vandaan staat, die het waagt iets te zeggen. 'De schepen verkeren in ieder geval in uitstekende staat.'

Don Rafael kijkt over zijn schouder naar hem, zodat zijn secretaris nog veel kleiner lijkt dan hij al is. 'Daar gaat het niet om, domkop.'

Florencio knippert zelfs niet met zijn ogen bij deze belediging. Hij kijkt zijn heer aan met een strakke blik, die don Rafael zo goed kent. Het is Florencio's manier om hem te laten weten dat, al gaat hij er verder niet op in, ze allebei weten dat hij gelijk heeft. Don Rafael richt zich tot de stuurman, nu met een sprankje hoop. 'Dat klopt toch? Het admiraalsschip heeft ook geen schade opgelopen.'

Eugenio de Ron schudt ontstemd zijn hoofd. 'Wie dit ook gedaan mag hebben, de twee galjoenen die het hele konvooi moeten beschermen, zijn bezoedeld. Het schip voorop en het schip dat de vloot sluit.'

'Maar er is geen schade,' zegt de edelman nog eens. 'Ze kunnen varen.'

'Schepen varen niet zelf. Door deze schanddaad is het moreel nog meer ingezakt. Het getal dertien, de donkere meeuwen, het lijk aan boord. Alle tekenen die wijzen op onheil zijn aanwezig. De kapiteins van een aantal schepen hebben me al gemeld dat veel mannen die nog wisten om te gaan met wat er is gebeurd met het boegbeeld, dit niet meer aankonden.'

De secretaris komt weer tussenbeide. 'Mijn heer is niet de enige die er belang bij heeft dat de vloot vertrekt. De grote koopmannen eisen dat er niet nog meer vertraging komt.'

'Ze mogen ook zelf hun handelswaar wel gaan brengen,' zegt Eugenio spottend. 'Ze kunnen me in de Beurs vinden, ik heb er geen probleem mee wanneer ze allemaal onder mijn bevel komen te staan.'

De stadsbestuurder plukt zo verwoed aan zijn snor dat het lijkt alsof hij hem eraf wil rukken. 'Florencio, ga met Martinelli praten, hij moet met meer geld komen. Die lui van Cádiz zullen hun zin niet krijgen, bij Beëlzebub!'

'We kunnen niet meer gaan betalen zonder dat dit de opbrengst schaadt. Die Genuees weet dat net zo goed als wij.'

Don Rafael kijkt woedend naar zijn secretaris. Hoe durft die schoft hem tegen te spreken? 'Ga met hem praten. Hij verandert op mijn kosten in goud wanneer de schepen terugkeren.'

'Hij zal met nog geen cent extra komen.'

'Die hondse woekeraar...' Don Rafael blijft maar met een boze blik aan zijn snor plukken. 'Maar veel handelaren bevinden zich in dezelfde situatie.'

Er valt een gespannen stilte, die opnieuw door de edelman verbroken wordt. 'Ron, gaat u praten met de koopmannen die er de meeste goederen in hebben gestoken.'

'Ik?' vraagt de stuurman, kwaad omdat die vent hem orders durft te geven alsof hij een bediende is.

'U eist kapitaal van hen om de gage van de bemanning te kunnen verhogen. Als ze dat niet doen, zijn ze alles kwijt.'

'Het is niet aan mij om ook maar iets van die heren te eisen,' brengt Eugenio hem in herinnering. Hoe ver hij het in de zeevaart ook heeft geschopt, de rijkste koopmannen van Sevilla behandelen hem nog steeds met dezelfde laatdunkendheid als deze edele snoever.

'Dan overtuigt u hen ervan dat ze niet anders kunnen.'

'Het is niet alleen een kwestie van geld...'

'Voor mij wel, verdorie!' buldert de stadsbestuurder.

'De mensen zijn bang. Daar doe je niet veel aan.'

'Deze stad zit vol hongerlijders. Verdubbel de gage als het nodig is. Ik zou zeggen dat wanneer dat bekend wordt, ze van hier tot Sanlúcar in de rij staan om aan te monsteren.'

Eugenio krabt aan zijn litteken. Hij kan die arrogante edelman niet uitstaan, die geen benul heeft van hoe het eraan toegaat in de zeevaartwereld. Als ze de schepen volstouwen met opscheppers en galgenbrokken, dan zullen die lui deserteren zodra ze aankomen. Een gratis enkele reis naar de Nieuwe Wereld zonder dat je aan bureaucratische emigratie-eisen hoeft te voldoen. Met nog loon daarbovenop. Een uitstekende springplank in je zoektocht naar het beloofde land.

Dat kan die stadsbestuurder allemaal niet schelen, want zijn enige doel is om wijn te ruilen voor een enorme hoeveelheid zilver waarmee hij na de terugkeer van de vloot zijn geldkisten kan vullen. Eigenlijk zou zelfs dat geen probleem zijn voor Eugenio. Dat zou het wel zijn als dit een gewone reis was, maar dat is het niet. Als de zaken volgens plan gaan, dan maakt zelfs hij niet de terugreis naar de Oude Wereld. Don Rafael geeft hem op deze manier de oplossing die hij nodig heeft.

'Ik zal in de haven de stemming van mijn mannen eens gaan peilen,' zegt hij met een ernstig gezicht. 'Een scheepsjongen kan ik nog wel ompraten, maar een kapitein, een stuurman of bootsman niet. Zonder officieren houdt alles op.'

'Dan verdubbelt u hun gage ook,' besluit de ander op hooghartige toon.

36

Er gilt een vrouw.

Haar kreten klinken anders dan de andere. Er is geen angst of ziekelijke nieuwsgierigheid in te horen, maar je voelt ontegenzeggelijk de pijn. Ze scheldt tegen de bodes en Gaspar begrijpt dat ze het lichaam van het meisje mee wil nemen. Onophoudelijk gaat de vrouw tegen hen tekeer. Daarop slaat een van hen haar tegen de grond. 'Dat zal je leren wat je plaats is.'

Damiana staat op, haar hoofd is rood van de klap en van woede. Haar lip is gescheurd en er loopt een straaltje bloed over haar kin. Opnieuw richt ze zich tot de gerechtsdienaar. 'Lafbekken! Jullie gaan zeker niets doen? Nu zullen jullie weer niets doen!'

De man brengt zijn gezicht naar het hare, er zit nog geen duim tussen.

'Wil je er nog een, slet? Vond je het soms lekker?'

De aandacht van de omstanders richt zich nu meer op het opstootje dan op wat er aan dek van het admiraalsschip gebeurt, waar dienders bezig zijn de sporen van de plaats delict uit te wissen.

De bode kijkt naar haar met een minachting die zich door de eeuwen heen heeft opgestapeld, overgebracht van ouder op kind. Het is maar een vrouw, een hoer. En nog halfzwart ook. Daar verspil je geen energie aan. 'Maak dat je wegkomt.'

Hij krijgt van haar evenveel voorvaderlijke minachting terug. Alle afkeer, alle haat tegen mensen die zich in een bevoorrechte positie bevinden om die te gebruiken tegen de bezitlozen op aarde. Vooral tegen de bezitlozen. Damiana haalt adem, buigt zich iets naar achteren en spuwt naar hem met al haar kracht. Een fluim bloed en speeksel treft de bode vol in het gezicht.

Eén ogenblik van ingehouden spanning. De menigte wacht, ziet dat het menens wordt, heeft bloed geroken. Wil meer.

De bode veegt met de rug van zijn hand het spuug weg, slaat het meisje weer tegen de grond en geeft haar een schop. Het geluid van een krakende rib trilt na in Gaspars ingewanden. Er volgt nog een trap, en nog een, en weer een. 'Hij zal haar doodschoppen,' klinkt het in de mensenmassa. Het is moeilijk te zeggen of het met medelijden of met leedvermaak wordt gezegd. De voet van de bode gaat naar het hoofd.

Opeens grijpt iemand hem van achteren vast. 'Zo is het wel genoeg.'

De man draait zich woedend om, hij kan niet geloven dat iemand het waagt een wetsdienaar tegen te houden. Wanneer hij ziet wie het doet, wordt hij nog kwader. 'Nog zo'n zwarte hond? Wat voor de duivel denk jij wel?'

Gaspar recht zijn rug, maakt zich lang, wendt een kalmte voor die hij in de verste verte niet voelt. 'Laat haar gaan.'

Intussen is de jonge vrouw met veel moeite opgestaan, heeft ze het stoffige zand uit haar rok geschud en haar sjaal weer omgeslagen. Ze kijkt minachtend naar beide mannen. 'Ik heb echt van niemand hulp nodig.'

Gaspar begrijpt er niets van. Zijn hersenen moeten zich opnieuw instellen. Vandaag is geen dag van logica.

Maar inmiddels is er versterking gekomen voor de bode. Een groep dienders grijpt de twee vast, de jongen en het meisje, om hen af te voeren. Wanhopig trappelt en vloekt Damiana, tranen van woede, verdriet en pijn springen in haar ogen, alles bij elkaar, hoe zou je ze kunnen onderscheiden. Maar Gaspar houdt zich stil, vraagt zich af hoe dit voor de drommel heeft kunnen gebeuren. Hoe heeft hij zo stom kunnen zijn om zijn leven in één ogenblik te verknoeien. Dit zal de stadsbestuurder hem niet vergeven, en don Eugenio trouwens ook niet. Vaarwel avontuur, vaarwel droom. Net nu ze zo dichtbij waren. Het ergste is nog dat het zijn eigen schuld is, alleen omdat hij zo'n moeite heeft met onrecht. Nee, dat is niet waar. Het is niet alleen dat. Dit is het meisje tegen wie hij een paar dagen geleden opbotste in de haven, hetzelfde meisje dat hier was toen het andere lijk gevonden werd en dat nu huilt om de dood van dit nieuwe slachtoffer. De donkere jonge vrouw aan wie hij sindsdien voortdurend moet denken.

De roerige menigte blijft achter wanneer ze uit El Arenal weggevoerd worden. Het meisje worstelt nog steeds, Gaspar blijft onaangedaan. Maar ze delen elkaars frustratie. Ze geven er alleen op een verschillende manier uiting aan.

37

Zuster Guadalupe heeft zich verscholen achter een zuil. Daar staat ze al uren. Haar rug doet zeer en ze heeft een stijve nek, maar het wachten is de moeite waard geweest, want ze ziet zuster Catalina aankomen. Ze heeft nu nog meer bewondering voor de intelligentie van de priorin. Hoe kon die weten dat Catalina de verboden vertrekken in zou glippen? Er ontgaat haar ongetwijfeld iets, iets wat María de San José haar niet heeft verteld en ook niet hoeft te vertellen, maar het is duidelijk dat het geen zuivere koffie is bij die bedriegster van een non.

Ze volgt zuster Catalina op afstand terwijl die de trap af loopt naar de kelder. Slechts het spaarzame licht van de kaars die Catalina draagt dient haar als richtpunt. Geduldig wacht ze tot zuster Catalina het slot probeert te forceren en pas dan roept ze vanuit haar superieure positie: 'Stop, zuster. Geen beweging.'

Van schrik valt de kaars bijna uit Catalina's hand. Ze volgt de order meer instinctmatig op dan vanuit een besluit; ze staat er als versteend bij.

'U gaat met me mee naar de isoleercel.'

Wanneer ze de stem herkent, herpakt zuster Catalina zich. Ze is het helemaal zat dat deze kloosterlinge zich altijd met haar bemoeit. Ze verroert geen vin en kijkt haar uitdagend aan. 'Met welk recht denkt u dat tegen mij te kunnen zeggen, zuster?'

Er verschijnt een grimmig glimlachje op het gezicht van zuster Guadalupe, en zonder haar triomf te verbergen antwoordt ze: 'Dit gebeurt in opdracht van de priorin. U wordt vastgezet tot er een besluit is genomen over uw gedrag.'

De schrik en het verdriet zijn van Catalina's gezicht af te lezen. Als het waar is wat de ander zegt, zit er niets anders op dan te gehoorzamen. Ze heeft de priorin, die ze zo bewondert, teleurgesteld en erger nog, Damiana ook, al weet die het niet. Want als ze opgesloten wordt, kan ze het boekje van Miguel niet te pakken krijgen en kan ze haar vriendin met geen mogelijkheid helpen.

38

'Staan blijven!'

Eugenio de Ron komt aangelopen met de grote stappen die bij zijn titanenlijf horen. Hij roept het nog een paar keer, tevergeefs, tot hij het clubje gerechtsdienaars heeft ingehaald. 'Ik vroeg jullie te stoppen. Dit is een van mijn bemanningsleden.'

De dienders kijken wantrouwend naar hem.

'Deze suffe zwarte?'

'Let op je woorden. Wie een van mijn mannen aanvalt, valt mij aan.'

De dienders wisselen onderling blikken uit. Allemaal weten ze wie de eerste stuurman is en het geeft geen pas brutaal tegen hem te doen. Maar zeggenschap over opgepakte mensen heeft hij niet en hij kan hun niets opleggen, zoveel macht heeft hij niet.

'Hij heeft het gezag van de wet aangetast,' zegt er een ten slotte.

'Een jongetje als hij kan mannen als jullie toch niet in de problemen brengen?' Hij zegt het op een toon die iedereen die zijn mannelijkheid moet bewijzen, zou ergeren. Deze list werkt.

'Uiteraard niet,' zegt de bode. 'Maar hij heeft een lesje nodig.'

'De vloot moet zo spoedig mogelijk uitvaren. Dat zijn koninklijke orders.' Eugenio speelt hoog spel, want in werkelijkheid is er van hogerhand niets dan doodse stilte gekomen over de kwestie.

'Vertel mij wat.' De woorden zijn afkomstig van een brutaal uitziende diender. Hij is wat jonger, en ook wat onaangenamer. Een vechtjas. Eugenio zou hem graag de waarheid zeggen en vervolgens naar zijn voorhoofd wijzen om duidelijk te maken dat de man niet goed bij zijn hoofd is, maar hij houdt zijn mond en hand in bedwang. Hij is ervaren genoeg om te weten dat je op die manier de zaken niet voor elkaar krijgt. 'Deze jongen staat op het vlaggenschip onder mijn bevel. Als jullie hem nu niet laten gaan, gaan jullie tegen koninklijke orders in.'

De dienders grommen, mompelen, overleggen. Uiteindelijk laten ze Gaspar los, die snel naast de stuurman gaat staan.

'Het meisje ook.' Het is Gaspar die dit zegt, en zowel de dienders als Eugenio richten hun blik op hem.

'Wat? Zegt het koninklijk bevel ook dat ze een hoer nodig hebben?' vraagt de ruziemaker. 'Misschien staat de paal van Zijne Majesteit niet zo kaarsrecht als die op het schip?'

Eugenio trekt een gezicht, maar hij ziet de vastbeslotenheid in Gaspars ogen en weet wat dat betekent: problemen. Precies wat hij niet kan gebruiken. 'Het meisje ook,' zegt hij daarom met tegenzin.

De bode, die het troepje aanvoert, kijkt hem boos aan en gebaart dat ze haar vrij moeten laten. 'Als ik haar nog eens buiten de hoerenwijk zie, dan zal ik er persoonlijk voor zorgen dat ze afgeranseld wordt tot ze bloedt als een rund.' Hij deelt een laatste duw uit, waardoor Damiana op de grond terechtkomt. Met pijn staat ze op en ze kijkt wrokkig naar beide mannen. Eerst naar de jongen met zijn kroeshaar en donkere huid die verliefd op haar is, op zo'n domme manier dat hij zich vanwege haar voortdurend in de nesten werkt. Dan naar de man voor wie ze meer belangstelling heeft. De man die ze in de haven wilde gaan opzoeken. Die de laatste dag dat ze Violante levend hebben gezien, met haar heeft geslapen. De man met wiens naam het oudje van het Zwerenziekenhuis op de proppen kwam vlak voor ze Luci aan een mast zag hangen. De reus met het litteken.

Ze boort haar ogen in die van de eerste stuurman van de galjoenen, al moet ze haar hals daarvoor uitrekken alsof ze naar de zon op het hoogste punt kijkt, en spreekt één enkel woord dat uit haar diepste binnenste komt. 'Moordenaar.'

Voordat er ook maar iemand van de verbazing bekomen is, heeft Damiana haar rok opgetrokken, haar hand naar haar dij gebracht, de dolk getrokken die ze daar verborgen houdt, hem boven haar hoofd geheven en met al haar kracht naar Eugenio de Ron uitgehaald.

Deel 2

Deel van de *Catalaanse Atlas* waarop ook Mandé, het koninkrijk Mali, staat afgebeeld. Cartograaf: Abraham Cresques. Bibliothèque Nationale de France, Parijs.

In ballingschap

Koninkrijk van Mema, 1234

Sundjata komt gejaagd thuis. Zijn moeder ligt in de hangmat. Zo brengt Sogolon haar dagen door: met gesloten ogen, en armen die slap naar beneden hangen. Ze zou dood kunnen zijn of liggen te slapen, maar hij weet dat geen van beide het geval is. Sinds ze door de intriges van Sassouma zijn verbannen, heeft ze haar krachten gewoon niet meer herwonnen. Sogolon, de buffelvrouw, was altijd blijven hopen dat haar zoon uiteindelijk zou regeren, dat al hun ongeluk niet tevergeefs was geweest sinds die twee gewetenloze jagers haar uit haar dorp in het Land van Do hebben weggesleurd. De verkrachtingen door de koning, de minachting van zijn eerste echtgenote, de constante bespotting van haar zoon en de afwijzing van een volk, de Mandinka, dat haar nooit serieus heeft genomen. Toen Naré Maghan op zijn sterfbed Sundjata tot zijn erfgenaam benoemde, dacht Sogolon dat alles op zijn plaats zou vallen. Maar die valse Sassouma konkelde net zolang tot het woord van de koning onwettig werd verklaard en stelde haar zoon Karandan aan het hoofd van het koninkrijk Mandé. En zelfs daarmee was ze nog niet tevreden. Toen Sundjata eindelijk kon lopen en een sterke, verstandige jongen werd, was Sassouma bang dat hij de troon zou opeisen. De haat die ze altijd voor hem gevoeld had bereikte nieuwe hoogten en onvermoeibaar werkte ze eraan om hem iedere kans op de troon te ontnemen.

Jarenlang drukten de voeten van Sundjata en Sogolon in het stof van de wegen. Ze kregen te maken met nieuwe beledigingen, beledigingen die mensen te horen krijgen wanneer ze hun vaderland verlaten en naar onbekende oorden trekken. Deuren werden voor hun ogen dichtgegooid, ze werden door koningen uitgezet zodra ze een nieuwe grens waren overgestoken. Door het koninkrijk Djedeba, het koninkrijk Tabon, het koninkrijk Wagadu. Achter iedere belediging zat Sassouma. Maar dat was allemaal onderdeel van het pad van Sundjata. Met zijn zestien lentes bezit hij nu de majesteit van een leeuw en de kracht van een buffel. Zijn lichaam is krachtig geworden, zijn hals stevig en zijn borst breed. Zijn ijzeren armen tellen voor tien. Zijn stem is gezaghebbend, en bij iedere tegenslag verkrijgt hij nieuwe wijsheid.

Toch wordt door de waardigheid van haar zoon het gevoel van mislukking dat Sogolon in dit verre koninkrijk van Mema beheerst, slechts benadrukt. Ze vraagt zich af welke zin haar leven heeft en constateert dat ze slechts het instrument van anderen is geweest. Nooit had ze haar lot in eigen hand. Eerst die domme medicijnman met zijn kauri's, daarna de ontvoering door de jagers, vervolgens de grillen van een goedgelovige, makkelijk te bedriegen koning... Ze is vol bitterheid en het enige wat haar troost is de wetenschap dat Karandan het niet gemakkelijk heeft met zijn bewind. Kort na hun vertrek verklaarde de machtige koning van de Sosso de oorlog aan de Mandinka. De Sosso zijn goede krijgers en beschikken bovendien over een uitzonderlijk wapen: Sumaoro is een gevreesde tovenaar die met de hulp van zijn fetisjen regeert. Dankzij hen kan hij de dood over iemand afroepen. Er wordt gezegd dat hij zich kleedt met menselijke huid, en dat hij op zijn slaapkamer de hoofden bewaart van alle koningen die hij heeft vermoord. Naast de hoofden waken een monsterlijke slang en drie enorme uilen over zijn dromen. De tovenaar Sumaoro, de onaantastbare vorst, zal zich onverbiddelijk het hele grondgebied van de Mandinka toe-eigenen. Verscheidene zonen van Sassouma hebben al moeten vluchten om het vege lijf te redden.

Sundjata schudt krachtig aan een van Sogolons armen. 'Moeder, de vogels hebben me nieuws gebracht uit Mandé.'

Al lang geleden heeft Sundjata de taal van alle dieren van het woud geleerd. Zij heeft hem daarin zelf onderwezen. Ze opent haar ogen op niet meer dan een kiertje.

'De Sosso hebben het dorp Niani verwoest. Ze hebben van de sterkste mannen slaven gemaakt en daarna alle huizen in brand gestoken. Het hele dorp ligt in de as.'

De oogleden van Sogolon vallen weer dicht. Iets in haar zou zich voldaan willen voelen, maar in het diepst van haar hart voelt ze alleen maar verdriet. Hoewel ze er haar nooit goed behandeld hebben, was het haar tweede thuis, het waren haar buren, en nu zijn ze dood of gevangengeno-

men. Nee, het leven is voor niemand gemakkelijk geweest.

Maar Sundjata onderbreekt opnieuw haar gedachtegang, vastbesloten om haar terug in het heden te halen. 'Ze hebben iedereen van koninklijken bloede achternagezeten. Karandan is gevlucht, maar mijn andere broers zijn vermoord.' Sundjata slikt. 'Sassouma hebben ze ook gedood.'

Opeens gaat Sogolon overeind zitten. Haar rafelige gewaad valt slordig over haar bochel. Ze wringt haar handen alsof het klauwen zijn. Haar leven schiet in beelden aan haar voorbij. De onaangenaamheden, de smaad, het getreiter. In een flits begrijpt ze het: het was alleen maar angst. Sassouma was bang voor Sundjata, maar uiteindelijk waren het anderen, mensen van buiten, die haar alles hebben afgepakt. Haar familie, haar eigen leven. Er rolt een traan over haar wang en nog een, en weer een.

Haar zoon slaat zijn armen om haar heen en laat haar huilen om de dood van haar vijandin. Wanneer de buffelvrouw ten slotte weer kalm is, vertelt Sundjata het slot van zijn verhaal. 'De raad van ouden is bijeengekomen, moeder. Ze vragen naar mij. Ze willen dat ik ga strijden voor de bevrijding van het land van de Mandinka.'

39

'Bent u helemaal belazerd?'

Gaspar heeft met een duw Damiana uit haar evenwicht gebracht. Te laat om te voorkomen dat de dolk in het vlees van Eugenio de Ron snijdt, maar het ding is in ieder geval voldoende van richting veranderd om niet in het hart terecht te komen. De nog steeds verbaasde stuurman kijkt naar de snee onder zijn linkerschouder, waar het bloed uit gutst.

Damiana rukt zich van Gaspar los. 'Valt u me niet weer lastig. Ik zeg het niet nog een keer.' Ze drukt haar dolk tegen Gaspars keel. Ze zou hem in één keer kunnen doorsnijden.

Hij doet een stap achteruit. Intussen scheurt Eugenio een reep stof uit zijn hemd en verbindt de wond ermee.

'Weet u soms niet wie u net heeft proberen te vermoorden?' Gaspars lip trilt wanneer hij zich tot Damiana richt.

'Een dief en een moordenaar.'

'Hij heeft ons anders net van die dienders gered...'

'Hij heeft Lucinda vermoord! U hebt haar aan de mast zien hangen, net als ik.'

Er zijn voorbijgangers om hen heen blijven staan. Gaspar overwint de angst die de vrouw hem begint in te boezemen en nadat ze het wapen heeft laten zakken, pakt hij haar bij de arm. 'Er staan mensen te kijken. Gaat u weg, voordat we weer opgepakt worden.' En dan fluisterend: 'Ik zal hem ervan proberen te overtuigen dat hij geen dienders op ons moet afsturen.'

'Laat me los. Ik word alleen aangeraakt wanneer ik dat wil, hoort u me?'

Eugenio heeft zijn wond verbonden en gaat staan. 'Gaspar, laat ons alleen. Ik zal de rekening met dat meisje wel even vereffenen.'

De jongen weifelt. Zo'n uitdrukkelijk bevel van de stuurman durft hij niet naast zich neer te leggen.

'Heb je me niet gehoord?' Dan richt Eugenio zich tot Damiana. 'En mag ik van u weten waarom u mij de moord op die vrouwen in de schoenen probeert te schuiven?'

'Die bodes doen hun werk niet, maar ik wel. Ik weet dat u Lucinda hebt meegenomen en dat u bij Violante was in de nacht dat ze stierf.'

Eugenio wrijft over zijn litteken terwijl hij haar zwijgend opneemt.

Gaspar kijkt bezorgd toe. Waarom ontkent hij het niet? Wat is hier gaande?

'En dat u mijn talisman hebt gestolen,' voegt Damiana er met kracht aan toe. Door haar gebroken rib kost het haar moeite om adem te halen.

'Dat palissanderhouten figuurtje is dus van u. Dan bent u toch Damiana?' Hij loopt naar haar toe, verdraait haar arm en pakt haar de dolk zo uit handen. 'Wij moeten eens praten.' Meteen daarna kijkt hij naar Gaspar, die nog steeds stomverbaasd toekijkt. 'En jij, wijsneus, houdt op met vrouwen verdedigen en smeert hem nu. Je moet mannen rekruteren.'

Gaspar loopt lijdzaam weg, terwijl Eugenio Damiana meesleurt. Ze verzet zich niet, deels omdat ze toch niets tegen die reus kan beginnen, en deels omdat ze een antwoord wil op al haar vragen over deze man.

40

Eugenio blijft staan achter een berg afval.

Het blijkt een goede plek te zijn, want de mensen lopen er in een grote boog omheen vanwege de misselijkmakende stank die eruit opstijgt. Hij laat Damiana los, die alle moeite doet om niet te laten merken dat ze doodsbang is.

'Waar komt dat beeldje vandaan?'

Ze klemt haar kaken op elkaar. Ze denkt er niet over ook maar iets los te laten.

'Violante zei dat ze het bewaarde voor haar vriendin Damiana. En dat bent u. Zegt u het dus maar.'

'Wat gaat u doen, mij ook vermoorden?'

'Begint u weer? Ik snap niet waar u dat idee vandaan haalt.'

'U bent met Lucinda in het ziekenhuis gezien.'

Eugenio slaakt een zucht. Nog afgezien van zijn lengte werkt het litteken op zijn wang niet mee om niet op te vallen. Hij heeft het al sinds hij scheepsjongen was, toen er midden in een storm een mast brak en het versplinterde hout hem vol in het gezicht trof. Sindsdien vormt het litteken overal zijn persoonsbewijs.

'Wilt u soms beweren dat u daar niet was?'

'Ja, ik was daar,' zegt hij uiteindelijk, met een onrustige blik in zijn ogen. 'En ik hielp haar te vluchten uit het ziekenhuis, op dat godvergeten vroege uur. Maar vermoord heb ik haar niet.'

'Leugenaar,' gromt Damiana tussen haar tanden.

'Ik zweer bij God dat ik niet lieg!'

'Waarom zou u haar helpen?'

'Omdat ze mij dat vroeg. In ruil voor… bepaalde informatie.'

'Wat voor informatie?'

Eugenio de Ron kijkt stuurs naar haar. 'Zo werkt het niet.

Vertel eerst maar eens hoe u aan dat beeldje komt.'

'Ik bijt nog liever mijn tong af.'

Geduld is geen deugd waar Eugenio zich op kan beroemen. Hij grijpt Damiana bij haar hals en knijpt zijn handen toe, zodat haar ademhaling ernstig belemmerd wordt. 'Ik zie dat het uw bedoeling is om u bij uw vriendinnen te voegen.'

Damiana spartelt zo veel mogelijk tegen. Zinloos. De kolenschoppen van die man vormen een ijzeren greep.

'Het was van mijn vader,' klinkt het hees uit haar mond.

Eugenio verslapt zijn greep een beetje, om haar adem te laten halen. 'De in palissander uitgesneden godin was van uw vader,' herhaalt hij, als een soort bevestiging voor zichzelf.

'Ja.'

'En verder?'

'Het is het enige wat ik nog als herinnering aan hem heb. Hij heeft het mij gegeven voor hij verdween.'

De stuurman knikt, hij laat de informatie op zich inwerken.

'U moet het mij teruggeven,' hakkelt ze kortademig.

'Ik heb het beeldje niet.'

Ze kijkt hem woedend aan. Ze gelooft hem absoluut niet, maar bevindt zich niet in een positie om hem tegen te spreken. En hij heeft niet de behoefte om verdere uitleg te geven. Hij verstevigt zijn greep om haar hals. 'Waar had uw vader dat ding vandaan?'

'Dat weet ik niet.'

'Hm,' gromt Eugenio. 'Wie was uw vader?'

'Een goede man.'

'Zoals iedereen,' zegt hij spottend. 'Hoe heette hij?' Hoe meer druk hij uitoefent op Damiana's hals, hoe meer zij haar kaken op elkaar klemt. Opeens ziet hij dat haar gezicht lijkbleek wordt. Hij laat haar los, geschrokken van zijn eigen kracht.

Damiana valt op de grond en hoest wanhopig. Wanneer ze weer genoeg lucht binnenkrijgt, is er zowel haat als angst in haar ogen te lezen. 'Miguel.'

'Wat?'

'Mijn vader. Hij heette Miguel de Arellano, al kenden ze hem in Triana niet zo. Hij was gewoon Miguel de leerlooier.'

'Leerlooier?'

'Dat is hij niet altijd geweest. Daarvoor was hij rekenmeester op de vloot.' Damiana heeft haar adem en haar verbittering teruggekregen. 'Totdat mijn moeder overleed en hij aan land bleef om voor mij te zorgen.'

Eugenio verwerkt deze nieuwe feiten. Iemand die het tot rekenmeester van de koninklijke vloot heeft geschopt zou ongetwijfeld meer hebben willen bereiken dan huiden afstropen. En juist omdat het niet lijkt te kloppen, voelt hij aan dat hij op het juiste spoor zit.

Damiana wrijft over haar gepijnigde hals terwijl Eugenio naar haar kijkt zonder te weten wat hij met haar aan moet. 'Luister, ik ben geen moordenaar. Ik geef wel toe dat ik naar Lucinda in het ziekenhuis ging...'

'Dat zegt u alleen maar omdat u daar gezien bent.'

'Laat me even uitspreken, mens. Lucinda had iemand nodig die naar de hoerenwijk ging om het houten beeldje te halen.'

'Waarom dan?'

'Omdat ik haar daarvoor in ruil goed geld beloofde.'

Damiana weet dat dit argument hout snijdt. Alle andere prostituees zouden hetzelfde hebben gedaan. En Lucinda al helemaal.

'Ik hield van Violante. Ik zou haar nooit iets aandoen.'

Ondanks zichzelf worden Damiana's ogen vochtig. Ze zou hem graag geloven. Was het maar zo dat ze hem kon geloven. Was het maar zo dat ze niet tegenover de moordenaar van Violante stond. En was het maar zo dat de stuurman haar vriendin, die hem zoveel liefde bood, een beetje liefde terug had gegeven.

'Ik verzeker u: als ik wist welke klootzak dit op zijn geweten heeft, zou ik hem met mijn eigen handen vermoorden.'

'Zoals u bijna mij hebt vermoord.'

Eugenio laat een bittere glimlach zien. 'Soms schat ik mijn kracht niet goed in. En u doet anders niet voor me onder,' zegt hij, wijzend naar zijn wond.

Damiana kijkt ernaar, ziet het van bloed doordrenkte stuk verband, en dan zijn glimlach. Maar op haar gezicht verschijnt niets van een glimlach.

'We zijn op zoek naar hetzelfde,' zegt hij even later. 'Het heeft geen zin dat we elkaar afmaken. Eigenlijk zou u me kunnen helpen.'

'En waarom zou ik dat doen?'

'Omdat u op die manier te weten komt wie werkelijk uw twee vriendinnen heeft vermoord.'

Damiana kijkt hem vorsend aan, in een poging te achterhalen hoeveel waarheid er in zijn woorden schuilt. 'Ik begrijp niet wat het beeldje ermee te maken heeft,' zegt ze uiteindelijk. 'En ook niet waarom u er zoveel belangstelling voor hebt. Het is maar een stuk hout.'

'Het is veel meer dan dat en dat weet u. Ik kan niet toestaan dat het in verkeerde handen valt.'

'En uw handen zijn de juiste,' zegt ze spottend.

'Luistert u eens, meisje. Ik weet niet wie dat beeldje heeft. Maar ik weet wel waarom het is meegenomen. Om dezelfde reden dat Violante en Lucinda zijn vermoord.' Hij kijkt haar recht aan, vastbesloten. 'En ik denk dat Miguel de Arellano om dezelfde reden verdwenen is.'

41

Gaspar blijft maar denken aan wat er is gebeurd.

In één enkel moment heeft hij een hoer ervoor behoed om achter de tralies terecht te komen en de eerste stuurman om zijn laatste boottocht te maken, namelijk die met de veerman Charon. Niet dat hij het gewend is om schouderklopjes te krijgen, maar het was toch niet vreemd geweest als iemand hem zou bedanken voor dergelijke bewezen diensten.

Hij probeert zich te concentreren op de taak die hem is toebedeeld, want er moet vandaag nog veel gebeuren. Hij is de Calle de la Mar ingeslagen, het terrein van zeelieden en vissers. Op het eerste stuk komt hij langs de lagune van la Pajería, een laaggelegen gebied waar stilstaand water zich ophoopt. Dat de wijk niet goed bekendstaat, komt onder meer doordat de grootste hoerenkast van het land er vlakbij staat. Vrouwen met gele omslagdoeken lopen op dit uur af en aan om zich te voorzien van hun dagelijkse kost, en dat voert zijn gedachten weer naar Damiana. Hij voelt aan zijn keel, waar kortgeleden haar dolk zich nog voor bevond. De eerste keer dat hij haar zag, ging ze niet getooid in de voorgeschreven kleur. Hij verwijt zichzelf nu zijn domheid, hij droomt al een aantal nachten over een vrouw van de straat. Een vrouw die er ook nog eens in slaagt zich van het ene probleem in het andere te storten. Hij probeert zichzelf ervan te overtuigen dat haar lot hem niet aangaat. Dat doet hij al sinds de stuurman hem zei op te hoepelen. Het is duidelijk dat dit bevel opvolgen het enige redelijke is dat hij vandaag heeft gedaan. Want door dat meisje te helpen zette hij het vertrouwen dat de eerste stuurman en de stadsbestuurder in hem hebben op het spel. Voor een slet die bereid was een man koelbloedig te vermoorden. Hoe heeft hij zo stompzinnig kunnen zijn? Zijn moeder zegt altijd dat hij met het hoofd in de wolken loopt, en ze heeft gelijk.

Hij is bij de treden naast de kathedraal aangekomen, waar het gonst van de bedrijvigheid. Het is een doorgangsgebied voor booswichten, die zich verzamelen op een vrijplaats in de Corral de los Naranjos om de wet te ontvluchten, maar het is ook en vooral de centrale handelsplaats van de stad. Straatverkopers en fournituren-handelaren schreeuwen vanachter hun kramen op het hooggelegen stuk van de treden. Dienstmeisjes zijn op zoek naar werkgevers, en slaven worden er als gewone koopwaar tentoongesteld. Het is ook de plek waar veel gegadigden voor scheepsbemanningen naartoe gaan, of mannen die deel willen nemen aan veroveringsexpedities. Ze wachten op de komst van een meester of kapitein die hen in dienst wil nemen. Maar vandaag zijn hier niet eens de klerken te vinden die je er gewoonlijk aantreft in de nabijgelegen portieken, waar ze vrachtovereenkomsten of aanmonsteringen bij de vloot officieel vastleggen. Vandaag lijkt niemand geïnteresseerd te zijn om zich aan te melden. Want als er iets is waarover delinquenten en fatsoenlijke mensen vandaag praten, dan is het wel de vondst van het dode meisje.

Gaspar legt her en der zijn oor te luisteren. In de mond van de massa zijn het dertien donkere meeuwen aan iedere mast geworden, een hele zwerm die aan het mastenbos van het vlaggenschip hing als lugubere vruchten die erop wachten om geoogst te worden; de jonge vrouw had een huid die witter was dan sneeuw, ze was een maagd van ongekende schoonheid en haar ledematen zijn nu verdeeld – eveneens in dertien stukken – over heel het dek van het schip, waardoor dit bedekt wordt met dezelfde kleur rood als de verf van de romp. Als de volksfantasie steeds groter blijft worden, zal er al snel niemand meer zijn die een schip op wil.

Gaspar verzamelt de nodige moed en voert schreeuwend zijn opdracht uit: 'Dubbele gage! Meld u aan voor de vloot van de galjoenen! De gage wordt verdubbeld! Grijp deze unieke kans om naar de Nieuwe Wereld te varen!'

42

'Wat zegt u?'

Damiana staat weer tegenover Eugenio, op een palm afstand, met haar hoofd omhoog om in zijn gezicht te kunnen kijken. Het gezicht van een leugenaar, een draaier, een bedrieger. 'Wat heeft mijn vader te maken met wat prostituees uit de hoerenwijk overkomt?'

'Helpt u mij om het beeldje te vinden. Op die manier kan niemand vóór ons aankomen.'

'Waar aankomen?'

Het gelaat van de stuurman neemt een sceptische uitdrukking aan. 'U kent de geheime veer,' probeert hij.

'Ik gebruikte het beeldje om munten in te bewaren die ik opzij wilde leggen.'

De stuurman kijkt achterdochtig. 'En u kent ook de cijfers.'

'De nummers die in de buik zijn gegraveerd?'

Er valt een beladen stilte, waarin ze elkaar in een krachtmeting opnemen.

'Ik heb nooit geweten wat ze betekenden,' zegt Damiana.

Eugenio de Ron kijkt haar onderzoekend aan. Of deze vrouw kan heel goed liegen, of ze weet niet waar ze het over heeft. Is dat mogelijk, terwijl ze de eigenares van het geheim is en zo op jacht is naar het beeldje? Voorlopig zoekt hij dat liever niet uit. Hij heeft belangrijker zaken aan zijn hoofd: bijvoorbeeld zich ervan verzekeren dat degene die het nu bezit, hem niet vóór is. 'We zien elkaar nog, meisje.' De stuurman reikt haar als teken van vredesluiting de dolk aan en ze pakt hem aan bij het lemmet.

'U gaat hier niet weg zonder mij te vertellen wat u weet.'

Damiana stort zich met geheven wapen op hem, maar Eugenio laat zich geen tweede keer verrassen. Ook deze keer pakt hij haar het wapen zonder moeite af en hij richt het rechtstreeks op haar halsader. 'U maakt het me wel moeilijk wanneer u me per se dood wilt hebben. Op deze manier word ik gedwongen met u af te rekenen.' Hij duwt haar naar de afvalhoop toe, begraaft haar onder het vuil. De stank in de hel kan niet erger zijn. De stuurman kijkt om zich heen om zich ervan te vergewissen dat er geen nieuwsgierige ogen naar hem kijken en richt zich met geheven dolk naar Damiana. Hij wil dit helemaal niet doen. Vanwege Violante niet, en ook niet omdat hij helemaal geen moordenaar is. Maar hij heeft al genoeg problemen. Wat hij nodig heeft zijn oplossingen. En afrekenen met haar is de beste oplossing die in hem opkomt voor dit specifieke probleem.

Damiana voelt een duizeligheid die ze niet kent, alsof zich een zwarte afgrond van immense afmetingen voor haar opent. Dat je hele leven in één ogenblik aan je voorbijtrekt is een grove leugen. Het enige waaraan ze kan denken is datgene wat ze nooit zal meemaken.

43

Zuster Catalina is ten einde raad.

Ze zit al uren in deze akelige cel en niemand heeft haar iets verteld. Als non zou ze gehard moeten zijn. In de dagelijkse kloosterroutine heeft ze tussen haar taken en opdrachten door nauwelijks een moment rust. Nu heeft ze alle tijd van de wereld maar zou ze niet weten waar ze die aan moet besteden. Had ze tenminste maar een boek... maar het enige wat ze in de cel hebben achtergelaten is een zweep van henneptouw, die zinspeelt op zelfkastijding. Ze kijkt er met grote afkeer en weinig bereidheid naar. In haar hoofd wordt ze al zo gemarteld dat ze er geen lijfelijke geseling bij kan hebben. Bovendien zijn voor God alle aframmelingen die ze op straat heeft gekregen vast voldoende.

Ze probeert haar onrust te overwinnen door zich op haar ademhaling te concentreren. Wanneer ze begint te twijfelen of het wel werkt, hoort ze naderende voetstappen en ze rent naar de deur. Het is zuster Guadalupe. Ze heeft een stuk fruit bij zich en haalt haar plasemmer op. Catalina probeert een praatje aan te knopen, maar Guadalupe verwaardigt zich niet eens haar aan te kijken. Totdat Catalina begint te smeken. Aan de minachting die Catalina al in de ogen van de vrouw heeft gezien lijkt zich een schittering van voldoening toe te voegen.

'Wat wilt u?'

'Met de priorin spreken.'

Zuster Guadalupe laat een gemaakt lachje horen. 'En ik met de maagd Maria.'

'Hoelang moet ik hier blijven?'

De blik van de zuster wordt donker. 'Tot u voor uw zonden hebt betaald.'

'Ik weet niet eens welke dat zijn. Laat u dan tenminste mijn biechtvader komen. Hij zal me penitentie opleggen.'

'De teruggetrokken non die zich boven iedereen verheven voelt,' prevelt de ander minachtend. 'Dat is afgelopen, wist u dat niet? De priorin heeft bevolen dat we allemaal moeten biechten bij pater Nicolao. Het is afgelopen met uw privileges, zuster.'

Catalina verwerkt deze nieuwe klap. Ze kan niet ook nog pater León kwijtraken. Ze leerde hem kennen toen ze de kerken afliep op zoek naar een bruidsschat. Hij was degene die haar vertelde over de nieuwe orde in Sevilla, die van moeder Theresia en haar vertrouwelinge, die ze had gekozen als prelaat van het klooster in deze stad. Vanwege deze twee vrouwen wilde ze intreden bij de karmelietessen, al vormden ze de meest ascetische orde. Ze was ervan overtuigd dat ze, behalve de zekerheid die ze zo nodig had na jaren op straat te hebben geslapen, ook een kans kreeg om zich daar te ontwikkelen, iets wat voor een vrouw in haar positie elders overal onmogelijk was geweest.

Zuster Catalina wist ook dat veel geestelijken gecorrumpeerd waren door diezelfde christelijke leer. Haar vroegere biechtvader was daar een voorbeeld van, een geestelijke die de mentaal zwakste zusters gebruikte om het verzoekschrift voor de inquisitie op te stellen die de orde in grote problemen bracht. Garciálvarez werd vervangen, maar zij heeft alleen vertrouwen in de ontwikkelde jezuïet, in de nederige man die liever missies onderneemt onder het gewone volk om zielen van gevangenen of hoeren te redden dan zich te omringen met pracht en praal. De enige man die ze vertrouwt. De enige ook die ze bewondert.

Met een gezicht dat walging uitdrukt loopt zuster Guadalupe weg met de emmer.

'Zuster!' roept Catalina, voor ze verdwenen is. Ze probeert snel te denken. Hoe dan ook moet ze eerst zorgen dat ze haar hieruit halen. 'Ik zal biechten bij pater Nicolao.'

'Dat zal ik overbrengen aan de priorin,' zegt de ander op spottende toon. 'Zij moet u toestemming geven.'

'Het sacrament van de biecht kan me niet onthouden worden!'

'Biecht uw zonden op aan God. Hij is barmhartig.' Zuster Guadalupe loopt door, maar dan lijkt haar iets te binnen te schieten. 'Ik heb gehoord dat u graag omgaat met onze buurvrouwen in de hoerenwijk.'

Op het gezicht van zuster Catalina is ontzetting te lezen. Dat gerucht heeft dus al door het hele klooster de ronde gedaan.

'Wist u dat er nog een is vermoord in de haven? Hopelijk niet dat vriendinnetje van u.'

Misschien, als zuster Guadalupe een minuut langer was gebleven, als ze het lijkbleke gezicht van haar zuster in het geloof had gezien, het koude zweet dat bij haar is uitgebroken, de rillingen en schokken in haar lichaam die haar op de grond doen belanden door haar enorme angst, haar bonzende hart en haar hortende ademhaling, ja, misschien had ze dan medelijden gekregen. Maar misschien ook niet. Want alleen wie zelf ooit een paniekaanval heeft gehad weet dat je nog liever doodgaat dan dat je in die hel moet blijven.

44

Diego zwerft doelloos in El Arenal rond.

Florencio houdt zijn blik op hem gericht. Het jongetje is niet ouder dan zeven, heeft alleen een broek aan en ziet er zo verlaten uit dat ieders hart ervan zou ineenkrimpen. Maar er zijn veel weesjes zoals hij die aan hun lot zijn overgelaten, en de bewoners van Sevilla zijn immuun geworden voor kinderleed. Meestal komen dit soort kinderen in dievenbendes terecht, waar ze door gewetenloze schooiers tot roof en plundering worden aangezet. Veel ondergezagvoerders laten hen daarom graag aanmonsteren op hun schip. Het zijn perfecte leerjongens die weinig eisen. Kinderen van de armoede die nergens heen kunnen, hebben geluk als iemand hun betaalt met een dagelijkse maaltijd, zelfs als die gepaard gaat met de stok- en zweepslagen waarmee ze in hun werk aangespoord worden.

De secretaris wandelt naar een kraampje toe en koopt een paar pasteitjes die gevuld zijn met de restanten van een of ander stoofsel. Dan loopt hij op het jongetje af en biedt hem er een aan.

Diego kijkt wantrouwend naar die kleine man, die eruitziet als een schadelijk dier, maar hij steekt wel zijn hand uit om het pasteitje te pakken. Hij slikt het in twee happen weg.

'Jij hebt wel honger, zeg.'

'Ik heb drie dagen niet gegeten, heer.'

'Pak aan, neem dat van mij ook.'

Het jongetje aarzelt nu. 'En u dan?'

'Ik heb reserves genoeg,' zegt Florencio, en hij wrijft over zijn buik.

Daar is Diego het kennelijk mee eens, want hij grijpt het tweede pasteitje en verslindt dat eveneens. Vervolgens veegt hij de vettige slierten haar op zijn voorhoofd weg en kijkt de man recht in het gezicht. In Diego's ogen is de berusting te lezen van iemand die begint te leren hoe de wereld in elkaar zit. 'Wat wilt u van mij?'

In de blik waarmee de secretaris naar het jongetje met zijn blote bovenlijf kijkt zit een sprankje medelijden. Hij beseft dat hij alles van het jongetje kan krijgen wat hij wil, ook datgene wat er in de meest verdorven geest kan opkomen. Hij hoopt dat dat soort mensen niet te vinden is op de plek waar hij de jongen wil hebben. Of dat hij snel leert zich ertegen te wapenen. 'Alleen maar zeker stellen dat je vanaf nu iedere dag te eten hebt. Kom, ga met me mee.'

Achterdochtig, maar ook met hoop, loopt Diego achter de secretaris aan. Per slot van rekening is hij nog te jong om alle hoop te hebben verloren.

45

'Er is een schrift.'

Eugenio houdt de dolk tegen de halsader van zijn slachtoffer. Een straaltje bloed loopt naar beneden, maakt vlekken op Damiana's kleding. Hij hoeft maar een beetje meer aan te drukken om een eind aan alles te maken, maar hij kan niet tot een besluit komen en wat hij net heeft gehoord doet hem twijfelen.

Als er iets is wat Damiana nooit voorbij laat gaan, dan is het een kans. 'Mijn vader heeft me ook een schrift nagelaten, een soort boekje dat hij zelf heeft geschreven.'

'Waar is dat schrift?'

'Dat weet ik niet,' liegt ze.

'Dan heb ik er niets aan.'

'Ik zal het u brengen. Geeft u me vierentwintig uur.'

'Denkt u dat ik gek ben, mens? U zult zich als een rat verstoppen en ik zal u nooit meer terugvinden.'

'Nee. Ik zal het u laten lezen en zal me niet meer met u bemoeien.'

Eugenio's hand glijdt over het litteken op zijn wang. Het geschrevene zou kunnen bevestigen wat hij voorvoelt, of het misschien ontkrachten. Of, belangrijker nog, hem aanwijzingen kunnen geven die hem helpen bij zijn doel te komen. 'Vierentwintig uur, zei u?'

'Maar ik wil er wel wat voor terug.'

Eugenio kan een schaterlach niet onderdrukken. Dat meisje heeft wel lef, verduiveld. 'Uw leven vindt u niet genoeg?'

Damiana aarzelt. Ze zou instemmend kunnen knikken, kunnen ontsnappen zodra ze toegeeft, maar de overmoedigheid die haar eigen is, is sterker. 'U komt te weten wat er in het boekje staat en ik krijg mijn talisman terug. En u helpt me om uit te vinden wie mijn huisgenotes heeft vermoord.'

'Dat beeldje mag niet...'

'In verkeerde handen vallen, dat weet ik,' onderbreekt Damiana hem, terwijl ze hem vastbesloten aankijkt. 'Ik zal het met mijn eigen leven beschermen.'

Hij houdt haar blik enkele momenten vast en laat ten slotte een scheef glimlachje zien. 'Duivels wijf,' zegt hij, terwijl hij haar uit de berg afval helpt.

Wanneer Damiana overeind staat, steekt Eugenio zijn hand uit. Instinctief deinst Damiana achteruit. Ze heeft te veel klappen opgelopen in haar leven om zo'n gebaar te vertrouwen.

Maar Eugenio de Ron wil haar helemaal niet aanvallen. Wanneer Damiana beseft wat hij wil, steekt ze ook haar hand uit en drukt die van de stuurman. 'Dat is dan afgesproken.'

46

'Aha!'

De priorin bevindt zich in de cel die kortgeleden nog van zuster Catalina was. Ze heeft het moment waarop de zusters zich na de maaltijd terugtrekken in hun kamers benut om het vertrek van de jonge non binnen te glippen. Als zuster Catalina nog meer verbergt, dan is haar cel de ideale plek om dat te doen. Zeer tegen haar zin begint María de San José gewend te raken aan haar inquisiteursrol.

Er is iets verstopt onder de matras. Daar was ze al bang voor. Het is een boek, wat de priorin nog onrustiger maakt. Misschien zullen deze nieuwe bladzijden betekenis geven aan die andere, die haar de afgelopen twee nachten van haar slaap hebben beroofd. Ze stopt het boek onder haar kleed, gaat naar de deur, kijkt beide kanten op om zich ervan te verzekeren dat er niemand in de buurt is en loopt de gang door.

Terug in haar eigen cel haalt ze, door bezorgdheid gedreven, het boekwerk tevoorschijn. De bladzijden zijn niet handgeschreven, maar gedrukt in een van de drukkerijen waarvan er steeds meer verschijnen binnen en buiten de stad. Alleen al in Sevilla zijn er enkele tientallen, waardoor de herkomst van een werk eigenlijk alleen te achterhalen is aan de hand van het embleem van de drukker. Ze zoekt achterin naar het colofon, maar wordt teleurgesteld: het is een exemplaar *sine notis*, er staat geen naam in van de drukker en ook geen jaar van verschijnen. Haar argwaan neemt er alleen maar door toe. Een drukker zal er beslist voor zorgen dat zijn naam niet in een ketters boek vermeld wordt.

De schrijfster heeft zich alleen kenbaar gemaakt met een opvallend pseudoniem: 'een vrouw uit Valladolid'. Een schrijfster die wilde dat haar naam geheim bleef. Dat betekent niet per se dat het een ketterse tekst is, want het kan evengoed zo zijn dat ze niet onder haar eigen naam durft te schrijven uit angst voor represailles. Vrouwen moeten in heimelijkheid schrijven en zich bescheiden opstellen, dat weet ze heel goed. Zij heeft zelf slechts een paar van haar mystieke gedichten kunnen uitgeven. Een bekend gevoel van nostalgie en frustratie maakt zich van haar meester. Sinds haar aankomst in Sevilla heeft ze geen tijd gehad om te schrijven, iets waar ze het meest van houdt op deze wereld. De moeilijke tijden hebben al haar energie opgeëist.

Ze zoekt op de laatste bladzijde naar de titel: *Cristalián de España*. Het lijkt er niet op dat het enig verband houdt met het schrift dat ze in de spullen van Catalina vond. Desondanks begint ze er in te lezen, en komt terecht in de avonturen van personages als Minerva, die 'geen ridder kon vinden die het in de strijd lang tegen haar kon uithouden', en Membrina, die haar aan moeder Theresia doet denken, want 'haar kennis was zo groot dat ze nimmer wilde trouwen, zodat niemand gezag of heerschappij over haar kreeg'. Ongemerkt vliegen de uren voorbij en sinds lange tijd glimlacht María de San José weer.

Theresia van Avila sloot zichzelf in haar jeugd tenslotte ook dag en nacht op om ridderboeken te verslinden. Zo slecht kunnen ze dan niet zijn.

47

Ze zitten in een afgelegen hoekje.

In een van de taveernes vlak bij El Arenal, eentje waar ze Eugenio goed lijken te kennen. Damiana heeft haar omslagdoek omgedraaid, nu is hij weer geel, zodat het voor iedereen duidelijk is wat de twee met elkaar aan het bespreken zijn. Ze is een vleespasteitje aan het verslinden, want sinds het ontbijt met pater León vanochtend heeft ze niets meer in haar maag gekregen.

Eugenio kauwt ook lustig op een plak lever. 'Wanneer is Miguel de Arellano verdwenen, zei u?'

'Op mijn negende.' Damiana praat met volle mond, er floept een stukje vlees uit. 'Dat weet ik, want hij herinnerde me altijd aan mijn geboortedag.'

'En nu?'

'Nu is er niemand meer die mij daaraan herinnert.'

Eugenio neemt een slok uit zijn kruik wijn en wacht tot ze verdergaat.

'Afgelopen maand ben ik negentien geworden.'

'Uw vader is dus tien jaar geleden verdwenen. En sindsdien hebt u het beeldje in bewaring.'

'Hij vroeg me dat te doen voor hij verdween. Hij wist dat hem iets kon overkomen, daar ben ik van overtuigd.'

'Weet u echt niet wat de cijfers betekenen?'

Damiana schudt haar hoofd. Om de een of andere reden – misschien omdat hij het iemand moet vertellen, misschien omdat deze vreemde vrouw hem een nog vreemder vertrouwen inboezemt – flapt Eugenio de Ron eruit: 'Het zijn geografische coördinaten.'

Damiana trekt net zo'n gezicht als wanneer Carlina haar verhalen vertelde waar ze ook geen jota van begreep.

‘Het is een systeem waarmee je de ligging van iets waar ook ter wereld kunt vaststellen,’ legt hij uit. ‘Het is gebaseerd op lengte- en breedtegraden.’

‘Graag in gewone taal, als u het niet erg vindt.’

Eugenio zet de twee kruiken opzij en gebruikt de tafel om het uit te leggen. ‘Stelt u zich voor dat dit een kaart is.’

‘Zoveel voorstellingsvermogen heb ik niet.’

‘Dit,’ zegt Eugenio terwijl hij zijn hand van links naar rechts beweegt, ‘geeft de lengtegraad aan. Die kun je berekenen aan de hand van de stand van de zon of de sterren. Je meet bijvoorbeeld de hoek die de zon maakt met de horizon om twaalf uur ’s middags, en dan ken je de hoogte.’

‘Van de zon,’ zegt Damiana sceptisch.

‘Precies. Je moet enig rekenwerk uitvoeren, maar je kunt erachter komen. Het probleem zit hem in de andere graad.’ Nu gaat de hand van Eugenio van beneden naar boven. ‘De breedtegraad. Het is ingewikkeld om die precies vast te stellen. De koning heeft een paar jaar geleden een rijke beloning uitgeloofd voor degene die met exactere berekeningen komt, maar er zijn nog steeds geen echt goede.’

‘Wat heeft dit allemaal met mijn cijfers te maken?’

‘Beide graden worden uitgedrukt in cijfers.’

Het begint Damiana te dagen. ‘U denkt dat mijn talisman een concrete plek aangeeft.’

‘Inderdaad.’

‘Dan ga ik naar die plek toe.’

‘Daar ga ik naartoe. U blijft uw beeldje bewaken.’

Damiana schudt haar hoofd. ‘Ik ga met u mee, of u wilt of niet. Dit is wat mijn vader wilde, nu begrijp ik het. Daarom vroeg hij mij het te bewaren.’

‘Zo gemakkelijk gaat dat niet.’

‘Hoezo niet?’

‘Het is heel ver.’

‘Ver?’

‘Op Tierra Firme.’

‘Aan de andere kant van de zee?’

Eugenio knikt. ‘Onder gunstige omstandigheden zo’n tien weken varen. En dan nog een expeditie van enkele weken om de plek te vinden. Tel daar de tijd bij op waarin gewacht wordt op het volgende konvooi, plus de terugreis, dan zit je op ongeveer een jaar.’

Damiana voelt een druk op haar borst, niet vanwege het idee dat ze de stad zal verlaten waarin ze is opgegroeid, maar vanwege de betekenis van die reis: het land van haar moeder leren kennen. Ze is er nu zeker van: dit is wat haar vader wilde. Het ontroert haar, maar Eugenio merkt het niet. Hij is niet iemand met veel inlevingsvermogen, en erg opmerkzaam is hij ook niet. Wel op zee en in de luchten, maar niet als het om vrouwengezichten gaat.

‘Geen vader zou trouwens hebben gewenst dat zijn dochter zich in zo’n avontuur zou storten. Dit is niets voor vrouwen.’

‘Jazeker wel,’ zegt Damiana woedend.

‘Het gaat er ruw aan toe op een schip, verduiveld. En op ongekerstend terrein nog veel ruwer. Wie weet wat voor barbaarse dingen die wilden daar met u gaan uithalen.’

Damiana zucht. Het heeft weinig zin hem te vertellen dat ze al te maken heeft gehad met alle wilden die hij zich maar kan voorstellen.

‘De berekeningen zitten er vaak naast,’ vervolgt de stuurman. ‘Ik ben bereid te gaan zoeken op basis van de coördinaten, maar het is belangrijk om alle mogelijke informatie te verzamelen alvorens de reis te beginnen.’

‘Wat zoeken? Wat is daar volgens u?’

‘Dat gaat u niet aan,’ zegt Eugenio terughoudend, die in de gaten krijgt dat hij zijn mond heeft voorbijgepraat. Dat gebeurt hem altijd met wijn en mooie vrouwen.

‘Het gaat me uiteraard wel aan.’

De stuurman neemt een grote slok, voelt aan zijn litteken. ‘Uw vader heeft toch lange tijd in West-Indië doorgebracht? Hij heeft deelgenomen aan expedities.’

‘Zegt u me wat er volgens u daar is,’ dringt Damiana aan.

'Waarom kan ik niet gaan, terwijl u uw ziel en zaligheid erin legt?'

De stuurman kijkt doordringend in haar donkere ogen. 'Houdt u zich niet van de domme. U hebt dat boekje van uw vader gelezen, u weet meer dan ik.'

Damiana slikt haar trots in voor ze reageert. 'Ik kan niet lezen. Mijn vader heeft zijn best gedaan het me te leren, maar ik had altijd wel wat beters te doen.'

Eugenio drinkt zijn kruik leeg en knikt dan afgemeten. Dat kan wel kloppen. De meeste mensen zijn ongeletterd, zeker de vrouwen.

'Het enige wat ik weet,' gaat Damiana door, 'is dat hij het boekje voor mij schreef. En dat hij er altijd mee rondliep, vooral op het laatst.'

'Op het laatst?'

'Voordat hij in het niets verdween.'

'Ik snap het.' Eugenio wenkt de waardin zijn kruik bij te schenken, terwijl hij er in de tussentijd mee speelt.

'Gaat u het nog zeggen?' vraagt Damiana ongeduldig.

Er valt een minutenlange stilte. Eugenio wacht op zijn wijn en drinkt die vervolgens in twee teugen op. Er ontglipt hem een boer, die vergezeld gaat van een diepe zucht. 'Als u me verraadt, bent u er geweest.'

Ze knikt. Dat lijdt voor haar geen twijfel.

'Maar als u me helpt, beloof ik u te belonen wanneer ik terugkom. Het zal u aan niets ontbreken. Dat is inderdaad wat uw vader had gewild.'

'Vertelt u het nu maar. Ik heb er recht op.'

De stuurman kiest met zorg zijn woorden, voor hij Damiana weer aankijkt. 'De coördinaten komen overeen met een onderzoek waar ik al jaren mee bezig ben. Velen hebben het de afgelopen veertig jaar proberen te vinden, maar die beschikten niet zoals ik over de huidige geografische kennis. Ik heb alle kaarten in de Beurs van Indië bestudeerd. De bijgewerkte, maar ook de kaarten van expedities die door tientallen avonturiers zonder succes zijn uitgevoerd. Daar is alle kennis verzameld. En niemand weet beter hoe je die moet gebruiken dan ik.'

'Wat is het, Eugenio de Ron? Wat wilt u uit alle macht vinden?'

Wanneer hij antwoord geeft, vertonen de pupillen van de stuurman een aparte glans. Damiana kent die glans, want behalve wellust heeft ze ook vaak dit gezien in mannenogen. Het is hebzucht.

'Wat tot nu toe niemand heeft weten te vinden, meisje: de schat van El Dorado.'

Oorlog

De slag bij Krina, aan de oever van de Niger, 1235

De laatste maanden heeft Sundjata steeds meer troepen gekregen. Er zijn er ook veel afgevallen, zeker, maar de mannen en vrouwen die zich bij hem hebben aangesloten, zijn met veel meer. Met grote volharding heeft hij de legers van alle koninkrijken gehergroepeerd in de strijd tegen de Sosso. Daardoor heeft hij kunnen oprukken naar het hart van het grondgebied van de Mandinka.

Aan het hoofd van zijn leger kijkt de buffelzoon, gekleed in een muzelmangewaad en met een witte tulband op het hoofd, achterom om de omgeving in zich op te nemen. Honderdduizend soldaten marcheren over de vlakte; voor hen uit gaan tienduizend ruiters. De oorlogstrommels klinken met verdubbelde kracht. Het is een angstaanjagend tafereel dat zijn hart met trots vervult. Mandinka-trots, die door zijn bloed stroomt. De trots die de oude griot alweer zoveel jaren geleden aan hem toeschreef.

Vandaag is de dag. Zijn generaal let op hem, wacht zijn teken af. Wanneer Sundjata knikt, blaast een krijger op de hoorn. Het geluid weerklinkt over de hele lengte en breedte van de vlakte. Het is het begin van pijn en dood, en zijn troepen stormen woest op de Sosso af. De grond verdwijnt onder een wolk van rood stof, dat door duizenden voeten en hoeven wordt opgeworpen. In de achterhoede schieten zijn gevreesde boogschutters hun pijlen naar de hemel, die als een ijzerregen de gelederen van Sumaoro treffen.

Sundjata weet dat dit de beslissende slag is. En ook dat het een lange, bloedige strijd zal worden, maar daar is hij op voorbereid. Heel zijn leven heeft hij zich op dit moment voorbereid. Hij trekt zijn sabel, brult de oorlogskreet, geeft zijn vurige ros de sporen en gaat de vijandige legerschaar te lijf.

Een bliksemstraal gaat minder snel door de hemel, de donder jaagt minder angst aan, sterk zwellende rivieren zijn niet zo verontrustend. In een oogwenk vallen de hoofden van de vijand door de scherpte van zijn sabel als rijpe vruchten uit een boom. Tientallen Sosso worden verpletterd onder de dodelijke hoeven van zijn felle paarden. Hij blijft lichamen vierendelen terwijl hij ook mannen van zijn eigen leger ziet sneuvelen, wat zijn woede nog meer aanwakkert. Het slagveld is inmiddels in een bloedbad veranderd. Lansen doorboren naakte lijven en de kreten van pijn van de dodelijk gewonden stijgen op naar de hemel. Ze zijn nog te horen tussen het oorverdovende lawaai van tegen elkaar slaande zwaarden van man-tegen-mangevechten door.

De zon is al onder wanneer Sundjata de tovenaar Sumaoro in het oog krijgt. Alleen al zijn uitzonderlijke lengte boezemt angst in. Hij berijdt een zwart paard, is zelf ook gekleed in het zwart en draagt een helm met grote hoorns erop. Maar de buffelzoon aarzelt geen seconde, laat zijn paard steigeren en stormt zwaaiend met zijn sabel op zijn rivaal af.

Opeens verschijnt er uit het niets een Sosso-krijger die zijn leven wil geven voor zijn koning. Als een kalebas wordt hij door het scherp van Sundjata's sabel in tweeën gesneden, maar in het gewoel valt het wapen en Sumaoro maakt hier gebruik van om de afstand tussen hen te vergroten. De leeuwenkoning grijpt nu naar zijn lans en werpt hem volkomen trefzeker naar zijn vijand. Het wapen vliegt fluitend door de lucht, maar wanneer het de rug van de tovenaar treft, ketst het erop af alsof die van steen is.

Sundjata is nog steeds niet van zijn verbazing bekomen wanneer hij de boog spant en een pijl afschiet. Maar Sumaoro draait zich om om hem uit de lucht te plukken en toont hem hooghartig aan Sundjata. Die is verbijsterd, maar hij geeft zich niet over. Hij gaat naar hem toe, heft zijn machtige arm en slaat hem met de kracht van tien leeuwen. En toch, het verwachte effect blijft uit. Sumaoro is verdwenen.

Sundjata speurt het slagveld af. Honderden, misschien wel duizenden doden liggen in de rossige modder, maar er is geen spoor van de tovenaar te bekennen. De erfgenaam van de Mandinka-troon had de verhalen die over deze man de ronde deden, nooit geloofd. Verhalen waarin werd beweerd dat hij zich midden in de strijd in een bij kon veranderen om de vijand te steken, dat hij in de wind kon opgaan wanneer hij in het nauw gedreven werd. Nu begrijpt Sundjata dat het allemaal waar is.

Hij gaat door met de strijd tot hij, uren later, de tovenaar eindelijk terugziet. Hij bevindt zich boven op de heuvel, zit kaarsrecht op zijn imposante zwarte paard. In zijn onkwetsbaarheid voor wapens kijkt hij minachtend toe hoe de dood zich verheugt in al die mannen en vrouwen die in deze uithoek van de wereld strijden voor hun zaak.

Maar de leeuwenbuffelzoon heeft een geheim wapen, en nu is het moment gekomen om te zien of het werkt. 'Zolang ik ademhaal, zal het Mandinka-volk niet tot slaaf worden gemaakt!' roept hij naar alle windrichtingen. 'Wij zullen vrij zijn omdat onze voorouders vrij waren! Dat is de wens van Allah, en van mij!'

Onder zijn kleren zoekt hij naar de Nasi, een magisch voorwerp dat een tovenares van Mema hem heeft geschonken om de betoveringen van Sumaoro te verbreken. Het is een houten pijl die er breekbaar uitziet, en de punt is niet meer dan de spoor van een witte haan. Sundjata streelt hem, hij is bereid Sumaoro te achtervolgen tot hij die in zijn hart kan schieten.

Vandaag zullen zijn leger en zijn magie groter zijn dan die van de Sosso. Ze zullen een eind maken aan de wreedheid, de barbarij en de listen van de tovenaar. Wanneer de avond valt, zullen de Mandinka opnieuw regeren. En ze zullen niet alleen het gebied terugwinnen dat hun toebehoort. Sundjata weet niet waar hij die zekerheid vandaan haalt, en toch is het voor hem even duidelijk als de zon die iedere dag in het oosten opkomt: de Keita-dynastie zal over de wereld heersen.

48

3 september van het jaar des Heren 1580

De patroon heeft zojuist de opbrengsten geteld.

Hij is in een rothumeur. Er is nog geen week voorbij en nu merkt hij al dat door Violantes dood de inkomsten aanzienlijk zijn gedaald. Al was ze wat ouder, ze verdiende meer dan de meeste hoeren. Hij heeft haar klanten geprobeerd te verdelen over zijn beste andere prostituees, maar een aantal is gewoon niet teruggekomen en hij vreest dat ze dat ook nooit meer zullen doen. Die rooie kende alle kneepjes van het liefdesvak en maakte mannen gek.

En nu ook nog Lucinda. Hij had erop gerekend dat ze op termijn meer zou opbrengen dan een hele mijn in Peru. Blondjes met lichte ogen falen nooit als lokmiddel en er is niet gemakkelijk aan te komen. Met haar witte huid leek ze wel een edelvrouw die nog nooit had gewerkt in haar leven, wat haar voor veel mannen nog fascinerender maakte. Hij wist het meteen toen hij haar zag. Hij zorgde zelf voor haar ontmaagding, om van de rechter de verklaring te krijgen waarmee ze kon werken in de door het stadsbestuur gelegaliseerde bordelen.

Slim was ze ook nog. Vanaf het begin had ze meteen door hoe de zaken werkten. Haar ontboezemingen over wat er allemaal gebeurde in zijn huis van plezier kwamen hem goed van pas om ervoor te zorgen dat niemand buiten haar boekje ging. Maar nu heeft hij nog niet eens de kosten terugverdiend die hij in haar geïnvesteerd had.

Slechtgeluimd legt hij van alle inkomsten het geld voor gemaakte kosten apart. Behalve de schamele bedragen voor de wasvrouwen die voor schone lakens zorgen, bevindt zich daaronder ook de huur die hij moet betalen aan kapelanijen en religieuze gemeenschappen, die samen met het stadsbestuur eigenaar zijn van alle hoerenkasten in Sevilla. Hij laat een vloek vallen. Sinds de prostitutie zo floreert doen de eigenaren niets anders dan de huur verhogen. Voor zijn acht hoerenkamers moet hij vijfenzeventighonderd maravedí betalen, een bedrag dat moet worden opgebracht door al zijn vrouwen, als hij de levenswijze wil voortzetten waaraan hij dankzij zijn zaak gewend is.

En daarbovenop Damiana... De laatste tijd bezorgt ze hem alleen maar hoofdbrekens. Eerst stelt ze zijn gezag ter discussie, dan stookt ze de andere hoeren op, en tot slot komt ze haar verplichtingen niet na. Hij heeft voor de duivel geen idee waar ze gisteren uithing, hij moest haar vervangen door andere meisjes. Knorrig stopt hij de munten voor de kosten in een zak en legt de winst in een kist die op slot kan. Op de bodem liggen de spullen uit Violantes kamer die hij in beslag heeft genomen, en hij trekt een grimas. Haar hele arsenaal aan vieze kruiden, brouwsels en zalfjes, en dan dat houten beeldje. Het is een ketters ding dat hem moeilijkheden kan bezorgen, vooral omdat er al te veel mensen met vragen over Violante zijn langsgekomen. Hij begrijpt zelf niet waarom hij het nog niet in het vuur heeft gegooid. Mopperend draait hij de sleutel om en gaat daarna naar de Klappoort. Hij kan de bittere pil van de betalingen maar het beste zo snel mogelijk slikken.

49

Gaspar gaat weer naar de treden.

Gisteren heeft hij ervoor gezorgd dat zich nog een paar mannen aanmeldden, maar het zijn er nog steeds veel te weinig. Alleen al op de *Soberbia* moeten er een paar honderd man mee voor het geschut, als officier, matroos, scheepsjongen of hulpje, en daar komen de soldaten voor de begeleidende armada nog eens bij. Op het totale konvooi varen gewoonlijk niet minder dan zesduizend zielen mee, en nu er zoveel mannen zijn afgehaakt, halen ze dat aantal bij lange na niet. Zelfs een paar passagiers die het certificaat hadden weten te bemachtigen om op een van de koopvaardijschepen mee te kunnen varen hebben besloten te wachten tot april komend jaar, wanneer het volgende konvooi naar Nieuw-Spanje zal uitvaren.

Hij blijft uit volle borst zijn leuzen schreeuwen, tot er iemand aankomt die belangstelling heeft. Hij glimlacht als hij ziet dat de man de slobberige kleren aanheeft die zeelieden plegen te dragen: een blauw hemd met een kap en een wijde linnen broek die tot op zijn enkels valt.

'Ik wil me laten inschrijven,' zegt de man in het Portugees.

Gaspars glimlach verdwijnt. Per schip mogen er maximaal zes niet-Spaanse zeelieden mee, vooropgesteld dat daarvoor een vergunning is afgegeven. Eugenio de Ron heeft hem daar heel duidelijke instructies over gegeven. De meesten die hebben besloten toch mee te gaan komen al uit het buitenland, en het gezag kijkt streng toe op naleving. De stuurman wil geen bureaucratische problemen die voor nog meer vertraging kunnen zorgen.

'Waar komt u vandaan?'

'Van waar u maar wilt dat ik vandaan kom.'

'Ik mag alleen Spanjaarden inschrijven.'

De man kijkt boos naar hem. 'En die daar dan, waar komen die vandaan?'

Gaspar kijkt naar de plek die de man aanwijst. In de portieken naast de treden staat een enorme rij mannen te wachten tot ze aan de beurt zijn bij de klerken. 'Dat weet ik niet.'

'Als u me niet inschrijft, dan probeer ik het wel elders.' De Portugees draait zich om en loopt met minachtende blik weg.

Gaspar gaat bij de rij staan, die doorloopt tot de kathedraal. Het is er één groot geroezemoes, waar hij niets verstaanbaars uit kan halen. Het lijkt de toren van Babel wel. Hij stapt op een van de klerken af. 'Wat bent u hier aan het doen?'

De man kijkt op, neemt hem van top tot teen op en duikt weer in zijn papieren. 'Ik stel de documenten op zodat deze arme zeelieden werk kunnen krijgen. Als u me wilt verontschuldigen, ik heb het druk.'

'Het zijn buitenlanders.'

'Wie zegt dat?'

'Dat zie je zo.'

'Bij een inspectie is het enige wat ertoe doet wat er op mijn papieren staat.' De klerk kijkt hem een moment doordringend aan met zijn diepgroene ogen. 'En wat zij zeggen.' Hij zet een stempel op het document en zegt tegen de man die voor hem staat: 'Vanaf nu zegt u dat u Catalaan bent.'

'Oui, monsieur. Merci.'

'Een peso graag.'

De nieuwe Catalaan geeft het muntstuk en de klerk overhandigt hem de titel. 'De volgende!'

Er staat nu een jongen voor hem. Hij is niet ouder dan vijftien.

'Waar komt u vandaan, vriend?'

'Eu venho de Porto.'

'Goed zo. Vanaf nu komt u uit Ourense. Begrepen? U bent Galiciër.'

'Entendi, senhor.'

De klerk gaat door met zijn taak. Gaspar staat nog steeds naast hem en leest wat hij opschrijft.

'U hebt de gage niet verdubbeld. Een scheepsjongen zou tenminste zeventig dukaten moeten krijgen. En dat... is nog niet de helft.'

De man laat een diepe zucht horen. 'Zeg, knaap. Hoort u hier iemand klagen?'

'Nee, meneer,' geeft hij toe.

'Hou dan uw mond.'

Er komt een ruwe bonk aan, een die je niet graag in het donker tegenkomt. Hij heeft een gestreept hemd aan onder zijn gemzenleren wambuis, draagt een breedgerande hoed en ondanks de warmte ook nog een oude mantel van zwart laken, die vermoedelijk een wapen moet verbergen dat hij om zijn middel draagt. Te oordelen naar de littekens en sporen op zijn handen en in zijn gezicht heeft hij heel wat gevochten in zijn leven. Om het geheel compleet te maken draagt hij een donker lapje voor zijn rechteroog, dat hij vast en zeker is kwijtgeraakt bij een steekpartij.

'U woont hiertegenover, als ik me niet vergis?' De klerk wijst naar de Corral de los Naranjos, de vrijplaats voor mensen tegen wie justitie zaken heeft lopen.

'Mijn nederige woning, mocht u die nodig hebben,' antwoordt de man terwijl hij met zijn hand de knop van zijn sabel vasthoudt, mocht iemand nog twijfelen aan zijn bedoelingen.

'Ik verwacht niet die ooit nodig te hebben. U heet voortaan Jerónimo Pardo.'

'Voor altijd en eeuwig.'

De klerk knikt samenzweerderig en leest hardop voor wat hij opschrijft. 'Gemiddelde lengte, goedgebouwd, een dichte, bruine puntbaard. Geen misvormingen of opvallende uiterlijke kenmerken.' Hij overhandigt het document in ruil voor de verplichte duiten en wijst daarna naar het ooglapje van de man. 'Als een inspecteur u daarnaar vraagt, bent u die kwijtgeraakt toen u met de tuigage bezig was.'

De man grijnst en laat een gebit zien waar de helft van ontbreekt.

'De volgende!'

Gaspar staat nog steeds naast de klerk, verbijsterd over alles wat hij ziet.

'Staat u hier nog steeds? Wat wilt u eigenlijk?'

De jongen denkt goed na voor hij antwoord geeft. Hij bedenkt waarvoor hij hier is en herinnert zich de regel die hij zichzelf heeft opgelegd: niet weer in de problemen komen. 'Niks, er was een Portugees op de treden die zich wilde laten inschrijven,' zegt hij schouderophalend.

De klerk glimlacht. 'Uitstekend, nog een Galiciër.'

50

Er klinken haastige stappen op de gang.

María de San José stapt de cel binnen, om vast te stellen dat zuster Catalina buiten bewustzijn is. 'Haal koud water, vlug!'

Zuster Guadalupe haast zich om het te halen en de priorin tikt de jonge non in het gezicht, maar die reageert niet. Ze knoopt Catalina's kap los om haar meer lucht te geven en voelt aan haar pols. 'Zuster Catalina! Zuster Catalina, wakker worden!'

De non beweegt, mompelt iets onverstaanbaars.

'Ik ben het, zuster. Ik ben het,' zegt de priorin bezorgd, terwijl ze zich naar haar toe buigt in een poging haar te verstaan.

Terwijl ze dat doet wordt er een kan met koud water over zuster Catalina uitgestort, zodat die doorweekt raakt en de priorin ook nat wordt.

'Zuster Guadalupe! Wat doet u nu?'

'Wat u me hebt opgedragen, moeder-overste.'

'Ik zei u water te halen, niet dat u dat over ons heen moest gooien.'

Zuster Guadalupe doet met gebogen hoofd een stap naar achteren. Ze verdraagt geen terechtwijzingen, en al helemaal niet vanwege die infame non. Intussen wrijft Catalina met een verschrikt gezicht in haar ogen.

'Gaat het een beetje?' vraagt de priorin.

Catalina slaat haar ogen naar haar op en kijkt dan naar de andere non.

Haar superieur begrijpt het meteen. 'U kunt gaan, zuster.'

Wanneer zuster Guadalupes stappen op de gang niet meer te horen zijn, staat Catalina op en schudt ze haar natte kleding uit. Ze is in het geheel niet slap. 'Neemt u me niet kwalijk, eerwaarde moeder, maar ik moest u zien.'

'Er was helemaal niets met u. U hebt weer een loopje met me genomen...'

'Is het waar dat er weer een vrouw in de haven is vermoord? Ik moet het weten.'

María de San José is met stomheid geslagen. 'U maakt al zoveel theater dat ik hiernaartoe moet komen, en dan durft u ook nog om informatie van buiten te vragen, alsof ik uw vertrouwelinge ben. Wie denkt u wel dat u bent?'

'Eerlijk, u bent de enige in dit klooster die ik vertrouw, eerwaarde moeder. U en pater León, maar die mag ik van u niet meer zien. Zegt u me alstublieft, is het waar?'

Zuster Catalina lijkt wanhopig te zijn. Dat is de enige verklaring voor haar volslagen gebrek aan respect en manieren.

'Ja, het is waar,' antwoordt de priorin ten slotte. 'Weer een vrouw van lichte zeden.'

'Was het...' Zuster Catalina durft het niet te vragen.

De priorin begrijpt haar. 'Die hoer die u hier kwam opzoeken? Was u daar bang voor? Nee, die was het niet, het was een arm blondje.'

De jonge non wordt overvallen door tegenstrijdige gevoelens. Het verdriet dat de dood van het arme meisje haar bezorgt, wordt verzwolgen door een immense, bijna vrolijke opluchting dat het niet haar vriendin betreft, en daarna wordt ze overspoeld door een onaangename golf van schuldgevoel. En dat alles gelardeerd met de verontrustende constatering dat de priorin weet van haar vriendschap met Damiana. 'Dank u, moeder,' weet ze slechts uit te brengen.

María de San José heeft haar houding teruggevonden en kijkt haar met een strenge blik aan waarin geen spoortje van de vriendelijkheid te vinden is waarmee ze zich gewoonlijk tot de zusters richt. 'Gaat u me nu eindelijk de waarheid vertellen?'

'Ja, moeder-overste.'

Met afgemeten bewegingen haalt de priorin het schrift onder haar scapulier tevoorschijn. 'De hele waarheid? Ook over hetgeen hiermee te maken heeft?'

Zuster Catalina kijkt met grote ogen naar het schrift waar ze zoveel moeite voor heeft gedaan om het goed te bewaren. Dan richt ze zich tot de priorin. Op haar gezicht is angst te lezen, maar ook verontwaardiging, en zelfs iets uitdagends. 'Daar had u het recht niet toe.'

'Hoe durfde u zoiets te bewaren?'

'Ik heb het samen met de rest van mijn spullen aan u overhandigd toen ik de gelofte aflegde. Dat was de regel.'

De priorin schudt haar hoofd. 'U hebt het in het klooster verstopt. Als dit schrift langs de verkeerde weg in handen van de inquisitie terechtkomt, zou u ons in grote moeilijkheden hebben gebracht.'

'Het is van mij. Ik had het op een heel goede plek gelegd.'

'En ons allemaal in gevaar gebracht!'

'Niemand hoefde ernaar te kijken,' zegt zuster Catalina op beschuldigende toon.

'Weet u soms niet dat het hoogste hof alles tot in de kleinste hoekjes inspecteert? We hebben al met twee zaken te maken gehad. We kunnen ons geen fouten meer veroorloven.' Het gezicht van María de San José is scharlakenrood geworden. Er plooit zich een diepe denkrimpel tussen haar wenkbrauwen.

In de ogen van de priorin ligt een woede die Catalina nog nooit heeft gezien. 'Het zat bij mijn spullen,' houdt ze niettemin vol.

'In mijn klooster!' barst de priorin uit, die zich vervolgens tot kalmte dwingt en op rustiger toon zegt: 'U laat me geen andere keuze, zuster. Ik zal het ter hand stellen aan een lid van de inquisitie zodat die de inhoud kan beoordelen.'

'Nee moeder, alstublieft…'

'U zou vertrouwen in me moeten hebben,' zegt haar superieur streng.

Catalina voelt zich moedeloos worden. Zoveel slechts heeft ze toch niet gedaan. In haar onmacht grijpt ze de priorin bij haar schouders. 'Mijn vriendin is in gevaar.'

'Over wie hebt u het? Weer over die publieke vrouw?'

'Zij is de eigenares van het boekje. Ik bewaarde het alleen maar voor haar.'

'Wij lopen net zo goed groot gevaar. En de orde ook, die boven ons allen staat.'

'Maar zij kan vermoord worden, net zoals de andere twee vrouwen zijn vermoord.' In de stem van Catalina is angst te horen. 'Laat het me u tenminste uitleggen. Alstublieft.'

María de San José zucht. Ze gaat op het bankje zitten, het enige meubelstuk in de cel, en gebaart dat Catalina aan haar verhaal kan beginnen. En dat doet ze. Ze vertelt, vertelt en vertelt, vanaf het allereerste begin, toen ze Damiana en Miguel leerde kennen. Ze vertelt wat ze te weten kwam over het ongeluk dat dit gezin trof, de bezetenheid van Miguel de Arellano om het hele boekje te schrijven en het keer op keer te herlezen, haar belofte aan hem dat zij het zou bewaren tot de dag dat ze het aan Damiana zou kunnen geven. De verantwoordelijkheid die zij op zich nam toen Miguel verdween, haar angst dat de dood van de twee vrouwen in verband staat met het geheim van dit gezin en dat het leven van haar vriendin ook in gevaar kan zijn.

De priorin heeft nooit overwogen dat de inhoud van het schrift iets anders kon zijn dan pure ketterse fictie. Nu ze het begint te begrijpen, verandert de uitdrukking op haar gezicht. Maar niet alleen op dat van haar.

Aan de andere kant, met haar oor tegen de deur, knijpt Guadalupe haar woedende ogen tot spleetjes. Zij had kunnen trouwen met de jongen van wie ze hield als haar vader de bruidsschat van haar moeder beter had beheerd, maar ze moest daarvan afzien om zich met lichaam en ziel te wijden aan de orde van de ongeschoeiden. Dat is het enige wat ze nu nog heeft in haar leven. En zij zal niet toestaan dat de geschiedenis van die non en haar zondige vriendin dat ook nog eens van haar afpakken.

51

'Weet u het zeker?'

Eugenio en Damiana hebben vandaag in de taveerne van Marianela afgesproken, die hen ver van nieuwsgierige blikken een plaatsje heeft gegeven. Ze heeft geen vragen gesteld, hoewel haar waarschuwende gebaren naar haar vroegere collega duidelijk maken dat het haar totaal niet bevalt dat die twee hier zijn.

Damiana pakt een bovenmaatse olijf uit het mandje naast de grote kruik wijn en boort haar pupillen in de twee donkere holten van Eugenio's ogen. Iedereen heeft weleens over de legende van El Dorado gehoord. De halfdronken schurken van wie ze leerde valsspelen met kaarten en dobbelen, de zeelui die hun verdiende weekgeld aan hen kwamen uitgeven, de kinderen met wie ze in de achterbuurten bedelde...

Gisteren beloofden de stuurman en zij bij het afscheid elkaar hier weer te zien. Ze hadden het verder niet meer over El Dorado gehad, maar terug in huis bleef het onderwerp haar bezighouden en het bezorgde haar een slechte nacht. Ze was opgewonden door alle nieuwe ontwikkelingen en had pijn na de aframmeling in de haven. Maar vandaag is een nieuwe dag en onder de zon van Sevilla lijken oude legenden niet meer dan bakerpraatjes, wat de reden is dat ze haar vraag nog eens stelt. 'U weet het dus zeker?'

'Ik zal het uitleggen, zodat u begrijpt hoe belangrijk deze vondst is.'

Ze maakt het zich gemakkelijk, aangezien het een lang verhaal lijkt te worden. Ze weet hoe graag mannen met hun kennis pronken. Het is een van hun grootste zwakheden, waar ze al heel wat keren haar voordeel mee heeft gedaan.

'Het is allemaal begonnen in Cundinamarca, in het koninkrijk Nieuw-Granada. De mensen die er woonden spraken over een land in het noorden met zoveel rijkdommen dat zelfs de doden onder een laag stofgoud bedolven lagen. De eersten die op zoek gingen naar de gouden stad trokken naar de vallei van Cauca, maar ze vonden er niets, en met het verstrijken van de jaren werd er meer in zuidelijke richting gezocht. Daarbij werd de stroming van de rivieren de Coca, de Napo en de Río Grande gevolgd. Velen bezweken midden in het Amazonegebied. De zoektochten gingen gepaard met verraad en rampen: Orellana, Ursúa, Lope de Aguirre, Berrio... Een stel avonturiers die een spoor van lijken en puin achterlieten. Maar iedere mislukte expeditie betekende voor ons een stap dichterbij. En ik heb zelf op de kaarten de gebieden aangegeven waar niet meer gezocht hoeft te worden.'

'Volgens u geeft mijn talisman de plek van El Dorado aan. Waarom denkt u dat?'

'Omdat de coördinaten overeenkomen met mijn onderzoek. Veel mannen maakten de fout naar het zuiden en naar het hart van het Amazonegebied te gaan, maar niemand is de kant van de coördinaten op gegaan. Mogelijk is het een van de weinige gebieden waar de Spanjaarden nog geen voet hebben gezet.'

'En u bent bang dat degene die het beeldje heeft gestolen, daar vóór u is,' zegt Damiana. 'Daarom hebt u zo'n haast om uit te varen.'

'Als ze net zoveel weten als wij, zullen ze proberen het zich toe te eigenen. Daarom is het zo van belang dat we echt alle informatie hebben. Ik dacht dat u het schrift vandaag zou meenemen.'

Damiana stopt nog een paar olijven in haar mond. Deze zijn geoogst op de heuvels van Aljarafe en smaken verdorie als de verboden vrucht uit het paradijs. Terwijl ze ze genietend opeet, begint in haar hoofd alles op zijn plaats te vallen. 'Dat komt nog,' liegt ze. 'Maar zegt u eens: Violante had de talisman verstopt. Hoe kwam u dan achter de coördinaten?'

'We waren al jarenlang geliefden.'

'Dat weet ik.'

Eugenio's gezicht krijgt een weemoedige uitdrukking wanneer hij terugdenkt aan de medicijnvrouw Violante. 'Veel zeelieden hebben een gezin in Sevilla, maar ik heb nooit willen trouwen.

Het is een vak met risico's, je kunt elk moment een stel wezen achterlaten. En bovendien zie je je eigen kleintjes niet eens opgroeien. Veel maanden van het jaar zijn we weg, en al die tijd moeten de vrouwen het in hun eentje zien te rooien.'

'Dus betaalde u er liever voor om uzelf zo nu en dan te kunnen ontladen.' Damiana's woorden klinken niet scherp. Per slot van rekening verdient zij hier haar geld mee.

'Het gaat niet alleen maar om ontlading,' protesteert Eugenio. 'Met Violante was het anders. Zij was voor mij de metgezel die ik nodig had. We zagen elkaar zo veel mogelijk, we kletsten, hadden het leuk samen en er was een band tussen ons die compleet verdwenen is in huwelijken waarin alles een sleur is geworden.'

'Kijk eens aan, een hoer is de perfecte levensgezel.' Ja, nu klinkt er wel bitterheid in haar stem.

'Een hoer, dat weet ik niet. Maar voor mij was Violante in ieder geval wel de perfecte levensgezel.'

De stuurman zegt het met zo'n zachtheid dat Damiana mompelend een excuus laat horen.

Hij knikt en praat mijmerend over Violante door. 'U weet natuurlijk dat geneeskunde haar passie was. Ze verzocht mij om kruiden uit de Nieuwe Wereld mee te nemen. Ik vroeg ernaar bij de mensen die daar woonden, één keer ben ik zelfs naar de sjamaan van een stam gegaan. Alleen al haar gezicht wanneer ik haar een wortel of een papje gaf dat ze niet kende en uitlegde waarvoor het gebruikt werd, maakte het alle moeite waard.'

'De guayaco…' herinnert Damiana zich.

Eugenio glimlacht weemoedig. 'Bijvoorbeeld. Die kun je hier nu ook krijgen, maar toch bleef ik hem meebrengen, want in Nieuw-Spanje is hij goedkoper en zij had hem nodig voor haar meisjes.'

'Haar meisjes?'

'Zo noemde ze jullie.'

Damiana probeert haar ontroering te verbergen door een fikse slok wijn te nemen.

'Ik nam ook sarsaparilla mee, *mechoacán* en storax. Als ze niet goed wist hoe ze ze moest verwerken, moest ik de recepten van de geneesheer Nicolas Monardes aan haar voorlezen. Ze zei dat ze, als ze een man was geweest, net als hij was geworden: een arts die onderzoek doet en mensen geneest.'

Het lukt Damiana niet verder te luisteren. Het doet te veel pijn te weten dat iemand een vrouw als Violante heeft omgebracht. 'Waarom vertelt u dit allemaal?' vraagt ze kortaf.

Eugenio schraapt zijn keel, neemt een slok uit zijn kruik en wordt weer vormelijk. 'Ik probeer u uit te leggen dat ze heel goed bekend was met kruiden. Soms bleef ik 's nachts stiekem bij haar...'

'Dat wist iedereen.'

'Wilt u me laten uitpraten?' Nu is hij kortaf. 'Terwijl ik sliep, was zij verschillende recepten aan het uitproberen. Ik kende haar kruidenkist als mijn eigen broekzak, en het beeldje was een soort amulet dat onderdeel was van haar schatten.'

'Maar het was van mij.'

Eugenio haalt zijn schouders op, alsof dat er niet toe doet. 'Het ding viel me altijd op. Tijdens mijn expedities in de Nieuwe Wereld had ik een keer precies zo een gezien. Een handelaar wilde het toen aan me verkopen, hij zei dat het van een oude stam afkomstig was die een universele moeder, Olotililisopi, vereerde, de schepster van alles: de hemel en de sterren, de aarde, de planten, de dieren. Hij zei dat Olotililisopi zich bedekt met de vegetatie van het woud en dat het bloed van haar maandstonden allerlei kleuren heeft.'

'Olotililisopi...' zegt Damiana hem na, die helemaal opgaat in zijn verhaal. Alles komt overeen met haar beeldje van houtsnijwerk: de vele kleuren, de uitgesneden planten om haar heen.

'De laatste nacht dat ik bij Violante was, was ik met het beeldje aan het spelen terwijl zij een zalf maakte tegen jeuk,' gaat hij verder. 'En opeens ging de buik van de godin open. Er was een geheim plekje dat me nog nooit was opgevallen en daarin waren de coördinaten te zien.'

Damiana knikt zwijgend. Zij ontdekte dat plekje ook toevallig, jaren geleden.

'Ik was helemaal gefascineerd: de coördinaten gaven een punt overzee aan, ergens in de Nieuwe Wereld. Vanaf het allereerste moment had ik al zo'n vermoeden wat ze aangaven.'

'En u wilde het beeldje van me stelen.'

'Dat liet Violante niet gebeuren. Ik had het er wel over met haar, maar er was geen sprake van, het enige wat ik mocht doen was de coördinaten onthouden.'

'En wat gebeurde er nog meer?'

'Die nacht bleef ik niet slapen, we waren er geen van tweeën voor in de stemming. Het laatste wat ik tegen haar gezegd heb, was dat ze een stijfkop was.' Hij slikt. 'Twee dagen later herkende ik haar haar en huid op het boegbeeld van mijn schip.'

'Maar u hebt niets gedaan,' verwijt Damiana hem, bij wie het verdriet overgaat in woede. 'U liet gebeuren dat de dienders haar stoffelijk overschot meenamen, om dat willekeurig ergens neer te kwakken.'

'Ik kon niet zeggen dat ik met haar samenwoonde.'

'U kon zeggen wie u was, dat u haar de avond ervoor had gezien, dat...'

Eugenio onderbreekt haar. 'Nee. De bodes zouden onderzoek naar me doen, en dat zou me in grote problemen kunnen brengen.'

'U bent een lafaard. U wilt me laten geloven dat u van haar hield, maar u vond uw eigen hachje belangrijker.'

'Ik kon haar al niet meer helpen.' Eugenio kijkt naar de bodem van zijn lege kruik. 'Toen ik voldoende moed had verzameld om terug te gaan naar haar kamer, was het beeldje er niet meer. Dat was alles.'

Er valt een stilte. De stuurman heeft een droge mond, hij heeft zijn wijn al een tijdje op. De verticale rimpel in zijn voorhoofd laat zien hoeveel moeite hij moet doen om zijn verdriet binnen te houden. Toch lukt het hem niet, er glijdt een traan over zijn linkerjukbeen naar zijn litteken. Hij veegt hem snel weg met de rug van zijn hand, alsof hij betrapt is op onvergeeflijk gedrag.

Ook Damiana huilt, haar tranen stromen stil over haar beide wangen, tot ze op het hout van de tafel vallen. Maar haar is het toegestaan. Vrouw zijn moet toch ergens zijn voordeel hebben.

52

'Het is allemaal gelogen, heer.'

Florencio staat voor de stadsbestuurder don Rafael, die vanuit zijn kleurige, goudleren leunstoel naar hem luistert.

'Allemaal?'

'Eugenio de Ron is zo arm als een kerkrat. Het enige wat hij bezit in de stad, is zijn woning.'

'Het is dus niet waar dat hij in onroerend goed heeft geïnvesteerd, en ook niet dat hij er belang bij heeft dat Sevilla het monopolie houdt als haven naar de Nieuwe Wereld.' Don Rafael draait aan zijn snor. 'En dat met Cádiz dan? De stillegging van de haven om ervoor te zorgen dat alle handel van daaruit vertrekt?'

Florencio smakt minachtend met zijn tong. 'Die stad is veel te klein, nog geen duizend zielen. Volgens mijn bronnen zal dat nooit kunnen.'

'Ik begrijp het...' De edelman verbergt zijn irritatie. Als het waar is wat zijn secretaris zegt, dan heeft die stuurman hem voor het lapje gehouden. Hij staat niet graag in zijn hemd, al helemaal niet tegenover zijn brallerige klerk. Daarom verandert hij van onderwerp. 'Weet je dat zeker van die bezittingen, Florencio? Misschien zijn ze van iemand van zijn familie, een of andere verwant?'

'Een kapitein heeft hem van straat geplukt toen hij nog een kind was. Hij is als leerjongen begonnen en is via alle mogelijke zeemansberoepen opgeklommen tot stuurman. De enige familie die Eugenio de Ron kent, zijn de zeelui.'

Rafael knikt. 'Een broodwinner... Ja, je hoeft zijn eelthanden en zijn onbehouwen manieren maar te zien om te weten dat hij niet van goede familie is,' zegt hij, zonder zijn minachting te verbergen. 'Maar als hij daarover gelogen heeft, waarom is hij dan zo met de zaak begaan? Heeft hij zijn geheime redenen? Misschien neemt hij stiekem koopwaar mee waar hij in wil handelen.'

De secretaris schudt zijn hoofd. 'Net als alle zeelieden sjoemelt hij wat, maar niets ongebruikelijks.'

'Als de sabotage van die schepen niet is gebeurd om het monopolie van Sevilla aan te tasten… waarom dan wel?'

'Dat schijnt niemand te weten.'

'Zoek dat dan uit, verduiveld!'

Florencio wacht een paar tellen voor hij zijn keel schraapt. Hij kent zijn heer inmiddels een beetje, die roept maar wat met zijn grote mond. 'Hoe dan ook, ik zou me er niet meer al te druk om maken, heer.'

'En waar moet ik me dan wel druk om maken, als ik vragen mag?'

'Ik heb goed nieuws.'

De edelman fronst zijn voorhoofd. 'Vertel op, voor de duivel.'

'Van eergisteren tot vandaag hebben er honderdzesentwintig man aangemonsterd op de *Soberbia*. En heel veel anderen op de overige galjoenen.'

'En dat betekent…'

'Dat we voldoende mankracht hebben om de leegloop op te vangen,' bevestigt de secretaris.

Nu plooit de mond van de stadsbestuurder zich tot een brede glimlach. Hij trekt tevreden het kantwerk aan zijn mouwen recht en kijkt zijn betweterige assistent strak aan. 'Ondanks de stillegging?'

'Ondanks alles, heer. De vloot zal binnenkort kunnen vertrekken.' Florencio dwingt de edelman nog een glimlach af. 'Deze keer echt.'

53

Het is in de kleine uurtjes.
De maansikkel laat zich strelen door donkere wolken die nattigheid voorspellen, en hier en daar ontwaar je dankzij het licht van een kaars in een huis een half openstaand luik. Verder brandt er op straat niet één fakkel en is de nacht zwart als een leeuwenmuil. Het silhouet van de Grote Kerk is nauwelijks te onderscheiden, het steekt zwak af tegen de schaduwen van de naastgelegen daken.

Als er geen man naast haar liep van Eugenio's postuur, zou Damiana zich om middernacht niet alleen buiten wagen. Het minst erge wat haar dan zou kunnen overkomen is dat een bewoner vanuit een raam 'Opgepast!' naar haar roept terwijl hij de uitwerpselen en urine van die dag over haar uitstort voordat zij zich uit de voeten kan maken. Het is het tijdstip van overvallers, knokploegen en andere schurken die bereid zijn de smerigste streken uit te halen. Fatsoenlijke mensen gaan niet naar buiten en als ze daar al toe gedwongen zijn, huren ze een geleide die wapens en licht bij zich heeft. Zelfs de meest doorgewinterde hoeren mijden dit tijdstip.

Dat herinnert haar aan het onderwerp dat haar bezighoudt. 'Violante is buiten de hoerenwijk vermoord.'

Eugenio loopt zwijgend verder, hij is ingespannen bezig de smerige poeltjes en paardendrek op straat te ontwijken. Zijn zwarte mantel heeft hij om zich heen geslagen. In het duister lijkt hij niet meer dan een goedgebouwd, donker spook. 'Ik weet het,' zegt hij uiteindelijk.

'Wist u het?'

'Lucinda heeft me dat verteld. In ruil voor een paar maravedí extra die niet naar de patroon gingen.'

Damiana vloekt geërgerd. Dat gewetenloze meisje wedde op meerdere paarden. Ze vertelde alles aan de patroon om zijn vertrouwen te winnen, speelde informatie aan Eugenio door voor een paar centen en lichtte haar over zaken in om haar aan haar kant te krijgen. Maar dat spel is Luci slecht bekomen.

Zonder enige waarschuwing pakt de stuurman haar vast. Hij grijpt haar bij haar middel en drukt haar in de eerste de beste portiek met haar rug tegen de muur.

'Loop naar de duivel, klootzak,' prevelt ze terwijl ze zich los probeert te maken.

Hij legt zijn hand op haar mond en drukt zich tegen haar aan.

Ze wil hem net een knietje tegen zijn edele delen geven wanneer ze het ook in de gaten krijgt. Op de hoek is een zwak schijnsel te zien waartegen een aantal schimmen afsteekt.

Het is de groep gewapende gerechtsdienaren die de nachtelijke ronde doet: een bode en drie dienders met een lantaarn. Geen van tweeën voelen ze wat voor een ondervraging, zodat Eugenio haar nog steviger vastpakt en zijn hoofd in haar hals verbergt.

Maar zijn list werkt niet, ze naderen met de lantaarn in de hand en blijven op korte afstand staan.

'Wie is daar?' vraagt de leider.

Eugenio draait zijn hoofd net voldoende om om antwoord te kunnen geven. 'Zien de heren niet dat mijn vrouw en ik bezig zijn?'

De bode lacht binnensmonds. Hij wil al doorlopen, maar een van de dienders, de jongste, wil een wit voetje halen bij zijn superieur en wordt overmoedig. 'Ik zie het al. Zuiver en deugdzaam, die vrouw van u.'

Bij zo'n belediging zou iedere man van eer niet anders kunnen dan zijn vrouw verdedigen, en Eugenio doet dat precies zoals de regel voorschrijft: hij haalt zijn wapen tevoorschijn. Hij omklemt zijn degen en houdt die tegen de keel van de jonge diender voordat die een vloek heeft kunnen uiten.

De twee andere dienders grijpen tegelijkertijd naar hun wapen.

De stuurman weegt zijn kansen. Hoe lang hij ook is, een degen zoals de zijne kan niet veel beginnen tegen twee zwaarden van mannen die erin geoefend zijn respect af te dwingen via bloed. Om maar te zwijgen van de musketten die ze aan hun middel dragen.

Maar er is iemand in deze hete nacht die het hoofd koel houdt. En daarbij helpt het dat Eugenio ondanks zijn mantel herkend is als de eerste stuurman van de koninklijke armada.

'Bied uw verontschuldigingen aan, Duarte. We vervolgen onze ronde,' zegt de bode rustig.

De jonge diender, met nog steeds de degen voor zijn keel, slikt en prevelt op minachtende toon een excuus.

'Ik heb mevrouw niet in haar waarde gelaten.'

'Bied uw verontschuldigingen aan haarzelf aan,' eist Eugenio.

De jonge man voelt zich vernederd en klemt zijn kaken op elkaar. Die man durft wel. Hij kijkt hulpzoekend naar zijn meerdere, maar die geeft geen sjoege. Hij merkt dat de druk van het staal op zijn keel toeneemt, alsof dat hem moet helpen een besluit te nemen. Onwillig slaat hij zijn ogen op naar de vrouw die overduidelijk een gepokte en gemazelde zondares is. 'Mevrouw, vergeef mij dit misverstand. Ik zou nooit aan uw deugd twijfelen.'

Damiana merkt dat iedereen haar aankijkt. Ze wachten op haar reactie. 'Dit is... vergeven en vergeten. Mijn deugd is niet aangetast door u.'

Eugenio steekt zijn wapen bij zich en glimlacht nu tevreden. 'Ga met God.'

Het groepje vervolgt zijn nachtelijke ronde. Damiana, die nog steeds tegen de muur aan gedrukt staat, laat de lucht ontsnappen die ze al die tijd had vastgehouden. Christus, die stuurman heeft wel lef.

Zonder een woord te wisselen hebben ze hun weg vervolgd. Ze zijn verder niemand tegengekomen, afgezien van een vroedvrouw die, begeleid door een hulpje met een lantaarn, op weg was naar een bevalling. Ten slotte hervat Eugenio hun gesprek alsof er niets gebeurd is. 'Wat ik niet begrijp is waarom.'

'Waarom wat?' vraagt ze afwezig, terwijl ze opnieuw bedenkt

dat er bijna een eind was gekomen aan hun zwerftocht door de stad.

'Waarom Violante op dat uur naar buiten ging, precies in de nacht dat we het over uw beeldje hadden.'

'Ik ook niet,' geeft ze toe.

'Haar lichaam is gevonden in een hok in de haven, naast de pakhuizen met scheepsbenodigdheden.'

Damiana voelt een rilling door zich heen gaan. Ze weet waar hij het over heeft. Daar heeft ze zichzelf ook meermalen geprostitueerd, voordat ze in Babylon kwam. 'Daar zou Violante nooit naartoe gaan.'

'Maar buiten de hoerenwijk hoeven jullie toch geen belasting te betalen?'

Ze kijkt hem gekwetst aan. Geen enkele vrouw bij haar volle verstand zou zich vrijwillig buiten de wijk prostitueren als ze dat ook binnen de officiële hoerenwijk kan doen. Niet meer dan zo'n honderd vrouwen genieten dat voorrecht, tegenover ruim drieduizend discipelen van Venus die op illegale wijze aan de kost moeten zien te komen.

'Er gaat geen geld af voor de kerk of voor het stadsbestuur of de paters die zich dankzij ons verrijken, als u dat bedoelt. Maar de lui die ons daar neuken, hebben gewoon de keus of ze ons het overeengekomen bedrag betalen, of dat ze ons aan zo'n degen rijgen die u net tevoorschijn hebt gehaald.'

'Ze was boos op me,' zegt Eugenio op schuldige toon. 'Misschien wilde ze mij ervoor laten boeten.'

'Waar hebt u het over?'

'Ik… wist dat ik haar niet kon verbieden met andere mannen om te gaan. Maar ik vroeg haar wel niet hetzelfde met hen te hebben als met mij.'

Damiana kijkt hem ongelovig aan. 'Alle mannen zijn hetzelfde. Ze betalen een paar centen en denken dan dat ze alle rechten hebben.'

'Het ging niet om de centen,' protesteert hij, 'maar om wat we hadden met elkaar.'

'En maar volhouden dat er iets tussen jullie was. Wat was er zo bijzonder aan, als ik vragen mag?'

Eugenio laat zijn blik over de straat dwalen. Hij kijkt dromerig. 'Dat noemen ze liefde.'

Er ontsnapt Damiana een schaterlach die zo bitter is als gal. 'En hoe zou u kunnen weten of ze verliefd op iemand werd?'

'Als ze iemand vaak zag, zou ik dat te weten komen.'

Damiana's blik wordt donker wanneer ze beseft wat hij bedoelt. 'Het zal toch niet waar zijn: Lucinda.'

Eugenio's zwijgen zegt voldoende.

Damiana wordt steeds bozer. Op de stuurman, omdat hij denkt zeggenschap te hebben over het lichaam en het hart van haar vriendin; op Lucinda, omdat ze een verraadster is; en op zichzelf, omdat ze niet in staat is de twee te haten. 'U denkt dat u het middelpunt van de aarde bent,' zegt ze zuur.

'Dus waarom zou ze zich in de haven prostitueren? Aan geld ontbrak het haar niet. Ik zorgde er altijd voor dat ze een goedgevulde beurs had.'

Bij Damiana vallen de stukjes op hun plaats. Daarom kon Violante het zich veroorloven meer dan eens een man naar een van de anderen door te schuiven. En daarom ging zij altijd het beste gekleed, had ze het beste eten, en hield ze nog genoeg over om kruiden te kopen zonder dat ze iemand om geld hoefde te vragen wanneer ze hen verzorgde en vertroetelde.

'Violante is daar niet naartoe gegaan om zich te prostitueren,' zegt ze met grote stelligheid.

Hij knikt zachtmoedig. Het enige wat hij nodig had was dit uit de mond van iemand anders te horen, om een onzekerheid, die hij nooit zou toegeven, weg te nemen.

Een paar minuten lang lopen ze zwijgend verder.

'Ik heb er lang over nagedacht,' begint hij dan weer, 'en kwam op nog een andere mogelijkheid.'

Ze wandelt door, wachtend op het vervolg.

'Misschien probeerde ze het beeldje te verkopen nu ze wist hoeveel het waard was.'

Damiana blijft abrupt staan. 'Hebt u haar verteld wat u had ontdekt?'

'Wanneer ik El Dorado zou vinden, zou ik rijker zijn dan wie ook ooit ter wereld. Ik beloofde haar het mooiste huis van heel Sevilla en een goed leven. Het allerbeste leven.'

'U hebt haar verteld dat mijn godin de sleutel vormde naar de schatten van El Dorado,' herhaalt Damiana verbijsterd. Ze is heel haar leven geen grotere opschepper tegengekomen. Die man kan niets voor zich houden. 'U bent dom.'

Eugenio boort zijn blik in die van Damiana, die een huivering niet kan onderdrukken. Die man had het lef om voor heel wat minder zijn wapen op de keel van een diender te zetten. En haar heeft hij ook al eens geprobeerd te vermoorden.

'Ik vertrouwde Violante,' zegt hij uiteindelijk. 'Maar inderdaad, ik weet dat het dom was. Eender wie zou een fortuin hebben gegeven voor die coördinaten. En het is altijd beter gewoon zelf over geld te beschikken dan afhankelijk te zijn van een man, toch?'

'Dat klopt,' beaamt ze. Ze weet dat wanneer het om veel geld gaat, genoeg om een ander leven te kunnen gaan leiden, er weinig tegen bestand is. Niet de trouw aan een geliefde en ook niet die aan een vriendin.

'Of misschien...'

'Misschien wat?'

'Ze droomde van een plek op aarde waar ze haar kruiden openlijk, niet heimelijk, zou kunnen gebruiken. Heel vaak vroeg ze me om haar mee te nemen, maar ik heb dat nooit serieus genomen,' bekent Eugenio. 'Het is mogelijk dat ze de informatie wilde gebruiken voor een overtocht naar de Nieuwe Wereld.'

Damiana zwijgt, want van alles wat hij heeft verteld snijdt dit het meeste hout. Violante wilde niet iemand die haar een mooi huis gaf, want waar ze in haar leven het meest naar verlangde was vrij te zijn om haar middeltjes te kunnen maken. Om onderzoek te doen naar nieuwe geneeswijzen en iedereen die het nodig had te helpen. 'Zo'n domme man die zegt van je te houden maar je niet eens kent,' prevelt ze zachtjes. Eugenio weigerde haar te geven wat ze wilde en Violante zag haar kans om het zelf te doen. De informatie geven die ze had, in ruil voor haar dromen. Wie zou het niet hebben gedaan?

Ze zijn aan het eind van de weg gekomen, waar de muur begint. Ze staan tegenover een van de door struikgewas aan het oog onttrokken gaten. Beiden kennen ze alle geheime doorgangen. Ze hebben ze vaak gebruikt om zich te onttrekken aan de regels die gelden voor de publieke buurt: zij, om de hoerenwijk in of uit te gaan wanneer nodig; hij, om de nacht bij zijn geliefde door te brengen.

'Dank u wel om me tot hier te brengen, al was het niet nodig,' zegt ze wat onwillig.

Hij neigt hoffelijk zijn hoofd. 'Ik zou een dame niet alleen laten gaan.'

'We weten allebei heel goed dat ik in het geheel geen dame ben.'

'U bent mijn bondgenote, waarmee u gelijkstaat aan de belangrijkste dame van het koninkrijk,' zegt hij doodernstig. 'En u hebt kunnen vaststellen wat er gebeurt met iemand die het tegenovergestelde durft te beweren.'

Ondanks alles moet Damiana glimlachen. De man begint haar te bevallen, maar ze vertrouwt hem nog niet echt. 'En nu allebei weer naar ons eigen huis,' zegt ze ruw.

Bij wijze van afscheid tikt hij tegen zijn hoed. Damiana kijkt hem na. Die zwarte mantel over die brede schouders, die aardse boom van een vent, dat onbehouwen loopje dat al zo vertrouwd wordt. Ze slaakt een zucht en loopt door het gat in de muur naar binnen.

In het huis is geen levende ziel te bekennen. De vrouwen liggen al uren in Morpheus' armen, en ze hoort alleen het onregelmatige gesnurk van Isabel en het verre getsjirp van een krekel. Ze loopt om de kakkerlakken heen die overal heen schieten wanneer ze haar in de gaten krijgen en loopt haar kamer in. Nu ze eindelijk alleen is, laat ze zich op de matras vallen om de belevenissen van die dag aan zich voorbij te laten trekken. Onwillekeurig legt ze haar hand op haar hals, waar Eugenio zijn hoofd in heeft begraven en waar zijn volle baard tegen haar huid schuurde. Ze kan nog steeds zijn geur ruiken. Zij kent mannengeuren; ze zijn allemaal anders. Soms gaat het om een harmonieuze mengeling van aroma's, soms is het meer een mengelmoesje. Er zijn ranzige, stinkende, zure geuren, geuren die aan bedorven ui doen denken, maar ook geuren met iets zoetigs, soms bijna misselijkmakend zoet. Er zijn geuren die afstoten – dat doen de meeste – maar ook die, ondanks zweet, gebrek aan hygiëne, hemden die stijf staan van het vuil, iets bijzonders afgeven, iets waar een vrouw geen weerstand aan kan bieden. Het is het geurkenmerk van anders te zijn dan de anderen. Nu weet ze dat ze deze geur overal zou herkennen, onder welke omstandigheden ook. Misschien was dit wat Violante te gronde richtte. Waardoor ze zich onderworpen voelde aan die grote man met zijn lengte van negen palm.

Ze zucht en besluit deze gedachten uit te bannen. Ze is uitgeput, rekent erop dat ze als een blok in slaap zal vallen. Maar daar krijgt ze de tijd niet voor. Want ze voelt hoe er met kracht een hand op haar mond wordt gedrukt, die haar paniekerige gil smoort.

54

'Sst.'

Damiana trappelt om zich van haar belager te bevrijden.

'Niet gillen.'

Dat is een bekende stem. 'Ik wil alleen maar met u praten,' zegt de geheimzinnige man. 'Het gaat om zuster Catalina.'

De ogen van Damiana knijpen zich samen van verbazing. Die zijn inmiddels aan het donker gewend en om haar intuïtie te bevestigen kijkt ze onderzoekend naar het gezicht van de man. Het is de tweede keer dat deze priester in haar kamer in Babylon is. 'Pater León?'

Hij laat haar los.

'Hoe durft u me zo te laten schrikken?' vraagt ze verontwaardigd.

'Het gaat om zuster Catalina,' zegt de jezuïet nog eens.

'Wat nu weer? Wilt u me soms meesleuren naar dat Vrome Huis? Of me ontvoeren?' Damiana voelt al aan de dolk aan haar gordel wanneer hij zich naast haar op de matras laat vallen.

Hij schudt zijn hoofd.

'Ze is opgesloten.'

'Al jaren, eerwaarde. Dat is niets nieuws.'

'In een isoleercel. Ik wilde naar haar toe om haar de biecht af te nemen, maar ze lieten me niet naar binnen. Voortaan mag alleen pater Nicolao zorg dragen voor het heil van de ongeschoeiden.'

'Mooi zo. Als ze niet bij de een biecht, dan bij de ander. Het gaat er toch om geen geheimen te hebben voor God?'

Terneergeslagen schudt hij opnieuw zijn hoofd. 'Daar gaat het niet om.'

'Als u de hoerenwijk niet zo vaak had bezocht, zouden ze u

misschien niet uit uw functie van biechtvader van die zuivere zielen hebben gezet.' Damiana kan het niet laten deze gemene opmerking te maken.

'U begrijpt het niet.'

'Wat zou ik moeten begrijpen?' Ze raakt geïrriteerd. Ze wordt niet graag voor dom aangezien, al helemaal niet door een priester, en nog minder door juist deze.

Pater León laat een wanhopige zucht horen. 'De isolatie. Ze hebben haar voor straf opgesloten in een isoleercel en ik heb gehoord dat ze van ketterij zal worden beschuldigd.'

Het gezicht van Damiana verandert meteen van uitdrukking. Het wordt bleek, en haar onderlip trilt wanneer ze spreekt. 'Ketterij?'

'Ja,' fluistert de priester ongerust. 'En dat zou zelfs kunnen betekenen...'

'Dat ze op de brandstapel eindigt,' maakt Damiana zijn zin af. Ze sluit haar ogen. In gedachten ziet ze vlammen likken aan mensenvlees, wat ze zo vaak heeft zien gebeuren. Steeds wanneer een vonnis voltrokken werd, hield zij haar blik strak gericht op de lichamen van de veroordeelden. Daarbij dacht ze altijd aan wat ze haar moeder hadden aangedaan, waardoor haar haat tegen de mensen die haar moeder hebben afgepakt nog toenam, de haat tegen degenen die deze ergste misdaad begaan, de laaghartigste wreedheid. Ze kan niet verdragen dat ze Carlina hetzelfde zullen aandoen.

'Damiana! Damiana, heb je me gehoord?' De geestelijke schudt haar door elkaar, in een poging haar tot zinnen te brengen. 'Ze willen haar veroordelen. Ze willen zuster Catalina veroordelen. En u bent de enige die het net zo erg vindt als ik.'

55

4 september van het jaar des Heren 1580

Florencio laat een beurs zien.

Hij laat hem op de tafel liggen, dichtbij genoeg voor de bode om hem goed te kunnen zien, maar te ver om hem te kunnen pakken.

'Het was diep in de nacht.'

'Waar?' vraagt de secretaris.

'In de wijk La Cestería, richting de muur.'

'Was hij alleen?'

'Hij had een vrouw van lichte zeden bij zich.'

'Een hoer? Is dat alles wat je te vertellen hebt, dat de stuurman het er eens goed van neemt?' Florencio pakt de beurs en stopt hem terug in zijn broekzak. 'Je denkt toch niet dat ik voor zulke waardeloze inlichtingen betaal?'

'Ik ben nog niet klaar,' zegt de bode geërgerd, die net heeft gezien hoe het geld in de kleren van de secretaris is verdwenen.

'Vertel dan maar hoe het afloopt.'

De vertegenwoordiger van het recht maakt een welbekend gebaar, hij wrijft duim en wijsvinger tegen elkaar.

Onwillig legt Florencio de beurs weer tussen hen in.

'Het lijk dat op het admiraalsschip is aangetroffen was ook van een prostituee,' zegt de bode kalm. 'Net als het eerste lijk.'

'Er zijn veel hoeren in Sevilla,' meent Florencio.

'Maar er werken er niet veel in de hoerenwijk. En al helemaal niet in hetzelfde bordeel.'

De secretaris kijkt nu belangstellend. 'Welk bordeel dan?'

'Een van de betere, aan het Plaza del Compás. Het wordt Babylon genoemd.'

'Babylon...' herhaalt Florencio. Hij kent deze hoerenkast, is er zelfs weleens geweest.

'Vanochtend, bij het opengaan van de poort, heb ik een van mijn mannen gestuurd om mijn vermoedens bevestigd te krijgen,' vervolgt de bode. 'De vrouw die de eerste stuurman bij zich had, is van hetzelfde bordeel als de twee doden.' Hij graait in één beweging de beurs van tafel en stopt hem veilig weg. 'Ze is heel donker en ze staat bekend als het havikje. Maar haar echte naam is Damiana de Villanueva,' besluit hij met een voldaan gezicht.

56

Zuster Catalina begrijpt er niets van.

Die mannen hebben de ruimten van het klooster in Sevilla ontwijd, en nu sleuren ze haar mee alsof ze een groot misdadigster is. Ze is zo over haar toeren dat ze niet eens verzet heeft geboden.

De andere zusters kijken naar haar, maar tot haar verdriet stelt ze vast dat niemand een vinger uitsteekt om haar te helpen. Ze wil hen aankijken, maar stuit alleen maar op ogen die net op tijd worden neergeslagen om niet haar blik te hoeven kruisen, en op hoofden die schaamtevol gebogen worden. Er zijn ook zusters met de rug naar haar toe gaan staan, overduidelijk een blijk van afkeuring. Zuster Guadalupe is er een van. Zelfs door haar eigen zusters is ze al berecht en veroordeeld.

Maar wat haar nog het meest pijn doet is dat de priorin haar verraden heeft. Ze had vertrouwen in haar, ze vertelde haar de geheimen die ze al jaren met zich meedroeg, geheimen die ze zelfs niet eens met Damiana had gedeeld. En een paar uur later wordt ze opgepakt. Dat haar meerdere zo weinig ruggengraat heeft dat ze nu niet eens haar gezicht laat zien, is gewoon het toppunt.

Alsof ze haar gedachten heeft gelezen, verschijnt María de San José precies op dat moment. Ze komt geagiteerd aanlopen, met een blos op haar wangen en een woedende uitdrukking op haar gewoonlijk zo vriendelijke gezicht. Ze gaat voor de functionarissen van de inquisitie staan. 'Wat heeft dit te betekenen?'

'Deze vrouw is aangegeven.'

'Zuster Catalina is een vrouwe Gods en behoort tot mijn orde,' zegt de priorin op gezaghebbende toon. 'Laat haar onmiddellijk los.'

'Dat is niet mogelijk.'

‘Zeker is dat mogelijk. U kunt haar niet meenemen.’

‘U hoeft zich geen zorgen te maken, moeder-overste. Integendeel.’ De toon die de man aanslaat is minzaam en zelfs licht spottend. ‘Wij waken over de onkreukbaarheid van uw klooster. Ze zal een eerlijke rechtszaak krijgen.’

Eerlijk, denkt María de San José bitter. ‘Waar willen jullie haar heen brengen?’

‘Naar het kasteel van Triana.’

De priorin voelt een rilling over haar rug gaan. In het kasteel van Sint-Joris in Triana bevindt zich de zetel van de Heilige Inquisitie, sinds de katholieke koningen het honderd jaar geleden voor dat doel afstonden. Sevilla, met zijn belangrijke verleden van morisken en joden, grens tussen het geestelijke toevluchtsoord van het Spanje van de Contrareformatie en de rest van de wereld, vormt een sleutelplaats om toe te zien op de orthodoxie van de katholieke kerk. Daarom had de stad een plek nodig om mensen te kunnen gevangenzetten die meenden om de kerk heen te kunnen.

Het is al beangstigend om in handen van deze instelling te vallen, maar gevangengezet worden in het kasteel van Sint-Joris is gewoon een nachtmerrie. In de naargeestige hokken, waar het vocht van de rivier vrij spel heeft en velen zelfs zijn verdronken door overstromingen, zitten duizenden beklaagden op elkaar gepropt bijeen. Desondanks mag je misschien van geluk spreken als je eindigt op de bodem van de Guadalquivir. Vooropgesteld dat je niet te maken krijgt met de gruwelijke praktijken die in de loop van de tijd het zwarte geheugen van Spanje zijn gaan vormgeven.

‘Geen sprake van.’ Zuster María de San José gaat tussen de functionarissen en de deuren van het klooster staan.

‘Ga opzij, moeder-overste.’ Het is de oudste die het zegt, een stugge man wiens houding weinig goeds voorspelt.

‘Laat haar hier. Ik sta voor haar in.’

‘Bevelen van hogerhand,’ zegt de man kortaf. ‘Als u ons blijft hinderen, zijn we gedwongen u ook mee te nemen, eerwaarde moeder.’

María de San José kijkt met vlammende blik de man aan die

zijn vrije tijd als een soort vrijwilliger besteedt aan fanatiek, laaghartig werk. In theorie zouden velen dit doen uit godsdienstijver, maar zij weet heel goed dat er andere prikkels zijn. Niet alleen krijgen ze de zo felbegeerde wapenvergunning, maar ze worden ook vrijgesteld van belastingen en van het normale strafrecht. En bovenal is het voor iemand uit het gewone volk dé manier om de voorrechten van de adel te verkrijgen. In een wereld waarin het opklimmen naar hogere rangen of standen niet meer dan een sprookje is, is dat geen kleinigheid. En uiteraard is er ook nog de 'bloedzuiverheid'. Een inquisitiefunctionaris kan veel gemakkelijker aan een verklaring komen dat hij niet afstamt van moren, joden of veroordeelden, en contacten aangaan die hem en zijn familie voordeel opleveren – wat op hetzelfde neerkomt: weer een flinke trede hoger op de ladder. Te veel voordelen om op te geven voor een vlaag van medelijden.

María de San José vindt in de ogen van de man dan ook precies wat ze vreest: een vastbeslotenheid om zich aan zijn woord te houden.

Ze gaat langzaam opzij om doorgang te verlenen aan deze mannen, maar pas nadat ze voldoende moed heeft verzameld om zuster Catalina aan te kijken. In haar ogen vindt ze alleen maar teleurstelling. Algehele, totale teleurstelling. Die herkent ze meteen. Ze is te zeer vertrouwd met het gevoel dat je krijgt bij verraad van mensen die je vertrouwde. Ze weet dat er maar weinig dingen zijn die meer pijn doen.

57

Damiana zorgt ervoor op afstand te blijven.

Al vroeg is ze door de Klappoort gelopen en heeft uren staan posten tegenover het karmelietessenklooster. Ze is daar gebleven tot er twee mannen het klooster binnengingen. Haar ergste vermoedens werden bewaarheid toen ze machteloos moest toezien dat haar vriendin werd meegevoerd. Sindsdien volgt ze hen op afstand. Eerst door de straatjes in de buurt van de hoerenwijk naar El Arenal, waar ze dwars door de drukte zijn gelopen om rechtstreeks naar de Barcas-brug te gaan.

Deze brug bestaat uit dertien boten die aan elkaar zijn vastgemaakt met ijzeren haken, die op hun beurt weer verankerd zijn in de rivierbodem. Erbovenop liggen houten loopbruggetjes om de rivier over te steken. Dit wankele bouwwerk vormt al eeuwenlang het enige verbindingselement tussen de beide oevers van de Guadalquivir, met aan de ene kant de stad Sevilla en aan de andere kant Triana, de arme buurt waar Damiana als klein kind woonde. Maar bovendien staat daar het meest gevreesde instituut voor iedereen die enige waarde aan zijn bestaan hecht. Wanneer ze dan ook ziet dat de twee mannen die Carlina meesleuren, de brug oversteken, zakt de moed haar in de schoenen. Er is geen twijfel mogelijk: ze sluiten haar op in het lugubere kasteel van de inquisitie, de plek waar haar moeder de laatste maanden van haar leven sleet voordat ze door de vlammen van de brandstapel verzengd werd.

Ze blijft de mannen volgen wanneer die na de oversteek uitkomen op het Plaza de Triana, waar zich de hoofdingang van het oorspronkelijk West-Gotische kasteel bevindt. Samen met haar vriendin gaan ze naar binnen. Het was waar wat pater León zei. Haar ergste voorgevoelens zijn ingehaald door de werkelijkheid: maar weinig mensen komen daar heelhuids uit.

58

Ze blijft rondjes lopen in de moestuin.

María de San José blijft staan wanneer ze merkt dat ze ergens in is getrapt. Op haar leren sandaal zit plakkerige, rode nattigheid. In een bang vermoeden trekt ze een grimas. 'Heer in de hemel, wat is dat?' Ze is nog zo van slag door wat er net gebeurd is, dat het even duurt voor ze het ziet: ze heeft een van de eerste tomaten van zuster Catalina geplet. Het was het meest gewaardeerde bezit van de non, die de tomatenplanten stuk voor stuk vertroetelde alsof het haar kinderen waren.

Nu voelt ze zich nog schuldiger. Ze veegt haar sandaal af en loopt weg van het stuk dat ingezaaid is. Haar onvrede over de rampzalige afloop van haar optreden tegen de mannen van de inquisitie blijft haar kwellen. Wat heeft het dan voor nut om priorin te zijn, vraagt ze zich steeds weer af. Wanneer een van haar zusters haar echt nodig heeft, kan ze niets uitrichten. Zoveel verantwoordelijkheid op haar schouders en zo weinig machtsmogelijkheden. Welkom in deze functie, zou moeder Theresia met haar gebruikelijke ironie hebben gezegd. María de San José bedenkt dat die druk bezig is een nieuwe stichting in Castilië op te richten. Ze betreurt het dat ze haar slecht nieuws moet brengen, maar moeder Theresia moet op de hoogte worden gebracht. Bovendien kan zij misschien iets doen. Ze is tenslotte de stichtster van de orde en diens hoogste vertegenwoordiger.

Ze wandelt naar haar cel om daar inkt en papier te pakken, maar daar wacht haar een nieuwe onaangename verrassing. Iemand heeft in haar spullen zitten rommelen. In de lade liggen de brieven van de heilige Theresia allemaal door elkaar, alsof ze in grote haast zijn bekeken. Haar blik glijdt naar het boek dat op haar veldbed ligt. Iedereen die hier binnen is geweest, moet die overtreding opgemerkt hebben. Een priorin die ridderromans leest, om godswil. Alleen dat al zou haar in een lastig parket kunnen brengen bij de inquisitie. Maar het ligt er nog, wat betekent dat ze daar niet op uit waren.

Het schrift. Dat zochten ze. Ze hebben de eigendommen van de ongelukkige Catalina in beslag genomen, maar in het klooster was dat alleen maar de zak die in het kamertje beneden stond, waar slechts vier stuks kleren in zaten zonder waarde. Daarom zijn ze verder gaan zoeken.

Het ergst van alles is dat iemand de inquisitiefunctionarissen naar haar cel heeft gebracht. Iemand heeft ook met de vinger naar haar gewezen, en het moet een van haar eigen zusters zijn geweest, wat haar met afschuw vervult. Zelfs tijdens haar eigen proces bij de inquisitie gingen ze niet zo ver. Maar deed zij eigenlijk niet hetzelfde bij de vastgezette Catalina? Haar privacy schenden, in haar persoonlijke spullen snuffelen, in haar eigen kamer?

Ze voelt een druk op haar borst en moet stil gaan staan om adem te halen. Daarbij stopt ze haar hand onder haar habijt, ter hoogte van de kap die symbool staat voor de bescherming van Maria. Daar is het, het schrift van Miguel de Arellano, op zijn plaats gehouden door het koord om haar middel. Door het te bewaren brengt ze zichzelf in gevaar, maar ze zal het blijven doen. Daarin zal ze zuster Catalina tenminste niet teleurstellen.

59

Damiana zoekt al uren naar Eugenio de Ron.

In de haven heeft ze iedere keer wanneer ze naar hem vroeg de grofste grappen moeten aanhoren, ze is alle taveernes afgelopen die ze kent, en de enige plek die nog overblijft is de Beurs van Indië, in het Koninklijk Paleis, maar een vrouw als zij mag daar niet komen. Er zit dus niets anders op dan te wachten tegenover de zware Arabische muur die de hoofdingang omsluit. Ze kijkt nog wel even stiekem naar binnen om een blik te werpen op de Patio de la Montería met zijn kloostergangen van twee verdiepingen, waarvan de bogen op tientallen Toscaanse zuilen rusten. Het is een imponerend complex van paleizen, waar niet voor niets al vele keren Spaanse hoogwaardigheidsbekleders hebben vertoefd. Voor een vrouw met een zondig beroep is het onvergeeflijk om er naar binnen te gaan.

In het halfuur dat ze er staat, heeft ze al een aantal opdringerige lui van zich af moeten slaan en nu is ze bijna de oorzaak van een duel tussen twee boeven die beiden vastbesloten zijn van haar gunsten te genieten. Ze hebben hun blinkende wapens al getrokken wanneer een paar langslopende dienders hen behendig uit elkaar halen. En om een hoer laat je je ook weer niet oppakken. De wapens zijn in een flits terug in de schede, en ieder gaat weer zijn eigen weg.

Gelukkig duurt het niet lang voor Eugenio de Ron verschijnt. Hij ziet er zwierig uit in zijn wambuis van zwart laken met gesteven boord en zijn eveneens zwarte kniebroek, zijn elegante cape en een hoed met een gloednieuwe veer. Net iemand van stand, iemand die bij een snol als zij uit de buurt blijft. Overdag althans, want 's nachts zijn alle katjes grauw. En overbodig te zeggen dat ze dat achter de muren van de hoerenwijk ook zijn.

Hij blijft bij de ingang van het paleis staan en raakt in gesprek met iemand die een stuk kleiner en een stuk minder fier is. Een gedrongen man met een dun snorretje en dikke bakkebaarden. Hij draagt een Franse cape waaronder zijn vermiljoenen kousen nog te zien zijn. Daaronder verstoppen zich zijn beentjes, die voor zo'n tonrond lichaam wel erg stakerig aandoen. Naast de stuurman lijkt de man net een boskabouter.

Damiana kan niet horen waar ze het over hebben. De gedrongen man heft een waarschuwend vingertje, en de rustige reactie van Eugenio verbaast Damiana. Een ernstige, nuchtere blik die, voor wie hem kent, meer angst kan aanjagen dan tien degens bij elkaar. Om de een of andere reden laat de stuurman bij deze vent alle kalmte zien waaraan het hem de afgelopen nacht bij de dienders zo ontbrak. Wanneer ze uitgepraat zijn, loopt de snuiter weg. Damiana wacht even, houdt dan haar duim en wijsvinger tussen haar lippen en fluit zo hard ze kan. Aan de overkant van het plein draait de stuurman zich om. Hij herkent haar.

'U kunt zich hier niet laten zien,' zegt Eugenio kortaf. Dan begint hij zacht, bijna onhoorbaar te fluisteren, terwijl hij om zich heen kijkt. 'Hebt u het schrift bij u?'

'Nee, maar...'

'Blijft u dan uit mijn buurt. Vanavond zie ik u in de kroeg van Eustaquia. En dan hebt u dat verdomde schrift bij u.'

'Ik moet nu met u praten. Het kan niet wachten.' De vastbeslotenheid en bezorgdheid zijn van Damiana's gezicht af te lezen.

Eugenio kijkt haar aan. Dan slaakt hij een zucht. 'We moeten hier in ieder geval weg. U beschadigt mijn reputatie nog.'

'Het zou toch niet voor het eerst zijn dat u met een hoer gezien wordt, verduiveld.'

'Bij het bloed van Christus! Hou uw mond en ga met me mee.'

Damiana haalt haar schouders op en loopt met hem door het ingewikkelde wegennet van de stad. Ze laten het Koninklijk Paleis achter zich en wandelen door kleine straatjes. Daar is het stil, want wagens en karren moeten langs routes waar meer ruimte is. Hier komen ze alleen nu en dan iemand tegen die bezig is met zijn werk. Een slaaf die terugkomt van een boodschap, een dienstmeid in gezelschap van haar bazin en een kanunnik die ergens een bezoek heeft afgelegd.

De straatjes worden steeds kronkeliger. De Grote Kerk kunnen ze al niet meer zien en zelfs het koninklijke hemellichaam slaagt er niet in hier met zijn stralen tot op de grond door te dringen. Dat is ook de reden van de smalle straatjes: in een stad als Sevilla moeten alle wapens worden ingezet om je te verdedigen tegen de hoge zomerse temperaturen.

De grond is voor het overgrote deel bestraat, wat niet wegneemt dat er een aanhoudende stank hangt, aangezien de bewoners hun afval gewoon op straat gooien. In de eeuw van goud en zilver, van weelderige huizen als paleizen die als paddenstoelen uit de grond schieten en van koopmannen die veel rijker zijn dan de adel, is de staat van de hygiëne niet hand in hand gegaan met de toename van rijkdom. Arm en rijk smijt zijn stront nog steeds op straat, gewoon voor het huis. In deze straatjes liggen alleen niet de bergen mest van vele paardenkarren zoals op de bredere straten, waar je constant naar beneden moet kijken als je niet wilt dat je kousen besmeurd worden met uitwerpselen.

Damiana loopt hijgend naast de stuurman met zijn grote stappen. Iedere keer wanneer het haar lukt hem in te halen, versnelt hij zijn pas nog meer. 'Is er echt zo'n haast bij?'

'Inderdaad. En stelt u geen vragen voor we er zijn.'

'Waar gaan we naartoe?'

De stuurman geeft geen antwoord, hij loopt gewoon door. Maar Damiana wil op iedere vraag die ze stelt antwoord. 'Waar gaan we naartoe?'

Een minuut later blijft Eugenio stilstaan. Ze staan tegenover een huis van twee verdiepingen dat is afgewerkt met roestkleurige almagra en witte pleister en een overkapping heeft. Het is zeker geen paleis, maar bepaald ook geen keet. 'Naar mijn huis,' zegt hij dan.

Het is een behoorlijk grote woning voor een man alleen. Slaapkamers die om een patio heen zijn gebouwd, een keuken, een erf en een zolder. De inrichting is bijzonder sober. Nergens een tapijt, kleed of decoratie, niets van enige luxe.

Eugenio gaat haar voor naar de grootste kamer, waar een grote kist in het midden dienstdoet als tafel en kast. Twee stoelen met een rieten zitting en een wandmeubel met boeken en aarden potten erin completeren het meubilair.

'Gaat u zitten,' bromt hij binnensmonds. Doodkalm pakt hij een mandje, stopt daar een handjevol lupinebonen in uit een van de potten en schenkt een flinke bodem brandewijn in twee kruiken. Hij biedt Damiana er een aan en gaat dan zelf ook zitten.

'U moet me helpen,' zegt ze. Ze houdt het niet langer uit.

Hij schudt zijn hoofd.

'U moet míj helpen. De vloot is gereed voor vertrek en u hebt me niet gegeven wat u beloofd hebt.'

'Luistert u dan eens! Ze hebben Carlina meegenomen.'

'Wie is Carlina?'

'Mijn vriendin. Ze hebben haar naar de inquisitiekerkers gebracht. In het kasteel.'

Eugenio kauwt op een paar van de gele bonen. 'Het spijt me voor uw vriendin, maar alstublieft zeg, ik kan u daar niet mee helpen. Ik heb zelf al genoeg problemen.'

'U moet me helpen haar daar weg te krijgen!'

De stuurman laat een gemaakte lach horen. 'Denkt u soms dat ik kan toveren? Niemand komt uit het Sint-Joris, behalve met een puntmuts op en begeleid door inquisitiefunctionarissen.'

'Ik wil niet dat ze levend verbrand wordt.'

Wanneer Eugenio het verwrongen gezicht van Damiana ziet, krijgt hij medelijden. 'U lijkt echt om haar te geven.'

'Ik ben met haar opgegroeid. Ze is mijn enige vriendin.'

'Het spijt me echt, maar ik kan daarin niets betekenen,' herhaalt hij. 'Over twee dagen licht ik het anker en ik moet nog veel regelen.'

'We hadden iets afgesproken!'

'Dat heb ik geprobeerd uit te leggen.' Hij raakt geïrriteerd. 'Volgens onze afspraak zou ik u helpen het beeldje terug te krijgen en zou u mij het schrift geven.'

'Dat ga ik ook doen, dat zei ik toch. Ik heb alleen wat meer tijd nodig.'

Hij schudt zijn hoofd, hij lijkt nu heel anders dan gisteren, toen hij afscheid van haar nam bij de muur van de hoerenwijk. 'Alles is in een stroomversnelling terechtgekomen. Ik vertrek, met of zonder dat schrift. Er is geen reden om onze samenwerking voort te zetten.'

Aangezien Damiana geen vin verroert, giet de stuurman de laatste slok brandewijn in zijn keelgat en kijkt hij haar streng aan. 'Als dit het is waarmee u me wilde lastigvallen, dan hebt u uw tijd verdaan.'

Damiana laat een diepe zucht horen. Ze had zichzelf beloofd niet te zeggen wie haar vriendin was, maar het heeft geen zin om nog langer geheim te houden om wie het gaat. Een groter gevaar dan wat haar nu boven het hoofd hangt is er niet. Dit is het moment om alle kaarten op tafel te leggen. 'Carlina is een non van de orde van ongeschoeiden. Haar enige misdaad is te veel bidden. Ja, en de geschriften van mijn vader bewaren.'

Eugenio richt zijn hoofd op en kijkt haar strak aan.

'Hoort u me? Het schrift, waar u zo'n belangstelling voor hebt,' houdt ze aan. 'Carlina houdt wél van lezen, mijn vader heeft het haar geleerd. En hij liet haar het schrift na.'

'Wel alle. En nu hebben ze haar in de kerker gegooid.'

'Juist.'

Het gezicht van de stuurman is bleek geworden. Om rustig te worden schenkt hij zichzelf nog een flinke teug brandewijn in en drinkt die op. Helpen doet het niet, het ongeloof op zijn gezicht gaat over in ontsteltenis en dan in afgrijzen. Als de Heilige Inquisitie hierachter zit, dan weten ze daar ook wat er speelt. En dat maakt de zaak veel gevaarlijker.

60

De keuze van het kasteel is geen toeval.

De indrukwekkende muren om het bouwwerk heen symboliseren de macht – en de vrees – die het instituut van de inquisitie wil overbrengen; evenals de geïsoleerde ligging, aangezien het kasteel aan de andere kant van de Guadalquivir staat, slechts verbonden met de stad door de Barcas-brug. Het is vanuit elk punt te zien, maar je komt er niet gemakkelijk. En tot slot symboliseren de muren beslotenheid, de sleutel voor elk proces van de inquisitie. De hoge muren onttrekken het bouwwerk aan het zicht, maar ook alles wat zich daarin afspeelt. Het enige wat naar buiten komt zijn verhalen van verwanten van gevangenen of van de weinige stakkers die aan de doodstraf zijn ontsnapt en durven vertellen over de lijfstraffen die ze hebben ondergaan. Zuster Catalina zou graag geloven dat deze verhalen overdreven zijn. Ze gaan van mond tot mond, en het gewone volk is altijd geneigd tot overdrijving.

Niettemin is het fort waarin ze zich bevindt inderdaad zo duister als je je maar kunt voorstellen. Er zijn zestien geheime gevangenissen, verdeeld over acht van de tien torens van het kasteel, en een martelkamer in de uitkijktoren van de heilige Hiëronymus. Drie torens kijken uit op de Betis, en de onderste verdiepingen raken geregeld overstroomd door het stijgende rivierwater. Als het peil niet heel hoog wordt, hoeven de gevangenen alleen maar het water, infecties en de angst om elk moment overspoeld te kunnen worden zien te overleven. Maar als er meer hemelwater valt, dan is het gedaan. Ten goede of ten kwade.

Zuster Catalina weet dat het feit dat ze van een religieuze orde is, haar nergens van vrijpleit. De exemplarische terechtstelling waarin ter dood veroordeelde monniken van de heilige Isidorus van Sevilla werden overgedragen aan het seculier recht, de veroordeling tot de brandstapel van de non Francisca de Chaves en de onherroepelijke gevangenisstraf voor broeder Domingo de Valtanás in het kasteel zelf liggen nog vers in het geheugen van de inwoners van Sevilla, evenals uiteraard de processen die zijn gevoerd tegen moeder Theresia en haar priorin, María de San José.

Wanneer ze het gebouw wordt binnengebracht krijgt Catalina het gevoel dat ze door alle afdelingen van de hel wordt geloodst, die ze kent dankzij het boek dat pater León haar heimelijk toestopte. Het geloei, gehuil en gebrul klinkt steeds huiveringwekkender, de geluiden glippen haar trommelvlies binnen en dringen diep door in haar hersenen. Ze lijken afkomstig van beesten uit de onderwereld, van de hond Cerberus en het blinde monster Minotaurus, van klauwende harpijen met hun roofvogelpoten of van Geryones met zijn schorpioenenstaart. Afkomstig van wat dan ook, behalve van menselijke wezens.

De wandeling eindigt in een kerker propvol vrouwen van wie de aanblik haar nog meer afgrijzen inboezemt dan de diepe keelklanken die ze zojuist heeft gehoord. Behaarde stukken vel van mensen die de haren zijn uitgerukt, door stokslagen vervormde gezichten, uitgetrokken nagels en verbrijzelde handen, door zweepslagen opengereten huid, brandwonden op armen en benen.

Zuster Catalina lijdt. Ze lijdt om de pijn die ze om zich heen ziet, maar ook omdat ze vooruitloopt op haar eigen leed. Want het ergst van alles is dat ze haar lot niet kan aanvaarden. Ze heeft zich gehouden aan haar gelofte aan de kerk, aan de regels van de orde waar ze zich aan wijdde, aan alle boetedoeningen die haar biechtvader haar oplegde; maar ook aan de vriendschap met haar trouwste jeugdvriendin en aan haar woord aan de man die voor haar als een vader was. Bij alle heiligen, ze is een goed mens geweest. Althans, ze heeft gedaan wat ze kon. Het is waar dat ze als kind stal om te overleven. En daarna, als novice, heeft ze zich bij sommige taken weleens gedrukt en ontvreemdde ze groente en fruit die ze met haar zusters had kunnen delen, liet ze haar boetekleed vaak onder haar matras liggen, en heeft ze weleens gelogen. En één keer heeft ze zelfs gedroomd over pater León. Een droom die bij de herinnering eraan het bloed nog naar haar wangen doet stijgen, en die ze uiteraard nooit heeft opgebiecht. Maar als haar God haar deze overtredingen niet toestaat, dan is Hij te streng. Te onmenselijk. En als dit het einde is dat Hij voor haar in petto heeft, dan zweert ze bij alle doden dat ze Hem dat niet vergeeft. Eerst heeft Hij haar van haar ouders gescheiden, toen van Miguel, later van Damiana en nu ook nog eens van María de San José en het klooster dat voor haar als een thuis was gaan voelen. Zo'n God verdienen mensen niet die hun leven aan Zijn zaak wijden. Nee, beslist niet.

Ze laat zich op de grond vallen, tussen twee vrouwen in die stilletjes jammeren. Ze voelt zich gekwetst, verslagen en vooral moe. Moe van het altijd maar de andere wang toekeren.

Het bloeiende rijk

Niani, in het paleis van de Keita-dynastie, 1278

Sundjata leunt achterover in zijn troon van ebbenhout en ivoor, in de oogverblindende ontvangstzaal van het paleis. Aan de wanden hangen fraaie kromsabels en kleden met ingewikkelde patronen, de vensters worden omlijst door kozijnen van zilver en goud, en iedere centimeter van de vloer is bekleed met weelderige, van arabesken voorziene tapijten. Met half geloken ogen luistert hij vergenoegd naar de griot Bintu Fassaké, die zijn kleinzoon Aboubakri vertelt over de geschiedenis van het Mandinka-rijk. Bintu is de opvolger van Balla, zijn trouwe griot die al vele jaren dood is.

'Na de slag bij Krina zwoeren de hoofden van de stammen die zich bij ons aangesloten hadden, trouw aan je grootvader en riepen ze hem uit tot hun hoogste vorst,' zegt de verteller tegen de kleine jongen. 'Zoals het licht voorafgaat aan de zon, zo heeft de glorie van Sundjata zich uitgestrekt over vlakten en bergen, en de aarde van de Mandinka werd van een samenstel van onafhankelijke staten een groots imperium.'

'Maar toch moest er nog veel veroverd worden.'

Sundjata glimlacht wanneer hij zijn kleinkind dit hoort zeggen. Altijd zo ongeduldig.

'Dat klopt,' geeft de woordkunstenaar toe. 'Kort daarna lijfde je grootvader de stad Kumbi in, de hoofdstad van het Soedanese rijk Ghana, en werd hij uitgeroepen tot erfgenaam van haar roemrijke geschiedenis. Maar je grootvader besloot terug te keren naar Niani, dat toen nog in puin lag, om het te veranderen in de florerende stad die jij nu kent. Hij liet dit paleis bouwen dat zijn weerga niet kent, en van hieruit kondigde hij rechtvaardige wetten af, zag hij toe op de handelsroutes die hij liet bewaken en beheerde de goudmijnen. Uit alle landen kwamen mensen naar Niani om zich er te vestigen en er moesten nieuwe muren worden gebouwd om de stad uit te breiden.'

'En het rijk bleef maar groeien. Daarom noemen ze grootvader de heer

van de honderd overwonnen koningen.'

'Inderdaad. Maar vandaag wil ik je vertellen over Kouroukan Fouga, de regels voor de samenleving die werden opgesteld voor vrede tussen broeders en zusters, en waaraan iedere Mandinka in de twaalf delen van de wereld zich moet houden. Dankzij deze regels kent ons volk het geluk. Nooit eerder werden zulke rechtvaardige regels opgesteld.'

Het jongetje trekt een verveeld gezicht. 'Nee, vertel nog een keer over de uitbreiding van het rijk.'

De beide volwassen mannen lachen toegeeflijk om de gretigheid van de jonge prins. Net als de woorden van de griotten die Bintu zijn voorgegaan, vormen ook die van Bintu een weerspiegeling van wijsheid en geschiedenis. Hij is niet slechts een raadsman van de koning, maar ook de verantwoordelijke voor het behoud van tradities en de beginselen van goed bestuur. En daarom een van de belangrijkste leden van de samenleving van de Mandinka, aan wie respect en eerbied verschuldigd is.

Maar Aboubakri Kolonkan is een verwende kroonprins, die eens op de troon zal zitten, en van Sundjata krijgt hij in alles zijn zin. Nadat Sundjata bevestigend heeft geknikt, stemt de kroniekverteller ruimhartig in met het verzoek.

'Goed dan,' zegt hij tot de erfgenaam. 'Luister goed, jonge Kolonkan. De wereld is oud, maar de toekomst komt voort uit het verleden en jij moet de geschiedenis van je voorouders goed kennen. Je grootvader wijdde zich als koning aan een rechtvaardig bestuur. Het volk leerde welvaart kennen. Er waren grote velden met gierst, rijst, katoen en indigo, en wie werkte kwam altijd aan de kost. Tegelijkertijd gaf hij zijn excellente generaals opdracht door te gaan met de uitbreiding van onze heerschappij.'

'En die werd tot heel ver uitgebreid!' roept de jongen uit, zijn borst gezwollen van trots.

'Tot heel ver. Ze veroverden de zuidelijke strook van de Sahara, de schitterende rode stad Walata, het oosten van de grote ronding van de rivier de Niger, de gebieden vol goud van Wangara en de kust van Senegambia. Tegenwoordig heersen we over meer dan veertig miljoen mensen, en we zouden er een jaar over doen om ons rijk van het oosten naar het westen te doorkruisen. De stad Niani vormt nu het centrum van de wereld. Ons rijk is het grootste dat ooit heeft bestaan.'

Aboubakri knikt tevreden. Hij trekt zijn met goud geborduurde overhemd recht en kijkt Sundjata dan aan met een blik die veel volwassener is dan je van iemand van zijn leeftijd zou verwachten. Hij spreekt zelfverzekerd en met vaste stem. 'Ik zal het blijven uitbreiden, grootvader.'

61

5 september van het jaar des Heren 1580

Er heerst topdrukte in de haven.

Komende en gaande sjouwers zwoegen om allerlei gerei de schepen op te dragen, ze lopen krom onder het gewicht van de balen. Alle handelswaar was al grotendeels ingescheept, maar op het laatste moment blijkt er altijd bepaalde mondvoorraad te zijn vergeten en wordt de bagage van passagiers en bemanning ingeladen. Zakken, kisten en dozen waarin de mensen hun weinige spullen bewaren: een paar linnen hemden en een of twee kniebroeken, een kiel, een jasje en een mantel voor op zee. Met wat geluk ook een laken wambuis. Schoenen hebben ze al aan en een pet om de schedel mee te bedekken ook. Een mes dragen ze ook al, zelfs als ze slapen hebben ze dat om hun middel. Wat nooit vergeten wordt is de kruik voor de dagelijkse portie wijn, net zomin als visgerei, voor een beetje variatie in het uitentreuren herhaalde dagelijkse menu. Misschien is er een bemanningslid dat een muziekinstrument, speelkaarten of wat boeken heeft geritseld om de lange tijd van de oversteek te veraangenamen.

Gaspar veegt het zweet van zijn voorhoofd, dat in zijn ogen druppelt. Het is al laat in de middag, maar de onbarmhartige zon gunt hem nog geen pauze en hij is al uren bezig allerlei balen naar het binnenste van het vlaggenschip te slepen. Hij valt bijna flauw van de honger en vermoeidheid, maar haalt het niet in zijn hoofd om te stoppen. Hij heeft al gezien dat de bootsman her en der stokslagen heeft uitgedeeld aan scheepsjongens die wat treuzelden.

Er zijn ook de nodige kinderen die een last op hun rug dragen. Daar verdienen ze een paar centen of een warme maaltijd mee, om vervolgens weer de straat op te gaan, of naar het werk, zoals hij deed. Gaspar stapt op de kleinste af. Het jongetje zal misschien net zeven jaar zijn, maar sjort koppig aan een baal. Zijn neus zit vol rimpels van de krachtsinspanning, al komt de baal bij iedere duw nauwelijks een duimbreed verder.

Gaspar zet zijn kist neer en draait zich naar de jongen toe. 'Hoe heet je?'

De jongen kijkt hem met een strakke, ondoorgrondelijke blik aan. Gaspar vraagt zich af hoe het mogelijk is dat de ogen van zo'n jong kind zo duister kijken. 'Diego,' antwoordt het jongetje ten slotte.

'Ik heet Gaspar. Zal ik je helpen?'

De knaap slaat zijn aanbod schuw af en geeft een nieuwe duw aan de baal, waar deze keer geen enkele beweging in komt.

Gaspar wil hem helpen, maar nu krijgt ook hij een duw van de jongen. Hij voelt zich gekwetst door die ondankbare reactie. Schouderophalend denkt hij aan zijn eigen belofte, die hij nooit nakomt: niet in de problemen van anderen terechtkomen.

Hij zwaait de kist weer op zijn rug en loopt weg. Een paar ellen verderop hoort hij achter zich hoe een matroos Diego uitscheldt voor luilak. En daarna een onmiskenbaar geluid: een volle klap in het gezicht. Hij haalt diep adem en loopt door zonder achterom te kijken.

62

De avond is al gevallen.

Maar María de San José is bij het licht van een kaars nog steeds bezig met haar veer woorden aaneen te rijgen. Ze blijft doorgaan tot de klok voor de completen wordt geluid, en ze rondt haastig haar laatste brief af, want onder geen beding mag ze haar plichten als priorin verzaken. Er is bij de zusters al veel opschudding ontstaan door de aanhouding van Catalina en ze kan zich niet nog meer verstoringen veroorloven als ze wil voorkomen dat ze haar opnieuw uit haar functie zetten.

Nadat ze alle enveloppen heeft verzegeld stopt ze ze onder haar habijt, bij haar inmiddels onafscheidelijke schrift. Ze zal alle brieven heimelijk langs de bekende weg verzenden, die ze gebruikt sinds de karmelietessenorde haar in de gaten is gaan houden. Eén brief gaat naar pater Jerónimo Gracián, de leider van de ongeschoeiden in Andalusië, die ze hoogacht. Eén naar broeder Juan de la Cruz, rector van de karmelietenschool in Baeza: hij vluchtte zelf nog geen twee jaar geleden uit de gevangenis van Toledo, waar hij gevangen was gezet vanwege zijn pogingen om de orde te hervormen. Eén naar haar zeer gewaardeerde Ana de Jesús, priorin van het klooster in Beas. En uiteraard een brief naar Theresia van Avila zelf. Allemaal mensen met invloed in de orde. Deze mensen heeft ze nooit durven vragen om voor haar iets te doen, misschien omdat ze altijd een nog ergere situatie verwachtte. Haar grootste angst is dat ze opnieuw door de inquisitie wordt veroordeeld en nu wel schuldig wordt bevonden, maar ze weet ook dat er voor haar, als meerdere, 002C plichten zijn die vóór haar eigen lot gaan: haar zusters beschermen is daar de eerste van. Vandaar het verzoek waarmee ze elk van haar epistels heeft afgesloten. De vervolging waar de Reformatie op dit moment mee te maken heeft is niet in hun voordeel, maar ze vertrouwt erop dat de contacten die er nog zijn, samen met de ruimhartigheid en intelligentie die deze bezitten, haar kunnen helpen.

Ze wandelt naar de kerk. Na het gebed zal ze naar het huis van de vrachtrijder gaan om de brieven aan zijn vrouw te overhandigen, met het uitdrukkelijke verzoek ze op de eerstvolgende tocht mee te nemen. Ze hoopt maar dat ze niet te laat aankomen.

63

In de martelkamer ruikt het naar bloed en dood.

Hier hebben ze zuster Catalina naartoe gebracht voor haar verhoor. Ze weet dat er haast is bij haar bekentenis, aangezien er nog geen twee dagen verstreken zijn sinds ze in dit gruwelkasteel werd opgesloten. En ze weet ook dat het feit dat ze hier nu is, betekent dat ze al als schuldig wordt beschouwd en dat het haar taak is het tegendeel te bewijzen, wil ze hier levend uit komen.

Ze staat voor de tafel van inquisiteur broeder Juan de Colomer, een presbyteriaan op leeftijd die haar aankijkt met de strengheid van iemand die zich boven de rest van de mensheid verheven acht. Naast hem staat een nogal corpulente man met een puntkap op. Het is wel duidelijk dat dit degene is die de waarheid die de inquisitie zoekt op tafel moet krijgen.

Die man komt nu naar haar toe om haar met ruwe, besliste bewegingen van haar kleren te ontdoen. Het habijt, haar kap, de sluier, haar touwschoenen en zelfs haar onderbroek, alles rukt hij van haar lijf totdat ze eruitziet zoals ze op de wereld is gekomen.

Tot in het diepst van haar wezen beschaamd buigt Catalina kuis haar hoofd. Naaktheid is het verderfelijkste wat je je kunt voorstellen en bij een vrouw helemaal, omdat zij de oerzonde heeft begaan. De kerk die Catalina nu ontkleedt, heeft haar dat zelf geleerd. En als de kerk dat doet, dan zit daar een concrete bedoeling achter: nu zal haar foltering beginnen.

Een paar minuten lang heerst er stilte, waarin schaamte en verlatenheid haar blijven belagen. Dat vormt onderdeel van het ritueel. De stilte is bedoeld om angst aan te jagen in dit naargeestige vertrek. Zuster Catalina vermijdt het om om zich heen te kijken, ze wil hun het niet gemakkelijk maken. Alle gereedschap dat de beul kan gebruiken is er uitgestald: de pijnbank met het rad, de wipgalg om de schouders te ontwrichten, de doodskist voorzien van spiesen aan de binnenkant om de verhoorde langzaam te laten leegbloeden, de gloeiende kolen om mensenvlees mee te schroeien. De lijdensweg die deze werktuigen beloven is voldoende om de dapperste mens doodsbang te maken.

'Je doet er goed aan te bekennen,' zegt de dominicaan met een kalmte waar Catalina van schrikt. 'Dit tribunaal pakt niemand op als er geen bewijs is.' Na deze waarschuwing begint Colomer met het verhoor, zonder haar op de hoogte te stellen van de reden van haar aanhouding. Inquisiteurs laten nooit iets los, aangeklaagden moeten maar raden waarom ze gearresteerd zijn. Aangezien ze niet weten waar het om gaat, verergeren veel mensen hun situatie door te veel te zeggen.

De eerste proef bestaat uit het opzeggen van katholieke gebeden. Een beklaagde die deze niet kent, kan ernstig in de problemen komen wegens gebrek aan godsdienstigheid, maar zuster Catalina reciteert ze vlekkeloos. De laatste jaren van haar leven heeft ze aan deze gebeden gewijd. De metten, de lauden, de priem, de terts, de sext, de none, de vespers en de completen. Gebeden en nog eens gebeden, die slechts onderbroken worden om de werkdag te vervolgen. Ora et labora. Dat ontbrak er nog maar aan, dat ze ze vergeten zou zijn op het enige moment dat ze ze echt nodig heeft. De eerste fase van het proces komt ze zonder één enkele vergissing door, wat haar een sprankje hoop geeft.

Nu begint de inquisiteur in haar verleden te wroeten naar alles wat een motief van ketterij kan zijn: bij wie is ze opgegroeid – haar ouders stierven kort voor zij toetrad als novice; of iemand uit haar omgeving is veroordeeld door de inquisitie – niemand; waar ze van houdt en wat ze graag doet – liturgische zang; haar gewoontes – vroeg opstaan om te bidden. Catalina geeft met gebogen hoofd op nederige toon antwoord. Ze is een vrouw van God, ze is Hem in lichaam en ziel toegewijd. Het zou niet in haar opkomen om te vertellen over de boeken die ze heeft gelezen, over het leven dat ze met Damiana en Miguel leidde, over de alumbradas die er in het klooster waren. Evenmin over de familie van wie ze afstamt, want ze zouden haar hele stamboom napluizen om iemand te vinden die niet deugt, waarvoor ze haar kunnen laten boeten.

Maar Colomer is een ouwe rot. Hij ruikt misleiding van mijlenver en hij is er voor bekentenissen, niet voor kletspraatjes. 'U vergeet dat het onderwerp van het proces uw bekentenis is, uw berouw en de redding van uw ziel.' Hij geeft de man met de puntkap een teken, die aan komt lopen met een tang waartussen gloeiende kolen geklemd zitten. Hij gaat achter Catalina staan en drukt de kolen in haar rug. Het gehuil van de non weerklinkt in het vertrek, waar het onmiskenbaar begint te ruiken naar verbrand vlees.

Wanneer het geluid weggestorven is, verwijdert de man met de puntkap zich en komt de priester naar haar toe. Zijn genotzieke blik glijdt over haar lichaam en met zijn rechterhand knijpt hij haar keel dicht, terwijl hij met de linker wellustig haar borsten betast. Dan brengt hij zijn gezicht vlak bij het hare, zodat ze zijn bedorven ademhaling kan ruiken. 'De beul kan de hele nacht zo doorgaan met iedere plek van uw lijf,' fluistert hij haar toe, terwijl hij hard in een van haar tepels knijpt. 'En ik verzeker u dat u nog heel wat gevoeliger plekken hebt.'

Catalina voelt dat ze zo gaat flauwvallen van pijn en walging, maar ze heeft de kracht nog om te reageren. 'Wat wilt u van me?'

De inquisiteur kijkt nog even kalm naar haar, maar er plooit zich nu een glimlach rond zijn mondhoeken. Dan, omdat hij zich ervan bewust is dat de situatie het vereist, verharden zijn trekken zich. 'Het schrift.'

64

'Het is onneembaar.'

Eugenio en Damiana zijn om het hele fort heen gelopen.

'Zoals ik al zei,' zegt de stuurman, die er uiteindelijk in heeft toegestemd om er met Damiana naartoe te gaan.

'Maar er moet een manier zijn.'

'U ziet toch dat die er niet is? Trouwens, al lukt het om er binnen te komen, dan verzeker ik u dat u er niet weer uit komt.'

'Dus?'

De stuurman loopt door. Hij is genegenheid gaan opvatten voor het meisje, het spijt hem dat ze er zo onder lijdt. 'Misschien wordt ze niet overgedragen.'

Damiana kijkt met afkeer naar hem. Zij spreekt altijd duidelijke taal en als er één eufemisme is waar ze niet tegen kan, dan is het dit: 'overdragen' zeggen wanneer je in werkelijkheid 'vermoorden' bedoelt.

'Wanneer uw vriendin het goed aanpakt, zal ze een niet al te grote ketterse misstap bekennen en berouw voorwenden,' vervolgt hij. 'Dan kan ze "afzwering" krijgen, wat beperkt blijft tot een straf bij de eerstvolgende vonnisvoltrekking. Een touw om de nek, honderd zweepslagen in de Poort van Vergiffenis, en klaar. Terug naar het klooster om te bidden.'

'U weet net zo goed als ik dat dat niet gaat gebeuren.'

Eugenio gaat hier niet tegenin. Het meisje heeft gelijk. Hij kent geen inhaliger instituut dan de kerk. Als ze geld hebben geroken, zullen ze alles in het werk stellen om de non te laten bekennen. En als ze, wat de Maagd van de Zeevaarders verhoede, erachter komen waar de geheime plek is, zullen ze nooit toestaan dat een rijke maar onbeschaafde man als hij zijn zin krijgt. Sommige mensen vergeven je je lage afkomst nooit. Reden te meer om er zo snel mogelijk tussenuit te knijpen en als eerste proberen aan te komen. Wat er ook in dat vervloekte schrift mag staan.

Damiana houdt met veel moeite haar angst in toom. Ze denkt na over een oplossing. Zo waar als ze Damiana heet, ze zal niet stoppen voor haar vriendin is bevrijd. Maar op dit moment is er niets wat ze hier kan doen. 'Laten we teruggaan,' zegt ze zachtjes.

Eugenio haalt opgelucht adem en ze begeven zich naar de Barcas-brug. Er staat een warm briesje, het is een wolkeloze nacht en de maan die in het water wordt weerspiegeld werpt haar zwakke schijnsel op de tientallen schepen van het konvooi. Het is een uitzonderlijk beeld en alleen een man van deze eeuw heeft het voorrecht zo'n konvooi te kunnen aanschouwen. En alleen iemand als hij om het aan te voeren.

'Met wie stond u gisteren te praten?'

Damiana onderbreekt zijn overpeinzingen. Heel even weet hij niet waar ze op doelt, maar daarna houdt hij zich van de domme. Hij heeft nog niet begrepen dat Damiana altijd een antwoord wil op haar vragen.

'Bij de ingang van het Koninklijk Paleis, die gedrongen man,' licht ze toe. 'Met dat rattengezicht. Hij wachtte u daar op.'

'Een of andere onbenul.'

'Zelfs ik ben geen onbenul.'

'Maar hij wel. Een onbenul die u niet kan interesseren.'

Ze grijpt hem bij zijn wambuis, ze wil dat hij haar recht aankijkt. 'Ik vraag naar hem omdat hij me interesseert. Ik heb u alles verteld, dat bent u mij ook op zijn minst verschuldigd.'

Eugenio maakt zich van haar los, forceert een glimlachje en versnelt zijn pas. 'Het is de secretaris van een edelman,' zegt hij terwijl hij met nog grotere stappen begint te lopen, alsof hij op die manier wil ontsnappen aan verdere vragen.

'Wat wilde hij?'

'Hij wordt verondersteld ons te hebben geholpen de bemanning voor het konvooi bij elkaar te krijgen.'

'Verondersteld? Die bemanning is er nu toch ook echt?'

'Een troep gauwdieven zonder enige kennis van scheepvaart en zonder enige tijd om ze die bij te brengen,' gromt hij. 'We mogen van geluk spreken als we open zee bereiken.'

'En waarom hebt u er dan mee ingestemd?' Ze steken de loopbrug over. Op het moment dat ze van de planken afstappen en voet zetten op de stoffige grond van El Arenal, gaat een schimmige figuur de andere kant op. Als Damiana er niet zo in op was gegaan om Eugenio zijn informatie te ontfutselen, was haar die schaduw misschien opgevallen. Misschien was het, ondanks het half bedekte gezicht van de figuur, tot haar doorgedrongen wie het was.

'Ik kon niet anders,' bekent de eerste stuurman. 'Het is nu inmiddels zo erg dat iedere sjacheraar met wat handelswaar aan boord bang is dat die bederft of dat die van hem zal worden afgepakt. De druk is groot en ik was de eerste om nog meer druk te zetten.'

'Maar de oversteek kan gevaarlijk zijn.'

Eugenio kijkt teder naar haar. 'Dat is hij altijd, meisje. Altijd.'

'Nou?'

'In deze toestand nog wat gevaarlijker. Laten we vurig bidden.'

Ze knikt en loopt weer door. Ze weet dat de stuurman ongeveer even weinig vertrouwen in de heiligen heeft als zij. Wat ze niet weet, is dat het gesprek dat Eugenio met Florencio voerde niets te maken had met de vaardigheden van de geronselde bemanningsleden. Maar wel met haar.

65

De hersenen zijn een fascinerend orgaan.

Aan de plooibaarheid waarmee ze reageren op onzalige omstandigheden lijkt geen eind te komen. Pas wanneer iemand meent dat het onmogelijk is nog meer te verdragen, wordt het ware potentieel van de hersenen zichtbaar. Want er kan meer, en meer, en nog meer worden verdragen. Ze passen zich aan aan de behoeften, en overleven is de grootste behoefte.

Er zijn meer dan twee uren verlopen, waarin de inquisiteur en de beul geprobeerd hebben Catalina te laten bekennen wat ze weet, twee uren waarin haar lichaam het doek was waarop ze hun krankzinnigheden konden uitvoeren. In een oor snijden, een oog tot moes slaan, met het brandende ijzer figuren tekenen.

En toch is ze overeind gebleven. Er is iets wat haar hersenen helpt: sinds het ogenblik dat ze voelde dat ze alles al verloren had, inclusief haar hoop, moest ze alleen nog de persoon zien te redden om wie ze geeft. En dat is Damiana. Het meisje dat haar ooit redde door haar een thuis te geven bij Miguel, en haar daarna nog zo vaak redde met haar humor, toen ze met z'n tweeën overgebleven waren.

De inquisiteur begint tekenen van ongeduld te vertonen. Het was bepaald niet zijn bedoeling de avond zo door te brengen, hij heeft een leeftijd bereikt waarop hij zijn avonden niet meer wil verbeuzelen. Het vocht van dit vertrek is in zijn botten gaan zitten en zijn gewrichten beginnen op te spelen. En als er iets is wat broeder Juan de Colomer slecht kan, dan is het zelf lichamelijk lijden.

Verwoed krabt hij op zijn hoofd, op de plek waar zijn tonsuur eindigt. Het kaalscheren bezorgt hem nog altijd jeuk, waardoor hij zich nauwelijks meer bewust is van deze gewoonte. Hij zou de marteling moeten blijven bijwonen, die wettig is zolang ze binnen de voorgeschreven regels wordt uitgevoerd. Maar Freire is wel te vertrouwen, ze hebben tientallen jaren samen verhoren gedaan. Hij weet waar het deze keer om gaat en ook hoe hij erachter moet komen. Al een hele tijd geleden besefte Colomer dat de man er meer van geniet als hij helemaal op zijn gemak is. Als hij zich op zijn slachtoffer kan uitleven zonder bang te hoeven zijn dat hij aangesproken wordt op zijn wreedheid. De inquisitie biedt veel geperverteerde lieden een schitterend voorwendsel om hun duisterste neigingen de vrije teugel te geven door te doen alsof ze goed werk verrichten.

De geestelijke brengt zijn resterende grijze haren in model, die in de war zijn geraakt door het krabben. Dan vouwt hij zijn handen devoot samen. Dat betekent dat zijn besluit genomen is. Als er iemand is die de informatie aan deze non kan ontfutselen, dan is het Carlos Freire.

'Strengheid jegens zondaren is een gebaar van barmhartigheid, want zo kunnen zij hun ziel redden,' zegt hij luid, alsof hij spreekt tegen iemand die zich buiten de vier muren bevindt. Dan richt hij zich tot de beul. 'Gaat u door. Wees barmhartig met deze zuster.'

Freire neigt het hoofd ter instemming, en Colomer sluit af met zijn laatste aanwijzingen. 'U weet waar het om gaat. Indien nodig vernietigt u haar lichaam om haar ziel te redden.'

Hij verlaat het vertrek.

66

Damiana komt terug in de hoerenwijk.

Vandaag is Eugenio ook weer met haar meegelopen, omdat hij niet wil dat haar buiten iets overkomt. Toen heeft hij afscheid genomen. Morgen vertrekt hij naar Tierra Firme. Hij heeft haar zijn erewoord gegeven dat het haar ook aan niets zal ontbreken, mocht hij beladen met rijkdom en roem terugkeren. Zoals het ook Violante aan niets ontbroken zou hebben als ze nog had geleefd en zijn belofte had aanvaard. Het is ook niet meer dan eerlijk, zegt Damiana bij zichzelf. Als het verhaal van Eugenio klopt, dan komt haar ook een deel toe, want zij is de wettige eigenaar van het geheim dat haar vader zo naarstig heeft bewaard. Toch is dit allemaal wat naar de achtergrond verschoven, want Damiana kan op dit moment alleen maar aan het lot van Carlina denken.

Door een gat in de noordelijke hoek komt ze de hoerenwijk binnen, tussen de omheining die evenwijdig loopt aan de Calle Pajería en de muur die grenst aan de Calle Vírgenes. Zo is de hoofdstad van de twee werelden: aan de noordkant een karmelietessenklooster, aan de zuidkant het ziekenhuis van de maagden Justa en Rufina, patronessen van de stad. Daartussenin alle legale hoeren van Sevilla. De heiligsten en de zondigsten wonen samen met de rug naar elkaar toe.

Eenmaal binnen loopt ze verloren en gefrustreerd rond omdat ze geen oplossing heeft. Ze geeft een trap tegen een dode rat maar krijgt daar meteen spijt van, want waar is zo'n taai beest aan doodgegaan?

Ze loopt door een straat die strak dwars door de wijk loopt, alsof hij met een touw getrokken is. Babylon bevindt zich halverwege deze straat, in het hart van de prostitutiewereld. Daar bevindt zich het Plaza de la Laguna, de beroemdste hoererijplek van Sevilla die geschiedenis zal maken dankzij de nodige geletterde mannen die erover zullen schrijven en daarmee openlijk blijk geven van hun eigen hoererij.

Aan de overkant van het plein ligt haar eigen kamer. Het is pikdonker, ze zou nog geen hand voor ogen moeten zien, maar het silhouet van Babylon steekt af in het donker. Achter het gebouw is een flakkerend, hypnotiserend schijnsel te zien. Ongerust versnelt ze haar pas en ze ziet dan dat het licht afkomstig is van de binnenplaats die alleen maar gebruikt wordt voor afval en je behoefte doen als je nergens anders heen kunt. Ze loopt het huis binnen zonder iemand tegen te komen en loopt er door de achterdeur weer uit.

Op de binnenplaats is sprake van een ongebruikelijk tafereel. Een fel brandend vuur van vier ellen hoogte waaromheen al haar huisgenoten gefascineerd staan te kijken naar de vlammen, die een kracht uit lang vervlogen tijden oproepen. Het lijkt wel een ritueel, een tovenarijgebruik van heksen. Maar de enige die iets dergelijks zou kunnen uitvoeren is er niet meer, en degene die het vuur gaande houdt is van heel ander allooi. De patroon, bewaker en uitbuiter van alle vrouwen, gooit met een plechtig gezicht gedroogde kruiden op het vuur.

Het duurt even voor Damiana beseft wat er gebeurt. Wat de patroon verbrandt zijn niets anders dan de geneesmiddelen van Violante. Medicinale kruiden, poeders, kompressen en zalven in alle mogelijke kleuren. De smeersels op basis van olie zijn de reden dat het vuur zo fel opvlamt.

Ze krijgt een heel slecht voorgevoel. Met een vastbesloten uitdrukking op haar gezicht loopt ze naar het vuur. En dan ziet ze het: het beeldje, te midden van de andere spullen, wordt door de vlammen verslonden.

67

De beul pakt zuster Catalina onder haar oksels vast. Hij legt haar neer op een pijnbank en bindt haar handen en voeten vast. Ze verzet zich niet eens. Waarom zou ze? Ze weet dat de enige ontsnappingsmogelijkheid is wat haar geest haar biedt en, met een beetje geluk, wat snel en voorgoed ook haar ziel biedt.

De touwen waarmee haar voeten zijn vastgebonden staan in verbinding met een spoel en een katrol. De man met de kap draait eraan en Catalina voelt hoe haar handen en voeten pijnlijk worden uitgerekt. De brandwonden op haar lichaam steken verschrikkelijk en beide gewaarwordingen vormen een chaotische mengeling. De functie van pijn is slechts te waarschuwen voor een schadelijk element om het biologisch beschermingssysteem te activeren. Maar wanneer de prikkels die pijn veroorzaken op zoveel plekken en op zoveel manieren tegelijk worden gevoeld, werkt het systeem niet meer.

'Waar is het schriftje?'

Wanneer de non zwijgt, draait Freire verder aan de katrol. Catalina's benen worden nog meer uitgerekt. Elke spier, elke pees, elke band, elke vezel. De spanning is nu totaal en de chaos valt uiteen. Deze pijn gaat boven alle andere uit en wordt het centrum van de wereld, van de kosmos, van alles.

De katrol draait nog steeds. Haar lichaam kan zich onmogelijk verder uitrekken. En toch maakt de katrol nog een volledige draai. Er ontsnapt een diep keelgeluid aan zuster Catalina. Het lijkt eerder van een beest dan van een menselijk wezen afkomstig. Het lijkt op, nee, het is precies als de geluiden die zij hoorde toen ze haar het kasteel binnenbrachten.

'Waar is het schriftje van Miguel de Arellano? Zeg op!' Freire draait de katrol aan, wat steeds moeilijker gaat. 'Geef antwoord.'

Nog een kwart draai. Catalina is niet meer tot denken in staat, alleen tot voelen. Ze opent haar mond, maar haar stem weigert de grens naar haar strottenhoofd over te gaan. Er komt alleen een droge hoest uit haar mond.

Freire zet de katrol iets terug, een duim maar. Voldoende om zijn slachtoffer de kracht te geven de noodzakelijke woorden te uiten. 'Geef antwoord,' zegt hij nog eens, terwijl hij zich naar haar vooroverbuigt.

'Het boekje... is bij...' Haar stem is niet meer dan wat gefluister en lijkt het te begeven.

Freire spoort haar aan door de katrol weer strakker te zetten, deze keer maar een halve duim. 'Vertel op! Breng Gods woede, die je zelf hebt veroorzaakt, tot bedaren!'

Wanneer ze dit hoort, verandert er iets in de ogen van de non. Midden in haar kastanjebruine irissen vergroten haar pupillen zich, ze maken haar blik donker. Wie zich nu tot haar richt, richt zich tot een peilloze afgrond.

De beul merkt deze verandering meteen op. Hij heeft de ergste gruwelen begaan op menselijke lichamen en heeft het binnenste van de ziel tot in de verste uithoeken leren kennen.

Catalina verzamelt kracht om zijn constatering te bevestigen. 'Ik weet niet waar u het over hebt,' zegt ze met hernieuwde haat. De woede heeft bezit van haar genomen, een diepe woede die door haar hele lichaam heen gaat, zoals daarvoor de pijn dat deed.

Freire grijpt de katrol nu met beide handen en draait eraan zonder nog iets te zeggen. Catalina's torso, haar wervelkolom, zelfs haar vitale organen worden nog meer aangespannen. Net als haar hersenen lijkt ook het lichaam van zuster Catalina van een grenzeloze plooibaarheid te zijn. Maar dat is het niet.

Nog een kwart draai. Het kraken van een gewricht dat uit elkaar getrokken wordt, samen met een huiveringwekkende kreet. Een halve draai. Weer iets wat knapt, een schouder die uit zijn kom schiet. Driekwart draai. De linkerknieschijf breekt. Een tweede hele draai. Een scheenbeen breekt af. Dan stilte. En duisternis. De hersenen van zuster Catalina waarschuwen haar nergens meer voor.

68

'Néééé!'

De vlammen, die weer zijn opgelaaid door een nieuwe bundel kruiden, gaan dansend omhoog, alsof ze de sterren aan de hemel ook willen verslinden. Aan de voet van het vuur ligt naast een handvol verkoolde takken het figuurtje van de in palissanderhout uitgesneden godin.

Damiana stort zich op de patroon en grijpt hem bij zijn schouders. 'Wat ben je aan het doen, stommeling?'

Hier is hij niet op voorbereid. Ongelovig kijkt hij naar haar, hij snapt niet dat die slet het waagt ten overstaan van alle anderen zijn gezag te ondermijnen. Hij verkoopt haar een zo hard mogelijke vuistslag.

Door de kracht van de klap valt Damiana achterover.

'Dat zal je leren.' Terwijl hij dat zegt kijkt hij waarschuwend naar de andere vrouwen. 'Die spullen zijn bewijsmateriaal voor ketterij. Jullie zouden zo door iemand aangegeven kunnen worden wegens bezit ervan.'

Damiana staat op zonder iets te zeggen. Door haar gezwollen ooglid kan ze niet goed zien. Die klootzak heeft haar een blauw oog geslagen. Dan draait ze zich naar het vuur en zonder een tel te wachten gaat ze met haar hoofd vooruit de vlammen in.

Achter zich hoort ze angstige kreten. De brandende stapel meet minstens acht palm en touwschoenen zijn niet erg geschikt om daarop te lopen. Had ze haar *chopines* met de hoge kurken zolen nou maar aangehad, die zouden isolerend werken. Ze voelt hoe de vlammen haar voetzolen verschroeien, aan haar benen likken en aan haar rok. Ze onderdrukt een grimas van pijn en strekt haar arm uit om het beeldje te grijpen. Als ze het te pakken heeft is het zo heet dat ze het onmiddellijk weg moet gooien.

Wanneer ze uit de stapel wegloopt heeft ze zelf ook vlam gevat. De vrouwen trekken hun kleren uit en overdekken haar met hun hemden en rokken om het vuur te doven. De patroon laat hen hun gang gaan.

Damiana zoekt intussen met haar blik naar het beeldje. Ze ziet het in een hoek van de binnenplaats. Een hoop bladeren heeft vlam gevat, maar doordat iedereen naar het grote vuur keek heeft niemand dat gemerkt. 'Het beeldje!' gilt ze.

Isabel is de eerste die in actie komt. 'Brand!'

Er worden niet-begrijpende blikken uitgewisseld totdat ook de andere vrouwen zien dat er brand is in de hoek en dat een van de muren van het huis al vlam vat.

Nu begint de patroon bevelen uit te delen. Een paar vrouwen halen grote potten met water die ze uitgieten, andere halen winterdekens en slaan daarmee op de grond.

Een paar minuten later hebben ze de brand bedwongen. Alleen het vuur in het midden van de binnenplaats brandt nog even hard.

Damiana loopt naar het beeldje. Met een doek pakt ze het vast en ze kijkt bezorgd hoe het eraan toe is. De verf die het lichaam van Olotililisopi kleurde is vervaagd, de trekken van haar gezicht zijn nauwelijks meer te zien. Ze haalt de doek weg om de rest te inspecteren. Door de druk van het vuur is de geheime veer gesprongen en kun je zo in de buik kijken. De paneeltjes die hem bedekten zijn verdwenen. Ze blaast de as weg die in de buik zit. Wanneer ze er met haar vingers in voelt, beginnen haar verschroeide vingertoppen pijnlijk te steken, maar ze moet weten hoe groot de ramp is. Wanneer dat haar duidelijk wordt, begrijpt ze dat alles voor niets is geweest: de coördinaten zijn volledig weggevaagd. Het enige wat haar aan haar jeugd verbond is ze kwijt, het enige wat haar vader haar heeft nagelaten. Nu weet alleen Eugenio de Ron nog waar de geheime plek zich bevindt.

69

Broeder Colomer schikt boos zijn zwart-witte habijt recht. Hij was half in slaap gevallen, maar vandaag schijnt hij niet te mogen rusten. 'Hoe durf je me op dit uur lastig te vallen?' zegt hij terechtwijzend tegen zijn bediende.

'Er staat buiten een priester die koste wat kost die non wil zien.'

De ergernis van de inquisiteur wordt nog groter. 'En dat lijkt je voldoende reden, sukkel?'

De zweetdruppels op het voorhoofd van de knecht verraden hoe zenuwachtig hij is. 'Hij zegt dat hij niet eerder weggaat dan wanneer hij weet dat alles in orde is met haar.'

'Het interesseert me niet wat een omhooggevallen priester zegt.'

'Maar...' De jonge bediende wijkt niet van zijn plaats.

'Maar wat?'

'Het is niet zomaar iemand,' prevelt de bediende. 'Het is die bekende jezuïet, de man die zich ontfermt over de gedetineerden in de Koninklijke Gevangenis.'

Colomer laat een zucht van afkeer horen. Dus die uitslover van een Pedro de León is zelfs op zijn terrein gekomen. Heeft die vent soms niet genoeg aan zijn missies onder het volk, aan zijn zorg voor alle ongelukkigen van de stad? Moet hij hem nu ook nog lastigvallen? 'Zeg hem dat hij morgen terug moet komen.'

De bediende verroert zich nog steeds niet. Het zweet gutst nu van zijn voorhoofd.

'Heb je me niet gehoord?'

'Hij... hij is buitengewoon vasthoudend, ik heb hem nog nooit zo gezien. Hij beweert dat als hij die zuster Catalina nu niet te zien krijgt, hij een klacht indient bij de algemeen inquisiteur en indien nodig ook bij de Heilige Vader.'

De dominicaan fronst zijn voorhoofd. Hij kent de streken van die halsstarrige priester. Het is die man meer dan eens gelukt een gevangene vrij te krijgen, hij heeft een nieuw ziekenhuis voor galeiboeven opgericht en zal binnenkort een tweede huis voor berouwvollen in Sevilla openen, vastbesloten dat er geen enkele hoer in de stad overblijft. Behalve koppigheid heb je veel heel goede contacten nodig om dit allemaal voor elkaar te krijgen.

Colomer is niet van plan om zelf ook maar enige steun van de elite in Sevilla kwijt te raken. Als die jezuïet haar wil zien, dan moet dat maar. 'Ga naar Freire,' zegt hij met tegenzin. 'Hij moet het martelen staken, een paar emmers water over haar heen smijten en haar schone kleren geven. Breng haar hier zodra ze toonbaar is.'

'Er is een probleem, heer.' Bij het zweet heeft zich een trillend linkerooglid gevoegd. Opnieuw verraadt het lichaam zich.

De verantwoordelijke voor het tribunaal van de inquisitie priemt zijn troebele ogen in die van de ander, met een kilheid waar de standvastigste man op aarde nog van zou ineenkrimpen. 'Mag ik weten wat er aan de hand is?'

'Freire. Hij is te... devoot geweest. Ik ben bang dat de non niet in een toestand is dat ze zich ook maar aan iemand kan laten zien.'

Het tierende gevloek van broeder Juan de Colomer weergalmt door de kamer.

70

6 september van het jaar des Heren 1580

Eugenio de Ron deelt links en rechts bevelen uit.

Bij het krieken van de dag was hij al op de *Soberbia*. Hij zal als eerste het anker lichten, en de overige schepen zullen vervolgens een voor een de trossen losgooien, totdat het admiraalsschip de rijen zal sluiten. Vandaag begint het avontuur voor een paar duizend mannen – en een enkele vrouw – die uit zeelieden, soldaten en passagiers bestaan.

Bij het zien van zijn bemanning wordt hij bevangen door moedeloosheid. Het is nog erger dan hij dacht. Sommigen kennen niet eens de basistermen van de zeemanskunst. Ze weten niet wat het want is, de giek, de boegspriet. Sommigen weten zelfs niet wat de grote mast, wat de fokkenmast en wat de bezaansmast is. Deze mannen op het schip zijn als vissen op het droge, je hoeft hen maar te zien om te weten dat ze nog nooit een voet op de gebreeuwde planken van een schip hebben gezet.

Hij zuigt zijn longen vol met de hete lucht van Sevilla en buldert boven alle lawaai uit: 'Mannen die weleens hebben gevaren, gaan aan bakboord staan. De rest aan stuurboord!'

Een groepje bemanningsleden gaat bij elkaar staan aan de linkerkant van het schip. Hij kent hen: het zijn de weinige dapperen die hun plek op de *Soberbia* niet hebben verlaten. Eugenio kijkt verbijsterd naar de overige mannen. Die komen niet van hun plek. Een vent met een lapje voor een oog kijkt hem met zijn goede oog uitdrukkingsloos aan en produceert een kil glimlachje, een soort waarschuwing die de eerste stuurman niet ontgaat.

Hij haalt diep adem in een poging om ook geduld te verzamelen. Opeens wordt hij vervuld van de overtuiging dat het een reis vol hindernissen zal worden. 'Wel alle duivels. Jullie weten niet eens waar stuurboord is.'

71

Er is een stilte tussen hen gevallen.
Het is de eerste keer dat pater León en María de San José oog in oog met elkaar staan. Het is ook de eerste keer dat de priorin zich gedwongen ziet in gesprek te gaan met deze man. Had ze het maar nooit hoeven doen. Was deze nachtmerrie maar nooit werkelijkheid geworden. Maar nu verbindt die hen met elkaar. Ze delen in hun gevoelens: verdriet, frustratie, schuldgevoel.

De ogen van pater León zijn gezwollen. Hij probeert niet eens te verbergen dat hij de hele nacht heeft gehuild. Een priester moet neutraal zijn, gelijkmoedig, nuchter. En vooral moet hij berusting kennen. Weten dat de plannen van de Heer aanvaard moeten worden, want alleen Hij kent de echte reden van alles wat er gebeurt. Maar de rede kan de strijd tegen het hart nooit winnen, hoezeer hij zich ook inspant. Hoezeer de kerk ook regels instelt, hoezeer iemand ook probeert zich eraan te houden en emoties buiten te sluiten. Vanbinnen is pater León in twee delen uiteengevallen. Dat gebeurde op de dag dat hij zuster Catalina leerde kennen, en sindsdien hebben de twee zich niet meer met elkaar verzoend. Het ene deel herinnert hem eraan dat priester zijn een verantwoordelijkheid met zich meebrengt die hij elk moment moet nemen. Het andere deel laat hem aan deze vrouw – ja, vrouw, vrouw, vrouw – denken, dag in, dag uit, nacht in, nacht uit. Het ene deel zegt steeds tegen hem dat het gewoon genegenheid is, vriendschap misschien. Het andere deel weet heel goed dat dit niet zo is. Dat het meer is. Dat zuster Catalina de enige persoon op deze aardkloot is die hem kan laten wankelen in zijn verplichtingen als jezuïet. Dat deel is vandaag verpletterd. Vandaag staat alleen dat deel aan het roer, de pijn van dat deel. Het andere deel, het rationele, ligt begraven onder de overstelpende kracht van het emotionele deel. Ooit zullen de twee hun lot aanvaarden en zich met elkaar verzoenen. Vandaag niet. Daar is het te vroeg voor. Het doet te veel pijn.

María de San José laat zich ook gaan. Haar tranen stromen over haar wangen als regendruppels over boombladeren. Ze verzamelt kracht om weer te kunnen spreken. 'Hebt u dan tenminste nog het heilig oliesel kunnen toedienen?'

Pater León schudt zijn hoofd één keer, van links naar rechts. Zijn stem breekt wanneer de woorden zijn keel verlaten. 'Ik was te laat.'

Deel 3

Spaans galjoen, zestiende eeuw.

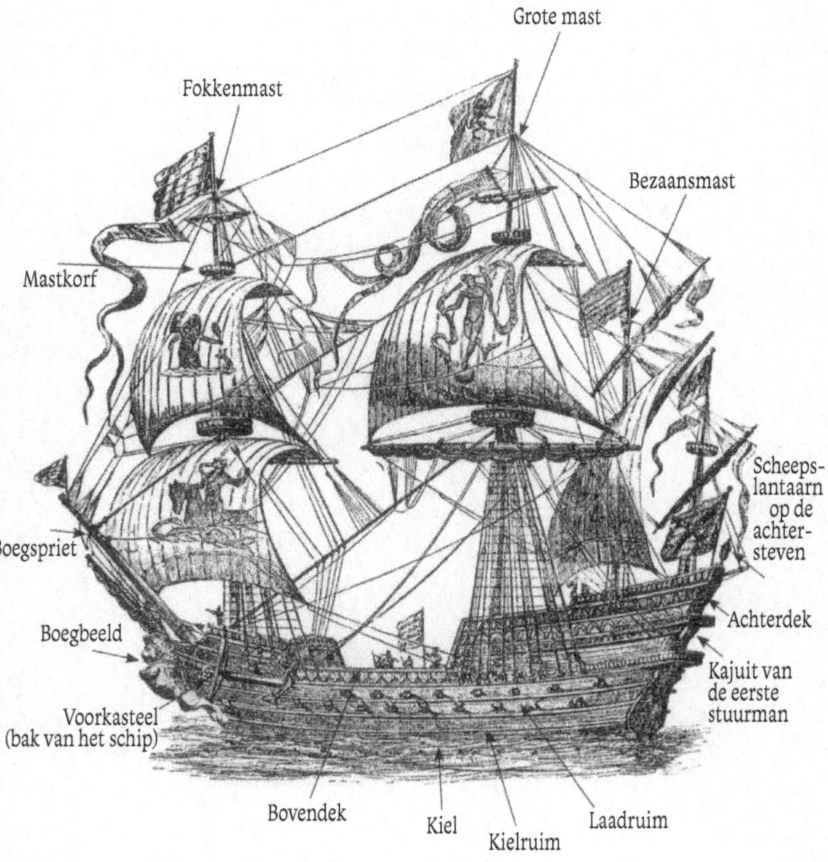
Grote mast
Fokkenmast
Bezaansmast
Mastkorf
Scheeps-
lantaarn
op de
achter-
steven
Boegspriet
Achterdek
Boegbeeld
Kajuit van
de eerste
stuurman
Voorkasteel
(bak van het schip)
Bovendek
Kiel
Kielruim
Laadruim

Schipbreuk

Senegambiaanse kust, koninkrijk Mali, 1310

De mansa *Aboubakri II, kleinzoon van de leeuwenkoning Sundjata, wandelt op de oever. Achter hem gaat zijn gevolg van een honderdtal bedienden en krijgers. Het is een gewoonte geworden sinds het vertrek van de tweehonderd schepen, nu al achtennegentig lange dagen geleden.*

Het is een nevelige ochtend, de grens tussen lucht en zee is nauwelijks te onderscheiden. Daarom – en ook omdat hij in gedachten is verzonken – duurt het even voor Aboubakri doorkrijgt wat er gebeurt. Eerst klinkt er een zacht gerommel, dat langzaam luider wordt en hem uit zijn gedachten haalt en zijn blik laat dwalen over de horizon. In de verte wordt een schip zichtbaar.

Wanneer het de kust nadert, wordt het kabaal oorverdovend. Iedereen, van de geringste bediende tot de koning zelf, wordt bevangen door dezelfde emotie: het schip dat naderbij komt is een van de schepen die de droom van Aboubakri najaagden.

De mansa, de koning der koningen, kan nauwelijks wachten tot de zeemannen voet aan wal gezet hebben. Hij had het het hoofd van de expeditie heel duidelijk gemaakt: het was hun uitdrukkelijk verboden terug te keren tot ze de uiterste grens van de Omringende Zee hadden bereikt en hadden gezien wat daar was. Enkel wanneer hun proviand opraakte mochten ze terugkeren, en dat was ondenkbaar, want ze hadden voldoende bij zich voor een aantal jaren.

Wanneer een uitgemergelde kapitein met in flarden hangende kleding aan dek verschijnt, stormt Aboubakri dan ook op hem af.

De man had zo'n ontvangst niet verwacht en haast zich om zich aan de voeten van de mansa te werpen. Hij drukt zijn knieën in de zandige aarde, dan de ellebogen, en blijft in absolute verering liggen tot Aboubakri alle decorum laat varen en hem bij de arm grijpt. 'Sta op. Vertel wat er is gebeurd.'

De kapitein richt zijn hoofd op en spreekt, ervoor wakend niet in de ogen van de almachtige mansa te kijken. 'Heer, we hadden lange tijd gevaren toen er op open zee een hevige storm opstak. We trachtten uit alle macht boven water te blijven, maar voor ons verscheen een grote stroom, die zich met grote kracht tussen het water voortbewoog.' Zijn stem wordt zachter, is nauwelijks nog een gefluister. 'Ik had nog nooit zoiets gezien.'

Hij stopt even om krachten te verzamelen, maar de mansa spoort hem aan verder te vertellen. 'Wat gebeurde er?'

'Ons schip voer helemaal achteraan, daardoor konden we zien hoe de storm de andere schepen opslokte. Zodra ze op de grote maalstroom stuitten, werden ze door één reusachtige kolk verzwolgen.'

Een minuut lang durft niemand een vin te verroeren. Voor de kapitein lijkt hij langer te duren dan de hele reis die hij heeft gemaakt.

'Dan is alles dus vergaan,' zegt de mansa ten slotte.

'Ja, heer. Ze verdwenen voor onze ogen. Met uiterste krachtsinspanning bleven wij roeien om uit de maalstroom te blijven, en wonder boven wonder lukte dat. Toen het gevaar eenmaal geweken was, leek het me verstandiger terug te keren in plaats van alleen verder te gaan.'

'Of laffer.'

Opnieuw heerst er absolute stilte. Zelfs de wind lijkt te zijn gaan liggen, wachtend op de woede van de mansa. Aboubakri kijkt langdurig naar de kapitein, die ten teken van onderwerping het gezicht voorovergebogen heeft. Dan, zonder nog een woord te zeggen, keert de mansa zich om en loopt weg. Er klinkt enkel een klap met een hand ten teken dat de hele stoet hem moet volgen. Ze keren terug naar het paleis.

72

Damiana klampt zich aan Olotililisopi vast.

Of beter gezegd, wat er van haar over is. Het beeldje van de godin is niet veel meer dan een verschroeid stuk hout. Ze heeft het niet kunnen redden, net zomin als ze Carlina heeft kunnen redden. Carlina en zij zijn verschillende wegen ingeslagen, maar geen van beiden hebben ze rechten verworven.

Eigenlijk, bedenkt ze nu, waren hun wegen niet zo verschillend. Het waren de enige mogelijkheden voor onafhankelijke vrouwen met het kleine beetje vrijheid waarover ze beschikten, een vrijheid die voor beiden steeds minder zichtbaar werd. Vrouwen in de prostitutie hebben al geen rechten en tellen voor de rest van de samenleving niet mee, maar dat geldt nog meer voor kloosternonnen, die net als zij geïsoleerd leven, maar zichzelf ook nog eens moesten uitwissen door een andere naam aan te nemen. Zelfs hun identiteit verdwijnt. Daarom blijft Damiana haar ook hardnekkig Carlina noemen, om het meisje dat ze had gekend en van wie ze had gehouden, niet van de aardbodem te laten verdwijnen.

Ze is bang om de patroon weer te zien, die sinds hun ruzie van de afgelopen nacht nog geen woord tegen haar gezegd heeft. Ook is er nog geen enkele man gekomen om gebruik te maken van haar lichaam, en ze heeft geen kracht en geen zin om hen te gaan halen. Vandaag niet. Normaal gesproken stuurt de patroon hen desondanks altijd gewoon naar haar door, hij weet dat ze hen tevredenstelt. Misschien is het zijn manier om haar te straffen: haar zonder inkomsten laten zitten tot zij gedwongen is hem haar verontschuldigingen aan te bieden.

Dan staat opeens Isabel in de deur. 'Iemand wil je zien.'

'Ik ben er niet voor in de stemming.'

‘Ik geloof niet dat het voor een wip is.’

‘Voor wat dan wel?’

‘Ik raak in de war van jou, havikje. Ik wist niet dat je er zulke vrome vriendschappen op nahield, eerst met een priester en nu met een non. Wil je misschien van beroep veranderen? Of wil je hen allemaal in het verderf storten?’

Damiana springt op. ‘Waar is ze?’

‘Bij de ingang van het plein, ze staat in de schaduw van de sinaasappelboom.’

Met verkrampt hart rent Damiana weg.

‘Je moet ons toch eens vertellen wat je in je schild voert!’ roept Isabel haar na.

Damiana hoort haar niet eens. Ze rent maar door, al is het contact met de vloer een marteling voor haar verschroeide voetzolen. Ze ziet haar meteen. Ze staat met de rug naar haar toe, in haar karmelietessenhabijt. Ze wordt zo door emotie overvallen dat haar ogen vochtig worden en er van oor tot oor een vrolijke glimlach op haar gezicht verschijnt. ‘Carlina!’

Wanneer de non zich omdraait, bevriest de glimlach op haar gezicht. Dit is niet haar vriendin.

73

María de San José was de Calle Pajería overgestoken. Hoewel de muur recht tegenover het klooster staat, had ze ernaar gekeken alsof ze hem voor het eerst zag. Hij vormt de grens tussen die poel des verderfs en de rest van de stad, en ze had de ongeschoeiden daar liever niet gehuisvest, maar moeder Theresia had al met genoeg problemen te maken toen ze eindelijk dit pand vonden. Haar verblijf in deze stad heeft voor de rest van haar leven zijn sporen nagelaten, en sindsdien verwijst zij ernaar als 'de harde jaren' of 'de Sevilliaanse lijdensweg'.

Het eerste pand waar ze in woonden, in de Calle de Armas, bevond zich in erbarmelijke staat. Klein, vochtig en haveloos, en het half dozijn oude rietmatten zat onder de wandluizen. Ander huisraad was er niet; omwonenden hadden alles, tot en met het touw van de put, meegenomen. Ze bleven daar een jaar wonen, met weinig meer dan appels en brood om zich te voeden, en er was niet eens een kapel. Tot overmaat van ramp begonnen in die tijd de eerste beschuldigingen tegen hen dat ze alumbradas zouden zijn. Pas toen de inquisitie de zaak als afgehandeld beschouwde, konden ze op zoek gaan naar geschiktere behuizing, maar het enige wat ze vonden waren vervallen huizen tegen buitensporige prijzen. Ze hadden zelf geen geld en moeder Theresia moest dringend verder met haar vele stichtingen. De nonnen bedolven de hemel onder hun smeekbeden, maar boven scheen niemand te luisteren.

Toen God hen ten slotte op het pad naar het huis aan de Calle Pajería zette, aarzelde moeder Theresia niet. Het had een moestuin en een patio, vertrekken voor de zusters, uitzicht op de Torre del Oro en de drukke haven aan de Guadalquivir, wat nonnen in een klooster een enorme levendigheid bood. Het was een kans die ze niet voorbij kon laten gaan, al volgde het ene probleem op het andere: botsingen met de franciscaner monniken in het aangrenzende klooster, die weigerden hen gebruik te laten maken van het drinkwater uit hun putten; het voldoen van de vastgestelde verkoopbelasting, wat hen in ernstige financiële moeilijkheden bracht; de kwaadsprekerij van het volk omdat de nonnen zo dicht bij de broeders woonden, met daarbij de nodige onfatsoenlijke grappen. Wat er aan de andere kant van de muur gebeurde was lange tijd dan ook wel het laatste waar ze zich mee bezighield.

Maar de laatste jaren lopen steeds meer mannen de hoerenwijk in, net als de wereldse vrouwen die daar wonen. Het gaat hand in hand met de economische groei van de stad: meer reizigers, meer handelaren, meer klinkende munt in mannenzakken.

Al mijmerend was de priorin bij de ingang van de ommuurde wijk aangekomen. De jongen van de Klappoort had haar staande gehouden om haar om het toegangsgeld te vragen.

'De hemel sta ons bij, ziet u niet dat ik een vrouw van God ben?'

'Vrijwel iedereen die hier komt is getrouwd. Met God of met een maagd, dat maakt mij niet uit. Maar niemand gaat zonder betalen door de douane.'

Ze had in haar zakken gegraaid en hem de aalmoezen gegeven die bedoeld waren om wat vlees voor haar zusters te kopen. Eenmaal binnen had ze de schaamteloze vrouwen gezien die rondliepen en mogelijke klanten trachtten te verleiden. Ze wist wie ze zocht, maar niet hoe ze haar moest vinden. Een van de rondslenterende vrouwen bezorgde haar een uitstekend voorwendsel.

'Komt u voor de berouwvollen?'

María de San José had haar niet-begrijpend aangekeken.

'Het huis voor de berouwvollen. Bent u daarvan? Een aantal vrouwen heeft belangstelling.'

Ze had geknikt, terwijl ze zich onmiddellijk schuldig voelde over haar leugen. 'Ik kom voor één vrouw in het bijzonder. Ze heet Damiana.'

Het meisje had een grimas getrokken. 'Het havikje? De duivel krijgt nog eerder berouw over zijn hoorns.'

'De zielen die het meest verloren zijn, hebben de meeste barmhartigheid nodig, kind.'

'Alsof het al niet genoeg is dat alle mannen naar haar vragen. Nu ook nog de nonnen.'

'Kun je zeggen waar ik haar kan vinden?' María was niet op haar opmerking ingegaan.

'Vraag naar Babylon,' had de vrouw geantwoord, zonder haar afkeer te verbergen.

María de San José had haar bedankt, haar bezwaren opzijgezet en was het bordeel binnengegaan. Ze was blijven vragen tot ze een vrouw tegenkwam die Damiana kende, en ze had haar verzocht haar te halen.

Nu ziet ze het meisje dat dagen geleden in de moestuin over de muur heen klom, het meisje dat voor zoveel problemen heeft gezorgd. En zo te zien nog steeds zorgt, want ondanks haar donkere teint is er rond haar gezwollen oog een blauwe plek te bespeuren. Maar ze is het. Eindelijk heeft ze haar tegenover zich. 'Damiana?'

74

'Wie ben jij?'

Damiana kijkt wantrouwend naar de non die haar met haar naam aanspreekt.

'Ik ben María de San José, priorin van de ongeschoeiden in Sevilla.'

'Van het klooster van Carlina...'

'Van zuster Catalina, inderdaad. Ik kom vanwege haar. Is er ergens een plek waar we rustig kunnen praten?'

Damiana gaat haar voor naar een steegje tussen twee huisjes. Je moet een paar keer de hoek omslaan voordat je er komt, zodat je onmogelijk gevolgd kunt worden zonder dat je het merkt. Sommige vrouwen gebruiken de plek voor mannen die ze vertrouwen om ze hun diensten te bewijzen buiten de kas van de patroon om. Op dit tijdstip is het er verlaten.

'Zuster Catalina...'

'Carlina,' valt Damiana haar in de rede.

'Carlina,' stemt María de San José met haar in, 'heeft me iets gegeven voor jou.' De priorin knoopt het touw om haar middel los en haalt iets uit haar habijt tevoorschijn. Damiana kan haar ogen niet geloven. 'Het schrift.' Ze pakt het met bevende hand aan en drukt het tegen haar borst. Haar talisman heeft ze niet kunnen redden, maar nu heeft ze iets wat ook van haar vader is geweest.

'Ze vroeg me jou te vertellen wat ze over hem wist.'

'U hebt het gelezen...'

María de San José knikt. Dan schraapt ze haar keel en begint ze alles te vertellen wat zuster Catalina haar toevertrouwde op de dag voordat de inquisitiefunctionarissen haar meenamen naar het kasteel. En alles wat Miguel zoveel jaar geleden heeft geschreven.

Wanneer de priorin klaar is met haar verhaal, staart Damiana voor zich uit. Ze zegt niets.

'Voel je je niet goed?' vraagt de priorin bezorgd.

'Daarom gaf hij het aan Carlina,' mompelt Damiana ten slotte.

'Wat zeg je?'

'Daarom gaf hij het schrift aan Carlina. Mijn va... Miguel,' verbetert Damiana zichzelf. Ze is er door alles wat de priorin verteld heeft net achter dat hij niet haar echte vader is, en aan dat idee is ze niet zomaar gewend. Het klopt dat ze niet dezelfde achternaam hadden, maar hij zei altijd dat ze de herinnering aan haar moeder moest eren, en Damiana was er trots op dat ze Villanueva heette.

'Ik moest het schrift bewaren totdat ik het veilig aan jou kon geven.'

Ze begint het te begrijpen. De jaloezie die ze voelde toen Miguel zich uitsloofde om Carlina te leren lezen, al wilde zijzelf veel liever op straat spelen. Wanneer ze de middagen 's winters samen bij het licht van een kaars doorbrachten. De wrok die ze voelde toen ze erachter kwam dat hij Carlina het schrift had nagelaten, het schrift waarin ze hem zoveel avonden had zien schrijven en lezen, terwijl zij alleen maar een stom stukje hout erfde. Het was allemaal om haar te beschermen, om haar afkomst veilig te stellen. Daar was alles voor.

Maar nog steeds is ze boos op Carlina. Wanneer had ze het haar willen vertellen? Ze zijn even oud. Met welk recht besloot ze haar buiten haar eigen geschiedenis te houden, buiten haar echte identiteit?

Alsof de priorin haar gedachten heeft gelezen, zegt ze: 'Ze wilde dat jij uit de hoerenwijk wegging. Ze had een plan voor jou bedacht. Pater León zou je beschermen, je eten en onderdak geven en je lezen en schrijven leren. Dan zou zij je alles vertellen en jou je verhaal hebben overhandigd.'

Damiana wil haar toeroepen wie Carlina wel denkt dat ze is, wie pater León wel denkt dat hij is, wie María de San José zelf wel denkt dat ze is. Dat ze het zat is dat iedereen meent voor haar te moeten besluiten alsof ze ontoerekeningsvatbaar is, een baby, een kuiken dat zichzelf niet kan redden. Ze heeft heel wat meer ontberingen geleden dan zij allemaal bij elkaar, en ze is vooruitgekomen. In haar eentje. Maar dan dringt het tot haar door dat de non in de verleden tijd over Carlina spreekt. Haar hart, haar longen, haar maag, al haar ingewanden raken omklemd door een ijzeren greep. Ook haar keel wordt dichtgeknepen, haar stem begeeft het bijna en wanneer ze spreekt is hij zo hees dat hij onherkenbaar is. 'Waarom vertelt u mij dit nu allemaal?'

María de San José verzamelt moed. Dit is het moeilijkste van alles, en ze heeft het bewaard voor het laatst. Ze wilde dat het hoofd van het meisje helder was wanneer ze het verhaal aanhoorde dat ze haar moest vertellen.

'Zuster Catalina is afgelopen nacht in de martelkamer gestorven. Het spijt me heel erg, Damiana.'

75

Freire staat met gebogen hoofd.

Niet dat hij bang is voor Colomer, maar hij is ook niet zo onnozel om zich niet nederig voor te doen aan de man die de leiding heeft over het inquisitietribunaal van Sevilla.

'U bent veel te ver gegaan,' zegt de inquisiteur.

'De zaak ontglipte me.'

'En moest dat bij deze vrouw gebeuren, juist bij deze?' Zijn toon is razend.

Freire kijkt een klein stukje omhoog, net genoeg om Colomer vanuit een ooghoek te kunnen zien. Diens gezicht is rood, zijn ogen schieten vuur, het zijn net gloeiende kooltjes. De gezwollen ader in zijn hals voorspelt weinig goeds.

'Ze wilde niet bekennen,' prevelt Freire.

'Wat weet u daarvan, ezelskop?' In deze laatste woorden klinken woede en minachting door.

Maar hij beledigt Freire ook en die staat niet toe dat ook maar iemand hem op die manier in zijn eer aantast. En ja, nu kijkt hij Colomer wel aan. 'Ik weet er zeker iets van.' Hij zegt het op een manier waar zelfs de inquisiteur van rilt, al waakt hij er wel voor dit te laten merken. Er zijn mensen die je nooit je rug kunt toekeren. Een ontaarde beul die ervan geniet iemand kwaad te doen valt in die categorie.

'Dan nog,' zegt hij op iets mildere toon, om hem niet weer te grieven. 'U bent niet degene die over dit soort zaken beslist. In dit geval zelfs ik niet.'

De inquisiteur is ook een van die mensen met wie je het nooit aan de stok moet krijgen. Daarom neemt Freire genoegen met deze verontschuldiging en zet hij zijn nederige gezicht weer op.

‘Het zal niet weer gebeuren, Uwe Eminentie.’

Colomer knikt en gebaart Freire dat hij zich kan terugtrekken. Eenmaal alleen begint hij te tieren tot hij een droge mond krijgt. Hij begint rondjes te lopen in zijn kamer en krabt verwoed aan zijn tonsuur. Vandaag prikt het echt. Het is voor het eerst dat de bevelen van zo hoog komen, en Freire heeft het verknoeid en hem in grote problemen gebracht. De profes is dood, er is niets meer aan te doen. Het enige wat hij nu nog kan doen is bedenken hoe hij dit gaat uitleggen.

76

Iedereen die kan, is vandaag naar El Arenal gegaan.

Het vertrek van de vloot naar West-Indië is een spektakel dat niemand wil missen. Opgedofte dames onder een parasol en op hoge, met zijde gevoerde chopines, edelvrouwen die hun hoofd uit hun elegante koetsen steken, ridders in hun fraaiste uitdossing, geharde soldaten met degen en zwaard, broeders van alle mogelijke kloosterorden, ambachtslieden, kooplui, tuinders, boodschappenjongens, vissers... Mensen van allerlei slag hebben hun werk stilgelegd om naar het uitvaren van het konvooi vanuit de grote haven aan de Guadalquivir te kijken. Vandaag kan niemand de verstikkende stofwolk iets schelen waarin de zanderige grond van het havengebied is veranderd, net zomin als de mestvaalten met afval van de andere kant van de muur die ze her en der moeten ontwijken. En een zwarte vrouw met het slavenmerkteken op haar wangen al helemaal niet. Ze staat in de woelige menigte, met haar blik strak op het oorlogsschip gericht dat de expeditie zal aanvoeren. Haar ogen zien alleen maar dat ene schip, ogen waaruit de tranen over haar oud geworden gezicht lopen. Haar rimpelige handen houden haar rok vast terwijl haar schouders stilletjes schokken. Ifigenia weet dat ze haar jongen misschien niet terug zal zien, die voor haar de afgelopen achttien jaar de reden was om te leven: haar zoon Gaspar.

Net als bij iedere mensenmassa zorgt ook deze menigte in de haven voor allerlei soorten bezigheden. Van barbiers die met hun mes mannen staan te scheren tot *aloja*-makers die hun gekruide honingdrank verkopen om het wachten te veraangenamen, en herbergiers met hun verrijdbare kraampjes met kookpot, haringen of beignets, die zich bij de zwerm andere kraamhouders voegen die van fruit en mosselen tot bakstenen, kalk, brandhout en snuisterijen verkopen. Ze prijzen hun koopwaar allemaal met evenveel vuur aan. Ook kwakzalvers, valsspelers en sjoemelaars ontbreken niet, die hun spelletjes spelen om argeloze mensen kaal te kunnen plukken, net zomin als schlemielige zakkenrollers die in het gedrang ingespannen in zakken van anderen woelen en beurzen weggrissen. Een herrie van duizend-en-een onverstaanbare talen, want Sevilla is het centrum van het koninkrijk en van de wereld.

Maar wanneer de *Soberbia* de trossen losgooit en de stemmen van de eerste stuurman en de generaal van de vloot met hun laatste aanwijzingen voor vertrek boven alle lawaai uit komen, wordt het gewoel gestaakt. De menigte wordt één, verbonden door één gevoel: ze maken iets unieks mee. Zelfs Ifigenia voelt het, al verzacht het de pijn in haar hart niet. *Geen Sevilla gezien, geen wonderen gezien*, zoals het alom bekende spreekwoord luidt, maar iedereen die er geweest is weet heel goed dat het wonderbaarlijkste van die koninklijke stad maar een paar keer per jaar te zien is, wanneer de schepen naar de Nieuwe Wereld uitvaren of binnenlopen. Noch de vorstelijke muren, noch de hemel met zijn ontelbare klokkentorens en zijn schitterende Arabische toren van de Grote Kerk, noch de voorname huizen waarvan er steeds meer te zien zijn in de straten van de stad. Niets kan zich meten met dit woud aan bewegende masten, waarvan de zeilen nu worden gehesen. Een gevleugeld woud dat de imposante galjoenen van Zijne Majesteit opent en sluit.

In alle tumult heeft niemand aandacht geschonken aan de stuwadoor die een paar minuten eerder nog met een laatste kist kwam aanlopen. Op het laatste moment wordt altijd weleens toegegeven aan grillen van illustere passagiers, of misschien gaat het gewoon om de weinige bezittingen van iemand die op het nippertje heeft aangemonsterd. Per slot van rekening vaart de koninklijke armada naar zee met een krappe bemanning en iedereen die gage boven bijgelovige bedenkingen stelt, is welkom op deze expeditie.

Wie zou kunnen bedenken dat een verstekelinge, die zich heeft ontdaan van haar gele omslagdoek nu ze die toch niet meer nodig heeft en die een oud schriftje omklemt, heeft besloten haar lot een wending te geven. En ze heeft dat gedaan om twee redenen. Ten eerste omdat ze na de dood van Carlina niets meer heeft in deze vervloekte stad. Ten tweede omdat ze, als ze is wie ze is volgens de onthullingen van María de San José, wil weten wat haar afkomst is. En daar kan ze alleen achter komen als ze op dit schip meereist.

77

Zuster Guadalupe is alleen in haar spartaanse onderkomen. Ze heeft haar habijt uitgetrokken en is helemaal naakt, op haar onderbroek en een leren riem met metalen priemen die in haar linkerdij steken na. Het is een boetegordel, maar de marteling die hij oplevert lijkt haar voor vandaag onvoldoende. Ze zet de gesp daarom op het strakste gaatje en voelt hoe de priemen haar huid doorboren. Meteen daarna knielt ze neer, waardoor de gordel haar dij nog verder insnoert en een golf van intense pijn haar overspoelt. Er loopt een straaltje bloed over haar melkwitte been. Verrukt kijkt ze toe hoe het uiteindelijk op de vloer van de cel drupt.

Langzaam ontwaakt ze uit haar vervoering en pakt de gesel van hennep. Ze houdt hem met één hand vast en sluit haar ogen voordat ze hem vastbesloten over haar schouder zwiept. Haar hand trilt niet wanneer de knopen in de koorden tegen haar rug slaan.

'Het was Gods werk. Ik ben slechts een van de schapen van de Heer.' Krachtig herhaalt ze de handeling. Een, twee, drie keer. Ze voelt hoe het touw in haar vlees drukt, ze ziet de knopen rood worden van bloed. Haar slagen krijgen een ritmische, huiveringwekkende cadans, die vergezeld gaat van het monotone geluid van haar smeekbeden. Haar gebeden worden gevoed door de pijn terwijl het bloed opspat in de boog die de gesel beschrijft om op haar verwonde rug neer te komen. De druppels maken glimmende rode figuurtjes op de vloer, op de wanden, op de dunne huid van de non. Hoe meer bloed, hoe meer kracht, hoe meer pijn, hoe groter haar vervoering is, hoe vaster haar besluit om de zelfkastijding niet te staken. Ze begint wazig te zien en ze slaat nog heviger.

'Het was Gods werk,' herhaalt ze tussen de slagen door. 'Zuster Catalina, vergeef me. Ik moest het doen. Het was Gods werk.'

De reis

Paleis van de Keita-dynastie, de koninklijke stad Niani, 1312

'Kankou Moussa, jij zult het rijk besturen tijdens mijn afwezigheid.' De aangesprokene kijkt naar de mansa alsof die zijn verstand heeft verloren. Eigenlijk gelooft hij al een tijdlang dat dat inderdaad het geval is. 'Het is gekkenwerk, broer.'

'Gekkenwerk? Je vergeet dat onze voorouders ook zo te werk gingen, en grootvader Sundjata al helemaal. Daarom heersen we nu over het grootste rijk dat de wereld ooit heeft gekend, nog groter dan het rijk van Alexander de Grote.'

'En is dat dan niet genoeg?' vraagt Kankou Moussa, die de opschepperij van zijn broer zat is.

'Dit is het moment om verder te gaan,' zegt Aboubakri zelfverzekerd.

'Twee jaar geleden vertrokken er tweehonderd schepen. Denk je echt dat het iets uitmaakt om tweeduizend te sturen?'

'Je weet net zo goed als ik dat dit andere schepen zijn. Ze zijn gebouwd volgens de laatste wetenschappelijke ontwikkelingen. Ik ben niet voor niets maanden in Egypte geweest om me te laten adviseren door de beste reders. En aan deze onderneming nemen de meest ervaren zeelieden en de beste cartografen deel.'

'Ik weet het. Iedereen heeft het over dat ontzaglijke woud van monolieten dat je hebt laten bouwen op de oever van de Gamba. Vertel eens, wat betekent dat?'

'In die stenen staan alle astronomische berekeningen voor de navigatie gekerfd. Je ziet, we beschikken over de beste middelen en kennis.'

'Maar wel ten koste van je volk, dat je met je belastingen hebt uitgezogen. Om maar te zwijgen van het goud dat je op die schepen meeneemt en dat rechtstreeks naar de bodem van de Omringende Zee zal zinken.' In elk woord dat Kankou Moussa uitspreekt klinkt bitterheid door.

Het gezicht van Aboubakri verhardt. Hij slaat een toon aan die even duister is als zijn gezichtsuitdrukking. 'Ik ben nog altijd je mansa. Waag het niet zo tegen me te spreken, als je je niet de woede van Allah op de hals wilt halen.'

Zijn broer neigt het hoofd, hij voelt zich beschaamd door deze berisping. 'Ga zelf dan in ieder geval niet.' Zijn stem klinkt nu veel meegaander. 'Het volk is bang. Weet je dat de griotten smeekbeden hebben aangeheven zodat je Mandé niet als wees achterlaat?'

'De griotten hebben zich te wijden aan het overbrengen van onze geschiedenis, niet aan het sturen van haar bestemming. Daar zijn wij mansa's voor.'

'Alsjeblieft, broer,' smeekt de ander nu. 'Verlaat je rijk niet.'

'Dat doe ik ook niet. Ik zal het uitbreiden.'

De stelligheid van zijn oudere broer blijft Kankou Moussa verbazen. Het is dezelfde stelligheid die zijn vader en daarvoor zijn grootvader lieten zien bij iedere grote onderneming die ze aanvatten. Dat heeft de griot Fassaké hun althans altijd verteld. Hij slikt even voordat hij woorden geeft aan de vrees van een heel volk. 'En als je niet terugkeert?'

'Dan neem jij de leiding op je. Dan word jij de mansa, heerser over het grote koninkrijk Mali.'

78

8 september van het jaar des Heren 1580

Damiana komt behoedzaam uit haar schuilplaats tevoorschijn. Het is een stuk pijnlijker verlopen dan ze zich had voorgesteld. Door de urenlange opsluiting slapen haar ledematen, heeft ze een stijve nek en ziet ze door zuurstofgebrek scheel van de hoofdpijn. Om nog maar te zwijgen van de rib die nog niet geheeld is en die haar het ademen nog meer bemoeilijkt. Tot nu toe heeft ze zich ervan kunnen weerhouden om tevoorschijn te komen, deels vanwege de pijn, zowel de lichamelijke pijn als de pijn die veroorzaakt werd door de dood van haar vriendin, maar ook uit angst om ontdekt te worden en door het stampen van het schip dat haar een raar gevoel in de maag bezorgt. Sinds de potige scheepsbevrachter – die ze meer dan eens diensten heeft bewezen zonder dat hij hoefde te betalen – haar hielp het schip binnen te komen, heeft ze alleen wat hazenslaapjes gedaan.

Maar het aanhoudende gerommel in haar ingewanden maakt dat ze onvoorzichtiger wordt. Ze probeert op te staan, maar dreigt flauw te vallen en gaat weer zitten. Het lukt haar niet haar lichaam aan te passen aan de deining van het schip en ook niet aan de stank die haar neusgaten binnendringt en in haar hersenen vast gaat zitten. Het is een mengeling van bedorven lucht en rioolwater met een zure, heel zure stank erdoorheen.

Er valt een straal licht door een kier die niet naar behoren met teer is dichtgemaakt. Daardoor kan ze wat om zich heen ontwaren. Er staan kisten zoals die waarin zij hier gekomen is, allerlei soorten dozen, kleine hutkoffers en bergen touwen en balen. Op de tast vindt ze een stapel tonnen en ze maakt met veel moeite een ervan open. Ze glimlacht wanneer ze ziet wat erin zit: gezouten vlees. Ze bevindt zich in het compartiment waar de proviand wordt bewaard, de levensmiddelen voor de oversteek. Dat wist ze niet, ze heeft geluk gehad. Als ze naast de munitie was gegooid, zou ze, opgesloten tussen zakken schroot voor geschut en vaten buskruit, kunnen doodgaan van de honger.

Ze snijdt een flink stuk vlees af en kauwt er gretig op. Daarna nog een stuk en nog een, ze eet door tot ze propvol is. Nu krijgt ze een ander probleem. De dorst, die eerst door de honger werd overvleugeld, laat zich door het zoute vlees met verdubbelde kracht voelen. Haar mond en keel zijn uitgedroogd, ze heeft barstende hoofdpijn en zo'n verschrikkelijke dorst dat ze zal bezwijmen als ze niet snel drinken vindt.

De vaten met zoet water kunnen niet ver weg zijn. Ze blijft de ruimte doorzoeken terwijl ze zich afvraagt in welke de kostbare vloeistof zich zal bevinden. Als ze die vindt, hoeft ze het ruim van het schip misschien niet uit. Eén keer per dag uit haar schuilplaats tevoorschijn komen om te eten en te drinken en weer teruggaan, tot de ontscheping van het galjoen aan de andere kant van de oceaan. Ze is dit aan het overwegen wanneer een geluid op de trap haar alarmeert. Na inschatting van de situatie trekt ze de conclusie dat ze geen tijd heeft om naar haar kist terug te keren en verstopt ze zich onder een van de balen van dik doek.

In het ruim klinken nu voetstappen en de stemmen van een volwassene en een kind. Het zijn dezelfde die ze gisteren meende te horen toen ze lag te dommelen. Te oordelen naar het gesprek zijn het de proviandmeester en zijn hulpje. De etensporties moeten worden verdeeld. Daar moet ze rekening mee houden, wil ze overleven.

De proviandmeester vertelt de jongen waar alles staat en noemt de hoeveelheid en wijze van verdeling. Damiana licht voorzichtig een stuk doek op om te luisteren.

'Anderhalf pond scheepsbeschuit, een liter water, een liter wijn, een pond gestoofde bonen voor steeds tien mensen, een pond gestoofde vis voor drie. Op zondag een pond gezouten vlees in plaats van bonen, en een half ons kaas in plaats van vis. Op dinsdag wordt dat rijst met spek. Ik hoop dat je het onthoudt, want ik ga het niet herhalen.'

De jongen knikt, terwijl hij het in zijn geheugen probeert te griffen. Gisteren bleef hij het herhalen tot hij in slaap viel; het is niet gering waar het om gaat.

'Bij storm gaat het fornuis niet aan. Dan is er dus alleen kaas, beschuit en wijn. Hetzelfde geldt als er vijandelijke schepen in de buurt zijn. De rook zou ons kunnen verraden.'

Diego beeft bij het vooruitzicht, maar knikt dan weer. Dan ziet hij de man met iets anders in zijn handen. 'Die scheepsbeschuit is wit.'

'Niet aankomen. Die is voor de officieren. De rest krijgt de donkere.'

'Ja, meneer.'

Opeens schiet Damiana half omhoog. Van de vele ratten in het ruim heeft er eentje onverwacht zijn tanden in haar gezet. Ze vloekt bij zichzelf, maar vertrouwt erop dat hij niet weer zal bijten en dat de twee er niets van hebben gemerkt. Het laatste is tevergeefs, want een paar tellen later naderen er voorzichtige voetstappen. Ze houdt haar adem in.

Het is de jongen die het doek optilt. Nu hij zo dichtbij is, ziet ze dat hij niet ouder is dan een jaar of zeven. Hij ziet er slecht uit en zijn ogen die haar verbaasd aankijken, lijken door zijn magere gezichtje nog groter dan ze al zijn. Ze legt een vinger op haar lippen. De jongen lijkt met een volwassen blik naar dit gebaar te kijken, alsof hij afweegt hoe hij ermee om moet gaan.

'Wat sta je daar te niksen, knaap. Help eens even met de wijnzakken.'

De scheepsjongen laat het doek weer vallen en loopt terug. Damiana laat opgelucht alle ingehouden adem uit haar longen ontsnappen.

Ze weet nog niet dat het jongetje Diego op zijn korte tocht terug naar zijn baas alle kinderlijkheid heeft verloren. Zoals zij die ook verloor toen ze was overgeleverd aan de grillen van de mensen op straat, want op straat leven maakt je snel volwassen. Aangezien Diego dat leven al kent, beseft hij dat het feit dat de proviandmeester hem als hulpje heeft gekozen het beste is wat hem op dit oorlogsschip kon overkomen. En dat hij alles moet doen om dit uit de hemel gevallen geluk te beschermen. Want de vriendschap of de vijandigheid van degene die iedereen zijn portie proviand geeft, is het verschil tussen wel of niet te eten hebben. Een enorm verschil, dat beseft Diego al heel goed. Een verschil dat het voortbestaan van de soort bepaalt, in het bijzonder het zijne. Dat is wat ertoe doet.

'Mag ik voor de duivel weten wat je daar aan het uitspoken was?' De man houdt zijn ergernis niet in. 'De zeemannen tellen af tot het etenstijd is. Ik verzeker je dat je ze beter niet kunt laten wachten.'

Het duurt even voor de scheepsjongen reageert, maar zijn woorden benemen Damiana opnieuw de adem. 'Er zit daar een vrouw, meneer.'

79

De *Soberbia* gaat voorop.

In de top van de grote mast voert het schip het koninklijke vaandel. Het is een banier met blazoenen die getuigen van de macht van het uitgestrekte Spaanse rijk. Tegen een karmijnrode achtergrond zijn de wapens te zien van Oostenrijk, Bourgondië, Brabant, Vlaanderen en Tirol, die Carlos I toevoegde aan de blazoenen die er in de tijd van de katholieke koningen al op prijkten: het wapen met de vier vlakken van Castilië en León, de wapens van Aragón, Napels en Sicilië, en sinds 1492 ook dat van het koninkrijk Granada. Wie dit vaandel in het vizier krijgt weet dat hij oog in oog staat met de mogendheid die heerst over de wereld, de mogendheid waar het nog lange tijd zal duren voor de zon ondergaat.

Maar de enigen die het nu zien zijn de boeren op de moestuinen in de vallei van de Guadalquivir. De haven van Sevilla ligt vijftig mijl van de kust af en al worden ze op dat traject gegarandeerd niet overvallen, het blijft altijd een lastig begin van de reis. Verraderlijke zandbanken en zwaarder bevrachte schepen zorgen steeds vaker voor schipbreuk op de rivier, nog voor er open zee in zicht is. Ook de gezonken scheepswrakken vormen een hindernis op het eerste stuk van de tocht. Een aantal galjoenen ligt daarom al in Sanlúcar te wachten, waar ze zich bij de koopvaardijschepen en de overige geleideschepen zullen voegen. Van de schepen die uitvaren vanaf de haven naar de Nieuwe Wereld blijven er heel wat halverwege steken. Veel komen niet verder dan Las Horcadas, op nog geen vijftien mijl van Sevilla.

Dit zijn een paar redenen waarom het traject over de rivier tergend langzaam verloopt. Een paar keer heeft Eugenio de Ron er met zijn vloot langer dan een week over gedaan om de haven van Sanlúcar de Barrameda te bereiken. Als je in een beetje tempo lopend vanuit Sevilla was vertrokken, was je eerder aangekomen.

Ze bevinden zich nu ter hoogte van een van de zeven punten die de eerste stuurman als riskant aanmerkt. Het waterpeil haalt hier bij laagwater net vier el, veel minder dan de diepgang van zijn oorlogsschip. Er is nog voldoende licht en de wind is ook niet echt ongunstig, maar hij betwijfelt of er voldoende tijd is om de gehele vloot hierdoorheen te krijgen voor de avond valt. Hij heeft zijn zorgen gedeeld met de andere bevelvoerders, maar de kapitein en de bootsman kijken alleen maar naar het schip, en de generaal die de vloot aanvoert naar militaire kwesties.

Eugenio is het deskundigst en verantwoordelijk voor alles wat de zeemanskunst aangaat. Daarom heeft hij uiteindelijk bevel gegeven te wachten.

De kapitein is net aan het klagen over de opgelopen vertraging wanneer er luide kreten op het bovendek klinken. Er ontsnapt Eugenio een diepe zucht. Ze zijn nog maar een paar dagen op weg en daar beginnen de ruzies al. Niet dat hij anders verwachtte van het stel schurken. Ze zullen met harde hand moeten optreden als ze niet willen dat het schip bij het eerste het beste akkefietje vergaat. 'Pascual, ga kijken wat daar aan de hand is.'

De volmatroos komt binnen een minuut met een schelms gezicht terug. 'Gewoon herrie om een vrouw.'

'Een vrouw? Nu al?' De kapitein kijkt niet-begrijpend naar hem.

'De soldaten en matrozen zijn aan het loten wie haar mag hebben,' licht Pascual toe.

'Hoe moet dat dan als we drie weken verder zijn?' verzucht de generaal.

In een mengeling van verwarring en ergernis krabt Eugenio de Ron aan zijn litteken. Hij heeft er zelf op toegezien dat er zich geen weduwen en ongehuwde jonge vrouwen onder het geringe aantal passagiers bevonden, en vooral ook dat er niemand van de bemanning een liefje naar binnen smokkelt. Hokken wordt zowel door de kerk als de civiele macht bestraft, maar dat baart hem niet de meeste zorgen; eerder wat er kan gebeuren wanneer er een vrouw tussen al die boeven over het dek loopt. Vrouwen aan boord die met hun verleidelijkheden de zeemannen kunnen bezighouden, is al erg onwenselijk – in scheepsverdragen wordt het als zeer riskant aangemerkt – en al helemaal met deze ruwe bonken die voor niets en niemand respect hebben. En dat nog afgezien van het bijgeloof. Heel wat zeevaarders zien vrouwen aan boord als een teken van ongeluk. Toch lukt het de ergste schobbejakken soms om hun liefje stiekem mee te nemen.

Slechte voortekenen kan hij momenteel in het geheel niet gebruiken. Als iemand het heeft gewaagd zijn bevelen aan zijn laars te lappen, zal hij er duur voor betalen. 'Haal die vrouw hier.'

Er is geen tijd om het bevel uit te voeren, want er stijgt een huiveringwekkend gebrul op dat bij hen op het achterdek te horen is. De gezagvoerders kijken elkaar verontrust aan en zonder iets te zeggen reppen ze zich naar het bovendek.

Daar heeft alles plaatsgevonden: Jerónimo Pardo, de eenogige schurk die pas bij de bemanning is gevoegd, houdt ter hoogte van zijn lies een dolk omklemd en brult nog steeds als een waanzinnige. Naast hem schikt een jonge vrouw haar rok recht, waar hij kennelijk een scheur in heeft getrokken.

'Wat is er aan de hand?' buldert de generaal.

'Hij probeerde me te onteren.' De jonge vrouw heft een waarschuwende vinger op naar de hele groep toegestroomde mannen. 'Dit gebeurt er als je dat probeert.'

Die stem, die huidskleur, die aparte trekken. Dat tomeloze temperament. Eugenio gelooft zijn ogen niet. 'Wat doet u hier?' sist hij.

Damiana plant haar handen in haar zij. Ze kijkt de eerste stuurman recht in het perplexe gezicht. Zo mogelijk klinkt haar stem nu nog uitdagender. 'Ik ben op weg naar mijn bestemming.'

80

Rafael de Zúñiga y Manjón ligt te soezen.

Hij bevindt zich in zijn weelderige, massief houten bed dat met verguld brons en bloedrood damast is afgezet. Zoals altijd wanneer hij het laat maakt, had hij gezegd de gordijnen in de kamer en van zijn hemelbed te sluiten. Desondanks heeft een lichtstraal een loopje genomen met deze voorzorgsmaatregelen en schijnt deze op zijn linkerooglid, zodat hij uit zijn onregelmatige sluimer is gewekt.

Op de dag dat de vloot uitvoer had hij een groots feestmaal laten aanrichten. Naar de kosten keek hij niet: hij had zijn vertrekken en tuinen zodanig laten versieren dat zijn fraaie huis schitterde als nooit tevoren, liet de meest uitgelezen spijzen uit alle hoeken van de Oude en de Nieuwe Wereld komen en kocht wijn om ook de dorst van de grootste zuipschuiten te kunnen lessen. Het feest duurde twee dagen en twee nachten, waarin veel aristocratische families uit Sevilla aten en dronken alsof ze een gat in hun maag hadden. De stadsbestuurder wilde de hogere kringen laten zien dat hij nog steeds zwom in het geld en zo een eind maken aan de geruchten. Wanneer de koopwaar aan land komt, wordt ze verkocht voor een drievoud van wat hij geïnvesteerd heeft en dan kan hij het zo begeerde indigopigment uit de Nieuwe Wereld kopen, dat hem ook weer veel vermogen zal opleveren. Op die manier kan hij niet alleen Martinelli de lening terugbetalen voor de aankoop van de vaten wijn die naar Tierra Firme gaan, maar ook de andere schulden die hij de laatste jaren is aangegaan. Als alles goed uitpakt, hoeft hij zich een tijdlang geen zorgen over zijn financiën te maken en kan hij zelfs weleens wat verkwisten, zoals de afgelopen dagen. Pas in de vroege ochtend gingen de laatste uitvreters naar huis en dook hij zijn bed in, al weet hij niet meer goed hoe hij daarin terechtgekomen is.

Aan het felle zonlicht te zien is het al na twaalven. Met zijn door buitensporig alcoholgebruik bonkende hoofd kan hij niet helder denken, maar zo langzamerhand zal hij op gang moeten komen. Hij pakt de bel op het nachtkastje en luidt hem krachtig.

Ifigenia schrikt op van het geklingel. Het is meneer, die wakker is geworden en haar roept. Ze veegt haar handen af aan haar grijze schort, knoopt de doek die van haar hoofd is gegleden weer vast, pakt de lampetkom met jasmijnolie waar don Rafael zich mee wast en loopt er strompelend mee naar zijn kamer. Het hinken is de laatste tijd erger geworden, maar nu beeft ze er ook nog bij. Die ellendeling heeft haar afgelopen nacht proberen te verkrachten.

Het was lang geleden dat hij dat voor het laatst deed. Toen ze jonger was gebeurde het geregeld, zelfs toen mevrouw nog leefde. Maar toen hij weduwnaar werd, werd het nog erger. Iedere keer als iets niet goed ging schelde hij om zijn bediende, om zijn frustraties op haar uit te leven. Maar ze weet ook dat hij haar oud vindt en hij liever gebruikmaakt van de diensten van jongere vrouwen. Dat gaf haar een rust die ze niet meer gehad had sinds ze na de dood van haar man terugkeerde naar dit huis. Maar gisteren kreeg meneer ineens weer zin.

Alleen hierom is ze blij dat Gaspar ver van huis is. Ze heeft het altijd voor hem verborgen proberen te houden, maar hij is inmiddels een man en bepaalde dingen zullen hem niet meer ontgaan. God mag weten wat hij gedaan had als hij erachter gekomen was. En bij alle heiligen, ze wordt tien keer liever zelf geslagen en verkracht dan dat Gaspar eindigt in de stinkende kerkers van de Koninklijke Gevangenis. Ifigenia zal altijd kiezen voor leed aan haar eigen lijf. Moederliefde noemen ze dat. En het leed duurt nooit lang.

Eigenlijk was het een geluk dat het pas in meneer opkwam nadat de vloot vertrokken was. En dat hij straalbezopen was, want hij kreeg niets voor elkaar. Ze weet dat dat voor iedere man vernederend is, maar helemaal voor don Rafael, die gewend is zijn verlangens te bevredigen zodra ze in hem opkomen. Daarom beeft ze nu, uit angst dat hij wraak neemt.

Zodra ze binnenkomt merkt ze echter dat hij zich niets herinnert. Of dat hij er liever niet aan herinnerd wordt. Hoe dan ook, er gaat een golf van opluchting door haar heen. Vandaag is don Rafael de Zúñiga y Manjón maar in één ding geïnteresseerd.

'Het stadsbestuur heeft een vergadering belegd en ik moet me voorbereiden. Zeg tegen Florencio dat hij de documenten naar mijn werkkamer brengt.'

'Florencio is er niet, heer.'

'Wat bedoel je, hij is er niet?'

'Hij is een tijdje geleden weggegaan,' zegt ze zachtjes.

Don Rafael geeft een klap tegen de waskom, zodat alle nat eruit stroomt. Ifigenia haast zich om alles op te rapen. Ze houdt haar ogen op de vloer gericht en waakt er wel voor meneer niet nog bozer te maken dan hij is. Door bijvoorbeeld te zeggen dat Florencio niet alleen is weggegaan. En dat de kop van de vent die bij hem was en die niet voor het eerst bij hem rondhing, haar helemaal niet aanstond.

81

Er heeft zich een krijgsraad gevormd aan dek.
Uiteraard is het een buitengewone krijgsraad. Niemand behalve de hoogste gezagvoerders kunnen rechtspreken op het schip, maar een razende menigte is niet eenvoudig in toom te houden, en de bemanning van de *Soberbia* heeft zich als zodanig ontpopt.

Jerónimo Pardo is naar de barbier gebracht, die de functie van aderlater en chirurgijn vervult. Ze bevinden zich momenteel onder een van de tussendekken, in het piepkleine vertrekje dat dienstdoet als ziekenboeg. Daar zal de leerling-geneesheer het bloeden proberen te stelpen om vervolgens de wond met terpentijnolie te behandelen. De schooier van een Pardo heeft geluk dat daar nog voldoende van voorhanden is en dat hij niet met azijn en zout wordt behandeld, al zal hij na veel gekerm en geweeklaag het bewustzijn ongetwijfeld verliezen, doodsbang bij de gedachte dat de schade aan zijn mannelijke delen mogelijk onherstelbaar is.

'We smijten haar overboord,' schreeuwt iemand van de nieuwe lichting bemanningsleden.

Er klinken enthousiaste kreten van bijval. Er storten zich al de nodige mannen op Damiana.

'Jullie zijn beesten,' roept een scheepsjongen benauwd, terwijl hij hen probeert tegen te houden. Te oordelen naar zijn huidskleur is hij het kind van een zwarte, zijn kroeshaar is zo zwart als de nacht. 'Dat kun je niet doen.'

'Het is een verstekelinge, ze is clandestien op een oorlogsschip meegegaan,' zegt een soldaat. 'En dan ook nog een dolkstoot uitdelen aan iemand van de bemanning. Daar zal ze voor boeten.'

'Niet op die manier.'

'En hoe denk je haar dan wel te laten boeten, verliefde knul?' zegt iemand spottend.

'We zetten haar in Sanlúcar aan land.'

In plaats van steun volgt er geschater. 'Wat een straf! Weer aan land zetten!'

'Heb je je het hoofd op hol laten brengen door die slet, slappeling?' vraagt een andere scheepsjongen. 'Spring jij dan ook maar overboord. Misschien kun je haar reddende prins worden.'

'Ja, ja! Die zwarte moet haar achterna springen!' vallen een paar mannen hem bij.

'Hou op met die onzin,' zegt een officier met stemverheffing. 'We zijn vlak bij de oever, ze zou het kunnen overleven.'

De mannen luisteren belangstellend.

'We knopen haar op,' verklaart de officier. 'Dat ze in het touw moge stikken!'

'Ja, aan de ra dat wijf!'

'Help mij met het touw!' stemt een soldaat met hem in.

'We kunnen haar beter kielhalen!' zegt een van de oude rotten.

Het is een van de wreedste straffen die kunnen worden opgelegd. De beklaagde wordt met vier touwen aan handen en voeten gebonden en in zee gegooid om helemaal onder het schip doorgehaald te worden, van boeg tot achtersteven. Menigeen haalt de andere kant van het schip niet.

'Het is een snol,' zegt een jongen die zijn mond nog niet heeft opengedaan.

'Dat weten we wel, knaap.'

'Nee, ik bedoel dat ze echt een hoer is, ik heb haar in de hoerenwijk gezien. Ze bood zich zelfs aan me aan.' De breeuwer heeft de aandacht van de mannen getrokken.

'Ben je naar de hoeren geweest, jongetje?'

'En heb je deze teef genaaid?'

'Het was twee zondagen geleden.' Fermín, die het idee om naar zijn dorp terug te keren heeft laten varen toen hij hoorde dat de gage werd verdubbeld, krijgt een rood hoofd. 'Ik kreeg de tijd niet, er vielen vrome broeders binnen.'

Zijn woorden veroorzaken nieuwe grappen en geschater. Wanneer die verflauwen, zet hij zijn gedachtegang uiteen. 'Nog een dode aan boord betekent nog een slecht voorteken erbij. Volgens mij moeten we haar houden, zodat we kunnen hoereren,' zegt hij, terwijl hij nog roder wordt. 'We kunnen om beurten gaan.'

'Goed idee, jongen.' Een oudere soldaat geeft hem een klap op de schouder.

'Dat zwarte vrouwtje zal ervan lusten!' zegt een ander hitsend, terwijl hij zijn lid tevoorschijn haalt. 'Dit is een goeie pik en die aan de grote mast niet!'

Er klinkt een bulderend gelach op. Het voorstel van de breeuwer lijkt veel van hen wel wat, en er ontstaat een verhitte discussie tussen mannen die haar willen kielhalen en mannen die het haar liever betaald zetten door van de situatie gebruik te maken: een vrouwenlijf waarop ze zich de hele reis kunnen uitleven. Dan hoeven ze hun toevlucht ook niet tot sodomie te nemen en kunnen hun eeltige handen zelfs wat tot rust komen. Bovendien is het gratis. Een slimmerik wil haar ook nog in het blok laten slaan. Wanneer ze vastzit, zal die furie heel wat makkelijker te pakken zijn.

'Ophouden nou!' tiert de eerste stuurman, die met steeds meer walging heeft toegeluisterd. 'Vleselijke omgang buiten het huwelijk is verboden op de schepen van Zijne Majesteit. Wie zich schuldig maakt aan dit misdrijf wordt berecht door het gerecht op de *Soberbia* en kan aan land worden gezet.'

'Horen jullie dat, ezels? Altijd maar met je pik bezig! Kielhalen die vrouw!' schreeuwt een geharde soldaat.

'Nee,' zegt Eugenio met grote beslistheid. Zijn stem komt boven alle lawaai uit zonder dat hij hoeft te schreeuwen.

Er valt een doodse stilte die niettemin al snel verbroken wordt. 'Wat doen we dan met die hoer?'

'Wij als gezagvoerders beslissen daarover,' zegt de stuurman. Hij kijkt naar de generaal, die met een ernstig gezicht knikt, en aarzelt even voor hij besluit met de woorden: 'Tot die tijd neem ik haar onder mijn hoede.' Hij baant zich een weg tussen de mannen door, pakt Damiana bij de arm en neemt haar mee. Wanneer de bemanning ziet dat ze samen naar de achtersteven lopen, waar zich de kajuit van Ron bevindt, klinkt er boegeroep.

'Hij neemt haar zelf als liefje!'

'We zijn dus niet allemaal gelijk!'

'De stuurman mag er dus wel bovenop!'

Het lijkt erop dat de ontstane beroering voorlopig niet tot bedaren komt. Er wordt gefloten, er klinken woorden van afkeuring en de gemoederen lopen weer op. Als het gespuis ergens razend van wordt, is het wel om met eigen ogen te zien hoe hun superieuren de regels aan hun laars lappen die ze aan anderen opleggen.

Te midden van alle ophef staat er iemand met een bezorgd gezicht stil toe te kijken. Het is de scheepsjongen die het voor het meisje opnam. Degene die zichzelf beloofde zich niet met andermans problemen te bemoeien en die zijn belofte weer niet is nagekomen. Hij heeft gezien hoe Eugenio de Ron met Damiana aan zijn arm wegliep en het is hem niet ontgaan hoe het meisje daarbij naar de stuurman keek. In gedachten ziet hij de eerste stuurman bezit van haar nemen, de man die het meisje nog maar kortgeleden een dolk in de borst wilde steken en die nu in de ballen van Jerónimo Pardo terechtgekomen is. De vrouw over wie hij elke nacht droomt sinds hij haar voor het eerst zag in de haven. Een onbekende gloed maakt zich van Gaspar meester, vurige kolen die hem vanbinnen helemaal verteren. Het is jaloezie, maar hij weet dat nog niet. Hij weet wel dat zijn bewondering voor de stuurman plaatsmaakt voor een grenzeloze wrok.

82

Carlos Freire haalt de sleutel van zijn hals.

Voordat hij naar huis gaat, heeft hij zijn donkere kleren en de kap verruild voor een wambuis van groen laken en een grijsbruine kniebroek. Het is gewone kleding voor een gewone man die overal ongemerkt zou kunnen rondlopen. Geen edelman of rijke koopman of kunstenaar, maar ook geen slaaf of bedelaar. Hij heeft krachtige, vereelte handen, gespierde armen en brede schouders, net als iedere man met een fatsoenlijk beroep. Hij zou tot het gilde van timmerlieden, leerlooiers, touwslagers, klokkenluiders, vetermakers of, waarom niet, rijglaarsmakers kunnen behoren. Hij draagt geen degen, zwaard of musket. Wapentuig reserveert hij voor de martelkamer, waar zijn slachtoffers zich niet kunnen verdedigen.

Hij is moe, net als altijd na een doorwaakte nacht, maar al lang geleden is hij aan dit ritme gewend geraakt. Zijn werkzaamheden spelen zich af in het duister. Hij werkt alleen publiekelijk en bij daglicht bij de eervolste uitzonderingen: wanneer er vonnissen voltrokken worden en hij de mensen met berouw, die de brandstapel zijn ontsprongen, moet straffen. Het duurt nog wel even voor de volgende vonnissen worden voltrokken. Deze maanden verloopt zijn werk meer in een routine, en alleen in het kasteel van Triana. Althans, zijn officiële werk. Want wat hij daarmee verdient is niet voldoende om zijn vrouw en vier kinderen te voeden. Ze zouden ook nooit uit die armzalige kamer op dat buurterf zijn gekomen die ze van zijn schoonouders huurden. Maar de laatste tijd krijgt hij meer werk van buitenaf, waardoor ze ruim kunnen leven. Zelfs zijn vrouw ziet er blijer uit. Op de markt kan ze het vlees kopen dat ze wil, net als de vrouwen van edellieden. Ze draagt nieuwe, stijlvolle chopines en een hooggesloten, met gebloemd kantwerk afgezet lijfje dat nauw om haar buste sluit. Hoewel ze al zes spruiten heeft gebaard – een is doodgeboren, een is nog geen jaar oud geworden – ziet ze er stralend uit, even mooi als toen hij haar schaakte om met haar te trouwen.

Hij zal nu het middagmaal gebruiken dat zijn echtgenote in de kookpot heeft warm gemaakt, daar samen met haar van genieten en vervolgens op zijn brits gaan liggen om te slapen tot hij terug moet naar de zetel van de Heilige Inquisitie. Maar eerst moet hij nog iets doen.

Hij zet een kistje op de brits en steekt de sleutel in het slot. Een tijdlang kijkt hij verrukt naar de inhoud. Dan haalt hij heel voorzichtig een haarlok uit zijn zak. Een haarlok van fijne, kastanjekleurige haren die kortgeleden nog toebehoorden aan een levende vrouw. Een vrouw die hij naar de andere wereld heeft geholpen, wat zich daar ook mag bevinden.

Hij legt hem bij de andere lokken op volgorde van binnenkomst, naast een korenblonde haarlok. Direct daarvoor ligt zijn lievelingslok, niet alleen vanwege de kleur maar ook omdat hij zo'n plezier had aan de opdracht. Hij pakt hem op, brengt hem netjes in model, streelt hem voor hij hem teruglegt, nog steeds verbaasd dat deze kleur haar zoveel lijkt op de kleur van de brandstapel waarop veel van zijn slachtoffers zijn verkoold.

Wanneer hij het kistje sluit en terug op zijn plek zet, denkt hij met een weemoedige glimlach terug aan de kreten die de vrouw slaakte. Wat was die heks met die haren van vuur mooi. Haar gezicht was zelfs nog mooi toen hij het van haar lichaam scheidde. Een meesterwerk waar hij trots op is.

En hij heeft nog een opdracht uit te voeren. Bij Christus, daar zal hij nog meer van genieten.

83

Damiana kijkt de kajuit rond.

Het huis van de eerste stuurman in Sevilla was buitengewoon sober ingericht, maar dit vertrekje op het vlaggenschip is een en al luxe. Het is te zien dat Eugenio de Ron hier veel tijd doorbrengt.

Ze begint te beseffen dat het verblijf op een schip op zichzelf al een straf is. Een overvolle gevangenis waaruit je niet kunt ontsnappen zonder op de bodem van de zee terecht te komen. Op de bovendekken tussen boeg en achtersteven is het een gedrang van tientallen mensen die vierentwintig uur per dag met elkaar te maken hebben. Per persoon is er niet meer dan vier vierkante el beschikbaar, en dat blijft zo tot ze op hun bestemming aankomen. In deze ruimte slapen ze, eten ze en brengen ze de meeste tijd door, maar bovendien staan hun kisten of scheepskoffers er ook nog eens in, hun schaarse bezittingen, evenals de scheepsbenodigdheden die in de havens ingeladen zijn, zoals de kaapstander en het scheepsfornuis, en staan de masten met al hun zeilen midden in de vertrekjes. Om nog maar te zwijgen van de fauna die meereist. Hoewel de *Soberbia* geen koopvaardijschip is en dus geen paarden of jonge kalveren vervoert, zijn er wel allerlei dieren aan boord als levende proviand. Onderweg zullen ze worden geslacht om wat vers vlees te hebben. Kippen zijn favoriet en ze scharrelen tussen de bemanning en soldaten door. Ook zijn er geiten, lammeren en varkens die zich een zo goed mogelijk plekje bij de baas veroveren. Ook katten ontbreken niet. Die moeten het aantal ratten en muizen en andere ongewenste beesten beperkt zien te houden. De kakkerlakken hebben het zich gemakkelijk gemaakt in de naden van het hout, en bedwantsen en hoofdluizen hebben zich genesteld in de kleding, het haar en het lichaam van de zeelieden.

In deze omstandigheden, geplaagd door constante jeuk en verhit door de hoge temperaturen die dag en nacht ononderbroken heersen, kruipt de tijd voor de bemanning onvoorstelbaar langzaam voorbij. Het is een soort hel op aarde, waarbij iedereen het zonder enige vorm van gemak, privacy of hygiëne moet zien te stellen.

In tegenstelling hiermee heeft de stuurman de beschikking over een van de belangrijkste vertrekken van het galjoen in het imposante gedeelte van het schip waar ook de generaal, de kapitein en de bootsman hun kajuit hebben. Van hieruit kan Eugenio de horizon overzien en kan hij waken over de juiste koers van de vloot. Er staan een schrijftafel vol kaarten en boeken, een met damast gestoffeerde leunstoel en een veldbed met een fijne sprei en schone linnen lakens. Damiana gaat erop liggen. Het voelt zacht en prettig aan, zo'n bed had ze zelf wel op het vasteland willen hebben.

Eugenio overhandigt haar een kruik. 'U zult wel dorst hebben.'

Ze neemt de kruik aan en drinkt hem in één teug leeg. Daarna likt ze haar lippen af, alsof ze alles tot de laatste druppel tot zich wil nemen.

'U hebt me in een netelige positie gebracht,' zegt de stuurman.

Ze neemt zijn gezicht op om te proberen te zien welke gevoelens erachter schuilgaan. Daar slaagt ze niet in, maar ze weet wel dat hij gelijk heeft. 'Dank u,' stamelt ze terwijl ze hem de kruik aanreikt. 'Mag ik misschien nog wat?'

'Ik ben net al het respect van de bemanning kwijtgeraakt,' vervolgt de stuurman terwijl hij weer inschenkt. 'Zeemannen weten niet wat onderworpenheid of slaafsheid is. Het zijn ruwe lieden die gewend zijn de dood in de ogen te kijken. Die buigen het hoofd niet voor het bevel van een gewone sterveling. Als leider moet je hun gezag zien te winnen, maar niet als een despoot. Door moed, eerlijkheid, rechtvaardigheid. En die heb ik zojuist allemaal verspeeld.'

Damiana heeft haar tweede kruik leeg en smakt misprijzend met haar tong. Ze is moe, twee dagen en twee nachten lang is ze op haar hoede geweest, haar hart weent om de gruwelijke dood van haar vriendin en ze is nog nauwelijks bekomen van de schrik dat zij hetzelfde lot had kunnen ondergaan. Ze wordt het gejammer van deze bevoorrechte man een beetje zat. 'Ik heb u niet gevraagd om iets te verspelen. Ik heb geen behoefte aan nobele redders.'

Eugenio kijkt geërgerd naar haar. 'Was u liever door iedereen verkracht?'

'Ik heb heel wat meer mannen een beurt gegeven.'

'Hou uw mond toch. Ik ben werkelijk nog nooit zo'n onbeschaamde vrouw tegengekomen.'

'Als ik iemand had gewild die me zei mijn mond te houden, was ik allang getrouwd geweest.'

Eugenio krijgt veel zin haar aan haar haren voort te slepen of haar in één keer van het schip te gooien. Hij haalt diep adem en telt tot drie voor hij reageert. 'Wat ik bedoel is dat het zo niet verder kan. Als ik niet snel wat doe, denkt iedereen dat u mijn minnares bent of, erger nog, mijn slavin voor vleselijke lusten. De generaal zou me kunnen aangeven bij de Beurs van Indië, want hij heeft zich het hoogste gezag over de hele vloot toegeëigend. Als de beschuldiging weerklank vindt, kan ik uit mijn ambt worden gezet of zelfs worden verbannen.'

'Daar ligt u niet meer wakker van wanneer u al het goud uit de Nieuwe Wereld hebt.'

'Zover is het nog lang niet. Ik zit nu ook met de zeeman die u hebt gestoken met uw dolk. Die Jerónimo is een ruwe makker, van het soort dat genoegdoening zoekt door je een mes in de maag te steken. Die rust niet voor hij zich heeft gewroken, en niet alleen op u. Wanneer hij weet dat ik u heb geholpen, ben ook ik zijn vijand.'

'U lijkt me geen man die zich bang laat maken door een simpele vechtjas.'

'Ik zou de reis toch graag beëindigen zonder aan een zwaard te worden geregen, bij de Heilige Christus.'

Hij zegt het zo ernstig dat Damiana besluit op te houden met haar ironie. 'Wat wilt u gaan doen?'

'Ik zal het moeten bespreken met de generaal, en misschien ook met de kapitein en de bootsman. Het vertrouwen van de leiding moet ik in ieder geval zien te behouden.'

'Dan levert u me dus uit.'

'Misschien is een lijfstraf voldoende. Honderd zweepslagen ten overstaan van iedereen, misschien tweehonderd. En dan zetten we u er in Sanlúcar uit.'

Damiana verbergt haar teleurstelling onder minachting. 'U probeert de held uit te hangen alsof u me gered hebt, maar eigenlijk bent u een lafaard.'

'En u dan? Hoe ziet u zichzelf? U maakt het me niet gemakkelijk. Ik heb u uw deel beloofd, maar u luistert niet. U moest zo nodig komen om me nog meer problemen te bezorgen.'

'Het was gelogen,' zegt ze met veel aplomb. 'Als u dat goud zou vinden, laat u een paleis bouwen in de Nieuwe Wereld om daar een nieuw leven te beginnen. U zou leven als een koning, zonder aan iemand verantwoording te hoeven afleggen. Daarom wilde u Violante ook niet meenemen. En daarom probeerde zij haar vrijheid op een andere manier te krijgen.'

Hij krimpt ineen onder haar harde woorden. 'Ik ben iemand die zich aan zijn woord houdt.'

'Dat zal wel. Maar ik volg u en uw woord liever tot de plek van de coördinaten.' Ze steekt haar kin uitdagend naar voren.

'Bij Beëlzebub, ik had u gewoon bij die ellendelingen moeten laten.' Eugenio bijt het haar toe.

Hij zegt het met zo'n stelligheid dat Damiana er niet aan twijfelt dat hij het meent. Ze besluit van tactiek te veranderen. 'Doe het dan voor Violante. Voor de vrijheid die zij niet heeft kunnen bereiken.'

'Als u gelijkt hebt, dan heeft ze ons alle twee verraden. Ze is uit de hoerenwijk weggeglipt om de coördinaten van uw beeldje aan de hoogste bieder te verkopen.'

'Om haar droom na te jagen. Om de geneeskunst te beoefenen in een wereld waarin ze niet als lastig zou worden beschouwd omdat ze een vrouw was. Ik heb het haar al vergeven. Dat zou u ook moeten doen. U zegt de hele tijd dat u van haar hield.'

Er valt een gespannen stilte. De blik van Eugenio wordt somber. Hij fronst zo lang zijn voorhoofd dat Damiana haar geduld bijna niet langer kan bewaren. Dan maakt hij een aarden pot open en haalt er wat pasta uit, die hij op scheepsbeschuit smeert. Hij kauwt er onrustig op, alsof hij zo uit zijn benarde situatie kan komen.

Ze wendt haar blik geen moment van hem af.

Wanneer hij genoeg lijkt te hebben gehad, veegt hij wat achtergebleven pasta uit zijn baard. 'U bent illegaal aan boord gekomen en u hebt een zeeman van de koninklijke vloot aangevallen,' somt hij op. 'Ik zou bij God niet weten hoe ik u kan helpen.'

'Luister dan naar me. U schat de intelligentie van vrouwen veel te laag in.'

Eugenio trekt half spottend, half kwaad een wenkbrauw op. Hij bedenkt dat hij dat brutale mens een klap met de zweep zou moeten geven, maar uiteindelijk is hij te nieuwsgierig; hij wil horen hoe ze hem nu weer in de nesten denkt te werken.

84

9 september van het jaar des Heren 1580

Carlos Freire kijkt minachtend naar de hoeren.

Meisjes met geblankette gezichten, rood gesmeerde lippen en zulke laag uitgesneden bloesjes dat je ziet wat je helemaal niet zou moeten zien. Deze interesseren hem niet. Hij loopt rechtstreeks naar het kamertje dat ze hem hebben aangewezen, waar een vent met een lange, dikke baard hem vraagt wat hij wenst.

'Ik wil de donkerste.'

De patroon verbergt zijn ongenoegen. Sinds Damiana verdwenen is blijven ze maar om haar vragen. Dat overkwam hem ook met Violante. Beiden hadden naam gemaakt en wie de rooie niet wil, vraagt naar de donkere. Hij heeft Isabel al gevraagd om tegen een aantal meisjes te zeggen dat ze niet langer loodwit moeten gebruiken en dat ze in hun pauzes in de zon moeten gaan zitten, maar ook dan wordt niemand zo donker als zijn beste zondares. Hij werpt een blik om zich heen en zijn ogen stuiten op een zigeunermeisje dat nog maar een paar maanden bij hem is. 'Carmen, kom eens hier.'

Het kleine meisje komt timide aangelopen, maar zijn klant heft een hand op om haar tegen te houden. 'Die niet.'

'Ze is klein maar bedreven. Ik geef u mijn woord dat ze u tevreden zal stellen.'

'Nee.'

'Als ze niet bevalt, kunt u daarna kiezen wie u maar wilt. Van het huis,' houdt de patroon aan.

'Ik wil die met die kromme neus. Het havikje.'

'Die is hier niet.'

'Laat haar dan halen.'

De bordeelhouder kijkt met afkeer naar zijn klant. Hij voelt zijn hoofd warm worden. Hij is verdomme niet in dit vak gegaan om voor wie dan ook de bediende uit te hangen. 'Laat je moeder haar maar halen.'

Freire bedenkt zich geen moment. Hij stapt naar voren, grijpt de patroon bij het voorpand van zijn overhemd en beukt hem tegen de muur.

'Jij gaat haar voor me halen.'

Misschien is het de ijzige toon, misschien de duistere blik waarin iets pervers zit, misschien komt het omdat hij met zijn voeten in de lucht hangt, maar er gaat van onder tot boven een rilling door het lijf van de patroon. 'Ze is verdwenen,' hakkelt hij binnensmonds. 'Ik heb haar al dagen niet gezien.'

Maar voor Freire is dat geen antwoord. Zijn werk bestaat er juist in dat er maar één goed antwoord mogelijk is. Hij wordt ervoor betaald om dat eruit te krijgen. Onder de verbaasde blikken van de jonge meisjes die in de grote kamer rondhangen omdat ze op dat moment geen klant hebben, stapt hij met de patroon een van de kamertjes in en trekt het gordijn achter zich dicht.

85

De gemoederen aan boord zijn wat bedaard.

Niet zozeer omdat de mannen vergeten zijn wat er gisteren met de verstekelinge is gebeurd, maar wel omdat het tijd is voor de hoofdmaaltijd van de dag. Eugenio de Ron heeft via de volmatroos aan de proviandmeester bevel gegeven vandaag meer wijn te schenken en een half ons extra kaas te geven. Tot de vele vaardigheden van de eerste stuurman behoort ook het weten te sussen van verhitte gemoederen, wat geen futiliteit betreft. Zorgen dat iedereen op het juiste moment een volle maag heeft, heeft meer dan eens voorkomen dat zijn mannen zijn gaan muiten.

Na een paar dagen op het water hebben zich al vriendengroepjes gevormd, mannen die samen eten en elkaars gezelschap zoeken, met als doel een beter gebruik van de ruimte te maken. Het groepje waar Gaspar deel van uitmaakt is een gemengd gezelschap: er is een officier op jaren, een aantal geharde kanonniers, een paar ruwe mannen die net zoveel van het zeewezen weten als hij maar die vanwege hun leeftijd toch een hogere functie hebben, de jonge breeuwer die Fermín heet en vier jongste hulpjes, onder wie ook het jongetje dat hij op de eerste dag is tegengekomen. Diego is al tegen hem gaan praten, al is hij nog steeds wantrouwend. Bij de meesten zijn de lippen wat losgekomen door de wijn, maar er zijn altijd ook mannen die hun deel bewaren om er in de Nieuwe Wereld mee te gaan handelen.

Een van de ouwe rotten is de list van de stuurman niet ontgaan. 'Wanneer ze een zeeman te drinken geven, dan wordt hij genaaid of gaat hij genaaid worden,' beweert hij.

'Je hebt jouw deel anders niet geweigerd,' zegt een van de soldaten spottend.

‘Zeker niet. Elk gelukje moet je pakken.’

‘Was de zee niet van water maar van wijn, dan zou iedereen zeeman zijn,’ doet een ander een duit in het spreekwoordenzakje.

Zo wordt er nog een tijdje geschertst. In het belendende groepje heeft iemand een ballade ingezet, waar Gaspar naar luistert, niet zozeer vanwege de zangkwaliteiten van de zeevaarder, maar om wat afleiding te hebben.

Opeens haalt de officier een pak speelkaarten tevoorschijn. ‘Kom op, eenendertigen.’

‘Ha, deel maar uit,’ roept een van de kanonniers verheugd.

Gaspar kijkt verward naar hen. ‘Kaartspelen is aan boord toch verboden?’

‘Ja, en vloeken ook, bij Christus.’

Er beginnen er een paar te lachen. Deze oneerbiedigheid zou bestraft kunnen worden met een maand in het blok, maar iedere zeeman vloekt tientallen keren per dag.

De uren verstrijken terwijl ze traag over de Betis varen. Het intreden van de avond wordt slechts verstoord door de dienstdoende scheepsjongen die met de zandloper in de hand zingend het uur laat weten. Je zou denken dat die zandloper kapot was, dat de tijd hier langzamer voorbijgaat, dat er veel meer uren zijn verlopen.

Nu brengt de jongen het gebed van het einde van de dag ten gehore. Een matroos ontsteekt de scheepslantaarn op de achtersteven, een paar mannen staan op om naar de zonsondergang te kijken, andere lopen naar de kapelaan om God te danken voor weer een dag. Het spel in Gaspars groepje wordt voortgezet, al wordt het steeds moeilijker om te zien wat er op de kaarten staat. De eigenaar van het kaartspel is aan de winnende hand. Wie zal zeggen of hij wat kaarten gemerkt heeft? Een van de scheepsjongens is zijn overhemd al kwijt, het enige van waarde wat hij aanhad. Gaspar zit er puur als toeschouwer bij. Hij weet dat ze niet van pottenkijkers houden, vooral niet omdat er veel zijn die na afloop de winnaar om speelgeld of een fooi vragen. Maar hij is veel te veel van zijn stuk om zich op de kaarten te concentreren: in zijn hoofd is hij alleen maar met Damiana bezig.

Damiana. Zij, ja zij, komt ineens vanuit het achterdek naar beneden. Het licht van de scheepslantaarn schijnt achter haar, het omstraalt haar op een onweerstaanbare manier. Een godin op aarde, met haar haren en kleren die golven in de wind.

Maar als ze dichterbij komt, vallen Gaspar meer dingen op. Haar polsen zijn voor haar lichaam vastgebonden en een soldaat houdt het touw vast, zodat ze niet kan ontsnappen. De schurk van een Jerónimo loopt hinkend met zijn been achter hen aan. Dan volgen de generaal, de stuurman, de kapitein en ten slotte de hoofdbode, die dienstdoet als wetsdienaar aan boord. De laatste begint te spreken.

'In naam van de koning en van de gerechtigheid! De scheepsleiding heeft een besluit genomen over de verdachte die in het ruim is aangetroffen.' Hij stopt even. Het geroezemoes van een paar tellen geleden is verdwenen, iedereen spitst de oren. 'Damiana de Villanueva is als verstekelinge aan boord gegaan en heeft een lid van de bemanning aangevallen. Zij wordt daarvoor ter dood veroordeeld. Het vonnis zal worden voltrokken met de dolk waarmee zij Jerónimo Pardo heeft aangevallen, en vervolgens zal ze te water worden gegooid.'

Zijn woorden krijgen algehele instemming. Het lijkt er niet meer toe te doen wat er met de zondares gebeurt, nu niemand haar meer voor zichzelf houdt.

'Aldus geschiede!'

'Goed gesproken!'

'Naar de hel met dat wijf!'

'Laat de vissen haar opvreten!'

Gaspars hart krimpt ineen. Hij zoekt het gezicht van Eugenio, maar dat is onaangedaan gebleven bij het vonnis. Hij weet niet of hij de man meer haatte toen hij meende dat hij zijn liefste Damiana wilde misbruiken, of nu, nu hij toestaat dat die wilden haar vermoorden.

Maar de bode is nog niet uitgesproken. 'De eerste stuurman zal, als eerste autoriteit van de zeevaartkunst, de eer van matroos Jerónimo Pardo verdedigen.'

De schoft draait tevreden zijn snor op. Zijn ene oog staat wijd open, alsof hij niets wil missen van wat er aan dek gebeurt. En dat wil trouwens niemand. Op de saaie reis naar de Nieuwe Wereld betekent dit vermaak zonder weerga.

De kapelaan wordt geroepen. Met een plechtig gezicht komt hij aangelopen en hij begint te bidden voor de ziel van Damiana. Maar aan zijn gebeden komt geen eind, en de rumoerig wordende mannen willen iets heel anders zien. De bode maant iedereen stil te zijn tot de man zijn geestelijke arbeid heeft beëindigd en een tijdje lukt dit ook.

Maar de verdachte zelf is de priester ook zat. Als er een hel bestaat, dan wordt er daar al heel lang op haar gewacht, zo weet ze. Ze heeft deze soesa niet nodig van een God die haar moeder veroordeelde toen die haar nog in haar buik droeg, een God die later haar zielsvriendin liet vermoorden. Ze heeft haar haat tegen de kapelaan geen moment verborgen. Ze trakteert hem op een fluim, die midden op zijn soutane terechtkomt. Sommige mannen slaan een kruis bij het zien van deze schandelijke ketterij, andere schreeuwen woedend om het bloed van deze veroordeelde vrouw die maar onheil over hen blijft afroepen. Om te voorkomen dat er weer oproer ontstaat geeft de generaal bevel de rituelen te stoppen. De kapelaan, die het stoort dat de man zich in aangelegenheden van de Heer mengt, werpt hem een grimmige blik toe. Maar eigenlijk wil hij er ook liever mee ophouden, hij heeft weinig zin in nog meer gespuug.

Na beëindiging van de kerkelijke formaliteiten bedaart het rumoer en komt Eugenio met een deemoedig gezicht naar voren. De dolk van Damiana ligt in zijn hand. Wanneer hij bij haar aankomt, is het zo muisstil dat zijn stem over de hele lengte en breedte van het schip te horen is. Van boeg tot achtersteven en van stuurboord tot bakboord.

'Moge de heilige Telmo zich over uw ziel ontfermen.'

Het zijn de laatste woorden die de eerste stuurman uitspreekt voor hij het wapen in Damiana's kleren stoot. Druppels rode, dikke vloeistof spatten op de geteerde bodem terwijl Damiana bloedend neerstort. Meteen pakken twee soldaten haar op en gooien ze haar als een zak overboord, aangevuurd door het gejoel van de bemanning.

86

Freire loopt half verscholen onder zijn mantel weg. Wanneer hij het plein in El Compás oversteekt komt hij geen levende ziel tegen. De grote kamer van het zondige huis is echter in het geheel niet verlaten. Verstopt in de hoeken kijkt een aantal vrouwen hem verstard na. Hij voelt de blikken in zijn rug, maar ze interesseren hem geen zier. Hij weet dat geen van hen haar mond open zal durven te doen, al helemaal niet wanneer ze zien hoe het is afgelopen met de man die hem dwarszat. Hij weet ook dat hij van slag is. In het geval van de non gebruikte hij zijn opmerking dat de zaak hem was ontglipt alleen maar als een excuus bij inquisiteur Colomer omdat hij de taak die hem was opgedragen onmiddellijk als een terechtstelling had uitgevoerd, maar deze keer is het hem echt ontglipt. Met veel moeite heeft hij het bloed op zijn huid kunnen verwijderen, maar onder zijn mantel zijn op zijn hemd en wambuis en zelfs op zijn broek sporen te vinden van de daad die hij zojuist heeft begaan. Nog een geluk dat het donker wordt en vlekken niet zo opvallen.

Het ergste is dat hij zijn doel niet heeft bereikt. Hij heeft die hoer, die Damiana, niet gedood en hij heeft ook geen idee waar ze is. En dan is hem nog iets duidelijk geworden. Die man wist het ook niet.

Verscheidene minuten nadat hij via de Klappoort is verdwenen, komt het plein weer tot leven. De vrouwen kijken elkaar angstig aan en fluisteren, alsof hij hen nog zou kunnen horen. Het gebrul, de verwensingen maar ook de smeekbeden van de patroon zijn dwars door de muren van Babylon gegaan. Zowel de vrouwen die daar werken als die van de hoerenhuizen ernaast maakten dat ze wegkwamen, net als de weinige mannen die op dat uur van de zaterdag langs waren gekomen om zich te ontladen.

Ze treuzelen nog heel lang voor ze besluiten terug te gaan naar het huis. Wanneer ze dat doen, is de nacht al over heel Sevilla gevallen, is de Klappoort gesloten en weten ze dat er niemand meer binnen kan komen. Isabel, Carmen, Mencia, Brígida, Alonsa, Margalinda. Behoedzaam lopen ze samen het huis in. In Babylon heerst doodse stilte. Ze blijven op hun hoede en durven niet verder te gaan dan de grote kamer. Wanneer de klokken van de Grote Kerk voor de laatste mis luiden, schrikken een paar vrouwen op. Dan vat de jongste van hen de koe bij de hoorns.

'Carmen!' sist Isabel haar toe, maar het meisje loopt door. Ze gaat naar het kamertje waar Freire met de patroon heen ging en loopt naar binnen.

Allemaal houden ze hun adem in, maar ze horen niets. Uiteindelijk is het Brígida die bezorgd naar het kamertje toe loopt en de gordijnen wegtrekt. De andere vrouwen strekken hun halzen om iets te zien. Een droom over de hel kan er niet heel anders uitzien dan het tafereel dat ze nu aanschouwen. Het hele kamertje is met bloed bespat, en in het midden hangt aan de matras waarvan nu de graankleur van het stro te zien is, een lichaam.

Carmen blijft roerloos staan, alsof ze haar ogen niet kan losmaken van de vormeloze massa voor haar. Het is of, beter gezegd, was de man die haar heeft ontmaagd om haar aan vele anderen te kunnen verkopen. Al herkent ze hem nauwelijks meer.

De rijkste man ter wereld

Pelgrimstocht naar Mekka, 1324

Het is twaalf jaar geleden dat Aboubakri II met zijn gehele vloot afvoer en Kankou Moussa heeft sindsdien niets meer van hem gehoord. Van hem niet, en evenmin van een van de duizenden Mandinka die samen met hun leider te scheep gingen. Kankou is inmiddels geen regent meer, maar is mansa Moussa geworden, koning van heel het grondgebied Mandé, en de laatste jaren spant hij zich in zijn macht te bestendigen.

Hij heeft de harten veroverd van zijn volk, dat hem als een goed, eerlijk en integer heerser beschouwt. Met hart en ziel wijdde hij zich aan de taak om de staat waarin Aboubakri het land had achtergelaten te verbeteren. De belastingen werden verlaagd, de mensen konden weer leven van hun werk en genoten weer welvaart. Veel meer heeft een volk niet nodig om van zijn vorst te houden.

Bovendien heeft het rijk nieuwe hoogten bereikt wat betreft ingelijfd gebied en culturele bloei, en heeft het een verbazingwekkende rijkdom verworven dankzij de handelsroutes die het in handen heeft. Gelukkig vormen de mijnen van Wangara nog steeds een onuitputtelijke bron van inkomsten. Er wordt gezegd dat het goud er als wortels uit het zand groeit, en mansa Moussa heeft het weten te exploiteren voor het welzijn van de mensen. En uiteraard ook voor dat van hemzelf, als eigenaar van een onmetelijk fortuin. Van elke twee gedolven goudklompjes gaat er een naar het koninkrijk.

In de loop van de eeuwen zal niemand er ooit in slagen exact vast te stellen hoe omvangrijk zijn vermogen was. 'Stel je al het goud voor dat iemand volgens jou kan bezitten en verdubbel dat dan.' Met deze zin vat een kroniekschrijver het fortuin van mansa Moussa goed samen.

Maar bovenal is de koning een vroom muzelman. De islamisering van al zijn onderdanen houdt hem meer bezig dan de rijkdommen van zijn grondgebied. In sommige gebieden domineert het animisme nog. Daarom wordt wel gezegd dat er geen vrijdag is voorbijgegaan of de mansa heeft bevel gegeven tot de bouw van weer een nieuwe moskee. Hij heeft belangrijke madrassa's gesticht waarvan een aantal vele eeuwen zal bestaan en als de eerste universiteiten ter wereld zal worden beschouwd.

Moussa bekommert zich niet alleen om de redding van zijn volk, maar ook om die van hemzelf. De pelgrimstocht naar Mekka is een van de pilaren van zijn godsdienst en Moussa wil als goed muzelman aan deze verplichting voldoen. Sterker nog, hij wil hem in de grootse stijl maken die past bij zijn macht en positie.

Daarom heeft hij meer dan zeshonderd kilometer afgelegd op weg naar de heilige plaats, een historische aangelegenheid voor een vorst van zijn klasse. Er ligt nog slechts een tiende van het hele traject voor hem. Maar hij is niet alleen gegaan: voor hem uit gaan honderd ruiters die de enorme rood met gouden vaandels dragen van het koninkrijk Mali. Achter hen kondigen vijfhonderd herauten, gehuld in gewaden van fijne zijde en met een gouden scepter in de hand, zijn komst in iedere stad aan. Het gevolg gaat door met zeventigduizend mannen en vrouwen die goudstaven dragen. Tachtig kamelen die elk meer dan honderd kilo van het waardevolle metaal meevoeren, sluiten de stoet. Er wordt gezegd dat de schittering van al dat goud zo verblindend is dat menigeen er het gezichtsvermogen door is kwijtgeraakt.

Mansa Moussa en zijn hof hebben het goud uitgedeeld aan alle mensen die ze tijdens hun omzwervingen zijn tegengekomen. In Caïro zorgden ze voor een opwinding die zich over het hele Mammelukse rijk verspreidde, en in Medina zullen ze de mansa de komende eeuwen ook niet vergeten: de Lichtende Stad schittert nog meer sinds honderden goudstaven van Kankou Moussa hier een plaats kregen.

Zijn daden zijn zo befaamd geworden dat er tot in Europa over verteld wordt, en menig ontdekkingsreiziger heeft zich op Afrikaans grondgebied gewaagd om te zien of er iets van waar is. En ze hebben het inderdaad kunnen vaststellen: een enkele gelukkige werd zelfs begiftigd met een aantal goudstaven. Kankou heeft echter andere zaken aan zijn hoofd dan zijn roem in die verre streken. Wanneer hij van zijn reis terugkeert, zal hij in Timboektoe het grootste paleis ter wereld bouwen. Hij zal de beste bouwmeesters uit Al-Andalus en Caïro laten halen, en de stad zal veranderen in een prestigieus centrum van cultuur, handel en het islamitisch geloof. Handelaren uit Venetië, Granada en Genua zullen er komen om hun koopwaar aan te bieden in ruil voor het goud van Mandé, en de indrukwekkende madrassa van Sankore zal over de hele wereld bekendstaan als een bron van kennis. Geleerden en wetenschappers uit heel Afrika en het Midden-Oosten zullen daarom naar Timboektoe reizen.

Ja, Kankou Moussa heeft grote plannen. Anders dan zijn broer Aboubakri zal hij wel geschiedenis maken. De wettige erfgenaam van het Mandinka-rijk is daaruit gewist. Het volk heeft hem nooit vergeven dat hij zijn eigen droom boven hen stelde, en daarom hebben de griotten besloten dat zijn geschiedenis het niet verdient om verteld te worden. Als er buiten het grondgebied van de Mandinka geen teksten over hem zouden worden geschreven, zou zijn epos de tijd niet eens hebben doorstaan.

Sundjata wordt zwetend wakker. Deze droom achtervolgt hem nu al twee manen lang. Keer op keer ziet hij zijn rijk weer, dat hij twaalf jaar geleden heeft verlaten, en hij wordt overvallen door gemengde gevoelens. De vreugde om vast te stellen dat hij het bestuur in goede handen heeft gegeven, dat zijn broer Kankou goed werk verricht, maar ook de immense pijn bij de wetenschap dat zijn volk geen achting voor hem heeft.

Want het lijdt voor hem geen twijfel dat alles precies op deze manier verloopt. Hij kent het verschil tussen een droom die voortkomt uit hersenspinsels, fantasie of waanbeelden, en een droom die hem meevoert om te laten zien wat er aan de andere kant van zijn rijk gaande is. En hij weet dat dit een van de laatste categorie is.

87

Gaspar kan de slaap niet vatten.

Hij ligt in foetushouding op de vloer. Niet ver van zijn hoofd liggen de voeten van een soldaat, en de knie van iemand uit zijn vriendengroepje prikt iedere keer dat hij zich probeert te bewegen in zijn onderrug. Liggend tussen zoveel mensen bereikt hem geen zuchtje van de wind die er op dit uur van de nacht zou kunnen waaien. Alleen de adem van de anderen komt op hem af en van een enkeling de winden, waarvan het geluid voor een andere noot zorgt in het snurkconcert dat er om hem heen gegeven wordt. Door de extra twee liter wijn per ploeg liggen de meesten vast te slapen, maar op hem heeft de alcohol geen effect gehad.

Hij heeft zich alles weer in herinnering gebracht van de paar keer dat hij die bijzondere vrouw is tegengekomen. Sinds de dag dat ze in de haven tegen elkaar opbotsten, toen hij terugliep naar het huis van de stadsbestuurder en zij op weg was naar de *Soberbia*, waar ze iets meer dan een week later uiteindelijk heimelijk aan boord zou gaan. De tweede keer was ook in de haven, toen vanwege de moord op het blonde meisje dat eruitzag als een engel die uit de hemel was gerukt. Hij had ervoor gezorgd dat Damiana niet in de Koninklijke Gevangenis terechtkwam, maar als dank kreeg hij alleen maar grofheden over zich heen. Vervolgens probeerde ze de eerste stuurman te vermoorden en weerhield hij haar daarvan, zodat hij haar opnieuw behoedde voor het recht van de koning, of zelfs van de galg. Maar wie zal het zeggen. Als hij haar op dat moment had laten inhakken op Eugenio de Ron, dan had die haar vandaag niet omgebracht. Hij zou bij de leiding over de vloot zijn vervangen door een andere stuurman. Haar lot was desondanks misschien hetzelfde geweest, want ze liet geen dag voorbijgaan of ze zocht problemen. Hij vraagt zich af wat haar reden was om met het konvooi mee naar de Nieuwe Wereld te gaan, en waarom ze van alle vaartuigen juist dat schip uitzocht waar hij ook op vaart. Hij zou graag denken dat het lot het zo had beschikt. Maar het lot heeft deze vrouw alleen maar naar de vissen gebracht, om die tot voedsel te dienen. Hij moet haar vergeten, echt ophouden met dromen en zich richten op zijn eigen leven.

Hij heeft behoefte aan frisse lucht. Hij staat op en loopt tussen de lichamen van zijn kameraden door in de richting van de boeg van het schip.

88

Ze begint te betwijfelen of het wel zo'n goed idee was. Haar tanden klapperen en haar handen, die met veel moeite een meertouw omklemmen dat voor haar was uitgegooid, zijn al uren gevoelloos. Ze weet niet hoelang het geleden is dat ze haar overboord wierpen. Drie, vier, misschien wel vijf uur.

Ze wordt doordrongen van een gevoel dat haar meer koude rillingen bezorgt dan het water om haar lichaam heen. Ze heeft haar leven aan die man toevertrouwd. Zij, die nooit iemand heeft vertrouwd, heeft haar lot in de handen van Eugenio de Ron gelegd. Hij zou haar moeten redden, maar als hij dat nou niet doet? Als het plan dat zij had gesmeed voor hem een uitstekende manier blijkt om zich zonder verdere problemen van haar te ontdoen?

'Stommeling.' Het schiet even door haar heen om om hulp te roepen, maar ze weet dat ze haar niet kunnen horen en al konden ze dat wel, dan zou dat alleen maar voor beroering zorgen bij degenen die denken dat ze ter ziele is. Ze zouden haar maar al te graag met hun haakbussen om zeep helpen.

Ja, zijzelf heeft het de eerste stuurman op een presenteerblaadje aangeboden om in één keer én van haar af te zijn én het vertrouwen van zijn mannen terug te winnen. Zij, die hooghartig neerkijkt op mensen die haar proberen te redden. Ze redt zichzelf al sinds ze een kind was. Ze heeft zichzelf van de honger gered, van ziekte, van armoede, maar vooral van mannen. En nu bedenkt ze ineens een plan waarin ze op een man moet rekenen.

Woedend denkt ze terug aan wat er allemaal is gebeurd sinds Eugenio haar naar zijn kajuit bracht. Waar ze zag hoe de stuurman zijn scheepsbeschuit insmeerde met tomatenpasta. Een pasta waar alleen de leiders van de bemanning over beschikken en die de anderen vast en zeker nog nooit hebben geproefd of zelfs maar gezien, zoals zij die ook nog nooit gezien had, en waarvan de vermiljoenrode kleur haar fascineerde. Ze wist het meteen: die stroperige vloeistof zou, verdund met wat water, heel goed door kunnen gaan voor bloed. Haar eigen bloed.

De taak om de generaal en de kapitein ervan te overtuigen dat dit de manier was om haar ter dood te brengen lag bij de stuurman, maar zij wist toen al dat hij goed van de tongriem gesneden was en daardoor bijna alles voor elkaar kreeg wat hij voor ogen had. En zo ging het ook. De leiders stemden ermee in om zo een eind te maken aan de netelige kwestie, met als voorwaarde dat hijzelf de verdachte zou terechtstellen om eerherstel te krijgen. En alles ten dienste van een goed verloop van de oversteek, die nog maar net begonnen was.

Hoewel ze aan boord zijn van een schip dat de oceaan zal overvaren, hebben de meeste mannen nooit leren zwemmen. Daarom zou het niet eens in hen opkomen dat zij dat wel zou kunnen. Miguel heeft het haar geleerd in het bedorven salpeterwater van de Betis, met de gedachte dat het ooit van nut zou kunnen zijn. Wat dat betreft had hij in ieder geval wel voor haar gezorgd.

De hemel blijft donker, maar al snel zal zich aan de horizon een rossige lijn aftekenen en zullen de sterren boven niet langer te ontwaren zijn. Ze weet niet of ze het nog zolang kan uithouden, maar wat wel steeds beter tot haar doordringt is datgene wat ze nooit had moeten vergeten: ze staat er alleen voor. De romp van een galjoen beklimmen is geen kleinigheid, zelfs niet voor geharde piraten, maar ze ziet geen andere mogelijkheid. Als ze het vege lijf wil redden zal dat, opnieuw, op eigen kracht moeten gebeuren.

89

Gaspar is gaan liggen.

Niet omdat hij wil slapen, maar omdat hij iets heeft gezien wat niet klopt: een gauwdief, die er gebruik van maakt dat iedereen slaapt, heeft een kist opengebroken die overduidelijk niet van hem is. Wanneer de eigenaar bij het krieken van de morgen wakker wordt, zullen zijn vloeken en verwensingen op het hele schip te horen zijn. Het zal zo moeten zijn, want Gaspar gaat hem niet waarschuwen. Op die manier zou hij er alleen maar een vijand bij krijgen, als de dief al niet zou besluiten hem met een dolkstoot in de maag het zwijgen op te leggen.

Gaspar heeft gewacht tot de dief klaar is, maar hij is nauwelijks weer een paar ellen vooruitgekomen wanneer het hem raadzaam lijkt zich weer tegen de grond te drukken. Achter het want zijn schaduwen zichtbaar die hem opvallen door hun ritmische bewegingen. Zijn pupillen verwijden zich wanneer hij beseft wat daar gebeurt: dit is een gruwelijke zonde, een oneerbaar misdrijf dat erger is dan diefstal of zelfs moord. Sodomieplegers worden gewoonlijk ter dood veroordeeld, wat betekent dat deze tegennatuurlijke zeelieden niet zouden aarzelen om iemand die hen zou kunnen verklikken uit de weg te ruimen.

Hij trekt zich terug en wurmt zich tussen een aantal mannen in, wat hem gegrom, gescheld en een enkele schop oplevert. Ineengedoken blijft hij liggen, totdat hij meent dat hij wel naar zijn eigen plek terug kan gaan zodat hij niet weer op ongepaste taferelen zal stuiten. Dat zou hij ook hebben gedaan, ware het niet dat hij door een laatste beeld helemaal van slag raakt. Hij zou zweren dat het een gevolg is van zijn obsessieve gedachtegang of dat het misschien wel een spookverschijning is. Op dit uur van de nacht dolen alle verloren zielen ontredderd rond.

Misschien weet die vrouw nog niet wat haar nieuwe plek is. Misschien is ze bij de doden weggegaan om voor hem te verschijnen. Misschien was er inderdaad iets bovennatuurlijks tussen hen tweeën, iets wat de grenzen tussen leven en dood overstijgt.

Hij zit daar als versteend, niet in staat te besluiten wat hij zal doen. Maar wanneer hij ontwaart wie er achter Damiana loopt, komt hij tot zichzelf, alsof iemand hem een kopstoot heeft gegeven. Er is niets magisch of buitenaards aan het tafereel. Ze zijn doodeenvoudig voor de gek gehouden. De opluchting die hij had kunnen voelen omdat zijn geliefde leeft, wordt verdrongen door de woede die hem vanbinnen overspoelt. Die twee hebben de hele bemanning van de *Soberbia* om de tuin geleid.

90

Het is donker in de haven.

Het grootste deel van de handel in vleselijke lusten beschikt niet over de beschutting die achter de muren van de hoerenwijk heerst, maar moet zich op de meest uiteenlopende plekken zien te redden. Duizenden straathoeren bieden zich er voor een paar stuivers aan, die nog in aantal afnemen al naargelang de armoede van de gekozen wijk groter is.

Bij de schietgaten in de muren verzamelen zich mensen van twijfelachtig allooi. Door de drank overmoedig geworden vechtjassen, branieschoppers die de boel op stelten willen zetten en slechtgehumeurde voormalige soldaten die hun eer bij de geringste krenking zullen verdedigen. Daar lopen de gehardste prostituees rond, die bereid zijn aan elk verzoek te voldoen zolang dat maar vergezeld gaat van een passend gerinkel in de beurs.

Dit soort vrouwen is de beul Freire sinds het vallen van de avond aan het ondervragen. Maar niemand lijkt ook maar een idee te hebben waar die zondares met de kromme neus uithangt.

Op dat moment grijpt Freire een van de vrouwen bij de keel. Die heeft net gezien hoe hij het gezicht van een andere snol heeft opengereten, maar ze kreeg geen tijd om te ontsnappen.

'U kunt het vragen in La Esquinilla,' stamelt de veterane, die op een leeftijd is dat ze zich een toegetakeld gezicht niet meer kan veroorloven. Met een litteken over haar hele gelaat kan ze wel vergeten dat ze haar drie kinderen zou kunnen voeden.

'Aan wie dan?'

'Aan Nela, de herbergierster. Dat is een vriendin van haar.'

Freire knikt tevreden. Eindelijk een spoor. Voordat hij haar loslaat, steekt hij zijn spies in haar hals en blijft toekijken hoe het bloed gutsend uit haar mond komt. Dan laat hij haar vallen en ligt ze ontzield in de modder van de haven.

91

Damiana staat te bibberen.

Ze staat midden in de kajuit van de stuurman terwijl zich onder haar een plasje vormt. Sinds hij de touwladder voor haar naar beneden liet zakken hebben ze beiden nog geen woord gesproken. Ze had hem graag links laten liggen als ze in staat was geweest in haar eentje terug aan boord te komen, maar nadat ze geprobeerd had via de meertouwen en de uitsteeksels aan de romp omhoog te komen, had vastgesteld dat haar armen het begaven en ze uiteindelijk meer dan eens terug in het water was gevallen, stond ze op het punt zich gewonnen te geven en zich door de stroom te laten meevoeren om ergens op de oever van de Betis aan te spoelen. Juist op dat moment verwaardigde Eugenio zich, die vervloekte Eugenio de Ron, om op te komen dagen.

'Pak aan, droog u af.' Hij werpt haar een deken toe.

Ze begint haar doorweekte kleding uit te trekken. Haar tanden klapperen zo erg dat het lijkt alsof ze op elkaar kapot zullen slaan.

Wanneer hij ziet dat ze zich uitkleedt, loopt de stuurman zijn kajuit uit. Dat gebaar verrast haar: ze kan die man maar niet begrijpen. Soms lijkt hij een ruwe zeeman, dan weer is hij zo kies en galant als een ridder. Niet dat haar hoofd er nu naar staat om zich daarmee bezig te houden. Haar armen beven zo erg dat ze maar met moeite haar aan het lijf geplakte kleren uit krijgt. Haar lijfje, haar blouse, haar rok, haar onderbroek. Wanneer ze er uiteindelijk bij staat zoals haar moeder haar ter wereld bracht, legt ze alles op een stapel in een hoek van het vertrek en doet ze iets wat ze al van plan was zodra ze buiten gevaar was: tussen de spullen van Eugenio zoekt ze naar de degen en daarmee licht ze een van de vloerplanken van de kajuit op.

Ze slaakt een zucht van verlichting. Haar schriftje ligt er nog, voorlopig net zo veilig als zijzelf. Door het vocht van het schip zijn de bladen wat kromgetrokken, maar de inkt is niet doorgelopen en het handschrift van Miguel is nog steeds duidelijk te lezen, al ontgaat de betekenis van die kringelende lijntjes haar volledig. Ze legt de plank terug op zijn plek en drukt de deken tegen zich aan. Maar de kou is doorgedrongen tot in haar botten, warm krijgt ze het er niet van. Ze gaat in het bed van de stuurman liggen en wikkelt zichzelf zo goed mogelijk in de deken. Nu neemt het rillen wat af. Al snel valt ze in slaap. De spanningen en de fysieke uitputting van de laatste uren zijn te veel voor haar geweest.

Zo vindt de stuurman haar wanneer hij een tijdje later terugkomt. Hij kijkt naar het stukje gezicht dat niet door de sprei bedekt wordt. Oogleden die overgaan in lange, lange wimpers, een kromme neus waar ze zwaar door ademt, een gefronst voorhoofd alsof de beproevingen haar zelfs in haar slaap weigeren met rust te laten. Ze heeft een nachtmerrie, hij ziet haar vechten met iets. Of iemand. Misschien met die schoft die haar wilde verkrachten, die vervloekte Jerónimo Pardo; misschien met die dienders die haar naar de gevangenis in de haven van Sevilla wilden brengen; misschien met de moordenaar van haar vriendinnen. Of wie weet, met hem. Hij zou er heel wat voor overhebben om te weten wat er nu in het hoofd van deze vrouw omgaat. Hij krijgt de aanvechting om haar natte haar te strelen, de zorgelijke rimpels in haar gebruinde gezicht, de rug die gespannen is als die van een dier dat zo op de vlucht kan slaan. Strelen om haar te kalmeren, zodat ze stopt met vechten en haar geest kan rusten. Maar in plaats daarvan zucht hij gelaten, pakt een groot kussen en schikt zich naast het bed op de houten vloer.

Die is vervloekte hard. Waarom doet hij dit zichzelf aan?

92

Freire komt in huis terug met twee nieuwe haarlokken. De kroegbazin was al snel over de brug gekomen, hoewel haar gepraat niet tot de gewenste uitkomst leidde.

Ze vertelde dat de zondares een vriendin van haar was en bekende dat die erg geïnteresseerd was in de eerste stuurman van de koninklijke armada. En, naar het leek, hij ook in haar. Want een paar dagen nadat ze was langsgekomen om naar Eugenio de Ron te vragen, waren ze met z'n tweeën aan komen lopen. Nela had hen zelf bediend en volgens haar konden ze het goed met elkaar vinden. Het opvallendste was echter dat Nela hem verzekerde dat iemand haar in de haven had gezien op de dag dat de vloot vertrok. Een kennis van haar had haar in de haven als een bezetene naar de schepen zien rennen.

Freire twijfelt er niet meer aan. Die vrouw is op een van die schepen meegegaan. Alleen op die manier valt haar mysterieuze, plotselinge verdwijning te verklaren. Hij weet niet hoe dat bij de hoogste instanties zal vallen, maar het behoort ook niet tot zijn taak om het te vertellen. Hij beschikt nu over informatie voor zijn contact. En vooral ook over een uitstekende reden om zonder het geëiste lijk te verschijnen.

Nadat hij de haarlokken in zijn kistje heeft gestopt, trekt hij zijn mantel, wambuis en broek uit en gaat voorzichtig naast zijn vrouw in bed liggen, die iets onverstaanbaars mompelt terwijl ze zich in haar slaap omdraait om tegen hem aan te gaan liggen. Hij slaat zijn arm zachtjes om haar middel en blaast zijn warme adem uit tegen haar nek. In de armen van zijn echtgenote slaapt hij diep en vredig.

93

10 september van het jaar des Heren 1580

Hier begint de reis pas echt.

Hoewel de tocht over de Betis de nodige gevaren inhoudt, krijgt Eugenio pas in de vaarstrook waarin ze het rif naar open zee kunnen passeren, het gevoel dat eindelijk de echte oversteek begint.

De hele ochtend hebben ze vastgezeten bij de douane van Sanlúcar, waar de gebruikelijke inspectie plaatsvond. Niemand van de inspecteurs durfde de vertrekken van de leiding te doorzoeken, maar de stuurman haalde pas weer rustig adem toen de weg vrij was om verder te gaan. Nu ze dit obstakel hebben overwonnen, evenals de kale rotsbodem en de modderige zandbanken – met een van de grootste bekende scheepskerkhoven – neemt een gevoel van optimisme bezit van zijn hele wezen, even krachtig als de zuivere lucht die in zijn longen doordringt. Bovendien beziet de bemanning hem na de zogenaamde terechtstelling van Damiana weer met gepaste eerbied. De wind staat voor hem nu weer gunstig.

Er begint een nieuwe fase van hun tocht, waarbij ze op hun zuidwestelijke koers naar de Fortuinlijke Eilanden, zoals de Canarische Eilanden wel worden genoemd, dwars door de oceaan zullen gaan. Als ze op zee gunstige omstandigheden hebben, kunnen ze over een dag of tien al aanmeren op het eiland Tenerife. Daar zullen ze drinkwater inslaan, de laatste proviand binnenhalen en elk eventueel defect repareren dat ze onderweg mochten oplopen. Vervolgens zullen ze beginnen aan hun oversteek over de Atlantische Oceaan.

Eugenio de Ron gaat helemaal op in zijn werk. Op dit moment is dat voor hem de enige werkelijkheid. Misschien omdat hij begon met varen toen hij nog maar een jochie was, misschien omdat het in zijn bloed zit, maar hij voelt dat hij voor de zee gemaakt is. Alleen boven op de achtersteven, waar hij de gehele grootsheid van het oorlogsschip en de lijn van de horizon voor hem kan overzien, voelt hij zich ten volle leven.

Hij draait zich om om zijn blik over de rest van het konvooi te laten glijden. De koopvaardijschepen hebben de kust van het schiereiland al achter zich gelaten en het admiraalsschip, dat de formatie sluit met het vaandel geheven aan de bezaansmast, staat op het punt eveneens het rif bij Sanlúcar te passeren. Op de *Soberbia* is de golfslag al voelbaar. Het kalme water van de Betis heeft niemand narigheid bezorgd, maar hier worden de minder geoefenden zeeziek en zal menig nieuweling zo beroerd worden dat hij denkt dood te gaan. Geen wonder, want door de tegengestelde luchtstromen is dit hier het onstuimigste traject, waar nog eens bij komt dat een oorlogsschip door de hoge bouwsels op voor- en achtersteven meer deining geeft dan een koopvaardijschip. Wanneer ze eenmaal op de oceaan zijn en ze gedreven worden door passaatwinden zal alles gemakkelijker zijn, want dan varen ze voor de wind en hoeven ze de zeilen nauwelijks te gebruiken. Maar tot die tijd moeten ze nog een flink aantal dagen helse golfslag doorstaan.

Eugenio meent te voelen dat er iets warms over zijn voeten stroomt. Wanneer hij naar beneden kijkt, ziet hij dat zijn dure rijglaarzen overgoten zijn met een gelige vloeistof. Ernaast staat het kleine, bangelijk uitziende hulpje, dat eroverheen heeft gekotst.

'Bij de baard van Mohammed! Kon je dat niet ergens anders neerkwakken, jongen?' Als het niet zo'n klein kind was, stuurde hij hem meteen naar de mastkorf. Als hij in die korf zat, ja, dan had hij reden om leeg te lopen.

De jongen wil iets zeggen, maar hij begint weer te kokhalzen en hij draait zijn hoofd nog net op tijd een andere kant op, zodat het braaksel een paar duim verderop terechtkomt.

'Wie is jouw baas, God nog aan toe?!' brult Eugenio hevig geïrriteerd.

Diego reageert alsof er een veer in hem is gestoken en vermant zich, zodat hij kan spreken. 'Zegt u alstublieft niets, anders ranselen ze me tot de vellen erbij hangen. Ik zal uw rijglaarzen zo schoon maken dat ze er weer als nieuw uitzien.'

Eugenio kijkt hem strak aan. Hij is misschien net zes of zeven, net zo oud als hijzelf toen hij op een schip werd gezet. Hij weet dat er twee soorten hulpjes zijn: jongens die familie aan boord hebben, en wezen, die getiranniseerd worden. Hij weet ook dat deze jongen doodsbang is omdat hij tot de tweede categorie behoort. Net zoals hij. Voor de verwachtingsvolle ogen van de jongen trekt hij zijn schoeisel uit. 'Schiet een beetje op. Ik ga hier niet de hele dag zo staan.'

94

Er houdt een koets halt voor het stadhuis.
De koetsier maant de bonte, onrustig hinnikende paarden tot kalmte. Een lakei trekt het gordijn voor het raampje weg, waarop het gezicht van don Rafael de Zúñiga y Manjón tevoorschijn komt. Hij is te vroeg, zodat hij eerst moet wachten tot er andere rijtuigen verschijnen. Tenslotte is hij een van de mannen die hun functie het langst vervullen en daarom weigert hij als eerste naar binnen te gaan.

Wanneer er een stuk of twaalf heren – de helft van het vierentwintigkoppige ledental – het gebouw hebben betreden, knikt hij naar zijn lakei, die daarop het deurtje opent en met één welgerichte sprong buitenstaat. Vanaf de bok reikt de koetsier hem het opstapbankje aan, dat de lakei neerzet. En nu stapt don Rafael uit, in de grootsheid die bij zijn afkomst past.

Hij heeft zich in zijn beste kleren gestoken. Een wambuis van fijn gestikt satijn, een saffraankleurige, wijde pofbroek, een zwart jasje met zilveren kettinkjes en een damasten, met parels en borduurwerk afgezette mantel. Op zijn hoofd een rijk bestikte bonnet. Het is de bedoeling dat deze kostbare kleding gezien wordt tijdens de vergadering van het stadsbestuur, die in naam van de koning zal worden voorgezeten door een hoveling. Don Rafaels prestige heeft de laatste tijd te lijden gehad onder de geruchten dat hij in geldnood zou verkeren en dat hij zich als een ordinaire koopman zou inlaten met de wijnhandel. Hij schaamt zich daar vreselijk voor en heeft de kwestie van de vloot aangegrepen om zijn aanzien in de hoogste kringen terug te krijgen. Dat heeft hij niet alleen gedaan door geld te steken in deze uitdossing naar de laatste mode, maar ook en vooral met het pompeuze feestmaal waarvoor hij het puikje van de elite van Sevilla had uitgenodigd. Hij hoopt nu maar dat dit het gewenste effect heeft gehad en dat er dagenlang over niets anders wordt gesproken in de stad.

Al in de ontvangstzaal begint hij te glimlachen, wanneer hij ziet dat een aantal heren begint te fluisteren terwijl ze steels naar hem kijken. Hij loopt op hen af in de overtuiging dat ze zich zeer vereerd zullen voelen met zijn gezelschap. 'God zij met u,' groet hij, terwijl hij naast een van de mannen gaat staan.

'Eveneens met u,' reageert de man ongemakkelijk.

Vervolgens valt er een gespannen stilte. Don Rafael begrijpt de reden niet. Wat is er aan de hand? Stellen ze zijn aanwezigheid niet op prijs? Om erachter te komen slikt hij zijn trots als bitter gif in. 'Alles goed met u, edele heren?'

Uitgestreken gezichten en toenemende spanning. Niemand lijkt de kat de bel te willen aanbinden. Gelukkig komt op dat moment de hoveling binnen, de vertegenwoordiger van de koning in het stadsbestuur, en een aantal mannen zucht opgelucht. Iedereen haast zich naar zijn zetel.

De hoveling groet de leden van het stadsbestuur en geeft dan meteen het woord aan de algemeen rekenmeester, die de leden inzicht geeft in de uitgaven. De man begint met monotone stem verveeld de bedragen op te dreunen voor nieuwe bestratingen, reparaties aan poorten en muren en het werk aan de graanbeurs, plus de middelen die zijn toegewezen aan verschillende liefdadigheidsinstellingen. Een van de oudste leden knikkebolt een beetje. Andere onderdrukken nu en dan een geeuw. Vervolgens zet de rekenmeester uiteen welke belastingen sinds de laatste vergadering zijn geïnd. Die lijken al op wat meer belangstelling te kunnen rekenen. De geldelijke middelen van de stad bevinden zich op het hoogste punt ooit en de jaarlijkse opbrengst van de in- en uitvoerrechten nadert inmiddels een bedrag van honderd miljoen maravedí. Dit cijfer stemt veel aanwezigen tot tevredenheid. Het bedrag kan worden besteed aan openbare werken en de traktementen van ambtsdragers. Maar het belangrijkste is natuurlijk dat hun eigen hoge bezoldigingen geen gevaar lopen.

De rekenmeester geeft het woord weer aan de hoveling, die over andere zaken begint. De belangrijkste betreft een vrijgekomen functie van stadsbestuurder na de dood van een bekend edelman uit de stad. Die wordt aangeboden voor achtduizend vijfhonderd dukaten en belangstellenden dienen een adellijke titel te hebben. Er volgt een verhit debat, want heel wat handelaren proberen een functie in de raad te krijgen met behulp van vervalste documenten, of ze trouwen zich omhoog. De economische macht is de edellieden al afgepakt door deze nieuwe stand, dus zullen ze hun afkomst met hand en tand blijven verdedigen. Wanneer er eindelijk overeenstemming is over de eisen waaraan iemand moet voldoen, is de agenda afgewerkt. Verscheidene mannen zijn al opgestaan en grijpen naar hun hoed.

De hoveling maakt echter een teken dat het nog niet zover is. 'Er dient nog een buitengewoon ernstige zaak te worden besproken,' zegt de man, die zijn woorden zorgvuldig heeft gekozen.

De edellieden, die meenden dat de vergadering al afgelopen was, kijken geërgerd. Er klinkt menige zucht wanneer ze teruglopen naar hun zetels.

'Het zal niet aan de aandacht van Uwe Edelen zijn ontsnapt dat de voorvallen in de haven afbreuk hebben gedaan aan het aanzien van onze stad,' begint de hoveling. 'Het is Zijne Majesteit ook ter ore gekomen en ik moet u zeggen dat het hem onaangenaam heeft getroffen.'

Enkele mannen gaan verzitten in hun stoel en prevelen iets tegen hun buurman.

Dan spreekt iemand met stemverheffing boven het geroezemoes uit: 'Ik dacht dat dit alleen een zorg van dat handelsvolk was.' Hij werpt een weinig kiese blik op don Rafael, die een pioenrood gezicht krijgt. De anderen volgen het voorbeeld van de spreker en iedereen ziet hoe benauwd don Rafael het heeft.

'Wel, dat is niet zo,' verklaart de hoveling. 'Iedere vertraging die de vloot bij vertrek oploopt is schadelijk voor het koninkrijk, want ook de terugkeer zal daardoor langer op zich laten wachten en daarmee ook de komst van goud en zilver uit de Nieuwe Wereld, die van wezenlijk belang zijn voor het Leger van Vlaanderen en de strijd tegen de ketterij.'

Het gemompel is opgehouden, zodat de vertegenwoordiger van de koning zijn vertoog voortzet. 'En zoals u ongetwijfeld zult hebben vernomen, blijven de geweldsmisdaden elkaar opvolgen. Er zijn opnieuw twee lijken van vrouwen opgedoken. De ene was prostituee, de andere waardin. Daarnaast is er nog een lijk in El Compás aangetroffen.'

'Wat heeft dit allemaal met de koning te maken?' vraagt iemand.

'Met Zijne Majesteit niets,' haast de hoveling zich te zeggen, 'maar wel met de stad. Het is al onheilspellend dat er lijken zijn gevonden op schepen en in de omgeving van de haven, maar de stad kan zich op geen enkele manier veroorloven dat een man zich niet veilig kan voelen achter de beschermende muren van de hoerenwijk.'

'Een straf van God,' prevelt iemand, die als teken van vroomheid een rozenkrans vasthoudt.

'Dan is er nog iets.' De hoveling maant met zijn geheven hand tot stilte. 'De doodgemartelde man in El Compás beheerde een aantal van de hoerenkamers die de stad het meeste opleveren.'

Dit treft de edellieden wel, en nu laten hun gezichten ontstemming en ergernis zien.

Maar nog is de hoveling niet klaar. 'U weet dat er steden zijn die zich storen aan de buitengewone bloei die Sevilla doormaakt. Onze stad overtreft in bevolking en geld zelfs ruimschoots de hoofdstad van het rijk. We moeten nu meer dan ooit het voorbeeld zijn van een welvarende, rustige grote stad.'

'En wie heeft dit allemaal aan Zijne Majesteit overgebriefd?' vraagt iemand verontwaardigd.

'Zoals net is opgemerkt, maakten veel koopmannen zich zorgen om de vertraging van de vloot. Daar kwamen nog eens de buitensporige uitgaven bij die werden gemaakt om het konvooi te laten vertrekken.'

De blikken richten zich weer op don Rafael. Iedereen heeft de geruchten gehoord: het idee om de gage te verdubbelen was van hem afkomstig. Bovendien behoort hij door zijn befaamde afkomst tot de kringen die genoeg contacten hebben om berichten tot het hof te laten doordringen, of in elk geval meer contacten dan een koopman die niet eens een adellijke titel heeft.

'Maar de vloot is al vertrokken. Niet meer dan een paar dagen later dan voorzien was, Uwe Excellentie,' hakkelt don Rafael benauwd, die meteen begrijpt dat hij met deze woorden een stommiteit begaat. Zo zorgt hij ervoor dat alle aandacht definitief op hem is gevestigd.

'Zijne Majesteit is heel duidelijk geweest,' werpt de voorzitter tegen. 'Mocht er opnieuw beroering ontstaan zoals die hier de laatste tijd heeft plaatsgevonden, dan zal hij wat betreft toekomstige investeringen de voorstellen van andere steden gaan bestuderen.'

Er stijgt een boos geroezemoes op. Don Rafael is zich ervan bewust dat de ogen nog steeds op hem zijn gericht en dat ze steeds minder vriendelijk worden. Aangezien hij hier niemand een klap kan verkopen trekt hij in een nerveus gebaar het kantwerk van zijn manchetten recht.

'Ik verzoek uw goedkeuring voor een verruiming van de middelen voor wetsdienaren. De bewaking zal zowel overdag als 's nachts worden opgevoerd om te voorkomen dat dit soort ongeregeldheden opnieuw plaatsvindt,' zegt de hoveling.

Er wordt korte tijd heftig geredetwist, maar dan wordt het voorstel goedgekeurd.

'Ik stel uw vrijgevigheid zeer op prijs. Het kwaad is al geschied, maar laten we er in ieder geval voor zorgen dat het niet erger wordt.'

'Wat kan er worden gedaan om het vertrouwen van Zijne Majesteit terug te winnen?' vraagt een van de jongste edelmannen.

De hoveling onderdrukt een glimlach van voldoening. Dit is precies wat hij wil horen. 'Daar heb ik lang over nagedacht. Misschien is er inderdaad iets waarmee we weer in de gunst kunnen komen bij onze koning.' Hij schraapt zijn keel en wacht tot iedereen verwachtingsvol naar hem kijkt. Wanneer het zover is, gebaart hij naar een van de soldaten die bij de deur staan. 'Laat Zijne Eminentie, inquisiteur broeder Juan de Colomer, binnenkomen.'

Kaarsrecht en met geheven hoofd stapt Colomer de zaal in. Zonder enige haast neemt hij met zijn lichtgroene ogen de aanwezigen een voor een op, alsof hij alle tijd van de wereld heeft. Hij weet dat het gouden kruis op zijn borst en zijn zwarte inquisiteurskledij evenzeer imponeren als de verwijzing naar zijn functie bij het gerechtshof van Sevilla. Als hij het spel vandaag goed weet te spelen, kan hij zich mogelijk op een elegante manier uit zijn netelige positie bevrijden.

'Het is van het grootste belang dat een vrouw, die verdwenen is, wordt teruggevonden,' begint hij met een onaangedaan gezicht. 'Er zijn aanwijzingen dat ze aan boord is gegaan van een van de schepen van de vloot. Als deze raad kan helpen om haar te pakken te krijgen, zal dit zeer gewaardeerd worden.'

'En hoe zouden we dat moeten doen?' vraagt iemand overmoedig. 'Ze zijn dagen geleden vertrokken en zullen inmiddels al honderden mijlen verderop zijn.'

'Door een klein zeilschip te huren dat snel genoeg is om hen in te halen,' zegt de inquisiteur scherp. 'Wie dat doet en erin slaagt haar hier te brengen, valt ongetwijfeld bij de koning in de gunst.'

Drieëntwintig edellieden verwerken zwijgend deze informatie.

Maar één heeft al een besluit genomen. Op deze manier kan hij zijn eer herstellen. 'Ik zal alle kosten op me nemen, Eminentie,' verklaart don Rafael op zelfgenoegzame toon.

95

Aan de eerbiedwaardige moeder María de San José, priorin van Sevilla

De berichten die ik uit Sevilla ontvang doen me schrikken. Ik heb al vaak gezegd dat de demonen daar meer invloed hebben dan elders, en het lijkt werkelijk wel alsof alle furiën uit de hel zich hebben gebundeld om strijd tegen ons te voeren.

Weet, eerbiedwaardige moeder, dat ik bij het lezen van uw brief ten prooi viel aan grote smart en dat ik er alleen maar aan kan denken hoe ik kan helpen, want door de liefde die ik voor u voel geef ik u graag in alles vreugde, en God weet dat deze arme zuster zo'n einde niet verdiende. Ik herinner me nog hoe ze daar stond voor het eerste gebouw dat we in Sevilla hadden, wachtend tot er een vrouw zich over haar zou ontfermen en haar een bruidsschat zou geven.

Maar terwijl ik in tweestrijd verkeerde kwam er een bericht van pater Gracián, waarin hij me op de hoogte stelde van de verdrietige afloop. De listen van de duivel en zijn laaghartige trawanten in deze wandaad ontstellen mij. Het is niet juist dat zijn zwaard van bandeloosheid langer is dan de rede, maar voor zover ik heb kunnen nagaan, betrof het een zeer ernstige zaak die zelfs onze bekwame majesteit koning Filips ii ter ore kwam en ik geloof dan ook niet dat de zwakke krachten van deze nederige dienares iets zouden hebben uitgericht in een zaak van deze omvang.

Het doet me veel verdriet wat zuster Catalina heeft doorgemaakt, maar bedenk dat u zelf in eerdere brieven uw twijfels over haar uitte. Sta niet toe dat de Reformatie te lijden hebben onder haar rampzalige einde. Deze nieuwe smet dient u immers niet en het lot van de wereld is zodanig dat de geschoeiden er gebruik van zouden kunnen maken, zoals ze in het verleden gedaan hebben. Wat de andere dienares van God betreft die zichzelf voor zo heilig houdt: u weet dat ik altijd wantrouwend heb gestaan tegenover al te ijverige flagellanten. Houd haar kort, want ze heeft zich onbetrouwbaar getoond en ze zou hetzelfde kunnen doen tegen de orde, mocht haar dat gepast lijken.

Ik heb u zeer lief, en in de liefde die ik voor u voel bedroeft het me dat u nu zoveel lijdt. Moge God toestaan dat ik u spoedig kan omhelzen.

Groet alle zusters uit naam van uw dienares,

Theresia van Avila

Het huis in Avila, 18 september

ps Ik laat u dit bericht toekomen met de vrachtrijder die, zoals u weet, eerbiedwaardige moeder, de man is die ik het meest vertrouw op dit gebied. U dient de brief te vernietigen zodra u hem gelezen hebt.

96

22 september van het jaar des Heren 1580

Op Tenerife verwelkomen vele saluutschoten de vloot naar West-Indië.
Samen met het onophoudelijke klokgelui van de kerk van Santa Ana kondigt het eresaluut de komst van het konvooi aan. Dit warme welkom wordt op de schepen met vrolijkheid ontvangen. Niet alleen omdat de mannen al een inspannend gedeelte van hun overtocht hebben afgelegd, maar ook omdat ze nu de gelegenheid krijgen te ontsnappen aan hun drijvende gevangenis: de benen strekken, weer op krachten komen door te eten en te drinken tot ze niet meer kunnen, plezier maken met de vrouwen op het eiland en alles doen waar ze maar zin in hebben, voor zover tijd en geld dat toestaan. En hun komst is voor de eilandbewoners eveneens reden tot grote vreugde, want ze krijgen niet alleen geld voor de genoemde behoeften, maar vooral ook voor de goederen waarmee ze de schepen bevoorraden voor de rest van de reis of voor verkoop in de Nieuwe Wereld. De laatste jaren hebben de Canarische wijnen een goede naam gekregen en iedereen met wat geld wil een voorraadje meenemen om er aan de andere kant van de oceaan rijkelijk winst mee te maken.

Hoewel er vanuit het stadsbestuur vaak om is verzocht, laten de kleine schepen die de komst van het konvooi moeten aankondigen het vaak afweten, zodat op het eiland nooit bekend is op welke datum precies de vloot zal aankomen. Ze zijn voor anker gegaan in Garachico dat, sinds het een van de havens is die het vaakst door konvooien wordt aangedaan, het eiland welvaart heeft gebracht waardoor veel gezinnen in hun levensonderhoud kunnen voorzien. Door de opgelopen vertraging waren de eilanders steeds ongeduldiger geworden. Daardoor is er vandaag dubbele drukte: nu de schepen zijn aangemeerd is het een en al blijdschap en enthousiasme. Ter verhoging van de feestvreugde zijn er allerlei activiteiten: op straat klinken trommels en schalmeien, mensen dansen de chaconne en de sarabande, en zolang het konvooi in de haven ligt mag er gemaskerd feestgevierd worden.

Toch is er één die niet van de algehele opwinding geniet: de verstekelinge die opgesloten zit in het vertrek van de eerste stuurman. Op de *Soberbia* is geen zeeman die haar gezicht niet heeft gezien, zowel op de dag dat ze haar dolk in de lies van eenoog Jerónimo Pardo stak, als op de dag dat de zogenaamde terechtstelling plaatsvond. Aan land gaan zou beslist een nieuw doodvonnis betekenen. En Damiana betwijfelt ten zeerste of het haar dan nog eens zou lukken om het vlaggenschip niet in te hoeven ruilen voor de boot van Charon.

Voor hij wegging heeft Eugenio ervoor gezorgd dat het haar aan niets ontbreekt: behalve de in de kajuit opgepotte proviand heeft hij met hulp van Diego voldoende porties eten binnengehaald voor de tijd dat ze hier alleen is. Het scheepshulpje is een goede bondgenoot gebleken, die voorzichtiger en discreter is dan wie ook. Zonder vragen te stellen voldoet hij aan elk verzoek van Ron. De jongen weet dat het al handig is om de proviandmeester – die een tiran blijkt te zijn – op zijn hand te hebben, maar dat geldt helemaal voor de eerste stuurman van de koninklijke vloot.

Damiana is buiten zichzelf. Het zachte bed, de gekonfijte vruchten, de zoete wijn die ze kan drinken wanneer ze maar wil zijn voor haar niet genoeg, want als er iets is wat ze even belangrijk vindt als het leven zelf, dan is het haar vrijheid. Daarom heeft ze ook nooit willen trouwen, en daarom begreep ze ook niet dat Carlina intrad in een klooster waar ze alleen maar uit is gekomen om te worden vermoord door de mensen aan wie ze haar leven had gewijd. Zoals altijd wanneer ze aan de dood van haar vriendin denkt, vermengen boosheid en verdriet zich in haar tot een gloed die haar vanbinnen verteert en zou ze het willen uitschreeuwen, op de wanden van de kajuit willen slaan tot die het begeven.

Voor nu schikt ze zich erin enkel een paar tranen te laten. Dan veegt ze ze in een opwelling van trots vastberaden af en staat op. Ze legt haar oor te luisteren tegen de deur. De saluutschoten zijn opgehouden en buiten is niets te horen dan het kalme geklots van de golven tegen de scheepsromp. Behoedzaam zet ze de deur op een kier en steekt haar neus om de hoek om het warme havenbriesje in te ademen. Ze verbaast zich erover dat het haar zo goeddoet, maar het vergroot zo mogelijk nog haar gevoel van geïsoleerd zijn. Zelfs in de meest luxueuze kajuit van het schip eist het gebrek aan ventilatie zijn tol, en inmiddels stinkt het er naar schimmel, zweet, bedorven voedsel, rottend fruit en haar eigen uitwerpselen in de steek die nu door niemand wordt geleegd.

Damiana zet de deur iets verder open en de zonnestralen van het middaguur strelen haar gezicht. Ze sluit haar ogen en haalt diep adem. Bij haar moeder, ze moet hier echt uit.

Nu staat de deur helemaal open, en ze stapt onverschrokken de drempel over, alsof ze daarmee haar leven terugkrijgt. Als het dan niet mogelijk is om aan land te gaan, kan ze in ieder geval een paar uur wandelen op het lege schip.

97

24 september van het jaar des Heren 1580

De kleine Diego kijkt om zich heen.

Aan boord wist hij inmiddels de weg, maar hier voelt hij zich verloren, terwijl ze al drie dagen in de haven liggen. Toen de grote planken waren neergelegd, haastten ze zich in een wanordelijke kluwen naar beneden. Sommigen alleen, anderen met z'n tweeën of vieren, maar niemand vroeg hem erbij te komen. Ze wilden te graag de kroeg in om hun kelen te smeren met de Canarische wijnen en om hun lichaam te verwarmen met de Canarische vrouwen.

Zelfs de eerste stuurman, die hem onder zijn hoede heeft genomen, heeft hem niet meegevraagd. Eugenio heeft hem verteld dat hijzelf ook werd gerekruteerd door een bootsman, die hem als wees gebruikte voor slavenarbeid, iemand die nooit zou durven tegensputteren omdat hij niemand heeft die hem beschermt. Dat duurde een tijd, tot de stuurman van het koopvaardijschip waar hij op voer hem onder zijn bescherming stelde. Diego heeft het geluk gehad dat hij Eugenio doet denken aan het jongetje dat hijzelf ooit geweest is.

Maar goed, nu is hij weer alleen. De straten van Sevilla kende hij tenminste. Hij wist waar hij in geval van nood naartoe kon vluchten, waar de doodlopende steegjes waren die je moest vermijden, de verborgen hoekjes waar je kon schuilen en de overvolle pleinen waar je onopgemerkt kon rondlopen. Hier heeft hij zich niet verder gewaagd dan het eind van de haven en hij brengt de tijd door met kijken naar de handel in allerlei goederen, het gejammer van bedelaars, de reparaties aan de schepen en de schreeuwende kraamhouders die klanten zoeken.

Veel zou hij in Garachico ook niet te doen hebben: de enige

reden waarom hij de plaats zou willen bezoeken is een plek in een pension waar hij in een bed ongestoord zou kunnen slapen, maar daar heeft hij geen geld voor. Ook zou hij alles overhebben voor een lekkere warme maaltijd. Hij zit daar net aan te denken wanneer zijn ogen op een klein mannetje vallen dat hem bekend voorkomt. Hij staat naast het zeilscheepje waar een handjevol dienders uit is gekomen en lijkt helemaal op te gaan in zijn gesprek met een bootsman die een prijs is overeengekomen met de eilanders over een aantal vaten. Diego knijpt zijn ogen samen om beter te kunnen zien: het is hem, zonder twijfel. De man die hem heeft aangemonsterd.

Hoewel hij veel klappen heeft gehad sinds hij wees werd – en ook wel een paar daarvoor – is hij niet helemaal ongevoelig geworden. Mensen die hem hebben geholpen weet hij te waarderen. Door zijn dunne snorretje en de te dicht bij elkaar staande ogen heeft de man veel weg van de knaagdieren waarmee hij aan boord te stellen heeft, maar hij is niet vergeten dat deze man hem de kans gaf op werk. Zwaar en riskant werk, maar beter dan hij had kunnen bedenken toen hij iedere dag weer bedelend rondzwierf om iets in zijn mond te kunnen stoppen. Hij kijkt strak naar hem, tot de man hem in de gaten krijgt. Die lijkt eerst verrast, maar dan laat hij een glimlachje zien en komt naar hem toe.

'Hoe is het, jongen?' vraagt Florencio, terwijl hij hem vriendelijk op de schouder klopt.

'Ik red me wel,' zegt Diego, die altijd zuinig met zijn woorden is.

De man priemt zijn ogen in die van Diego, in een poging de betekenis van dat zinnetje te doorgronden. 'Als een van die zeelui iets raars met je heeft geprobeerd, dan hoef je het maar te zeggen,' mompelt hij, ineens heel serieus.

Diego zegt niets. Hij weet wat de man bedoelt, en uiteraard heeft hij meer dan eens pogingen tot ontucht gezien aan boord, maar hij zorgt ervoor buiten bereik te zijn zodra het ook maar enigszins verdacht wordt. De beste manier om te overleven is jezelf onzichtbaar maken. Dat lukt hem soms. En de keren dat hij het niet voor elkaar krijgt, kan hij nog altijd naar de stuurman gaan om iemand van zijn voornemen af te laten brengen.

'Je hoeft het maar te zeggen,' herhaalt Florencio, en dan kijkt hij weer naar het oorlogsschip. 'Jij zit toch op de *Soberbia*?'

'Ja, heer.'

Florencio knikt tevreden. 'Ik heb gehoord dat er een verstekelinge is terechtgesteld.'

'Ik heb haar zelf gevonden,' pocht Diego.

'Is dat zo?'

'Zo waar als gras groen is. Ze had zich verstopt in het ruim.'

'Heb je haar zien doodgaan?'

De kleine Diego denkt even na voor hij antwoord geeft. Hij heeft dat gezien, natuurlijk, maar hij heeft ook gezien hoe die twee naar elkaar keken. Hij weet zeker dat ze elkaar kenden. En met de porties waar de eerste stuurman om vraagt kan een persoon extra worden gevoed. In de tijd dat Diego wees is, is het eerste wat hij heeft geleerd dat een plus een twee is. Hij heeft deze vrouw al eens verklikt en ze heeft het overleefd. Zoals híj de dingen heeft overleefd. Het verstandigst is haar niet nog eens te verklikken. 'Ik heb het gezien en alle mannen op het schip ook.'

De secretaris knijpt zijn ogen tot spleetjes en verwerkt deze informatie. Als de vrouw dood is, is er nog maar één persoon voor wie hij belangstelling heeft. 'Kom mee, ik trakteer.'

Diego aarzelt. Hij vindt het niet prettig wanneer mensen hem gunsten verlenen zonder dat hij weet wat ze ervoor terug willen hebben. Want dat willen ze altijd, en dat kun je maar beter weten voordat je een beslissing neemt.

Florencio lijkt zijn gedachten te lezen, want hij voegt eraan toe: 'Je kunt me van dienst zijn op dat schip. Er is daar iemand op wie je een oogje kunt houden voor mij.'

Met een ernstig gezicht gaat de jongen akkoord. Hij is al wat geruster en loopt de haven door, samen met de scharminkelige man, die hem voor de tweede keer te eten zal geven.

98

Het is de derde dag die ze aan dek doorbrengt.
Damiana weet dat de vloot binnenkort weer vertrekt en ze is niet van plan ook maar een tel van haar gevangenisverlof te verknoeien. Het zal maanden duren voor ze opnieuw zo'n kans krijgt, ze wil niet eens denken aan de lange dagen die nog voor haar liggen en die ze opgesloten in die kajuit moet zien te slijten. Eugenio's gezelschap is haar enige troost. Hoewel hij niet veel langer in de kajuit is dan om er te eten en te slapen of zijn zeekaarten te bestuderen, lijken de momenten dat ze met hem kan spreken nu nog het meest op geluk. En de eerste stuurman zorgt voor haar, zoveel is zeker.

Hij speelt het niet alleen klaar dat ze iedere dag een stuk gezouten vlees of gedroogde vis heeft, maar heeft ook een matrasje weten te bemachtigen waar hij nu iedere nacht op slaapt. Haar heeft hij het veldbed gegeven. Bovendien is hij begonnen haar te leren lezen. Ze had hem uiteindelijk durven toe te vertrouwen dat ze zich schuldig voelt en schaamt dat ze nooit naar de raad van Miguel heeft geluisterd, en toen heeft hij zijn hulp aangeboden.

Hierdoor is zij, die mannen kan inschatten door één enkele blik op hen te werpen, nog steeds niet in staat tot deze man door te dringen. Want Eugenio heeft nog niet één keer geprobeerd haar aan te raken. Zelfs niet in de nacht dat ze, ontdaan van haar natte kleren, zich moest bedekken met slechts een deken. Hij hing haar kleren ergens op waar niemand ze zag en bracht ze droog naar haar terug. Het toppunt was nog wel dat hij zich omdraaide toen ze ze aantrok. Zo ging dat dertien dagen en dertien nachten lang. Niet één wellustige blik, niet één opmerking, niet één keer dat ze wakker werd omdat hij boven op haar lag met een pik zo hard als een paal. Hoewel, dat gebeurde wel een keer, maar dan in het rijk der dromen. Háár dromenrijk.

Ze is dit soort mannen beslist niet gewoon. Sterker nog, ze is nog nooit zo iemand tegengekomen. Daarom brengt hij haar in verwarring. Daarom weet ze niet of ze zich opgelucht of teleurgesteld moet voelen. En daarom voelt ze zich, voor het eerst in haar leven, onzeker. Over zichzelf, over haar verleidingskunsten. Verdorie. Soms haat ze die stuurman.

In de drie dagen dat ze nu in de haven liggen heeft ze in ieder geval niet aan hem gedacht. Ze is in alle hoeken en gaten van het schip geweest, voortdurend over haar schouder kijkend of er niet ergens een zeeman rondliep die verplicht aan boord moest blijven. Ze heeft de bronzen kanonnen bewonderd en de zware ijzeren projectielen die op gewicht bij elkaar liggen, ze heeft in de spullen van de matrozen gesnuffeld, ze heeft de razeilen en latijnzeilen aan de masten bekeken, en iedere dag is ze naar de boeg gelopen om van dichtbij het boegbeeld te zien waaraan het gezicht met de lokken van Violante heeft gehangen, en duizend-en-een keer heeft ze de moordenaar vervloekt. Ooit zal ze erachter komen wie het gedaan heeft. En dan zal hij ervoor betalen. Zo waar zij Damiana heet, hij zal ervoor betalen.

Ze hoort stemmen dichterbij komen en verstopt zich snel achter wat tuigage. Het zijn twee officieren die de goederen aan boord brengen die ze gekocht hebben. Iedereen probeert wat te verhandelen, vooral degenen met een vergunning om maximaal zesenveertig kilo aan handelswaar mee te nemen. Bijna iedereen met deze speelruimte heeft malvezij gekocht, een plaatselijke wijn. Damiana luistert oplettend. Ze wil weten hoelang het nog duurt voor ze vertrekken. Doordat ze zo ingespannen haar oren spitst merkt ze niet dat er nog iemand aan dek is. Iemand die van achteren naar haar kijkt. Ze schrikt op wanneer ze op de schouder getikt wordt, en wonder boven wonder gaat dit niet vergezeld van een uitroep.

Ze stuit op die doordringende blik die ze al een paar keer eerder is tegengekomen. Een blik van bewondering, van verafgoding bijna. Van beloften voor de toekomst waar niemand hem om heeft gevraagd. Maar vandaag ziet ze nog iets anders in die blik. Iets wat haar helemaal van slag maakt.

De blik behoort toe aan Gaspar, die Damiana aankijkt. Eindelijk staat ze voor hem. Een-op-een.

99

'Ik heb u gevonden.'

Damiana kijkt hem verschrikt aan. Ze vervloekt zichzelf dat ze haar dolk in de kajuit heeft laten liggen. Hoe heeft ze zo dom kunnen zijn? Hoe moet ze zich nu verdedigen? Een snelle vinger in het oog drukken of de bekende trap in de edele delen hebben haar van kinds af aan goede diensten bewezen, in ieder geval om tijd te winnen. Maar in dit geval zou ze alleen maar de aandacht van de officieren met hun wijn trekken, een paar ellen verderop, en dat zouden wel erg veel bekende trappen worden.

Gaspar geeft haar geen tijd om te reageren. Hij pakt haar bij de arm en trekt haar mee. 'We moeten hier weg.'

Damiana draait zich om en duwt tegen hem aan, zodat hij uit evenwicht wordt gebracht. 'Wat denkt u wel?'

'Er is een schip aangekomen vanuit het Iberisch Schiereiland,' zegt hij, met hervonden evenwicht. 'Ze zijn naar u op zoek.'

'Naar mij? Waarom?'

'U weet zelf vast wel in wie u die dolk van u nog meer hebt gestoken. Ik weet alleen maar dat er bevel is gegeven alle schepen te doorzoeken, terwijl ze door wat steekpenningen te geven al meermalen te horen hebben gekregen dat u bent terechtgesteld. Stelt u zich dus voor wat er gebeurt als iemand erachter komt dat u nog leeft. Iedereen zal proberen u te pakken te krijgen, vanwege de uitgeloofde beloning.'

Damiana laat zijn woorden op zich inwerken. Ze zoekt zijn ogen, probeert hem te peilen. 'En wie zegt me dat u die beloning niet wilt hebben?'

Nu is hij het die haar probeert te peilen. Met de intensiteit die hij altijd bij haar tentoonspreidt. 'U moet me vertrouwen.'

Iets zal Damiana in zijn ogen gevonden hebben, want deze keer laat ze zich overtuigen.

Gaspar loopt naar een grote kist die aan dek staat, opent hem en haalt er wat zeemanskleren uit. Hij werpt ze Damiana toe. 'Aantrekken.'

Ze vangt de kleren op, kijkt ernaar, begrijpt het. Maar dan bedenkt ze dat ze haar waardevolste bezit niet bij zich heeft. 'Ik ga me op het dek van het achterkasteel omkleden.'

Gaspar schudt resoluut zijn hoofd. 'Daar is geen tijd voor.'

Het geschreeuw dat op dat moment vanuit de haven opklinkt vormt een bevestiging van zijn woorden.

'Bij de vijf wonden van de Heer. Ze zijn er al.'

100

Eugenio gaat aan boord.

De eerste twee dagen heeft hij met alle bootsmannen de staat van de schepen onderzocht en de schade vastgesteld die is opgelopen tijdens de eerste etappe van de reis, die gerepareerd moet worden voor ze de oceaan op gaan. Nadat alles was afgesproken en er werd begonnen met het herstel van de beschadigingen die de zee het schip had toegebracht, ging hij op bezoek bij zijn liefje in de haven. Hij was heel lang niet bij haar geweest en had nu meer dan ooit behoefte aan haar gezelschap. De tegenstrijdige gevoelens die Damiana bij hem oproept brengen hem van zijn stuk. Hij zou de vriendin van zijn geliefde nooit durven aan te raken, maar hij begint een zorgelijke genegenheid op te vatten voor deze vrouw, die zo koppig is als een ezel.

Laat in de middag kwam hij bij de Zondares aan, het bordeel waar Lucía werkt, en daar is hij de hele nacht en een groot gedeelte van de volgende ochtend gebleven, waardoor hij niets weet van de komst van het kleine zeilschip. Hij is er verkwikt weggegaan en is verbijsterd wanneer hij een heel leger inspecteurs de vloot ziet controleren. In de haven hoeft hij maar een paar vragen te stellen om te weten wat er aan de hand is. Wanneer hij de valreep van het vlaggenschip op loopt, staan er al dienders om te zorgen dat er niemand het schip op of af gaat. Met veel moeite lukt het hem om door te worden gelaten. Hij, met de hoogste zeevaartfunctie! Nog meer verbijstering. Er moeten wel heel hoge instanties achter zitten wanneer zelfs de eerste stuurman wordt ondervraagd, zegt hij bij zichzelf.

Eenmaal aan boord gaat hij zo snel hij kan naar zijn kajuit zonder de aandacht te trekken van de inspecteur en zijn mannen, die iedere vierkante duim van het schip doorzoeken. Als ze Damiana vinden, zit hij flink in de nesten. Niet alleen valt hij dan in ongenade bij de bemanning, die nooit meer vertrouwen zal hebben in iemand die tot zulke lepe streken in staat is, maar ook de autoriteiten zelf zullen hem zijn illegale manoeuvres betaald zetten. Hij moet haar hoe dan ook zijn kajuit uit zien te krijgen.

Maar wanneer hij de deur opendoet kan hij een gevoel van ongerustheid niet voorkomen. Niet alleen omdat er niemand is, maar ook omdat er een orkaan door het vertrek lijkt te hebben geraasd. Zelfs zijn kajuit hebben ze dus doorzocht. Maar als ze Damiana hadden gevonden, dan zouden ze nu toch niet meer naar haar zoeken?

Opnieuw zorgt die vrouw voor een innerlijke strijd bij hem. Want zijn verstand zegt steeds dat Damiana maar beter uit zijn leven kan verdwijnen, dat ze zelf de kastanjes maar uit het vuur moet halen, dat ze hem niet langer problemen moet bezorgen. Maar er is iets, iets intuïtiefs of wat dan ook, wat hem zegt dat hij deze vrouw moet beschermen.

101

Damiana lijkt niet meer op Damiana.

Ze heeft haar lange haar verstopt onder een rode bonnet en daar de kap overheen geslagen van de wijde boezeroen, die haar vrouwelijke vormen verbergt. Om haar benen draagt ze een lange broek van grof linnen. Een wijde zeemansmantel completeert haar uitdossing, die haar voor een doodgewoon bemanningslid laat doorgaan. Een die met zijn lengte en baardeloze gezicht een heel gewone scheepsjongen is, net zo een als de honderden anderen waarvan het krioelt in de haven.

Deze scheepsjongen loopt op met een andere jongen die er eender uitziet en wiens huid nog donkerder is dan de zijne. Zwijgend lopen ze door de haven, die de vorm van een hoefijzer heeft. Ze ontwijken de valsspelers met hun dobbelstenen, de timmerlieden die boomstammen schoonmaken en de kraamhouders die om aandacht voor hun koopwaar roepen. Ze lopen door de poort die toegang geeft tot de stad, om even later op het plein uit te komen.

Vol bewondering kijkt Damiana naar de rijkdom van de plaats: ze had nooit kunnen bedenken dat een plaats in de openlucht geplaveid kon zijn met gepolijst marmer en vraagt zich af hoeveel er nog te ontdekken valt, hoeveel fascinerende plekken er op de wereld zijn waar natuurkrachten of het geld van de mens wonderbaarlijkheden hebben geschapen die iedere gelovige wel als mirakels moeten voorkomen. Uit haar onderbuik komt een enorme wil om te leven op, zoals ze in lange tijd niet gevoeld heeft. Ja, behalve aan vrijheid houdt ze zich aan het leven vast. Ze wil leven! Niet alleen uit overlevingsdrang of uit een zekere verplichting die ze naar het verleden voelt. Ze wil de zeeën bevaren zoals Miguel heeft gedaan, nieuwe gebieden verkennen, onbekende landschappen en plaatsen ontdekken. Maar vooral wil ze de aarde betreden waar haar moeder ter wereld is gekomen, en haar oorsprong leren kennen. Niet alleen omdat ze dit verplicht is aan de vrouw die haar gebaard heeft en die ze nooit heeft gekend, maar ook voor zichzelf. Want na een heel leven waarin ze ontdekt heeft wat ze niet wilde, weet ze nu eindelijk wat ze wel wil. Met hart en ziel.

'Hierheen.' Gaspars stem haalt haar uit haar overpeinzingen. Hij loopt recht op zijn doel af, maar hem blind volgen is niet iets wat haar ligt.

Ze blijft abrupt stilstaan en kijkt hem met een van haar uitdagende blikken aan. 'Nee.'

'Wat nu weer?'

'Ik weet niet eens waar u heen wilt.'

'Naar het pension waar ik logeer.'

Door haar spottende gezicht begrijpt Gaspar dat ze hem verkeerd begrepen heeft. Hij voelt zijn oren gloeien en is opeens blij dat hij zo donker is dat niet te zien is dat hij bloost. 'Ik wilde niet...' hakkelt hij als een groentje.

Damiana is geamuseerd door de gedachte hem in het nauw te hebben gedreven.

'Veel bijzonders is het niet,' zegt Gaspar, die het wil uitleggen, 'maar veel geld vragen ze daar niet en het zijn discrete mensen.'

'Aha.'

'Daar bent u veilig.'

Damiana kijkt hem aan, tot hij zijn ogen neerslaat. Ze vertrouwt het nog niet helemaal, maar haalt dan toch haar schouders op en volgt hem. Keus heeft ze tenslotte niet.

102

25 september van het jaar des Heren 1580

Eugenio wordt wakker in zijn bed.

Hij heeft in ieder geval weer over haar kunnen dromen, denkt hij, in een poging nog iets positiefs uit alles te halen. Voor al zijn galanterie krijgt hij de rekening gepresenteerd, zijn rug is niet meer gewend aan zo'n dun matrasje waarop hij sliep toen hij nog een zwierige scheepsjongen was.

De inspecteurs zijn tot laat op de avond naar Damiana blijven zoeken. Ze hebben ieder bemanningslid van de *Soberbia* ondervraagd om het verhaal over haar terechtstelling bevestigd te krijgen, maar waren daarmee niet tevreden en hebben alle schepen van de vloot doorzocht. Zonder succes, voor zover hij weet. Hij vraagt zich af wat er met haar is gebeurd, of het deze geboren overleefster opnieuw is gelukt zich in veiligheid te stellen.

Wat hem echter de meeste zorgen baart is het sturen van het inspectieschip op zich. Als ze een leger van dienders inzetten om Damiana te vinden, dan zijn ze ongetwijfeld op de hoogte van haar geheim.

Maar wat ze niet weten is dat hij de enige is die de coördinaten van El Dorado kent. Het is nooit in Damiana opgekomen om cijfers te onthouden waarvan ze niet wist wat ze betekenden, maar zij weet wel dat ze in zijn geheugen staan gegrift. Een reden te meer om te willen weten waar ze is. Het staat voor hem vast dat de pijnbank en de wipgalg zelfs zo'n koppige vrouw als zij aan het praten krijgen. En dat brengt hem op die non, die vriendin van Damiana, die in het kasteel van Sint-Joris is overleden. Damiana is ervan overtuigd dat die niets heeft losgelaten, maar hij heeft geen andere verklaring voor de klopjacht die in gang is gezet vanwege een doodgewone verstekelinge. Er moet iemand op de hoogte zijn van alles, iemand met veel macht.

Hoe dan ook heeft hij weinig tijd om haar te zoeken. De reparaties zijn klaar, de benodigdheden voor de verdere reis zijn ingeladen, en de bemanning is verzadigd van de geneugten die het eiland hun heeft geboden. Ze zullen spoedig vertrekken en hij weet voor de duivel niet waar ze zou kunnen uithangen.

Terwijl hij dit overweegt valt zijn oog op een plank van de vloer die iets boven de andere uitsteekt. Hij fronst misnoegd zijn voorhoofd. Als nauwgezet, systematisch man duldt hij geen mankementen in zijn kajuit. Hij moet de timmerman laten komen. Om de schade van dichtbij te bekijken gaat hij op zijn hurken zitten. De plank ligt los. Wanneer hij eraan trekt worden zijn ogen groot van verbazing. Er ligt iets onder. Het lijkt wel een versleten boekje. Een boekje… of een schrift. Bij het bloed van Christus, hij zij vervloekt als dit niet het boekje is dat hij met alle geweld wilde hebben. Hij was ervan uitgegaan dat Damiana het niet terug had gevonden.

Deel 4

Kaart van Tierra Firme, zestiende eeuw.

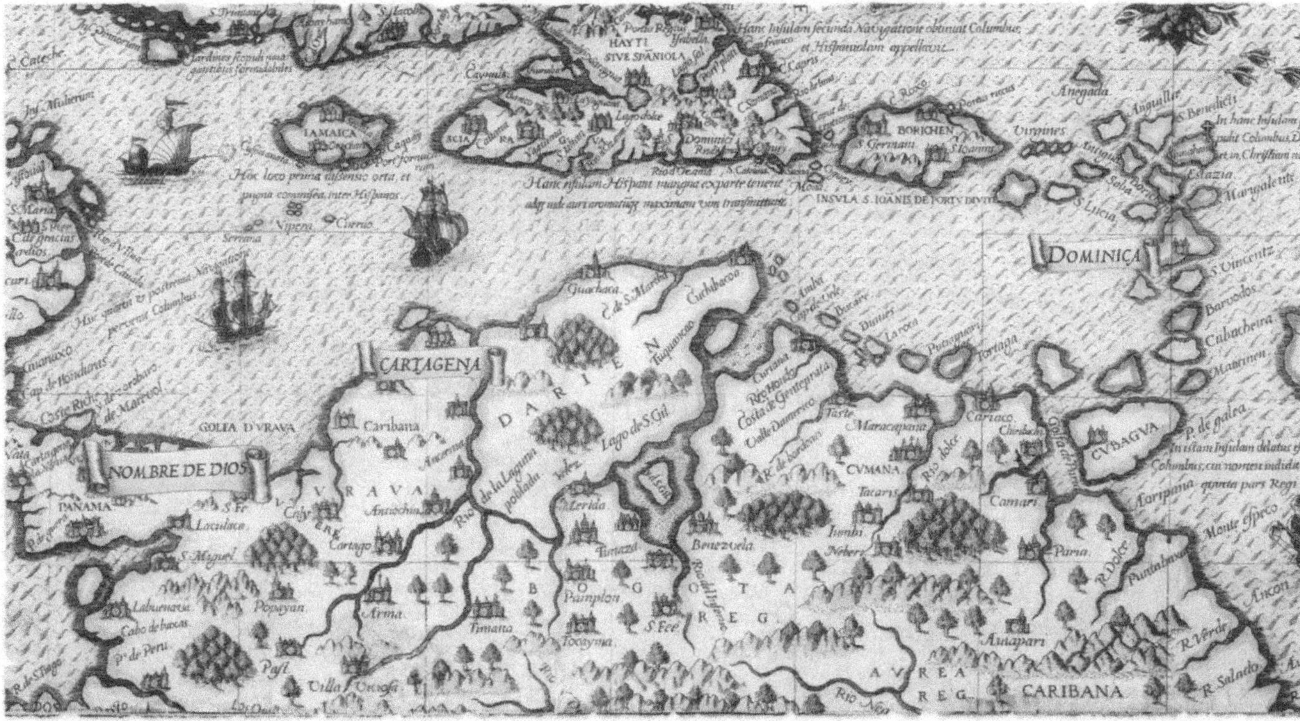

HAYTI SIVE SPANIOLA
Hanc Insulam secunda Navigatione obtinuit Columbus, et Hispaniolam appellavit.
IAMAICA
BORICHEN
Anegada
Anguilla
S. Lucia
Hoc loco prima dissensio orta, et pugna commissa, inter Hispanos
Hanc insulam Hispani magna ex parte tenent
INSVLA S. IOANIS DE PORTV DIVITE
DOMINICA
S. Vincentz
Barbudos
Cubacheira
CARTAGENA
DARIEN
Guachaca
C. de S. Marta
Lago de S. Gil
Cap de Honduras
GOLFA D'VRAVA
NOMBRE DE DIOS
PANAMA
VRAVA
Caribana
Antiochia
Cartago
Arma
Timana
Pamplon
Tocayma
S. Fee
Popayan
Pasto
Benezuela
Maracapana
CVMANA
Cariaco
Tortuga
CVBAGVA
P. de galea
Golfa de Paria
Camari
Paria
R. Dolce
Auiapari
AVREA REG.
CARIBANA
Rio Nero
R. Verde
R. Salado
Ancon
Monte Espeço

De vogelvrouw

Tacarcuna, woud van Darién, 1336

Aboubakri II ligt op zijn sterfbed. Hij heeft begrepen dat het einde nadert, daarom gaan zijn gedachten onwillekeurig terug naar het verleden om de balans op te maken. Het is een lang leven geweest. Maar weinig mensen worden hoogbejaard, en nog minder die ook gerespecteerd werden en geliefd waren.

Hij denkt aan de griot van zijn grootvader Sundjata die hem vertelde over de geschiedenis van zijn volk en hoe hij, een ijdel jongetje, uitriep dat hij het Mandinka-rijk nog verder zou uitbreiden. Er verschijnt een tandeloze glimlach op zijn gezicht. Dat knulletje had een blind vertrouwen in zichzelf. Net als Sundjata toen die, ook al was hij een zwakke jongen en daarna een jonge man die uit zijn land werd verbannen, er nooit aan twijfelde dat hij de Sosso en de tovenaar Sumaoro kon overwinnen en zijn land terug kon krijgen om de wereld uit te breiden. Ook Aboubakri kende geen twijfel. Daarom besloot hij de grote Omringende Zee over te steken, daarom zette hij door, om erachter te komen wat er aan de andere kant te vinden was.

Tijdens hun reis volgden de rampen elkaar op. Ze worstelden met stormen die onophoudelijk gaten sloegen in de scheepsrompen, als de schepen al niet kapseisden. De schipbreuk en het zinken van meer dan de helft van hun schepen maakte een eind aan het leven van duizenden landgenoten. Nog eens zoveel mannen en vrouwen lieten het leven in de epidemieën die onderweg uitbraken, om nog maar te zwijgen van de ondervoeding en het gebrek aan drinkwater, dat allang bedorven was. Alleen dankzij het weinige regenwater konden ze het ternauwernood redden. Dag na dag gooiden de Mandinka zelf de lijken van hun kameraden in zee, een handeling die even gewoon als ontmoedigend en wreed was.

Toen ze dan ook op een ochtend gewekt werden door zonnestralen die over vasteland gleden, konden ze hun ogen bijna niet geloven. Het was hun gelukt. Slechts een paar mensen hadden de andere kant van de Omringende Zee bereikt, maar ze waren er. Het Mandinka-rijk zou zijn grenzen blijven uitbreiden. Het zou het nieuwe land voor zich veroveren.

Er komt een vrouw zijn slaapvertrek binnen. Het is Soeloeb, de griot van de vogelsnavel. Er is veel veranderd sinds ze zich in Tacarcuna hebben gevestigd. Zo brengen vrouwen tegenwoordig ook de geschiedenis van hun volk over. Bovendien kunnen nakomelingen van vrouwelijke griotten deel uitmaken van de koninklijke stamboom. Soeloeb is niet alleen de geschiedvertelster van het rijk, maar ze vertegenwoordigt ook de vereniging van de twee volken. Want haar dochter Sigwisis is de vrucht van beide: die van de griotten en van de koningen; en vooral, van de Dule en de Mandinka. In deze kleine kolonie, waar ze het beste van beide werelden hebben samengebracht, heeft het Mandinka-rijk zonder het te weten nieuw gebied verworven en nieuwe broeders en zusters gekregen: de Dule-Mandinka.

De oude koning vraagt Soeloeb haar dochter te laten komen. Wanneer die binnenkomt, kijkt hij voor de laatste keer naar haar. Ze heeft dezelfde neus als haar moeder, ze is een havik, net als zij. Of een arend. Een goudarend. Of een fregatvogel, een vogel met een statige houding en blauwzwarte veren die je in Mandé niet had, maar die de Dule verafgoden. Zoals ze zijn dochter Sigwisis vereren, die lief en goed is, maar ook dapper als een Mandinka-koning. En met een huid die, ondanks generaties van vermenging, even donker is als de veren van de fregatvogel, net als de huid van de vrouwen uit Mandé. Wat hem nog het meest aan haar bevalt is dat ze zijn koppige gezicht heeft, een koppigheid die iedereen nog in de oude koning kan zien.

'Er is maar één ding dat me verdrietig maakt, dochterlief.'

'Dat begrijp ik, vader. Dat u niet in uw eigen land kunt sterven.'

'Dit is ook mijn land, Sigwisis.'

Met vochtige ogen pakt ze ontroerd zijn hand.

'Maar inderdaad, ik was graag teruggegaan naar Mandé,' zegt hij met zwakke stem. 'Ik zou je mee hebben willen nemen om je de pracht te laten zien van de schatten die we daar bezitten: de woestijnen met hun zand dat zo geel is als het goud van Wangara, ons paleis in Niani, even schitterend als een zonsondergang in de duinen, de rode stad Walata

waar de karavanen halt houden om hun dromedarissen water te geven, de waterrijke, onafzienbare Niger...'

'Wees daar niet verdrietig om, vader,' zegt ze teder. 'Al deze schoonheid bevindt zich in mijn hoofd alsof ik haar zelf heb gezien.'

'Maar vooral,' vervolgt de oude koning in het besef dat de tijd dringt, 'maakt het me verdrietig dat mijn onderdanen niet weten dat het me gelukt is. Dat ik het Mandinka-rijk heb uitgebreid, verder dan een mansa ooit gedaan heeft.'

Bedroefd omdat ze zijn leed niet kan verzachten drukt ze zijn knokige hand nog steviger.

'Je moet me iets beloven, Sigwisis Wilanugued.'

'Wat u maar wilt.'

'Beloof me,' zegt Aboubakri terwijl hij ergens vanbinnen de kracht vindt om zijn stem te verheffen, 'dat je rechtvaardig en onkreukbaar zult regeren volgens het Mandé-handvest. Onze Kouroukan Fouga zorgt voor vrede tussen broeders en zusters. Daardoor konden we in harmonie leven met de Dule, die inmiddels al deel uitmaken van ons rijk.'

'Ik beloof het, vader.'

'En beloof me ook,' gaat hij verder, 'ervoor te zorgen dat onze geschiedenis niet in de vergetelheid raakt. Dat jou, als griot en wettige erfgename van het Mandinka-rijk, noch je nakomelingen, het zwijgen wordt opgelegd.'

Sigwisis strekt haar linkerhand uit om de nudsugana *te strelen, het menselijke houten beeldje dat haar familie beschermt en dat nu haar vader naar de wereld van de geesten zal leiden. Met haar rechterhand houdt ze nog steeds de dunne vingers van mansa Aboubakri vast. 'Ik beloof het, vader. Onze geschiedenis zal voortduren.'*

103

Damiana rekt zich uit.

Gaspar heeft in het pension een klein kamertje voor hen beiden geregeld, zodat er niet te veel wordt gelet op die scheepsjongen met zijn vrouwelijke trekken. Damiana was meteen als een blok in slaap gevallen. Hij had juist gehoopt dat er nu eindelijk iets tussen hen zou gebeuren, maar waagde het niet haar slaap te verstoren.

Toen hij haar die nacht voor het eerst met Eugenio de Ron aan dek zag, was zijn woede omdat ze iedereen om de tuin hadden geleid groter dan zijn blijdschap dat ze in leven was. Hij had het hun betaald willen zetten. Een plan bedenken, het geschikte moment afwachten, er iedere nacht op liggen broeden totdat de kans kwam om het koelbloedig uit te voeren. Zodat de hele bemanning de waarheid over die twee te weten kwam. Zodat ze hun verdiende loon zouden krijgen omdat ze iedereen bedrogen hadden, van de kapelaan tot het onbenulligste scheepshulpje. Hij wist al hoe vindingrijk mensen konden zijn als het om straffen ging.

En toen legde dat ranke zeilschip aan en begonnen de dienders naar een vrouw te vragen met een uiterlijk dat precies bij Damiana paste, als het lijfje om het lichaam van een courtisane. Als ze haar te pakken kregen, was alles afgelopen. En dan zou hij haar nooit meer terugzien. Hij was daarom naar het schip gerend en had het geluk haar te vinden voordat de inspectie begonnen was. Op dat moment vielen al zijn plannen in duigen, want zijn haat vervloog ogenblikkelijk toen hij haar zag.

Damiana kijkt slaperig naar hem. Het lijkt heel even te duren voor ze weet waar ze is. Maar dan zet ze haar ogen op kiertjes en glimlacht een beetje spottend. 'De vrouwenredder.'

Gaspar bloost weer. Hij haat dat, en het ergste is dat dat hem alleen bij haar overkomt. 'Hebt u goed geslapen?'

'Als een koningin tussen zijden lakens.'

'U zult wel honger hebben. Ik kan wel wat gaan halen. De vrouw van de herbergier kan goed pap maken.'

'Waarom?'

Gaspar kijkt haar verbaasd aan. 'Waarom wat?'

'Waarom zou u dat doen? En waarom doet u alles wat u al gedaan hebt?'

Hij blijft haar schaapachtig aankijken, wat haar vertedert.

'U hebt me niet aangeraakt,' zegt ze plompverloren.

Gaspar voelt zich ongemakkelijker en verwarder dan ooit. 'Dat zou ik nooit durven.'

Damiana trekt een gezicht. 'Ben ik zo lelijk?'

'Nee, bij God. Dat bedoel ik niet...'

'Maar u dacht het wel.' Ze zegt het omdat ze wil dat hij nog zenuwachtiger wordt, maar ook omdat ze al die betoonde galanterie een beetje zat is. Eerst die stuurman, nu deze scheepsjongen... Is ze haar charmes soms aan het kwijtraken? Wil er niemand meer met haar naar bed? Ze zou zweren dat hij verrukt van haar is, maar om de een of andere reden maakt ook hij geen aanstalten om tot de daad te komen, terwijl ze er dringend behoefte aan heeft dat haar gevoel van eigenwaarde wordt opgevijzeld. Door iemand die haar vleit en dingen zegt die je nooit zou moeten vergeten, zodat ze niet weer van mannenlippen zouden hoeven komen.

Gaspar verzamelt al zijn moed. 'Ik vind u de mooiste vrouw op de hele aardkloot.'

Damiana's glimlach wordt breder, nu zonder enige spot. Eerder is haar lach gemaakt argeloos. 'Dat weet u dan goed te verbergen.'

'Ik respecteer u, Damiana.'

Ze schuift naar hem toe tot hun beide lichamen niet meer dan een palm van elkaar verwijderd zijn. Ze heeft alleen haar hemd aan, Gaspar kan de warmte van haar huid voelen. Het ontgaat Damiana niet dat hij uit alle macht probeert niet naar haar lippen te kijken, haar hals en haar uitdagende decolleté, de vormen die zich onder de stof schuilhouden. 'U moet niet zoveel respect voor me hebben.'

Toch is zij het die geen respect voor hem heeft. Want ze zoent hem op zijn mond terwijl ze met haar hand in zijn broek voelt. Ze glimlacht wanneer ze merkt hoe hard zijn lid is. Lang duurt haar glimlach niet, want hij legt zijn handen op haar heupen en beantwoordt haar kussen met een hartstocht waarin geen ruimte is voor iets anders.

104

Ifigenia stoft de meubels van de grote kamer af.
Sinds Florencio hier niet meer komt is het een stuk rustiger geworden. Die man is net zo'n ploert als zijn heer. Hij weet dat hij haar niets kan opdragen, maar hij is zo iemand die zijn frustratie en minachting afreageert op mensen die een tree lager op de maatschappelijke ladder staan. Zo geniet hij ervan om, wanneer zij de vloer aan het dweilen is, met zijn laarzen vol modder of stront op het stuk te gaan lopen dat ze net gedaan heeft. Soms, als hij vlak langs haar loopt, steekt hij doodleuk zijn schouder naar voren om haar een stoot tussen de ribben te geven. Toen Gaspar nog klein was, zag ze een keer dat hij expres zijn been uitstak om hem te laten struikelen.

Daarom haalde ze opgelucht adem toen ze hoorde dat haar heer hem op een schip had gezet om daar toezicht te houden op Joost mag weten wat. Ze had nog geprobeerd hem een brief voor Gaspar mee te geven in de hoop dat Florencio hem misschien tegenkwam, maar dat weigerde de schoft. Hij was niemands loopjongen, zei hij, hoe ze hem er ook om smeekte en al bood ze zelfs aan om te betalen met haar schamele spaarcenten. Ze weet dat hij ervan genoot haar te kunnen vernederen.

Nu is het voldoende als ze het huis schoon en ordelijk houdt, zodat de woede van don Rafael niet wordt gewekt. Ze wil net de grote ramen controleren wanneer ze onwillekeurig een gezicht trekt. Daar staat die man weer met zijn brede schouders en armen als boomstammen, die ze ook al een keer iets heeft zien regelen met Florencio. Dezelfde die op een nacht langsliep met een vrouw met een gele omslagdoek en rood haar, duivels rood haar. Zoiets vergeet ze niet, zo'n akelig gevoel krijgt ze van die kleur. Ze kon niet slapen vanwege de pijn en zag dat de secretaris naar buiten ging om met die twee te praten. En sindsdien weet ze dat Florencio nog iets duisterders over zich heeft dan ze altijd al dacht.

Die figuur staat nu al dagen tegenover het huis, alsof hij op de secretaris wacht. Soms krijgt ze de neiging om tegen hem te zeggen dat hij daar voor niets staat, dat Florencio er niet is. Maar er is iets wat haar tegenhoudt. Iets in dat wrede gezicht, in die troebele blik. Iets wat haar zegt dat ze beter bij zo'n vent uit de buurt kan blijven.

105

Damiana voelt een hand op haar geslacht.
Ze doet haar ogen open en glimlacht. Die scheepsjongen is onvermoeibaar. Bovendien is hij bijzonder rijk begiftigd. Met een groot, hard lid. Van slappe pikken heeft ze een afkeer, vooral als ze bij de eigenaren werkelijk alles moet inzetten om ervoor te zorgen dat ze rechtop komen te staan. Maar deze heeft alle energie van de achttienjarige drager ervan. Het is nog geen halfuur geleden dat ze hun spel beëindigden en nu is hij alweer klaar voor de strijd.

Gaspar kust haar in haar hals terwijl hij haar vulva blijft strelen. Dan gaat hij met zijn gezicht naar beneden, en likt hij met zijn tong en lippen genietend haar borsten. Langzaam, heel langzaam, daalt hij verder af, naar haar buik en lager, totdat hij bij haar liezen is en zijn handen vervangt door een tong die heeft bewezen vaardiger te zijn in deze kunst dan in welsprekendheid. Damiana hijgt, Gaspar begrijpt de boodschap en gaat met hernieuwd vuur door.

Ze is gewend genot te bieden, niet dat te ontvangen, zodat het lang geleden is dat ze zich op deze manier liet gaan. Ze moet zich inhouden, straks gaat haar gekreun nog dwars door de muren heen. Op het moment dat ze meent te barsten van genot komt Gaspar omhoog, om bij haar binnen te dringen.

'Nee.'

Die verwarde blik, die gezichtsuitdrukking waaraan ze zich inmiddels steeds minder ergert.

'Niet?'

'Ga daar door.'

Gaspar buigt zich weer naar beneden om een demonstratie te geven van zijn pas ontdekte, natuurlijke gave. En laat haar daarmee huiveren van genot. Een, twee keer.

Ja, nu is ze er klaar voor om dat schitterende exemplaar binnen in haar te ontvangen. En daarmee het derde orgasme van die dag.

106

Eugenio slaat de bladzijde om.
Het is een van de laatste van het schrift. Gaandeweg is hij gewend geraakt aan het ronde, krullerige handschrift en wist hij het te ontcijferen, en terwijl hij steeds sneller en met toenemende spanning doorlas, vielen de stukjes op hun plaats. Nu slaat de verteller een andere toon aan, alsof hij op een punt is gekomen waar verleden en heden samenvallen. Maar door de titel die boven het nieuwe fragment staat, draait de maag van Eugenio zich om.

UITROEIING

Tacarcuna, woud van Darién, 1560

De lijken liggen verspreid rond het verwoeste dorp. Ik ruik de intense stank van verrotting, waar je nooit aan went. Hoewel de slachting pas heeft plaatsgevonden kent de hitte van dit land geen genade. Ik onderdruk een oprisping en loop door tot ik tussen de overblijfselen van de nederzetting sta. Om me heen liggen lijken in verschillende staat van ontbinding. Lijken van vrouwen, mannen, jongens en meisjes, krom geleefde bejaarden die een ander einde hadden verdiend. Ook lijken van de infanteriecompagnie waarvan ik trots deel heb uitgemaakt en die bij dit bloedbad ten onder is gegaan. De regentijd is al weken voorbij, het bloed heeft een dorstige aarde verzadigd die nu macaber donker van kleur is. Zwermen bromvliegen gonzen in een waar festijn boven de lijken. Er golft weer iets in me omhoog en ik wil al weggaan, maar bedenk me. Ik wil met eigen ogen zien waartoe we in staat zijn. De reden waarom we tien dagen lang hebben gelopen om deze plek te vinden. Ik, een eenvoudige verteller, ben gefascineerd door het leger van ons rijk sinds ik de jaren des onderscheids bereikte. Zonder ooit vragen te stellen heb ik bevelen geëerbiedigd. Ik heb de moed en de eer van al die mannen bewonderd, van gemeen soldaat tot generaal. En nu boezemen ze me allemaal, om te beginnen degenen die anderen vuile handen laten maken met het bloed van onschuldigen, meer afkeer in dan deze stank, die zoet is voor de neus maar bitter voor de ziel.

Ik zwerf door het dichte bos, het hoofd vol van alles wat ik heb gezien. Verscheidene keren verdwaal ik, totdat mijn ogen opeens iets bovennatuurlijks ontwaren. Ik besef dat ik zojuist ben gestuit op datgene wat de mensen van het dorp met hun leven beschermden, en ben verbijsterd. Honderden gouden monolieten die de mens tussen de bomen heeft opgetrokken, een gulden bos dat schittert in de zonnestralen die zich door het dichte bladerdek van de houten, levende soortgenoten van de monolieten heen weten te wurmen. Het is een wonderbaarlijk beeld en ik voel heel sterk dat ik nooit meer zoiets zal aanschouwen. Ook voel ik dat deze enorme hoeveelheid goud, dit fabelachtige werk, de bron is van rampspoed, de oorzaak van verschrikkingen.

In alle stenen zijn tekens gebeiteld in een vreemde, niet te ontcijferen taal. Er staan berekeningen op, maar wat overheerst zijn een soort cursieve, fraaie letters waar her en der ruitjes tussen zijn uitgehakt. Ze doen me denken aan het schrift in het Koninklijk Paleis en ook aan de ketterse tekst die ik een keer vond in de grote kist van Ahmad en waarvan ik zwoer dat ik hem zou vergeten.

Ik loop naar een van de monolieten en strijk met mijn vingers over de tekens, streel ze, half in bewondering, half in ontzetting. Welk verschrikkelijk geheim zouden ze vertellen? In gedachten verzonken stoot ik met mijn voeten tegen iets aan. Tot mijn afgrijzen zie ik dat het het lijk van een vrouw is, een zwangere vrouw van wie de buik van onder tot boven is opengesneden, maar die op de een of andere manier hier wist te komen voor ze bezweek. Met een schok keer ik tot de gruwelijke werkelijkheid terug en ik kan me niet meer inhouden. Mijn benen trillen en ik val op mijn knieën. Ik sla de handen voor mijn gezicht, alsof iemand me zou kunnen zien, mijn lichaam schokt onder geluidloze snikken terwijl ik alle besef van tijd verlies.

Wanneer ik eindelijk weer opkijk en mijn hart net zo kapot is als het dorp dat niet meer bestaat, schrik ik zo erg dat ik roerloos op mijn plek blijf, niet in staat tot een reactie. Een paar intens donkere ogen kijken zwijgend naar me, lijken van mij het antwoord te verwachten op vragen waar niemand op zal ingaan. De felheid in deze blik, die mengeling van ontzetting en waardigheid, ontwapent me volledig. Ze zal nog maar pas van een kind een vrouw zijn geworden en ze is oneindig kwetsbaar. Toch heeft ze een natuurlijke distinctie over zich, waardoor ze wel een koningin lijkt. De koningin van de gouden schat, de laatste bewaakster. Daarbij is haar gelaatsuitdrukking wild, koppig, de blik van iemand die overleeft. Ze houdt stevig een houten figuurtje vast, alsof dat het enige is wat ze heeft kunnen redden uit de ramp die ze heeft overleefd.

Op dat moment begrijp ik wat ik moet doen. Waarom het lot me hier heeft gebracht. Ik breng mijn hand naar mijn borst, wijs naar mezelf en zeg luid en duidelijk: 'Miguel. Ik heet Miguel.'

107

Boem, boem, boem.

Ze schrikken op van het geklop op de deur. Gaspar was met zijn armen om Damiana heen half in slaap gevallen en nu kijken ze elkaar ontsteld aan.

'Ze hebben ons gevonden,' zegt Gaspar in paniek. 'Je moet je verstoppen!'

Maar in dit kale vertrekje valt er niets te verstoppen. Er is zelfs geen raam waar je doorheen zou kunnen.

'Onmogelijk. We zullen moeten vechten.'

Hij kijkt haar aan alsof ze haar verstand heeft verloren. Een vrouw die het tegen alle dienders en gerechtsbodes van het eiland wil opnemen. Maar Damiana heeft haar boezeroen al over haar hoofd getrokken en haar dolk gepakt. Als hij niet doodsbang was, zou Gaspar bijna in lachen uitbarsten.

Er wordt opnieuw geklopt, en iemand begint ongeduldig te roepen. 'Zeg, jongen!'

'Dat is de waardin,' zegt Gaspar opgelucht.

'Zeg dan wat.'

'Jongen, was je van plan te blijven?' Weer klinkt haar stem.

Gaspar trekt zijn broek aan en zet de deur op een kier om te kunnen antwoorden. 'Vanwaar die haast, vrouw?' Hij probeert boos te klinken. 'Ik kan u betalen, hoor.'

'Rustig maar, lieverd. Ik dacht alleen dat jullie verdergingen.'

'Wat bedoelt u?'

'Jij en je vriend. De vloot schijnt over een paar uur het anker te lichten.' Tot verbijstering van de scheepsjongen barst de waardin in lachen uit. Zij heeft gezien hoe die twee naar elkaar keken en ze heeft de geluiden gehoord. Ze zijn niet de eersten en ook niet de laatsten die een kamertje huren om te doen wat ze voor het oog van iedereen op het schip niet kunnen doen. En zij roddelt niet, haar maakt het niet uit waar iemand zijn genot uit haalt. 'Schiet op, sta niet te suffen. Ik zal wat te eten voor je maken.' En ze voegt er samenzweerderig aan toe: 'En ook voor je vriend. Jullie moeten weer op krachten komen.'

Wanneer Gaspar de deur dichttrekt is Damiana alweer veranderd in een zeeman. Ze heeft haar lokken onder haar pet verstopt en ze maakt zich zorgen. 'Ik weet niet hoe ik weer ongemerkt op de *Soberbia* moet komen.'

Gaspar denkt na. Het was één ding om als een paar zeelieden van het schip af te gaan, maar als ze nu aan boord van het oorlogsschip gaan, zullen ze worden gecontroleerd. Ze zullen vragen naar hun persoonsbewijs en daar is niet gemakkelijk aan te komen. Of misschien toch wel. Er verschijnt een glimlach op zijn gezicht. Hij heeft er heel wat gezien, om te beginnen dat van hem zelf.

'Ik weet het al,' zegt hij zelfverzekerd. 'Ik heb alleen schrijfgerei nodig.'

Damiana kijkt geïntrigeerd.

'Ik heb gehoord dat ze een aantal extra zeemannen hebben aangemonsterd voor het vervolg van de reis,' vervolgt hij. 'Jij bent gewoon een van hen.'

Ze begrijpt het en laat nu ook een glimlach zien. Zo'n ondeugende, vastberaden glimlach. Dan wordt ze weer ernstig. 'Ik moet een naam bedenken.'

'Zeker. Hoe zou u willen heten, mijnheer?'

Damiana's ogen beginnen te schitteren van voldoening. 'Miguel,' zegt ze met een beslist gezicht. 'Miguel de Arellano.'

108

Gemakkelijk was het niet gegaan.

Het moeilijkst was nog om aan gezegeld papier te komen. Ze hadden de tijd tegen en pas na lang vragen kwamen ze een papiermeester op het spoor. Een in lompen gehuld jongetje nam hen in ruil voor een paar maravedí mee naar de buitenwijken van Garachico. Daar stond de molen waar de ambachtsman vodden vermaalt tot alle vezels eruit zijn en hij papierpulp krijgt. Met de opkomst van de boekdrukkunst is de vraag ernaar onophoudelijk gestegen, wat op het eiland voor voorraadproblemen heeft gezorgd. Papier wordt daardoor tegen torenhoge prijzen verkocht.

Als er dan ook nog eens twee opgeschoten jongens aankomen die dringend de papiersoort nodig hebben die voor officiële documenten wordt gebruikt, hoef je niet al te snugger te zijn om te weten wat ze van plan zijn. Ze zijn trouwens ook niet de eerste vervalsers die bij de man langskomen en daarom vraagt hij schaamteloos een buitensporig bedrag. Gaspar wordt doodsbleek: zelfs het hele voorschot van zijn gage is niet voldoende om dit te betalen. Hij blijft hardnekkig proberen af te dingen, maar het is van mijlenver te zien dat hij wanhopig is, en niet zonder reden. De bemanningsleden zijn zich al aan het inschepen en het vlaggenschip zal als eerste het anker lichten.

Damiana begrijpt onmiddellijk dat ze op deze manier niet verder komen. Ze zet haar bonnet af, zodat haar lange haar naar beneden valt. 'We gaan daarheen,' zegt ze tegen de papiermaker, naar achteren wijzend. De mond van de man valt open van verbazing, maar hij herstelt zich en laat een wellustig glimlachje zien.

'Nee.' Gaspar gaat tussen de twee in staan.

Maar Damiana is niet in de stemming voor gewetensbezwaren.

Haar missie, en haar hachje, gaan voor. 'Wil je me helpen of niet?'

'Ja, maar...'

'Maak je dan uit de voeten. We hebben geen tijd te verliezen.'

Gaspar balt zijn vuisten als hij de twee achter de molen ziet verdwijnen, en dat blijft hij doen terwijl hij wacht tot de zaak afgelopen is. De gedachte aan wat er daarachter gebeurt bijt hem als zeewater in een open wond. Hij zou erop af willen stappen om die schurk te vermoorden, iedereen willen vermoorden die een hand naar zijn vrouw uitsteekt. Want voor hem is Damiana al zijn vrouw.

Een paar minuten later komt ze terug. Met één hand fatsoeneert ze haar broek. In de andere hand houdt ze het dubbelgevouwen papier vast. 'We moeten wegwezen,' zegt ze, zonder de afkeer op haar gezicht te verbergen.

'En die papiermaker?'

'Die is op adem aan het komen.'

'Ik had hem moeten vermoorden,' prevelt Gaspar vol woede.

'Laat die heldendaden nou maar over aan avonturenverhalen. We hebben wat we wilden hebben.'

Gaspar wil, móét het hartgrondig uitschreeuwen. Maar in plaats daarvan beent hij met grote passen weg, alsof hij op die manier de herinnering uit zijn hoofd kan wissen.

Damiana houdt hem met moeite bij, ze draaft als een jong hert. 'Waar ga je schrijven?'

Gaspar is het gebeurde nog niet te boven en heeft tijd nodig voor hij kan antwoorden. 'Ik heb een plek nodig waar ik niet word gestoord.'

Damiana kijkt om zich heen. Ze blijft staan als ze de muur van de begraafplaats ziet en werpt hem een veelbetekenende blik toe, samen met een van haar glimlachjes. 'Ik ben expert in het vinden van zulke plekken.'

Op het kerkhof legt Gaspar zijn schrijfbenodigdheden op een familiegraf en zet hij al zijn vaardigheid in om, in een race tegen de klok, een zo getrouw mogelijk afschrift te fabriceren. Wanneer de vervalsing af is haasten ze zich naar de haven, waar ze bij de dukdalf in de rij gaan staan om aan boord te kunnen.

In het havengebied lopen meer dienders rond dan gewoonlijk. Sommige zijn van het eiland, maar andere herkent Gaspar van Sevilla. Hij heeft gehoord dat, nu hun onderneming niet geslaagd is, ook zij binnenkort weer vertrekken. Opnieuw vraagt hij zich af waarom ze helemaal hiernaartoe zijn gekomen om Damiana gevangen te nemen. Wat voor vreselijke misdrijven moet die mysterieuze vrouw, die hem evenzeer fascineert als verontrust, wel hebben begaan?

Terwijl ze wachten wisselen ze geen woord met elkaar. Hij is nog steeds kwaad om wat er achter de molen is voorgevallen. Damiana stoort zich op haar beurt aan hem. Het ergert haar dat mannen schijnen te denken dat je hun bezit bent zodra je het bed met hen hebt gedeeld.

De beurt is nu aan Gaspar, die naar voren stapt om zich aan het onderzoek van de overheidsdienaar te onderwerpen. De man herkent de donkere scheepsjongen, het is een van degenen die aan dek boeken voorlezen, als tijdverdrijf voor de bemanning. Net als veel anderen wil ook hij geen hoofdstuk missen van de lotgevallen van ridder Amadís, zodat hij nauwelijks oog heeft voor Gaspars document. Hij geeft zijn goedkeuring, laat hem door en dan valt zijn blik op Damiana's gezicht. 'En jij? Geef je dat papier nog of moet ik tot morgen wachten?'

Nerveus overhandigt Damina hem het document.

'Je hebt hier in Garachico aangemonsterd, is het niet?'

'Dat klopt, Uwe Genade,' antwoordt ze met zo zwaar mogelijke stem.

De man bestudeert haar vorsend. 'Ben je van het eiland?'

Ze knikt kortaf.

'Bij mijn baard, ik zou zweren je eerder gezien te hebben.'

'In de haven misschien.'

'Je bent toch niet zo'n zakkenroller, hè? Een klootzak heeft mijn zakken leeggeroofd, en ik zweer bij God dat als ik hem te pakken krijg...'

'Ik ben een eerlijke jongen, heer,' valt Damiana hem in de rede.

'Ik verkocht met mijn oom wijn van het eiland, maar ik wil de zee op.'

Het gezicht van de man verzacht zich. Hij werpt weer een vluchtige blik op het persoonsbewijs dat hij vasthoudt. 'Mooi, Miguel,' zegt hij toegeeflijk. 'Als ik dat geweten had, had ik bij jou wijn gekocht. Die sjacheraar van wie ik het gekocht heb, heeft me het vel over de oren gehaald.' Hij geeft het document terug en knikt naar de volgende. Als hij zoveel kletst wordt het een gedrang, hij moet voortmaken. Naar het papier van de volgende kijkt hij niet eens, de bezitter is hem welbekend. Iedereen op de *Soberbia* kent hem trouwens: het is de eenoog die een dolk in zijn lies kreeg gedrukt. Het spijt de ambtenaar voor die Jerónimo, die eerst aan één kant al een oog kwijt was en nu ook nog een bal, maar hij waakt er wel voor dat te laten merken. Hij gebaart Pardo dat hij door kan lopen en kijkt hem nauwelijks aan.

Daarom, en ook omdat de controleur een weinig oplettend man is, heeft hij er geen erg in dat het enige oog dat Jerónimo Pardo nog heeft, gericht is op de baardeloze jongen die hij net toegang heeft gegeven tot het schip.

De nieuwe Miguel de Arellano is inmiddels de valreep op geklommen en loopt over het bovendek rechtstreeks naar de achtersteven.

109

Damiana glimlacht wanneer ze Eugenio ziet.

Ze had gedacht dat hij druk op het schip bezig zou zijn, maar is blij dat hij in zijn kajuit is. Al weigert ze het te erkennen, ze heeft deze eigenaardige reus gemist. Ze wil graag zien hoe hij reageert op haar mannenkleren, ze wil hem vertellen van al haar wederwaardigheden en hoe ze de mannen die de koning naar het eiland heeft gestuurd om de tuin heeft geleid. Ze verlangt naar hun gesprekken, hun bondgenootschap, hun maaltijden bij het licht van een kaars. En ook wil ze verder met het logboek dat ze zo knullig probeert te spellen, zijn geduld en zijn lach wanneer ze een fout maakt.

Zoals zo vaak zit hij met gebogen hoofd over de tafel. Hij is vaak uren bezig met berekeningen maken met zijn telramen, met het doornemen van zijn havenkaarten en met het meten van afstanden met zijn kompas. Hij gaat er nu zo in op dat het even duurt voor hij doorheeft dat er iemand is binnengekomen. Onthutst kijkt hij naar haar. Maar op het moment dat ze ziet dat hij haar herkent en zijn gezicht van uitdrukking verandert, weet ze dat er iets mis is. Helemaal mis. Er loopt een rilling over haar rug en haar blik valt onwillekeurig op de plank in de vloer waaronder het schrift verstopt ligt. Lag. Want de plank is opgelicht.

Eugenio's ogen hebben haar blik gevolgd en hij begrijpt dat ze het heeft begrepen. Damiana doet een stap achteruit, maar hij is al opgestaan en komt op haar af. En nu is te zien wat hij zo geconcentreerd aan het bestuderen was. Het zijn geen zeekaarten; hij kent nu ook de inhoud van het schrift. En dus ook al haar leugens.

'Hou je rustig.'

110

15 oktober van het jaar des Heren 1580

Florencio gaat lekker op zijn matras liggen.

Privacy is op een schip een goed dat alleen beschikbaar is voor de hoogste leiding en de meest vermogende passagiers. En dankzij zijn kapitaal is de ruimte die een koopman er heeft meer dan genoeg voor meer nuttige bestemmingen. Vandaar dat vanwege de hebzucht van sommige heren het binnenste van schepen in een doolhof van wankel gebouwde scheepshutten is veranderd. Platformen met daarop roosters van gevlochten henneptouw en tientallen met spijkers vastgezette panelen die soms de stabiliteit van het vaartuig zelf in gevaar brengen.

De secretaris mag dan vaarwel hebben gezegd tegen zijn vorige leven, dat betekent niet dat hij beknibbelt op zijn comfort. Hij heeft goed geld neergelegd voor de bouw van een hut onder het dek van het achterkasteel, waar de timmerman hem in een mum van tijd opgetrokken heeft. Daar heeft hij zijn proviand en spullen gestald om onderweg zo weinig mogelijk tekort te komen. Hij is ervan overtuigd dat het wel even duurt voor don Rafael erachter komt dat hij hem verraden heeft en ook als dat niet zo is, dan is hij toch al mijlenver uit de buurt en ongrijpbaar voor het recht. Die stadsbestuurder begrijpt nu eenmaal niets van cijfers en wil die ook niet begrijpen. Als goed werkeloos edelman is het enige wat hem interesseert een vermogen dat toereikend is voor zijn verkwistingen en vertoon van grote welstand. En dat vermogen bestaat uit woekerleningen die dag na dag zijn verborgen armoe groter maken. Een paar duizend escudo meer of minder maakt voor die man niet uit. Dat zegt Florencio althans tegen zichzelf, om zich niet zo'n boef te voelen. Een flink deel van het laatste krediet van Martinelli heeft hij bij het geld gevoegd dat hij al een tijd aan het oppotten is en dat door de laatste opdrachten die hij heeft uitgevoerd al aardig was gegroeid.

Hij kon niet lang meer doorgaan met het behartigen van de tegengestelde belangen van deze en gene, want vroeg of laat zouden ze zijn dubbelspel in de gaten hebben gekregen. De kans om ertussenuit te knijpen en gebruik te maken van wat hij wist, kwam dan ook zeer gelegen. Zoals het ook een buitenkansje was dat hij in Garachico dat jongetje Diego tegen het lijf liep, dat nu op het vlaggenschip voor hem zal werken. Hijzelf werkt nu voor niemand meer. Niet voor de bestuurder en evenmin voor al die nog veel machtiger lieden wier bevelen hij gehoorzaamde. En nu het om een grote vangst lijkt te gaan, heeft hij besloten zich niet tevreden te stellen met wat kruimels. Het geld dat hij van don Rafael gestolen heeft, zal binnenkort een schijntje zijn in vergelijking met wat hij gaat opstrijken.

111

De dagen duren eindeloos.

Er zijn twintig dagen verstreken sinds hun tocht over de oceaan begon. Noemenswaardige tegenslagen hebben ze niet gehad. Eentonigheid heeft zich meester gemaakt van het schip. Iedereen aan boord is al gewend aan de geluiden op zee: het gekraak van de masten, de golven die tegen de romp klotsen, langs elkaar schurende kabels. De uren zijn alleen van elkaar te onderscheiden door de stand van de zon en het bijbehorende gezang van het dienstdoende hulpje, en de enige vermeldenswaardige gebeurtenissen in de dagelijkse routine zijn de wisseling van de wacht, het omroepen voor etenstijd en het avondgebed.

De passaatwinden die ze in de rug hebben blazen de schepen zachtjes naar hun bestemming. Omdat ze bijna niets omhanden hebben wordt de ledigheid zo langzamerhand schadelijk voor de bemanning. Sinds ze de haven van Garachico zijn uitgevaren bestond hun enige afleiding in het treffen van voorbereidingen voor een eventueel gevecht op zee, waar de generaal opdracht toe gaf om zijn mannen bezig te houden. Behalve met het schoonhouden van het schip met azijn en zout en nog wat van zulke taken, proberen de soldaten en zeemannen de tijd door te komen met kletsen, over wat dan ook. Verhalenvertellers en romance-zangers zijn degenen die het meest worden gewaardeerd aan boord.

Gaspar heeft hierdoor een zekere bekendheid gekregen. Iedere avond komen ze naar hem toe om te luisteren naar het vervolg van de avonturen van *Orlando furioso*, een epos in gezangen, of naar het schitterende verhaal over ridder Amadís de Gaula. Dankzij het vermaak dat hij hiermee biedt heeft hij het respect gewonnen van zeemannen en officieren en zichzelf menige klap bespaard.

De gedachten van de donkere jongen zijn echter op heel andere zaken gericht. Er gaat geen uur voorbij dat hij niet terugdenkt aan de momenten die hij met Damiana in het pension in Garachico beleefde, zodat hij helemaal niet jaloers is op de liefde van Amadís voor Oriana. Hij zou ook graag de trouwste minnaar zijn. Iedere nacht dezelfde grootse verrichtingen in bed herhalen en haar tegelijkertijd tegen alle mogelijke gevaren beschermen. Amadís bindt voor zijn dame natuurlijk de strijd aan tegen de perverse tovenaar Arcaláus en het monster, maar hijzelf heeft evengoed iets dergelijks gedaan tegen de dienders en bodes in Sevilla en de inspecteurs in Garachico, en door zijn vaardigheden te benutten om het document te maken. Hij heeft haar uit iedere netelige situatie gered en zou dat weer doen, zo vaak als nodig mocht zijn.

Nu verkeert hij in voortdurende onrust omdat hij niets meer van haar heeft gehoord sinds ze zijn uitgevaren en hij haar naar de achtersteven zag lopen, waar de kajuit van de eerste stuurman zich bevindt. Hij durfde haar niet tegen te houden omdat hij dan de aandacht zou trekken, maar elke minuut van deze oneindig durende tocht heeft hij spijt. Het ergste is dat hij niet begrijpt waarom ze weer naar die man is toe gegaan. Misschien heeft die snode reus haar behekst en houdt hij haar gevangen of erger.

Er gaat dan ook geen dag voorbij of hij glipt naar het achterkasteel. Hij loopt om alle mogelijke pakken en balen heen, klautert de trap op wanneer er minder volk aan dek is en daar aangekomen hangt hij in de buurt van de stuurmanskajuit rond in de hoop haar te zien, maar altijd draait het op een teleurstelling uit en gaat hij terug naar zijn eigen plek. Er is geen spoor van Damiana te bekennen. Als ze nog in het vertrek van Eugenio de Ron is, zit ze daar zo vast opgesloten dat het onmogelijk is dat hij haar treft.

Wie hij daar wel dagelijks treft is die man. De eerste stuurman die aan bakboord en aan stuurboord bevelen loopt uit te delen. Iedere keer dat hij hem tegenkomt, stelt hij zich hem samen met Damiana in bed voor en begint zijn bloed te koken alsof ze hem op het vuur hebben gezet. Hij zou die vent in het voorbijgaan graag aan het zwaard rijgen, zoals Amadís ook doet met degenen die het wagen zijn geliefde te kwetsen, of bij gebrek aan een zwaard hem met zijn eigen handen wurgen. Zoals hij had moeten doen met die molenaar, de duivel hale hem.

112

Eugenio voelt een onprettige kriebel in zijn nek.
Dat overkomt hem vaker de laatste tijd. Hij draait zich om en ziet wat hij al voorvoelde: iemand houdt hem in de gaten. Als het niet Diego is, die altijd oplet of hij soms iets nodig heeft, dan is het wel die donkere scheepsjongen. Die heeft hem al vaak verrast met zijn strakke blik en een gezichtsuitdrukking die hem een ongemakkelijk gevoel geeft. Hij herinnert zich de jongen goed. Het was die knul die veel lef toonde toen hij hem ervan probeerde te overtuigen dat hij op de rol moest. Hij heeft hem die kans gegeven en nu is hij het zeewezen aan het leren, zoals hij wenste. Hij zou dankbaar moeten zijn. Maar het tegenovergestelde lijkt het geval. Er zit iets van afkeer in zijn blik, en nog iets anders, iets duisters waar hij de vinger niet op kan leggen.

Hoe dan ook heeft hij belangrijker zaken te doen. De stuurmanskunst is daar niet de minste van. De voorgaande weken is de reis weliswaar zonder incidenten verlopen, maar hij weet uit ervaring dat de laatste etappe, voor ze aankomen op het eiland Dominica, het lastigst is. Het op een kluitje leven en de stank door het gebrek aan properheid eisen hun tol op het moreel van de mannen, net als het menu, dat iedere dag hetzelfde is. Mensen die dieren hadden meegenomen hebben die al opgeofferd en er is geen vers vlees meer voor bij de bonen en de rijst. Er zijn alleen nog knaagdieren, die inmiddels ware legioenen vormen. En katten, die slechts gespaard blijven omdat ze de plaag zo veel mogelijk bestrijden.

Alsof dat nog niet genoeg is, wordt het scheepsbeschuit aangevreten door de wormen en is het zo hard geworden dat alleen de jongsten er hun tanden in kunnen zetten, terwijl het drinkwater een groenige kleur heeft aangenomen. Je moet je afkeer overwinnen om je dorst te kunnen lessen. De voor de bemanning bestemde wijn is niet beter. Die was al van zeer twijfelachtige kwaliteit, maar is steeds bijtender geworden, wat beslist prikkelend werkt op het gemoed van de mannen. Hij heeft gezien dat de officieren wreder zijn geworden wanneer ze scheepsjongens de zweep geven, terwijl in het algemeen het aantal ruzies en meningsverschillen is toegenomen. Elk ongelukkig voorval kan aanleiding geven tot een algeheel oproer.

Toch zijn dit de dagelijkse problemen waar hij iedere expeditie mee in de weer is, al hebben zich deze keer wel meer boeven dan anders op de rol laten zetten. Wat hem echt uit zijn slaap houdt is iets heel anders. Dit is niet zomaar een reis, al is dat vanwege andere redenen dan hij dacht toen hij uitvoer. Hij weet nu dat de coördinaten verdomme veel meer vertegenwoordigen dan de rijkdommen van El Dorado. Die droom veranderde zodra hij begreep wat de geschiedenis van Miguel de Arellano inhield. De moeite die de hoogste instanties in deze zaak steken, heeft niet zozeer te maken met het goud dat hun te wachten zou kunnen staan in El Dorado, als wel met het goud dat ze al geïnvesteerd hebben in de oorlog in Vlaanderen, de oorlog tegen de Turken, de Moren, de strijd tegen iedereen die ze ketters zijn gaan noemen. Het goud dat ze zich hebben toegeëigend dankzij het Verdrag van Tordesillas, dat in 1494 de wereld verdeelde tussen de zeemogendheden Spanje en Portugal ten aanzien van het ontdekte continent en alles wat daar te vinden was.

Eugenio weet nu ook dat, wil hij zijn eigen hachje redden, dit de laatste oversteek zal zijn die hij als eerste stuurman van het rijk maakt.

De scheepsjongen blijft hem zo doordringend aankijken dat hij zijn gedachten opzijzet. En Eugenio de Ron is er de man niet naar om om zaken heen te draaien. 'Zeg, knul!' Hij slaat zijn ruwste toon aan. 'Hier komen. Ik heb werk voor je.'

113

'Je zei dat je snel leert.'

Gaspar kijkt Eugenio de Ron niet-begrijpend aan.

'Toen je het schip op kwam om aan te monsteren...' verduidelijkt Eugenio.

'Dat klopt, heer.'

'... zei je ook dat je wilde varen.'

De jongen knikt bokkig.

'Waarom wil je dat?'

Gaspar haalt zijn schouders op. 'Ik heb altijd van de zeemanskunst gehouden,' geeft hij dan toe. 'Ik ging naar de haven om de zeemannen aan boord te zien gaan en fantaseerde erover dat ik mee kon.'

'En nu, nu je de hel kent die het aan boord is, wil je nu nog steeds?'

Gaspar denkt na. Door zijn obsessie voor Damiana is zijn jongensdroom wat op de achtergrond geraakt, maar hij realiseert zich dat hij dat nog steeds wil, dat hij het moment afwacht om die droom te kunnen leven. 'Ja, heer,' zegt hij ten slotte. 'De zee fascineert me.'

Eugenio kijkt belangstellend naar de jongen. Zijn huid is vies en vettig, zoals intussen bij iedereen, en zijn hemd, dat onder de vlekken zit, staat zo stijf van het vuil dat de grote mast er niets bij is. Zijn krulhaar heeft hij met een doek strak bij elkaar gebonden, er komen maar een paar lokken onderuit. Hoewel er nog steeds iets aan de jongen is wat hem verontrust, ziet hij ook de intelligente vonk in zijn ogen, de vonk die hem ook deed besluiten hem aan te nemen op de *Soberbia* en die hem later het leven redde. Door alle drukte heeft hij geen aandacht meer aan hem besteed, maar hij heeft net bedacht dat de jongen goed van pas kan komen. Als hijzelf tijdens hun stop in Cartagena verdwijnt zoals hij van plan is, dan zal het de kapitein niet slecht uitkomen dat er iemand is die hem een handje helpt met de berekeningen op het laatste stuk van de tocht.

'Je zei nog iets: dat je snel kunt optellen en aftrekken. Ik heb gezien dat je de mannen voorleest. Ik hoop dat rekenen je net zo gemakkelijk afgaat.' Eugenio haalt een metalen voorwerp uit een kist dat Gaspar hem vaak heeft zien gebruiken. 'Weet je wat dit is?'

'Dat is om je te oriënteren.'

Eugenio de Ron knikt tevreden. 'Net als met een graadboog kan met een astrolabium de hoogte van een hemellichaam worden berekend. Ik meet hiermee in welke positie we ons bevinden.'

Gaspar luistert urenlang oplettend naar alle uitleg van de eerste stuurman. Hij kan niet voorkomen dat hij zich aangetrokken voelt tot deze apparaten, vooral tot het astrolabium. De schijf die de graden aangeeft, de timpaan voor de hoogtelijnen en azimutlijnen en de alhidade waarmee te bepalen is op welke afstand ze zich bevinden. Alles op een instrument dat niet veel groter is dan een kom.

De dag is overgegaan in de avond, de laatste rossige zonnestralen strekken zich over het water uit. De horizon is nauwelijks meer te onderscheiden. Hemel en zee vermengen zich in die allesomhullende duisternis, waarin slechts de helder stralende sterren aan de hemel en de lantaarn op de achtersteven oplichten. De twee blijven de mechanismen bestuderen die wel toverij lijken. Nadat Eugenio Gaspar alle hemellichamen heeft aangewezen die helpen bij het bepalen van hun positie, concentreert hij zich op de bediening van zijn instrumenten.

In de scheepsjongen ontbrandt een strijd. Hij is ervan overtuigd dat deze man Damiana iets heeft aangedaan. Als dat niet zo was, had ze van zich laten horen of had ze zich in ieder geval een keer laten zien in al die uren dat hij bij de kajuit heeft rondgehangen. Ze had een teken achtergelaten om hem te laten weten dat ze daar blijft om op hem te wachten. Daarom is in Gaspar een felle haat opgelaaid die hem doet wensen dat de man niet langer bestond. Aan de andere kant is het prachtig wat Ron hem allemaal laat zien. Nu weet hij weer waarom hij zo'n bewondering voor hem had. Waarom hij ervan droomde aan boord van het vlaggenschip te gaan om van hem alle nodige zeevaartkunst te leren. Het lijkt eeuwen geleden. Als deze man niet zijn grootste vijand was geworden, de hindernis die hem van zijn geliefde scheidt, zou hij hem zijn blijven bewonderen, zou hij nu genieten van de kans die de man hem geeft, al begrijpt hij niet goed waarom hij dat doet.

Eugenio is tevreden. Het is een wakkere jongen, hij heeft in een paar uur meer geleerd dan veel zeemannen in maanden. Als hij iedere dag tijd aan hem besteedt, heeft hij voldoende kennis wanneer ze in Cartagena aankomen. 'Onthou wat ik nu ga zeggen, knaap.'

Dit is de volgende stap. Hij wil nagaan in hoeverre Gaspar in staat is om de positie van een schip te bepalen. Eugenio begint cijfers op te sommen in een ingewikkelde wiskundige formule. Hij gaat zo op in het afwisselend kijken naar de hemel en zijn apparatuur dat hem ontgaat dat de blik van de scheepsjongen net zo duister wordt als het hemelgewelf boven hen.

114

Gaspar komt steeds dichterbij.

Eugenio is bij de verschansing gaan staan om het licht van de lantaarn te kunnen gebruiken en is volledig geconcentreerd op zijn metingen. De meeste mannen liggen al te slapen onder het dek, de zeilen bollen op van de wind en het schip loopt in deze van sterren overgoten nacht vier knopen.

Eén duw en alles is voorbij voor de stuurman. De golven zullen zijn kreten smoren en tegen de tijd dat iemand hem mist, is de man al mijlen daarvoor voer voor de vissen geweest. Ja, dat zou ridder Amadís de Gaula ongetwijfeld hebben gedaan. En dat zal hij zelf ook gaan doen. Want die reus, die de euvele moed heeft om Damiana op te sluiten en met list en bedrog te betoveren, mag hier niet ongedeerd uit komen. Alleen op deze manier kan hij de bezoedelde eer van hemzelf en van Damiana herstellen. Vervolgens zal hij haar gaan zoeken en haar opnieuw redden. Deze keer voorgoed. Dit is zijn enige keus. De enige manier om verder te kunnen.

En dan te bedenken dat hij nog niet eens zo lang geleden zelf de stuurman redde van de dolk van Damiana. Wat had hij zich veel leed kunnen besparen door dat niet te doen. Nu moet hij die fout herstellen. Hij haalt diep adem en doet een stap naar achteren om zijn duw kracht te kunnen geven.

115

Don Rafael slaat met zijn vuist tegen de muur.

Hij doet dat met zo'n woede dat hij zich bezeert, zodat de klap meteen gevolgd wordt door een reeks godslasteringen en verwensingen. De handel heeft hem alleen maar ellende bezorgd, en hij begint zich af te vragen of die vloot naar Tierra Firme soms echt vervloekt is.

Eerst was er die vertraging vanwege de heiligschennis aan de galjoenen van de koning; toen, om de onwillige zeemannen over te halen, de verhoging van de gage, waardoor hij niet alleen zijn schuld bij die Genuees tot het maximale bedrag moest verhogen, maar ook zijn schuld bij de grote koopmannen, die de hele kwestie zo dwarszat dat deze ook zelfs koning Filips II ter ore kwam, om nog maar te zwijgen van de ergernis bij de andere stadsbestuurders, onder wie hij inmiddels de nodige vijanden heeft. Vervolgens steekt hij, om zijn eer te redden, geld dat hij helemaal niet heeft in het sturen van een controleschip naar de Canarische Eilanden, maar dat levert niets op. De naar Sevilla teruggekeerde dienders verklaarden dat de vrouw voor wie de hoge kringen zo'n belangstelling hadden overleden was, en de hele onderneming betekende alleen maar nog meer geldgebrek en diskrediet.

Tot overmaat van ramp kwam het ranke schip terug zonder zijn vertrouwensman, die hij had meegestuurd om toezicht te houden. Florencio is verdwenen op de Fortuinlijke Eilanden, die zeer onfortuinlijk voor don Rafael blijken, want hem hebben ze alleen onheil gebracht. Hij had zich van alles in het hoofd gehaald: een afranseling in de haven door een boevenbende, een vechtjas in een kroeg die hem zonder enige aanleiding de keel had doorgesneden, en meer van dat soort rampen die schriele mannetjes als Florencio, die nauwelijks in staat zijn zichzelf te verdedigen, kunnen overkomen. Maar het gesprek met Martinelli vandaag laat er geen twijfel over bestaan. De bankier heeft hem veel meer escudo's geleend dan Florencio hem vertelde. Florencio is hem al maanden aan het bedriegen. En hij, domkop, gaf hem opdracht mee te varen op een schip, zodat hij honderden mijlen uit de buurt is.

Ifigenia komt de kamer in. Ze brengt de avondmaaltijd waar hij om had gevraagd voor hij in gesprek ging met zijn geldschieter. Maar don Rafael heeft geen trek meer, hij is alleen maar woedend, wil wraak nemen. Ifigenia beeft wanneer ze zijn ongure blik ziet. Die kent ze heel goed. Ze beeft nog erger wanneer de man gaat staan en op haar afkomt. Hij heeft een slachtoffer gevonden op wie hij zijn frustratie kan afreageren.

116

'Heer stuurman!!!'

Het geroep haalt de stuurman uit zijn concentratie. Wanneer hij zich omdraait botst hij tegen de scheepsjongen op, die vlak achter hem staat.

Diego bevindt zich een paar ellen verderop. Hij houdt hen al uren van een afstandje in de gaten, verbaasd en, toegegeven, ook een beetje jaloers dat er vriendschap lijkt te ontstaan tussen die twee. De bescherming die de eerste stuurman hem biedt sinds de dag dat hij over zijn laarzen braakte, is heilig voor Diego. De andere officieren zijn hem al als Eugenio's protegé gaan zien en niemand heeft meer een hand tegen hem opgeheven.

Toen de dienders naar de vrouw zochten die de stuurman vrijwel zeker verbergt, begreep Diego dan ook welk risico de man liep. Dat werd bevestigd toen Florencio hem vroeg een oogje op de stuurman te houden. Hij is dat ook gaan doen, niet met het doel dat de secretaris voor ogen had, maar juist om de man te helpen die hem beschermt. En toen hij zag dat Gaspar de stuurman van achteren naderde, had hij geen twijfel over wat er ging gebeuren.

Eugenio kijkt afwisselend van zijn hulpje naar de scheepsjongen. 'Wat is er aan de hand, Diego?'

'Hij wilde u in zee gooien, heer.'

De stuurman kijkt stomverbaasd naar Gaspar. Maar wanneer hij diens gezichtsuitdrukking ziet, begrijpt hij dat het waar is. 'Je wilde me vermoorden, verrader!' Hij pakt Gaspar bij een oor, tilt hem op en zet hem op de rand van de verschansing. 'Zeg me waarom, of jij bent degene die naar de zeebodem verdwijnt.'

'Laat hem met rust, Eugenio.' Damiana is naar hen toe gekomen. Ze heeft alleen het linnen hemd aan waarin ze slaapt, het beweegt zachtjes heen en weer in het briesje dat er staat, net als haar donkere haren die haar een bijna onwerkelijke schoonheid geven. Zelfs de kleine Diego kijkt verrukt naar haar. Bij de Heer, in zijn herinnering was ze niet zó mooi.

Diego was niet de enige die de twee mannen in de gaten hield. Damiana's oog viel vanuit haar schuilplaats ook op hen en ze werd onrustig. Voor haar klopte het ook niet hen samen te zien. Vanwege het vreemde van de combinatie en omdat ze weet hoe heftig de gevoelens van de scheepsjongen zijn. Toen ze geschreeuw hoorde is ze dan ook naar boven geklauterd om te zien wat er aan de hand was.

De stuurman kijkt haar ongelovig aan. 'Bij het bloed van Christus, hoe haal je het in je hoofd!' Hij heeft weinig tijd nodig om zijn houding en kwaadheid terug te vinden. 'Ga als de bliksem naar binnen.'

Damiana verroert zich niet.

'Naar binnen, zei ik,' herhaalt hij op bevelende toon.

'Ze gaat niet weer naar jou toe, klootzak.'

Eugenio kijkt op naar de scheepsjongen, die hij nog steeds vasthoudt. 'Wat zeg je daar, onnozele hals?' Hij kijkt vragend naar Damiana. 'De duivel moge me halen als ik hier iets van begrijp.'

Damiana komt iets dichterbij. 'Laat hem los.'

'Wat heb ik aan hem te verliezen, Damiana?'

'Dat vertel ik je nog. Maar hij kan zomaar vallen, hij staat daar heel gevaarlijk,' zegt ze met haar liefste stem, in een poging hem te overtuigen.

'Een scheepsjongen achter je die je wil vermoorden, dát is gevaarlijk, voor de duivel.'

'Hij houdt van me. Hij heeft me geholpen in Garachico,' biecht Damiana op. 'Doe hem geen kwaad.'

Liefde. Dat kan Eugenio begrijpen. Daar is hij mooi klaar mee. Zijn hand zoekt zijn litteken en krabt er verwoed aan. De rimpels in zijn gezicht worden hard. Wat nu? Hij zou die vrouw graag een plezier doen, bij God, wat zou hij dat graag doen, maar ze bezorgt hem alleen maar problemen. Het ene na het andere. 'Je weet dat we geen getuigen kunnen gebruiken, Damiana.'

'Niet één?' Haar ogen richten zich op Diego, die zich wil terugtrekken nu hij begrijpt in welk wespennest hij zich heeft gestoken.

'Mijn hulpje zal niets zeggen,' zegt Eugenio met grote stelligheid. Opeens beseft hij dat hij bang is dat de kleine jongen iets overkomt. Hij is hem lief geworden, vervloekt nog aan toe. Waarom gaat hij nu steeds van mensen houden, terwijl hij alleen maar oog voor zijn vloot zou moeten hebben en vooral ook voor zijn eigen hachje?

'De scheepsjongen zegt ook echt niets,' kaatst Damiana terug. 'Nee toch, Gaspar?'

Die geeft geen antwoord. Binnen in hem strijden allerlei gevoelens om de voorrang.

'Eugenio, ik smeek je,' houdt Damiana vol. 'Bedenk dat hij je een keer het leven heeft gered.'

'En nu wilde hij me ervan beroven.'

Er verlopen enkele angstige ogenblikken. Niemand zegt iets en Gaspar houdt zich met veel moeite staande. Eén grote golf die de stuurman uit balans brengt zou voldoende zijn om hem te laten vallen.

Uiteindelijk slaakt Eugenio een diepe zucht. Hij kan die vrouw gewoon niets weigeren. Langzaam zet hij de jongen weer aan dek. Het levert hem een dankbare blik van Damiana op, die zijn ziel verwarmt.

Die blik is echter niet onopgemerkt gebleven door Gaspar, net zomin als de vertrouwelijkheid waarmee de twee met elkaar praten. Nu twijfelt hij helemaal niet meer aan hun verraad. En het komt echt niet alleen van de stuurman, maar ook van die snol. Die intrigante, die laaghartige hoer. Ze heeft zich doodgelachen om hem. Hoe heeft hij kunnen denken dat het gebeurde in het pension iets betekende? Ze heeft hem gebruikt, zoals ze alle mannen gebruikt. Hij staat nu weer met zijn voeten op de grond, maar hij voelt zich zo vernederd dat hij liever dood was gegaan. Werkelijk, hij kan dit niet verdragen.

‘Leg het maar eens uit, jongen,’ zegt Eugenio.

‘Ik ben niet degene die iets heeft uit te leggen.’ Terwijl hij het zegt grijpt hij de graadboog van de stuurman en gooit die naar Damiana. Dit komt voor iedereen totaal onverwacht. Allereerst voor Damiana, die tevergeefs probeert weg te duiken. Gaspar drukt uit alle macht de grootste stok van het fijne instrument in haar vlees.

Eugenio slaakt een wanhopige kreet wanneer Damiana op de grond valt. Hij stormt op haar af, haalt de stok uit haar lijf en ziet hoe het bloed uit haar ingewanden stroomt. Dit is geen pasta en ook geen gelei. Het is bloed, echt bloed, dik en donker. Bloed dat uit haar magere lichaam gutst. Gaspar maakt van de algehele verwarring gebruik om de stuurman aan te vallen, klaar om zijn laatste troef uit te spelen. Diego werpt zich op zijn beurt op Gaspar om hem tegen te houden. Maar dat is niet nodig. Als Eugenio de Ron niet zo’n reus was, had de donkere scheepsjongen misschien nog een kans gehad. Eugenio heeft hem echter zien aankomen en hoeft hem alleen maar met een van zijn potige armen tegen te houden. Die jongen moet nog heel wat scheepsbeschuit eten voor hij hem iets aan kan doen.

‘Wat heb je gedaan, krankzinnige?’ roept hij, hem woedend bij de schouders grijpend. ‘Wat heb je gedaan!’

‘Die hoer moet dood. Net als jij,’ zegt Gaspar met verwilderde blik.

In zijn wanhoop zwaait Eugenio hem opnieuw omhoog en zonder na te denken gooit hij hem deze keer wel overboord.

117

Nog een klap, en nog een, en weer een.

Wanneer Ifigenia zichzelf weer enigszins onder controle heeft, oefent de stadsbestuurder al geen enkele druk meer op haar uit. Ze kijkt naar de pan in haar handen alsof ze hem voor het eerst ziet, verbaasd dat hij onder de bloedspatten en knoflooksaus zit, de stukken lamsschouder verspreid over de vloer. Hoe heeft ze het kunnen doen? Haar benen trillen zo erg dat ze op het bed van don Rafael moet gaan zitten om niet te vallen.

Ze heeft nog verscheidene minuten nodig voor ze voldoende moed heeft verzameld om weer naar hem toe te durven gaan. Wanneer ze dat doet, zal ze met meer zelfverzekerdheid naar zijn verwoeste hoofd kijken dan ze ooit dacht te hebben. Daarna zal ze naar een spiegel gaan om haar gezicht te bekijken, haar blauwe oog, haar gescheurde lip, haar brandmerk dat verraadt dat ze ooit slavin is geweest, haar aan flarden getrokken, met het bloed van beiden besmeurde kleren. Langzaam zal ze haar hemd, haar schort en rok uittrekken, ze zal zich met de waskom met oranjebloesemwater wassen die ze zelf een paar uur geleden heeft neergezet, ze zal schone kleren pakken en weggaan bij die man, weg uit dit huis, dit leven. Voorgoed. Zonder angst. Ja, angst, die wil ze ook achterlaten.

De erfgename

Nombre de Dios, Panama, 1561

Het duurde lang voor Nali me vertrouwde. Hoewel ik haar had meegenomen en van een wisse dood had gered uit dat dorp vol lijken, haar voedde en haar zo voorzichtig mogelijk behandelde, deed ze haar mond alleen open om te eten. Luisteren deed ze wel, de hele tijd. Ik realiseerde me dat en daarom bleef ik in mijn eigen taal tegen haar praten. Ik wees alle voorwerpen aan voordat ik er de naam van noemde, vertelde over mezelf, over mijn verleden, en ook over het weinige dat ik van haar volk wist. Ik hield niets voor haar verborgen. Ik vertelde van het bevel om hen allemaal uit te roeien, van mijn frustratie, mijn ontgoocheling en mijn desertie. Terwijl ik aan het vertellen was kwam er haat in haar ogen, waardoor ik wist dat ze me begon te verstaan. Op een dag vertelde ze ineens hoe ze heette, Nali Wilanugued. Later kwam ik te weten dat Nali 'grote vis' betekent, zoals de haaien die door het water klieven. En dat Wilanugued de naam is van de griotten van wie ze afstamt, de gekozenen door de zee. Daarom geloofde ik dat het haar lot was om naar de overkant te gaan.

Stukje bij beetje begon ze te praten. Ze vermengde haar taal met de onze en leerde veel sneller dan ik had kunnen bedenken. Maar vandaag heeft ze al de hele ochtend geen woord gezegd, zo gaat ze op in haar gedachten. Ik weet wat er aan de hand is. Ze heeft geweigerd te erkennen wat haar eigen lichaam haar iedere dag probeert te vertellen.

Nu komt ze naar me toe, met een hulpeloze blik die ik nog nooit bij haar gezien heb, en wijst naar haar buik. 'Daar is leven.'

Ik knik. Eindelijk heeft ze het benoemd.

'Ik ben verkracht,' vervolgt ze, duidelijk makend dat ze al besloten heeft om de werkelijkheid te aanvaarden. 'Door iedereen van hen.'

Mijn bloed kookt. Om godswil, het is nog maar een meisje. Ik begrijp niet eens hoe zich een nieuw wezen in dat kleine, broodmagere lichaam kan vormen. Maar haar buik wordt duidelijk steeds dikker. Ik bedenk hoe verschrikkelijk het voor haar moet zijn om dit mee te maken. Zo jong en gedoemd dit te ervaren. Iedere dag door een kind herinnerd te worden aan wat die wilden, die ik landgenoten noem, haar hebben aangedaan. Opeens gaat het door me heen dat ze kan sterven. Ik ben bang dat ze het kind niet ter wereld zal kunnen brengen, dat het haar doodsbed wordt, zoals bij zoveel anderen. Ik zeg het tegen haar. Er zijn manieren om dit te stoppen, leg ik uit.

Maar zij schudt beslist haar hoofd. Van de ene naar de andere kant. Ze heeft de haar zo kenmerkende zelfverzekerdheid terug. 'Het moet geboren worden. Het is de erfgename.'

Dan begint ze mij haar geschiedenis te vertellen, de geschiedenis van haar volk. Van de buffelvrouw en de leeuwenkoning. Wanneer ze weken later alles heeft verteld, zal ik begrijpen wat de monolieten te zeggen hebben, die haar voorouder Sigwisis heeft laten neerzetten. Begrijpen waarom we erop uitgestuurd werden om haar landgenoten uit te roeien. En waarom er niet één mocht overblijven.

118

27 oktober van het jaar des Heren 1580

Eindelijk heeft hij hem gevonden.

Florencio heeft niets anders gedaan dan de jongen zoeken sinds hij voet aan wal zette. Diego moest bij de eerstvolgende aanlegplaats de haven in lopen om hem op de hoogte te stellen van wat de stuurman allemaal uitvoert. Dat was de afspraak. Maar het koopvaardijschip waarop hij meevaart, is met vertraging op het eiland Dominica aangekomen en toen hij eindelijk het schip kon verlaten was de haven al vol vrolijke zeelieden die zich hadden volgegoten met van belasting vrijgestelde drank.

Nu ziet hij hem in een kring staan met andere scheepshulpjes, die al grappend een wijnzak laten rondgaan. Het lijkt erop dat hij eindelijk vrienden heeft gemaakt aan boord. Florencio blijft op veilige afstand staan, maar dichtbij genoeg voor de jongen om hem op te merken.

Diego's gezicht verandert wanneer hij hem ziet. Hij zegt iets tegen de anderen en begint een stuk van hem verwijderd naar de haven te lopen, alsof hij hem niet heeft gezien. Florencio laat hem een stuk voor zich uit lopen en zorgt ervoor hem niet uit het gezicht te verliezen.

In een hoek van de haven waar bijna geen mensen zijn, haalt Diego een appel uit zijn tas en gaat rustig zitten om hem op te eten. De secretaris ploft een stukje verderop neer en wacht af.

'Niks aan de hand,' zegt Diego.

Florencio fronst zijn voorhoofd. 'Vervloekt! Dat is alles wat je te zeggen hebt na een maand op zee?'

De kleine Diego haalt zijn schouders op en neemt weer een hap van zijn appel. 'Hij staat nog vroeger op dan de zon en houdt vanaf dat moment overal toezicht op. Hij berekent de route, vertelt de volmatroos en de roerganger wat er moet gebeuren. Dan gaat hij weer met zijn scheepsinstrumenten aan de slag en klimt hij zelfs gewoon op de mars om de horizon af te speuren of te kijken of de overige schepen ons zonder problemen volgen. Om twaalf uur gaat hij zijn kajuit in, eet daar wat en zit dan uren zijn zeekaarten te bestuderen en te verbeteren. Dan komt hij naar buiten en hij gaat pas terug wanneer de zon is ondergegaan en hij de positie van de sterren heeft bepaald. De meeste nachten gaat hij wel een of twee keer terug naar de achtersteven, soms zelfs drie keer, om zich ervan te vergewissen op welke plek we ons bevinden.' Hij vertelt het in één keer, op onverschillige toon.

Florencio slaat naar zijn hoofd om een mug dood te slaan die hem net heeft geprikt. In de haven wemelt het ervan en samen met de plakkerige warmte zijn de Cariben geen plek waar hij graag verblijft. Hij heeft echt liever de hondsdagen van Sevilla dan deze drukkende hitte waarin zijn kleren voortdurend nat van het zweet zijn. 'Dus zo staan de zaken ervoor,' zegt hij ten slotte.

'Zo en niet anders.'

'En die vrouw?'

'Zo dood als een pier. Dat zei ik al tegen u op de Fortuinlijke Eilanden. En de dienders hebben toch ook alles geïnspecteerd?'

Er verschijnt ergernis op het gezicht van Florencio. Hij is ervan overtuigd dat de urgentie die de stuurman aan de dag legde om de schepen te bevrachten verband houdt met het feit dat het inspectieschip werd gestuurd. De mensen die het stuurden, zijn dezelfde die hem opdracht gaven om op zo'n gruwelijke manier de vrouwen uit te schakelen die hun neus in de zaak hadden gestoken, waardoor hij die gestoorde Freire in de arm moest nemen, God vervloeke hem. Maar Florencio denkt er niet aan zich hierbij neer te leggen. Een machtsspel betekent enorm veel belangen. En wat is macht, behalve rijkdom? En waar zijn meer rijkdommen dan op die plek waar, daar verwedt hij zijn hoofd om, de stuurman naar op weg is?

'Tja,' zegt hij. 'Laat die vrouw maar. Maar ik heb een gevoel dat die vent iets verstopt heeft, iets wat niet van hem is. Je moet in zijn kajuit zien te komen en het voor me halen.'

'En als ik dat niet doe?'

Voor het eerst sinds hij de jongen kent laat zijn gezicht geen onderdanigheid of kwetsbaarheid zien. Zijn toon is uitdagend, bijna ruzieachtig. Florencio voelt iets van trots voor hem, maar dat weerhoudt hem er niet van hem een flinke lel te geven. Dan grijpt hij hem met beide handen bij de keel en drukt die dicht tot de jongen geen adem meer heeft. 'Als je dat niet doet, ventje, kun je er zeker van zijn dat Cartagena je eindbestemming is. En maak nu dat je wegkomt. De *Soberbia* staat op het punt het anker te lichten.' De secretaris laat hem vallen en schopt vervolgens tegen zijn kont om hem op te laten staan.

Diego komt overeind en loopt zonder achterom te kijken terug naar de schepen. Hij heeft geleerd zijn emoties binnen te houden. Vanbinnen verteren woede en wraakgevoelens hem.

119

Ze hervatten de reis.

Binnen een paar minuten zullen de zeemannen opnieuw het schip onder hun voeten voelen bewegen. Ze gaan nu richting Cartagena, waar het oponthoud wat langer zal duren aangezien er een deel van de goederen voor Tierra Firme zal worden uitgeladen. Pas wanneer die werkzaamheden gedaan zijn, zullen ze koers zetten naar hun eindbestemming, de haven van Nombre de Dios, die via de Camino Real in verbinding staat met de stad Panamá. Samen met Veracruz in het vicekoninkrijk Nieuw-Spanje is dat de grote haven in Amerika, want daar komt een groot deel van de handelswaar tussen Spanje en West-Indië langs. Over een aantal jaren zal de gevreesde kaper Francis Drake de stad met de grond gelijkmaken, waardoor de route naar Portobelo zal worden verlegd, maar dat maakt Damiana niet mee in dit verhaal.

Tijdens hun stop op Dominica is ze de kajuit niet eens uit geweest. Haar buikwond geneest langzaam, ze heeft verscheidene dagen zo'n koorts gehad dat ze het bijna niet redde. Eugenio en Diego hebben om beurten bij haar kunnen blijven zonder de aandacht van de overige bemanningsleden te trekken. Het zwijgzame, achterdochtige jongetje begint Damiana te bevallen, ze was zelf precies zo op die leeftijd.

Maar nu Damiana al wat beter is, zijn de twee mannen ook frisse lucht gaan opsnuiven tijdens de twee dagen op Dominica. De stop is korter dan die in Garachico. Water en proviand inslaan, een flink eetfestijn aan wal en vervolgens weer opgesloten zitten tussen de gebreeuwde planken van het schip. Behalve de haven heeft het eiland toch niet al te veel te bieden. Het gehucht van houten huizen met strooien daken, dat omgeven wordt door ongezonde modderpoelen, lijkt alleen tijdens ontschepingen wat tot leven te komen.

Damiana is apathisch, ze heeft ook geen trek, ze geeft zichzelf onophoudelijk de schuld van wat er met Gaspar gebeurd is, die jongen die niets anders heeft gedaan dan als een dwaas verliefd op haar worden. Soms vindt ze dat ze het had moeten zien aankomen, dat ze niet met hem had moeten slapen, hem geen enkele hoop had moeten geven. Dan weer wordt ze boos op zichzelf dat ze zo denkt. Is zij soms verantwoordelijk voor wat er in de hoofden van mannen omgaat? Als iedereen die met haar gehoereerd had meende het recht te hebben haar voor altijd te bezitten, dan zou ze zich in duizend stukken moeten splijten, bij Beëlzebub.

Bovendien blijft ze boos op Eugenio. Haar haren gaan nog steeds overeind staan wanneer ze eraan denkt hoe hij Gaspar overboord gooide. Had hij de jongen soms niet op een andere manier tot rede kunnen brengen? Ze vraagt zich af hoeveel mensen er nog meer moeten sterven. Gaspar, Carlina, Lucinda, Violante, Miguel. Haar moeder op de brandstapel, toen zij nog bijna een baby was. En daarvoor, lang daarvoor, die hele familie die ze zelfs nooit heeft gekend. Ze vraagt het zich af, maar heeft geen antwoord. Maar keus heeft ze ook niet. Want het enige waar ze wel zeker van is, is dat ze zelf niet van plan is het loodje te leggen. Hoezeer sommigen daar ook op uit mogen zijn.

Haar enige troost in deze dagen zijn de uren die ze met de kleine Diego heeft doorgebracht. Ze heeft hem zijn verraad in het ruim al vergeven. Waarschijnlijk had zij hetzelfde gedaan. Wanneer je moet kiezen tussen overleven of loyaliteit naar een onbekende, dan ligt de keus al bij voorbaat vast. En dat zijn ze beiden, niet meer en niet minder: overlevers.

De jongen heeft haar verteld van de argwaan bij de rest van de zeelieden. Het viel op dat de donkere jongen er ineens niet meer was, ze missen het voorlezen en velen vervloeken zijn lot, niet zozeer vanwege hem als wel vanwege henzelf, omdat ze niet zullen weten hoe het afloopt met de ridder Amadís de Gaula. Diego heeft eraan meegewerkt om het verzonnen verhaal van Eugenio over de plotselinge verdwijning van Gaspar te verspreiden. Hoe dan ook verloopt de reis zoals gehoopt en komt het einddoel steeds dichterbij.

Eugenio komt het vertrek binnen. Hij is beladen met groenten en verse vruchten in allerlei kleuren, waarvan Damiana een aantal niet kent. Tussen zijn lippen houdt hij een fijne aardewerken pijp geklemd, in de kop brandt een plukje kruiden. Hij stoot rook uit alsof hij de draak van Sint-Joris is. 'Ik heb tabak gekocht, die had ik echt gemist.' Hij is in een goed humeur. Hij zet de spullen op tafel en pakt een heel grote vrucht vol goudkleurige schubben, waar bovenop een pluim van diep blauwgroene bladeren prijkt. Hij pakt zijn mes en snijdt hem in tweeën, zodat het gele vruchtvlees tevoorschijn komt. Daar snijdt hij een stuk vanaf en hij verwijdert de ruwe schors. 'Ananas,' zegt hij, terwijl hij Damiana het stuk aanreikt. 'Ik wed dat je nog nooit zoiets hebt geproefd.'

Damiana pakt het aan. Verrast proeft ze genietend van de sappige, frisse vrucht met zijn zoete sap dat ook citrus- en friszure toetsen heeft. Onwillekeurig glimlacht ze. Dit is een goed moment om vrede te sluiten.

Hij glimlacht ook, maar wordt meteen weer ernstig. 'Luister. We hebben al koers gezet naar Cartagena. Het is het lastigste traject, want we moeten heel veel kleine eilandjes, klippen en koraalriffen zien te ontwijken. Bovendien is het afgelopen met de gunstige wind en met de stroom meevaren. Ik zal dag en nacht moeten opletten.'

'Maar het is wel onze bestemming. Daar gaan we er toch uit?'

Eugenio knikt serieus. 'De rest van de reis zullen we te voet moeten afleggen. Deze laatste rustige uren gebruiken we voor voorbereidingen.'

120

'Dit is jouw deel.'

De wasvrouw kijkt verbijsterd naar de geldstukken en zoekt vervolgens meteen het gezicht van Isabel, om dat te doorgronden. Ze weet niet of die zich heeft vergist. Deze extra centen zouden haar heel goed uitkomen, maar voor de vrouwen van de hoerenwijk houdt het ook niet over. Die hebben heel wat onaangenaamheden te verduren.

Voor ze eruit is, heeft Isabel haar gedachten al gelezen. 'Het is voor jou, we hebben de prijs voor je verhoogd.' Ze kijkt ernstig en zet haar ogen op een kier. 'Je zou bij de andere hoerenkamers hetzelfde moeten vragen. Je krijgt schandalig weinig.'

Het meisje knikt, al is het totaal niet haar bedoeling om dat te gaan doen. Ze is niet in een positie om ook maar iets te eisen. Veel vrouwen zouden het voor nog minder doen. Het maakt haar niet uit. Ze leeft bij de dag, en ze denkt erover om nu meteen vlees te gaan kopen. Dat zal het eerste vlees in maanden zijn voor haar kind. Haar ogen zijn vochtig geworden van ontroering, maar toch blijft ze zich een beetje schuldig voelen. 'En jullie?'

'Maak je geen zorgen, wij verdienen hetzelfde of zelfs meer. Er is geen patroon meer die zijn zakken vult. We verdelen de winst.'

'De Heer zegene u.' De wasvrouw neemt de vuile lakens mee en loopt met een glimlach op haar gezicht weg. De eerste glimlach die Isabel bij haar ziet.

Een tijdje later komen Brígida, Margalinda en Carmen met lange gezichten binnen.

'Wat is er gebeurd?'

'We komen van de kapelanij,' zegt Brígida. 'Ze accepteren het geld voor de huur niet.'

‘Waarom niet? Het komt toch van dezelfde plek als altijd?’

‘Ze lieten ons niet eens binnen,’ zegt Carmen. ‘Ze hebben ons voor van alles uitgemaakt: brutale wichten, aasgieren, zondaressen.’

‘Dat zijn we ook. Maar wij zijn in ieder geval geen huichelaars.’

‘Ze zeggen dat ze geen zakendoen met prostituees. We moeten een andere patroon zien te vinden die de zaak kan beheren,’ legt Brígida uit.

‘De bliksem moge me halen als ik daarnaar terug zou willen,’ kaatst Isabel terug.

‘Dan kunnen we ons alleen nog in de haven prostitueren.’ Margalinda zegt het op bittere toon, terwijl ze haar al beginnende buik streelt.

Alonsa en Mencia zijn aan komen lopen om mee te luisteren. Ze gaan bij de anderen zitten in de nieuwe vergaderkamer, de voormalige werkkamer van de patroon. Brígida vertelt in het kort wat er aan de hand is, waarna er een gespannen stilte valt. Een paar beginnen te vloeken, anderen bijten op hun lip, gaan ineengedoken zitten.

Uiteindelijk is het Carmen die uitdrukking geeft aan de algehele stemming: ‘Ze wennen er maar aan. Wij gaan hier niet weg.’

121

'Hé, jij daar!'

Ifigenia draait haar hoofd net ver genoeg om vast te stellen dat dienders haar roepen, die belust lijken te zijn op een rel. Inwendig vervloekt ze hen. Ze zullen de brandmerken op haar wangen hebben gezien. Natuurlijk kan ze haar brief van invrijheidsstelling laten zien waarmee ze jaren geleden haar vrijheid heeft gekocht, maar dan weten ze meteen wie ze is. Als ze het lijk van de edelman al gevonden hebben, brengt dat document haar rechtstreeks naar de kerkers, waar ze zal worden terechtgesteld. Vervolgens zal haar lichaam ergens worden opgehangen om voor ieders ogen tot ontbinding over te gaan. Voor het ombrengen van een stadsbestuurder zal dat minstens de straf zijn.

Ze denkt er dus niet aan om dat te doen, en begint te rennen zonder aandacht te schenken aan haar pijnlijke been. Meteen zetten de dienders de achtervolging in, en het zal hun niet veel moeite kosten haar in te halen. Ze vervloekt haar pech, ze had nota bene net de muur gepasseerd. Opeens ziet ze in het mengsel van kalk, zand en steentjes van de muur onderin een stuk vol gaten en ze loopt er recht op af. Als het groot genoeg is om zichzelf te verstoppen, heeft ze misschien een kans dit te overleven.

Soms neemt het lot opeens een wending. Want dat stuk vol gaten is niet zomaar een opening. Ze gaat erdoorheen en loopt door een vochtig, naargeestig gangetje dat slingerend uitkomt bij een soort hol, een kleine grot waarvan er veel zijn gebouwd in de tijd van de Arabieren ter verdediging van de stad. Ze worden nu gebruikt door dieven wanneer die op de vlucht zijn met hun geroofde buit. Ze hoopt alleen maar dat er niemand in zit. In het volslagen donker loopt ze tastend de wanden af. Het vertrekje telt niet meer dan vier, vijf el en er lijkt niemand te zijn. Misschien kan ze zelfs even uitrusten voordat ze moet bedenken waar ze naartoe kan gaan. Met haar rug tegen de muur geleund zakt ze naar beneden tot ze op de koude steen zit, die haar pijnlijke been aangenaam verkoelt.

Ze is nog niet helemaal op adem gekomen wanneer een hand, die even koud is als de vloer, haar bij haar pols grijpt.

'Help me.'

122

30 oktober van het jaar des Heren 1580

De zee is loodgrijs geworden.

Net als de hemel, die elk moment op hun hoofd lijkt te kunnen storten. Eugenio had geen ongelijk toen hij zei dat het hun laatste rustige uren waren. Sinds ze zijn weggevaren van Dominica hebben ze de luchtstromen tegen, die bovendien iedere dag aan kracht winnen.

De krachtige noordwestenwind laat de masten hevig kraken en giert door de tuigage. In de verte is een bliksemschicht te zien die een paar tellen lang de samensmelting tussen hemel en oceaan laat oplichten. Golven met schuimkoppen verbergen de horizon, ze richten zich op alsof een kwade geest bezit van ze heeft genomen en ze geselen meedogenloos de romp van de *Soberbia*. Al is de storm nog maar net begonnen, de gezichten van de in het achterkasteel bijeengekomen leiding staan even ernstig als op een begrafenis. Ze houden zich stevig vast en zijn aan het overleggen, terwijl ze zwaaiend in evenwicht proberen te blijven op het schuddende schip. Ze weten dat een flinke storm in dit doolhof van eilandjes schipbreuk kan betekenen voor meer dan een van hun schepen: ze hoeven maar een rif te kruisen en er is geen zeil of roerganger die het schip tijdig kan laten wegdraaien.

De kapitein gaat midden op het dek staan en schreeuwt de longen uit zijn lijf. 'Maak ruimte! Haal het dek leeg! Ik wil hier niets zien wat het touwwerk in de weg staat! Nog niet één zak of baal! Bedden, vaten, balen, kisten, alles moet hier weg! En zet de kanonnen goed vast als je niet verpletterd wilt worden!'

De minst ervaren zeemannen kijken angstig toe. Misschien hadden ze een bemoedigend woordje verwacht, hadden ze willen horen dat een doodgewone storm niet op kan tegen een zwaarbewapend galjoen van het Spaanse rijk, dat er niets kan gebeuren met het vlaggenschip dat het hele konvooi naar de bestemming leidt. Maar de werkelijkheid is dat de planken onder hun voeten bewegen, dat het water steeds halsstarriger op hun hoofden neervalt en dat de woedende zee hen elk moment zonder plichtplegingen van het schip kan werpen.

Een scheepsjongen waagt het iets te zeggen. Hij houdt zijn doornatte matrasje vast, om het niet door de wind te laten meenemen. 'En waar leggen we dit allemaal neer, heer kapitein?'

'Dat moet overboord!' schreeuwt de kapitein onverbiddelijk.

De *Soberbia* is een oud oorlogsschip, en dat het ruim volgestouwd is met handelswaar om in Tierra Firme te verkopen maakt de zaak er niet beter op. Het is moeilijk om die gewoonte binnen de perken te houden wanneer de leiding zelf de eerste is die de regels overtreedt. Het extra geld dat de handelswaar zal opleveren bedraagt vele malen meer dan hun eigen gage. Maar door het volgestouwde ruim kost het besturen van het schip, dat op zich al langzaam verloopt, midden in een storm nog meer moeite. Als een schip ook nog eens slecht geballast is, wordt de kans op zinken steeds groter. Eugenio de Ron is bezig de lading te herschikken om het gewicht te verdelen en om na te gaan in welke volgorde ze zich van de goederen zullen moeten ontdoen. In het ergste geval zullen ze alleen het kwikzilver en de oorkonden van Zijne Majesteit kunnen redden. Voorlopig grijpt hij alles wat hij grijpen kan en geeft hij orders voor het reorganiseren van de lading.

Boven werken de mannen onophoudelijk aan het bevestigen van het touwwerk en bedienen ze de zeilen om te verhinderen dat het schip stuurloos raakt. Ze strijden al een paar uur lang tegen de elementen zonder dat ze weten wie zal winnen, maar het is een feit dat de storm in kracht toeneemt en dat het water terrein wint. Je verplaatsen over een schip midden in een storm is op zich al een krachttoer. Nu en dan komt er een krankzinnige vloedgolf waardoor zeelieden omvergeworpen worden. Ze klampen zich vast aan wat er maar in de buurt is om niet door de golf te worden meegevoerd.

Sommigen moeten hun inspanningen staken om over te geven, voor ze weer verder kunnen met hun taak. Een scheepsjongen valt boven uit de mars en wordt ogenblikkelijk door de zee verzwolgen, terwijl achter hem de kreet 'Man overboord!' klinkt. Diverse mannen proberen tevergeefs hem te redden en het moreel bij de bemanning daalt.

Het vloeken maakt plaats voor het aanroepen van heiligen en maagden. Dan komt het bericht dat de roerganger zoek is. Doodsangst maakt eenieders devotie nog groter, en zelfs Diego beseft dat er sprake is van uitzonderlijke omstandigheden. Terwijl het galjoen als een notendop in de beukende zee schommelt, worden er luid geloofsbelijdenissen opgezegd, spijt betuigd voor begane zonden en beloften gedaan tot allerlei opofferingen en pelgrimstochten.

'Ik zei het toch! Deze vloot is vervloekt! Vervloekt!' schreeuwt Fermín, die steun zoekt bij de tuigage om niet door de volgende aanval te worden verslonden.

'Je bent zelf vervloekt, duivelse breeuwer!' gromt de bootsman, die hem bij zijn oor pakt nadat de golf zich heeft teruggetrokken. 'Help de timmerman de gaten te dichten of je zult het niet kunnen navertellen, bij mijn baard!'

Op de scheepsbodem, waar het water hem tot aan de knieën staat, volgt Fermín de aanwijzingen van de timmerman op, die een soort mengsel aan het maken is van geteerd doek, ruwe hennep en vet, waarmee de lekken in de romp gedicht moeten worden. Hij heeft een touw om zijn middel geknoopt om te voorkomen dat hij door het slingeren van het schip wordt uitgeschakeld en worstelt met de waterstralen die onder grote druk ongenadig binnenstromen.

De breeuwer helpt met de werkzaamheden terwijl hij blijft prevelen dat hij nooit had moeten inschepen. Hij herinnert zich alle slechte voorspellingen een voor een en verwijt zichzelf dat hij is gezwicht voor de hogere gage. Geen geld kan een vervloeking als deze bezweren. Zijn geklaag gaat over in smeekbeden aan alle bekende heiligen en aan het eind van elk gebed brengt hij zijn hand naar de amulet om zijn hals, zijn beschermhangertje. Het enige wat hem uit deze ramp kan halen is een goddelijke kracht.

'Zolang je je werk maar geen seconde onderbreekt mag je bidden zoveel je wilt,' zegt de timmerman, die zich ergert aan de bijgelovige breeuwer met wie hij sinds het vertrek uit Sevilla opgescheept zit.

In het kielruim is een handvol mannen onversaagd bezig water weg te sluizen. Sommige zijn net als de breeuwer aan het bidden, andere steken al hun energie in het hozen. Van het jongste hulpje tot de meest ervaren officier, ze werken als één man. Er komen steeds meer lekken in de romp en ze moeten het waterpeil zo snel mogelijk zien te verlagen.

'Doe uw best, God doet de rest,' mompelt een officier die de gebeden overlaat aan de grootste gelovigen.

'God zal ons beschermen,' zegt de kapelaan, die ook mee is gaan helpen met emmers water wegdragen.

'We kunnen beter de vaart erin houden,' meent de officier. Zijn voorhoofd parelt van de druppels zweet en zeewater die in zijn ogen lopen, maar er is geen tijd om ze weg te vegen.

In andere omstandigheden had de kapelaan hem iets gezegd van zijn woorden. Maar nu betwijfelt zelfs hij of zijn God hem hieruit zal redden.

Het lijkt misschien dat iedereen bezig is met hozen, het schip bestuurbaar houden of gebeden of spijtbetuigingen uiten, maar zo is het niet helemaal. Er is altijd wel een schurk die zijn eigen gang gaat. Dat is in dit geval de eenoog Jerónimo, die als een gauwdief op zoek is naar waardevolle voorwerpen. Als hij toch Satan zal ontmoeten, dan kan dat net zo goed vandaag als op andere dagen. Mocht het fortuin hem daarentegen deze keer willen redden, dan liever met een aanzienlijke buit. Vandaar zijn idee om in de algehele chaos naar het achterkasteel te gaan.

Een reusachtige golf slaat over het schip alsof hij Jerónimo in één keer wil verzwelgen. Met veel moeite houdt de man zich overeind en wanneer het water zich weer terugtrekt vervolgt hij zijn weg. Hij heeft zijn doel duidelijk voor ogen: want waar kun je meer interessante spullen vinden dan in de kajuiten van de scheepsleiding?

123

Damiana vliegt bijna tegen de muren omhoog.

Als er iets nog claustrofobischer is dan weken opgesloten zitten, dan is het dit benepen kamertje wel dat als een schommel heen en weer gaat terwijl de tot orkaankracht aangetrokken wind boven elk ander geluid uit buldert. In dergelijke omstandigheden wordt alleen zijn ondraaglijk. Eugenio heeft haar uitdrukkelijk verboden de kajuit te verlaten. Hij heeft de deur vergrendeld omdat ze anders te groot risico zou lopen en hij zei dat hij zich nu al helemaal niet ergens door kan laten afleiden. Afleiden. Alsof haar aanwezigheid niets anders is dan iets hinderlijks of iets wat hem van belangrijke zaken afhoudt. Maar waar Damiana echt opstandig van wordt is een verbod. Vooral als het erop lijkt dat ze hier opgesloten en wel zal omkomen.

'Hij kan opvliegen,' zegt ze, vast van plan de deur te forceren.

Wanneer ze de klink wil pakken ziet ze dat die beweegt. Iemand probeert de deur van buitenaf te openen. Ze kijkt oplettend toe, om een paar tellen later tegenover de man te staan die ze wel het minst verwachtte: de ploert die ze in zijn edele delen heeft gestoken. Hij is van zijn hoofd tot zijn voetzolen drijfnat en lijkt net zo verbaasd als zij.

Heel even wordt het gezicht van Jerónimo Pardo zo bleek alsof hij een geest heeft gezien. Maar hij is een branie en herstelt zich meteen. Al weet hij niets van cijfers, het kost hem weinig moeite om vast te stellen dat een en een twee is. 'Ik wist het, die scheepsjongen uit Garachico kwam me veel te bekend voor.'

Damiana stapt achteruit wanneer hij de kajuit binnendringt.

'Ik heb hem op het hele schip gezocht, maar nooit meer gezien.' De blik in zijn ene oog is sluw. 'Je hebt met iedereen de spot gedreven, duivelse slet.'

Damiana wil haar dolk gebruiken, maar de snoever is eerder. In één beweging haalt hij zijn zwaard uit de schede om met een klap Damiana's wapen naar de andere hoek van de kajuit te slaan. Dan grijpt hij haar bij de keel en lacht grimmig. 'Wilde je me ook nog in mijn andere bal steken?'

Ruw gooit hij haar op het bed en schort haar rokken op. Maar hij doet zijn broek niet naar beneden zoals Damiana had aangenomen: hij brengt zijn zwaard naar haar geslacht.

Doodsbang probeert Damiana zich onder hem uit te worstelen. 'Laat me los, smeerlap!'

'Kijk maar 's hoe het voelt als je met gelijke munt wordt terugbetaald.'

'De duivel hale je!' schreeuwt Damiana terwijl ze blijft worstelen.

De schoft laat een rauwe lach horen. 'Na jou. Ik rijg je als een kip aan het spit.'

124

Zwoeoeoeoesj! De golf doet het galjoen van voor tot achter trillen, tilt het schip zo hoog op dat alles en iedereen de grond onder zijn voeten verliest. In de kajuit van de eerste stuurman raken meubels en spullen los van de vloer en slaan met grote kracht tegen een van de wanden. Onder het huisraad bevindt zich ook het bed met de twee personen erop. Damiana maakt gebruik van de verwarring door een vinger in het goede oog van Jerónimo te steken, die blind met zijn zwaard begint te slaan. Ze ontwijkt hem zo veel mogelijk terwijl ze wanhopig naar haar dolk zoekt.

Aangezien ze met andere zaken bezig zijn, ontgaat het hun dat de spanten van de scheepsromp beginnen te kraken. Buiten heeft de bezaansmast het begeven en in zijn val raken de nodige mannen eronder beklemd. Luide kreten stijgen op in het donderende kabaal van het schip dat in de storm uit elkaar wordt geslagen. Het begint over te hellen naar stuurboord.

'We zijn op een rif gelopen!'

'We vergaan!'

De bevelen van de kapitein laten niet op zich wachten. 'Maak onmiddellijk de sloep los! We gaan van boord!'

Een aantal doorgewinterde zeemannen gaat snel aan het werk. In de sloep is maar plek voor een man of dertig en ze zijn niet van plan te wachten tot er een militair komt die op grond van zijn adellijke afkomst een plaatsje komt opeisen. Al uren geleden hebben ze de andere schepen van de vloot uit het oog verloren, waar ze hulp van hadden kunnen krijgen als die in betere conditie waren geweest. Maar op dit moment zijn de sloep en een wonder hun enige minieme kans om het te overleven.

Door de omgevallen mast lukt het hun niet om de sloep onder de wirwar uit te halen. De bang geworden mannen sjorren aan de sloep, proberen uit alle macht hun al gebruikte krachten te verzamelen, hun leven hangt ervan af.

Er verstrijken een paar benauwde minuten waarin het schip langzaam begint te zinken. De overige opvarenden staken het hozen en komen aan dek om nog een paar minuten langer te kunnen leven. Ze weten niet meer welke heiligen ze moeten aanroepen, nu past het alleen nog om te vragen om vergiffenis en de Barmhartige een offerande te geven. De verhevensten onder hen zien af van de mogelijkheid om per sloep het schip te verlaten en hebben zich teruggetrokken in hun kooien om waardig te sterven, wat ze hoger achten dan alle andere mogelijkheden. Maar bij degenen die niet zo hoogstaand zijn heeft het pragmatisme de overhand: waarom de doodsangst op je gezicht verbergen of niet tot de laatste minuut proberen je leven te redden?

Het zinken gaat door en eindelijk bevindt de sloep zich op het peil van het water. Wie de moed nog niet heeft verloren kan er nu in gaan zitten. Het protocol schrijft de volgorde voor van wie als eerste mag, maar eerst is het redden wie zich redden kan. Zonder aarzelen stappen de generaal en de kapitein in, evenals de volmatroos, de proviandmeester, nog een paar hoger geplaatsten en enkele goochemerds. Ook de kapelaan gaat de sloep in.

Eugenio werpt hem een gemaakt glimlachje toe dat overloopt van zuur sarcasme. 'Moet u niet waken over de zielen van uw gelovigen, weleerwaarde?'

De geestelijke is niet in voor ironie. Na urenlang water geschept te hebben is hij uitgeput en kan hij er alleen nog aan denken het vege lijf te redden. In de hemel is hij nog de hele eeuwigheid.

De eerste stuurman houdt zich wel aan het protocol. Hij denkt er niet aan om als eerste te vluchten. Hij blijft aan boord tot hij aan de beurt is, wanneer degenen die nu in de sloep zitten zijn overgezet op een ander schip en mogelijk een weldoener hen komt ophalen. Wat hij, tussen haakjes, praktisch onmogelijk acht.

De in de sloep opeengepakte mannen willen midden in de

storm net beginnen te roeien wanneer er nog iemand een plaats komt opeisen. Het is Jerónimo Pardo, die wild om zich heen slaand zich probeert te oriënteren. Zijn zwaard zit onder het bloed, wat erop wijst dat hij iemand anders de plek in de sloep heeft betwist. Zijn ooglapje is hij kwijt, maar het is ook moeilijk te zeggen wat zijn goede oog is omdat hij beide oogleden neergeslagen heeft en zijn gezicht vertrokken is van pijn, angst of vastbeslotenheid, of alle drie tegelijk. Hij houdt zijn buik vast, er stroomt bloed uit. Niemand heeft zin met hem in discussie te gaan. Als hij doodgaat, gooien ze hem wel overboord.

Eugenio ziet hoe de sloep zich van hen verwijdert terwijl het galjoen verder onder zijn voeten wegzinkt. De hemel is nog een en al dreiging. Uit zwarte wolken slaan aanhoudend hevige stortbuien neer en witte schuimkoppen beuken tegen de gammele sloep. Hij betwijfelt of die dertig wanhopige mannen in deze storm ergens terecht zullen komen.

Alles is verloren. De *Soberbia*, het bewapende galjoen van Zijne Majesteit, het schip dat moest waken over de behouden vaart van de vloot naar de Nieuwe Wereld, verdwijnt langzaam in Caribische wateren. Op het voordek waar hij zich bevindt staat het water al een el hoog en het boegbeeld, vervloekt of niet, is al onder. De plek waar hij voor het laatst het rode haar van zijn geliefde zag is voor altijd verdwenen, net als zijzelf. De herinnering aan Violante brengt hem bij Damiana, die opgesloten zit in zijn kajuit. Daar kan hij haar niet laten.

Op weg naar haar toe zoekt hij houvast bij materieel en in stukken geslagen spanten en slaagt erin het achterste deel van het schip te bereiken. Vandaar klautert hij het kasteel op. Als hun niets rest dan de dood af te wachten, laten ze het dan op zijn minst samen doen. Tot zijn verbazing staat de deur van de kajuit open. Binnen ziet hij Damiana die onder het bloed zit, maar ze staat overeind en ze kijkt hem aan met de hoogmoedige blik die hij goed van haar kent.

Ze houdt haar schrift boven het hoofd, in een kinderlijke poging te voorkomen dat het in het water uiteenvalt, en in haar andere hand houdt ze haar dolk vast die onder het bloed van iemand anders zit. Eugenio vraagt niet in wiens ingewanden ze die heeft gestoten. Waarom zou hij, als hun allemaal hetzelfde lot is beschoren. Op dit moment spijt het hem alleen maar dat het meisje haar doel niet zal kunnen bereiken, want ze zal sterven zonder het land van haar voorvaderen te zien, al is het nog zo dichtbij. En het spijt hem zelf het leven te moeten laten. Vervloekt, hij genoot van het leven. Maar op een oorlogsschip in onbekende wateren varen is de beste toegang naar de dood. Hij heeft zich hier jaren op voorbereid en het kost hem geen moeite te aanvaarden dat de krachten der natuur zich verenigd hebben om hem dit einde te bereiden. En dat Damiana's geheim in stilzwijgen blijft gehuld.

Hij neemt haar in zijn armen. Ze laat haar dolk vallen en omhelst hem ook stevig. Beiden beseffen dat het zinloos is om nog langer afstand te houden, ze kunnen zich deze laatste liefdesbetuiging rustig permitteren. En zo, in hun omhelzing, wachten ze het onvermijdelijke af.

125

19 november van het jaar des Heren 1580

Het slechte nieuws verspreidt zich van noord tot zuid over Sevilla.

In de kroegen in het centrum, op de treden naast de kathedraal en in de haven, er is geen mens die het er niet over heeft. Het vervloekte konvooi, dat nooit had moeten afvaren, heeft grote verliezen geleden. Van de zesenvijftig schepen zijn er minstens twaalf vergaan door de woeste krachten der natuur. Oorlogsschepen, maar ook diverse koopvaardijschepen met al hun handelswaar. De overige schepen hebben een groot deel van de lading overboord moeten gooien om niet ten onder te gaan en zijn zwaarbeschadigd op verschillende kusten aangekomen.

De koopmannen wachtten al tijden op het schip dat de behouden aankomst van de vloot zou bevestigen. In plaats daarvan zijn de berichten van de andere kant van de oceaan slechter dan ooit. Een scheepsramp van reusachtige omvang: tonnen wijn en olijfolie die op de bodem van de zee zijn geëindigd, evenals lastdieren en vee, werktuigen, wapens, was, papier, fluweel, zijde en satijn uit Damascus. De schade is enorm. Voor de handelaren, maar ook voor het rijk, dat een aantal van zijn oorlogsschepen heeft verloren. Alleen al de *Soberbia* werd op een waarde van veertigduizend dukaten geschat. De koning wil al dit kapitaal ongetwijfeld weer aangevuld zien. Op de treden wordt er druk over gediscussieerd wie verantwoordelijk is voor de ellende.

'Ze moesten die generaal opknopen.'

'Nee, de eerste stuurman heeft de schuld,' meent een ander. 'Al die bijzonderheden over de conjunctie van de maan, de winden en de getijden zijn zijn taak. Hij had het moeten zien aankomen.'

'Het zijn altijd dezelfden die ervoor opdraaien!' zegt een gewone burger kwaad. 'Die edelmannen nemen nooit ergens de verantwoording voor.'

'En wie betaalt er voor de zeelieden? Zoveel doden voor niets!' klaagt een verkoopster.

'Zegt u het maar.'

'En de soldaten van de koning verdronken in die verre wateren,' jammert iemand.

De doden die bij de ramp zijn gevallen hebben de stad nog wel het meest geschokt. Honderden mannen vonden de dood op slechts een paar dagen varen van hun bestemming, en veel vrouwen huilen vandaag om hun lot. Om het lot van hun mannen, maar ook om hun eigen lot en dat van hun kinderen, voor wie ze maar moeilijk in het onderhoud zullen kunnen voorzien. Dit zijn te veel weduwen voor een stad waar al veel te veel mensen van liefdadigheid leven. Het zal lang duren voor iedereen zich van deze klap heeft hersteld.

Pater León weet het maar al te goed, gewend als hij is om op te komen voor de zwaksten in de samenleving. Hij is de Barcas-brug overgestoken om naar Triana te gaan, de zeemanswijk bij uitstek, waar het in de straten wemelt van kaarsen en ach-en-weegeroep. Hij biedt de vrouwen troost: een mis voor hun overledenen, een warme maaltijd of gewoon een paar bemoedigende woorden, waar meer dan ooit behoefte aan is.

Er was een tijd dat hij twijfelde aan zijn roeping. Een tijd waarin zijn gevoelens voor een intelligente, mooie, goede vrouw hem deden twijfelen aan de keus die hij had gemaakt. Sinds die ene onheilsdag heeft hij er veel over nagedacht en hij weet dat hij de strenge, door het geloof opgelegde regels had kunnen overtreden. Als zuster Catalina bereid was geweest hetzelfde te doen, uiteraard. Want hij durfde er nooit op te zinspelen, al was hij er in zijn hart van overtuigd dat ze bij hem hoorde. Die mogelijkheid werd hem uit handen geslagen door de mensen die hij voor zijn geloofsbroeders hield, en nu rest hem slechts de troost om de behoeftigen te blijven steunen.

In deze maanden heeft hij zich zo mogelijk nog onmisbaarder

gemaakt in de Koninklijke Gevangenis, waar hij de nood van de gevangenen lenigt en de veroordeelden de nacht voor hun dood gezelschap houdt. Daarnaast loopt hij de pleinen en huizen van Sevilla af voor aalmoezen om nieuwe ziekenhuizen op te kunnen richten en werkt hij nog steeds ijverig aan het huis voor berouwvollen. Hij hoopt er binnenkort nog een te kunnen stichten, zodat iedere vrouw in de stad de kans krijgt om zich te wijden aan een leven zonder zonde, of dat nu in een klooster of in een huwelijk is.

Twee vrouwen komen wankelend op hem af. De ene is een zwarte slavin, op haar wangen is het brandmerk aangebracht dat haar onderscheidt van de vrijen, en ze hinkt met haar ene been. Ze huilt ontroostbaar terwijl ze haar bazin ondersteunt. Pater León kan door de sluier van de ander diens gezicht niet zien, maar vermoedt vanwege de moeizame manier waarop ze op de zwarte vrouw leunt, dat ze ouder is. Wanneer ze bij hem zijn veegt de slavin met de mouw van haar hemd haar tranen af.

'Waarmee kan ik u helpen, mijn dochters?' vraagt hij op de vriendelijke toon die hij aanslaat tegen zijn behoeftigste naasten. 'Ik draag missen op voor de omgekomenen.'

De zwarte vrouw probeert een opborrelend verdriet tegen te houden.

'Wie hebt u verloren?' dringt pater León aan.

De andere vrouw drukt de slavin de hand, om haar moed te laten verzamelen.

'We worden vervolgd door het gerecht, eerwaarde,' zegt de slavin, die zich herpakt heeft. 'We moeten de stad zien uit te komen.'

Pedro de León kijkt verrast naar haar. Die vrouw heeft zojuist toegegeven een misdadigster te zijn en heeft hem daar deelgenoot van gemaakt zonder dat ze wordt beschermd door de geheimhouding van de biecht. Hij zou de gerechtsbode nu meteen moeten waarschuwen. Meteen. Maar hij is niet naar Triana gekomen om nog meer misdeelden de gevangenis in te sturen. 'Ik... Ik kan u niet helpen,' zegt hij uiteindelijk. 'Maar ik zal voor u bidden.'

De half verhulde vrouw trekt haar sluier weg en nu kan hij eindelijk haar gezicht zien. Ze is helemaal niet oud. Ze heeft een blanke, glanzende huid, al zijn er overal rozerode, pas gevormde littekens te zien. Een van haar tevoorschijn gekomen oren is in tweeën gespleten en haar rechterooglid zit dicht als gevolg van een lelijke klap. En toch is ze mooi. Dat is ze altijd geweest.

Er komt een brok in de keel van pater León en zijn ogen worden vochtig, zodat het even duurt voor hij iets kan zeggen. 'Zuster Catalina...'

'Ik heet Carlina,' onderbreekt ze hem. Wanneer ze zijn verwarde blik ziet neemt ze opnieuw het woord. 'Zuster Catalina is gestorven in de martelkamer. Ik ben weer bijgekomen op een wagen, ik lag bedolven onder lijken. Ik heb me eraf laten vallen en heb me verstopt, zoals ik me als kind altijd verstopt heb.' Ze kijkt even naar Ifigenia, die haar nog steeds ondersteunt. 'Daarna heeft zij me gered.'

Pater León brengt zijn hand naar het gezicht van de vrouw die mensonterende martelingen heeft overleefd. Met oneindige tederheid streelt hij alle littekens, een voor een.

Carlina sluit haar ogen en laat hem begaan.

Ifigenia kijkt ontroerd naar het tafereel, maar er is geen tijd te verliezen. Ze slaat een dringende, bevelende toon aan, zo'n toon die ze haar hele leven al heeft aangehoord, maar nog nooit uit haar eigen mond. 'U moet ons de stad zien uit te krijgen, eerwaarde.'

Pedro de León keert tot de werkelijkheid terug. Opnieuw kijkt hij naar Ifigenia, dan naar Carlina. Hij slikt. 'Ik heb een opdracht op me genomen in de dorpen van Extremadura. Binnenkort vertrek ik.'

126

Carlos Freire maakt zich zorgen.

De gerechtsbodes zijn nog steeds bezig met het onderzoek naar de moord op de patroon van het bordeel. In het stadsbestuur is de zaak heel slecht gevallen en hoewel het gebeurde al twee maanden geleden is, blijven ze zoeken naar een zondebok die ervoor moet boeten. Niemand heeft naspeuringen gedaan naar de dood van de snol in de haven of die van de waardin, net zomin als naar de doden daarvoor. Maar dit is anders.

De dienders en bodes doen navraag bij alle mannen die op die dag door de Klappoort zijn gegaan, en ze hoeven maar iemand tegen te komen die hem dat hoerenhuis heeft zien in of uit gaan of ze zijn hem al op het spoor.

Zijn contactpersoon had hem moeten helpen hieruit te komen, maar die lijkt door de aarde te zijn verzwolgen. Hij heeft avondenlang op hun vaste plek op hem staan wachten en toen de man maar niet op kwam dagen, is hij tegenover het huis waar hij woont gaan posten. Hij is ermee gestopt toen hij het bericht over de dood van de stadsbestuurder hoorde, dat de stad in hevige beroering bracht. Hij betwijfelt ten zeerste of het zijn tussenpersoon is die heeft afgerekend met Rafael de Zúñiga y Manjón, want hoewel de man zich vaak over de edelman beklaagde, leek het hem niet dat dat schriele mannetje genoeg lef had om zelf vuile handen te maken. Wat hem vanaf dat moment wel duidelijk werd, was dat hij er maar beter tussenuit kon knijpen. Als het stadsbestuur zich al bezighield met een pooier, dan al helemaal met een van de hunnen. Bovendien is het huis het eigendom geworden van de familie Martinelli, bij wie de bestuurder tot over zijn oren in de schulden zat. Hij heeft daar niets meer te zoeken.

Freire weet heel goed dat de hoogste instanties die in deze kwestie aan de touwtjes trekken hem niet gaan helpen. Hij is de laatste marionet. Hij durft dan ook nauwelijks de straat meer op en waagt zich alleen 's avonds nog buiten, weggedoken onder zijn hoed of mantel om naar zijn werk in het kasteel te gaan. Zijn vrouw begrijpt niet wat hij de hele dag thuis met de armen over elkaar doet en begint de toestand zat te worden, vooral omdat hij steeds humeuriger wordt. Gisteren kregen ze weer ruzie en moest hij streng tegen haar optreden. Van zulk gedrag krijgt hij later een slecht gevoel dat, als hij wist wat het was, als schuldgevoel kan worden aangemerkt. En dan raakt hij nog meer uit zijn humeur, in een neerwaartse spiraal.

Gelukkig is zijn vrouw niet haatdragend. Ze is net van de markt teruggekomen en komt naar hem toe met een glimlach die een adempauze lijkt te beloven. 'Ik heb goed nieuws.'

Hij kijkt haar verwachtingsvol aan, hij weet wat die woorden betekenen. Ze heeft die woorden zes keer uitgesproken sinds ze hun levens met elkaar delen. Ze gaat verder met het ritueel dat hij zo goed kent: ze pakt zijn hand en legt die op haar buik.

'Er is een kind op komst.'

Freire glimlacht. Twee van zijn drie zonen zijn gestorven en ze hebben nu alleen nog Joselillo en de drie meisjes. Als het goed gaat, zou er weer een jongetje kunnen komen met wie de kleine kan spelen.

Maar deze keer voegt zijn vrouw er nog iets aan toe. 'We moeten naar een groter huis, Carlos. Je moet hoe dan ook dat extra geld weer zien te verdienen.'

Het geheim van de griotten

Sevilla, 1562

De baby schreit onophoudelijk. Het is alsof ze haar moeder mist, al gaven ze haar kort na haar geboorte aan mij. In het begin huilde ze niet, ze had zelfs bijna geen kracht om adem te halen. Het was een gerimpeld, lelijk wezentje, teer als een vogeltje dat net uit het ei is gekropen. Ik dacht dat ze nog geen dag zou leven. Maar sinds we bij de verbranding van Nali waren doet ze niets dan huilen. Ze blèrt zo hard dat ik soms denk dat ze stikt en erin zal blijven. Ik weet niet hoe ze het tafereel heeft kunnen verwerken. Maar er zijn heel veel dingen die ik niet begrijp, die daarom nog niet minder werkelijk zijn. Ik moest het met eigen ogen zien, zeker weten dat er niets was wat ik kon doen. Nu weet ik dat we niet hadden moeten gaan.

Maar mijn grootste vergissing was om met Nali naar Sevilla terug te keren. Zij had alleen mij. Mij en het palissanderhouten beeldje dat ze altijd bij zich had, het enige wat er over was van het verleden dat mensen hadden uitgewist. Wat was ik onnozel dat ik meende dat we gerechtigheid konden eisen, dat we haar geschiedenis aan de Raad van Indië konden voorleggen en schadevergoeding konden krijgen waarvan we waardig zouden kunnen leven. Wat onverstandig om haar ervan te overtuigen dat ze naar het land kon van de mensen die haar volk hadden uitgeroeid. Wat dom om te geloven dat in een stad met zoveel zielen zij en haar dochter onopgemerkt konden blijven als het de verkeerde kant op zou gaan. Ik bracht haar naar een wisse dood en dat zal ik mezelf nooit vergeven.

Misschien probeert de baby het beeld van haar moeder op de brandstapel te vergeten, zoals ik dat ook probeer. Ik zou andere beelden willen hebben. Haar gezicht toen ze de zee voor het eerst zag, of toen ze het meisje in haar buik voelde schoppen. Of die dag dat we in Sevilla aankwamen en door de haven wandelden en daarna naar de Grote Kerk liepen, waar ze een sprongetje maakte toen de klokken begonnen te luiden en ze moest lachen. En de dag dat ze beviel. Ze was alleen, in die smerige kerker in het souterrain van het kasteel. Mijn dappere Nali. Ik mocht haar alleen maar zien omdat ik hun verzekerde dat ik de vader was.

'Ik ben al verdoemd. Jij moet jezelf redden.'

'Ik laat jou niet alleen!' riep ik wanhopig.

Toen ik dat zei legde ze de baby in mijn armen. 'Ze heet Obine. Obine Wilanugued. Jij zult voor haar zorgen.'

Het kindje keek me met haar nauwelijks geopende oogjes strak aan. Toen ik er dezelfde vastbeslotenheid in zag als die van haar moeder, huilde ik zoals ik niet meer gedaan had sinds die dag in dat weggevaagde dorp.

'Dat kan niet,' fluisterde ik uiteindelijk. 'Je moet haar een christelijke naam geven. En haar achternaam zal Villanueva worden, net als die van jou.'

Ze schudde haar hoofd. '"Obine" betekent "zij die terugkeert". Zij is de gekozene van de zee die terugkeert.'

Sommige dingen wist Nali met grote stelligheid. Ze wist dat er een meisje kwam, zoals ze ook meteen haar naam wist toen het geboren was, zoals ze wist dat, als ik hun maar vertelde wat ze wilden horen, Obine een kans had om het er levend vanaf te brengen. Ze liet me beloven dat ik haar de geschiedenis van haar volk zou vertellen, maar ik zou dat niet kunnen doen als ze wisten wie ze was. Daarom gaf ik haar de naam Damiana de Villanueva. Zodat ik wanneer het moment daar was, haar alles tot het einde kon vertellen. Het einde dat Nali en ik begrepen. Waarvoor haar volk werd uitgeroeid, om geen schaduw te werpen op het recht dat twee rijken zich hadden aangemeten om de wereld tussen hen te verdelen omdat ze er als eersten waren aangekomen.

Had ik haar ook maar kunnen redden. Vergeef me, Obine. Misschien moet ik ook jou op een dag achterlaten. Daarom heb ik deze regels geschreven. Zodat jij, als mij iets overkomt, een kans hebt om het geheim van de griotten te leren kennen. Dat behoort jou toe.

127

María de San José houdt met bevende handen de brief vast. Haar geliefde moeder heeft hem gedateerd op september, maar ze kreeg hem vandaag pas in handen. Bij het verdriet over de dood van zuster Catalina had zich angst gevoegd toen ze niets van moeder Theresia hoorde. Haar andere vrienden schreven haar allemaal snel terug, al kon niemand iets doen. Maar door het uitblijven van een reactie van de heilige Theresia verkeerde ze voortdurend in onrust. Ze weet dat als haar iets ergs was overkomen, ze dat snel gehoord zou hebben. De stichtster van de orde is even geliefd bij sommigen als gehaat bij anderen. Als ze haar opnieuw hadden aangegeven, opgesloten of erger, had zij het meteen geweten.

Toch heeft ze iedere nacht wakker gelegen omdat ze geen verklaring had voor het uitblijven van een reactie. Ze had gedacht dat ze mogelijk een terugval had, dat ze met zo'n koorts op bed lag dat ze de dag niet van de nacht kon onderscheiden, of een nieuwe aanval had gekregen waardoor haar lichaam er als verlamd bij lag. Maar nu ziet ze dat het leed van Theresia van Avila niet erger is geworden en dat ze wel degelijk haar smeekbede gelezen heeft. Er was sprake van andere, tijdrovende zaken die te maken hadden met het gebrekkige postvervoer, waardoor het schrijven twee maanden vertraging heeft opgelopen.

Toch biedt de inhoud van de brief haar nauwelijks enige troost. Moeder Theresia zorgt voor haar kloosters, het kan ook niet anders. En zij zou er ook voor moeten zorgen, verwijt ze zichzelf, voor haar eigen klooster en voor het welslagen van de Reformatie. Na lezing van het schrift was ze nog meer gesterkt om de beginselen te volgen waardoor Theresia van Avila zich heeft laten leiden om te strijden voor verandering in het hart van de kerk: het centraal stellen van hulp aan de naaste, teruggaan naar de deugd van gematigdheid, en het inperken van voorrechten en huichelachtigheid, die waren gegroeid. Er zijn natuurlijk krachten in de samenleving die dat niet bevalt. Macht is voor zwakke geesten te aantrekkelijk en is onlosmakelijk verbonden met geld. Als een handjevol toegewijde nonnen hun gezag al kan ondermijnen, wat zouden de feiten op de bladzijden van dat schrift waarbij zoveel mensen de dood vonden dan wel doen?

Ze heft haar hoofd op naar het crucifix in haar cel en met een vastbesloten gezicht doet ze een eed: ze zal haar pen gebruiken om deze geschiedenis vorm te geven. Net zoals Miguel de Arellano heeft gedaan in het schrift, dat inmiddels wel zal zijn verslonden door de vissen in de Caribische zeeën. Zijn inspanningen hoeven niet voor niets te zijn geweest, net zomin als de levens van zoveel onschuldige mensen. Ze zal de geschiedenis opschrijven zonder iets achter te houden. En als het waar is dat die machtige, zielloze lieden door de grote hemelpoort gaan en dat vrouwen als Damiana en Carlina rechtstreeks naar de hel gaan, dan moet de duivel haar ook maar meenemen.

Epiloog

Een vreselijke dorst haalt hem uit zijn sluimer.

Diego krijgt zijn ogen bijna niet open. Door het zand en het zout die aan zijn wimpers plakken en de hoog aan de hemel staande, verblindende zon kost het hem een paar minuten voor hij alles helder ziet. Wat zijn ogen hem overbrengen komt hem troosteloos voor: om hem heen bevindt zich een oneindige zee van zand, fijn en wit zoals sneeuw moet zijn. Afgezien van een paar vogels en twee bedachtzaam lopende schildpadden die een spoor in het lichte tapijt achterlaten, is de omgeving verlaten.

Verderop ziet hij alleen de oceaan waarin hij heeft gedreven door zich dag en nacht aan een stuk van de scheepsromp vast te houden, totdat hij alle gevoel van tijd en van zichzelf verloren had. De oceaan is nu kalm en het water heeft een zuiver turkooisblauwe kleur. Als hij zich niet in zo'n netelige situatie bevond zou hij denken dat hij in het paradijs is beland.

Zijn hele lichaam doet pijn, hij is uitgehongerd en uitgeput, maar hij weet dat hij, om een kans te hebben om te overleven, eerst wat zal moeten drinken. Hij probeert te gaan staan, maar zijn benen weigeren dienst en hij valt als een zak terug in het zand. Het maakt niet uit. Hij zou toch niet weten waar hij zoet water kan vinden. Hij gaat ineengedoken zitten en begint te snikken, al is hij zo uitgedroogd dat het niet meer is dan een zacht huilen zonder tranen, maar met het verschrikkelijk verlaten gevoel dat hij meer dan ooit wees is. Terwijl hij zo stilletjes zit te schokken verliest hij opnieuw het bewustzijn.

Hij komt weer bij wanneer hij door een golf wordt meegesleurd en een paar ellen verderop aan land wordt geworpen. De avond valt en de kou van zijn natte kleren dringt door tot in zijn botten.

Als een hagedis begint hij te kruipen, op zoek naar een veilige plek waar hij onbereikbaar is voor die zee die zo verraderlijk is en die nu ook nog donker en somber lijkt. Dan ziet hij ze. Twee schaduwen, aan de andere kant van het strand, komen als zielen in nood moeizaam op hem afgelopen. Hij is niet alleen.

Een paar laatste opmerkingen

Dit is het meest complexe en ambitieuze literaire project dat ik tot op heden heb ondernomen en ik moest daarvoor de nodige documentatie diepgaand onderzoeken. Sommige personages behoren tot het terrein van de fictie en bestaan alleen in mijn hoofd en op deze bladzijden, andere maken deel uit van de geschiedenis van Spanje, wat het hele proces beslist spannender maakte. Onder de laatstgenoemden bevinden zich pater Pedro de León, de heilige Theresia van Avila en María Salazar de Torres, beter bekend als María de San José.

Ik wil stilstaan bij die laatste, de geleerde priorin, een getalenteerd schrijfster van de karmelietessenorde en de belangrijkste erfgename van het gedachtegoed van de heilige Theresia. Ze bleef de Theresiaanse orthodoxie haar hele leven trouw, al kreeg ze daardoor tot haar dood toe te maken met laster. Nadat ze in het klooster in Sevilla gediend had, droeg Theresia van Avila haar de stichting van een Karmelklooster in Lissabon op, waardoor ze priorin van het klooster in de Portugese hoofdstad werd. Daar herhaalde de geschiedenis zich die ze al in Sevilla had meegemaakt: in 1593 werd ze uit haar ambt gezet en in haar eigen klooster opgesloten. Toen ze later opnieuw haar functie mocht bekleden, bleef ze strijden tegen de smaad die uit haar eigen geloofskring kwam, totdat in de herfst van 1603 werd besloten haar heimelijk over te brengen naar Cuerva, in Toledo, waar ze enkele dagen later onder zeer merkwaardige omstandigheden overleed.

Niet alleen was María de San José de meest geliefde en trouwste verdediger van het christelijk humanisme dat door de Theresiaanse leer werd aangemoedigd, maar ook de meest ontwikkelde non van haar tijd, die opkwam voor de rechten van vrouwen en over een excellente pen beschikte. Hoewel zij sindsdien onzichtbaar is gemaakt, hoef je haar geschriften maar te lezen om de voortreffelijke, renaissancistische schrijfster te herkennen die ze was, een die in vorm en inhoud dichter bij de klassieken van de Gouden Eeuw stond dan bij de heilige stichtster van de orde van ongeschoeiden. Haar werk beslaat voornamelijk poëzie, brieven en memoires. Net als bij veel andere schrijfsters zijn veel van haar geschriften in de loop van de tijd verloren gegaan.

Wat de andere personages in deze geschiedenis betreft: er bestaat geen enkele documentatie over de eerste stuurman van de koninklijke armada, die ook wel minder ceremonieel de Averij-armada (naar *impuesto de avería*, 'averijbelasting' die werd geheven bij koopmannen om de begeleidende armada van de koopvaardijvloot mee te bekostigen) of de Galjoenen werd genoemd. Wel over zijn functie, maar die werd niet bekleed door de persoon Eugenio de Ron. Ook wordt nergens melding gemaakt van een stadsbestuurder in Sevilla met de naam Rafael de Zúñiga y Manjón.

Aboubakri, Sundjata, Sogolon, Sassouma, Karandan en de overige personages van de geschiedenis die zich in Mali afspeelt, zijn wel gedocumenteerd. Zij vormden voor mij een fascinerende ontdekking en alles wat in dit boek verteld wordt, komt voort uit de mondelinge overlevering van de griotten die tot in onze dagen heeft voortgeduurd. Door deze eeuwenlange mondelinge overlevering bestaan er verschillende versies over wanneer en hoe sommige feiten precies plaatsvonden. Ook de schrijfwijze van namen en plaatsen kan variëren al naargelang de bron die geraadpleegd wordt. In de tekst heb ik me twee vrijheden veroorloofd: de eerste betreft het feit dat de geraadpleegde bronnen het erover eens zijn dat Sundjata rond 1255 overleed, toen hij nog geen veertig was. In dit boek leeft hij echter langer, zodat hij zijn kleinkind kon kennen. De tweede betreft het feit dat er geen vermelding bestaat dat Aboubakri II op Tierra Firme is aangekomen. Van de tweeduizend schepen die er op de tweede reis vertrokken is er niet één teruggekomen. Of enkele van de schepen hun tocht succesvol hebben beëindigd of dat alle zonder uitzondering door de zee werden verzwolgen blijft een geheim dat de geschiedenis ons niet heeft willen onthullen.

De 'rijkste man ter wereld', Kankou Moussa, is in 1375 al te vinden in de *Catalaanse Atlas* van Cresques, die als de beste middeleeuwse kaart wordt beschouwd. Hij wordt afgebeeld in het uitgestrekte rijk waar hij over heerste, gezeten op een troon en een gouden kroon dragend, met in zijn ene hand een scepter en in zijn andere een reusachtig muntstuk. Hieruit blijkt dat zijn rijk al erkend werd door de Europese cartografen, al wordt er nu niet meer over gesproken.

Het Mandé-handvest oftewel de Kouroukan Fouga bestaat niet alleen, maar staat sinds 2009 ook te boek als immaterieel cultureel erfgoed van de mensheid. Door zijn veelzijdigheid wordt hij door velen gezien als de eerste verklaring van de rechten van de mens. Zo worden er voor de dertiende eeuw zeer vooruitstrevende concepten in uitgevaardigd als maatschappelijke vrede binnen diversiteit, afschaffing van de slavernij, gelijkheid van iedereen voor de wet, institutionele vertegenwoordiging van vrouwen en milieubescherming.

In de meeste onderzoeken wordt de oorsprong van het Dule-volk, ook wel Guna of Kuna genoemd, gesitueerd op de heuvel van Tacarcuna, in de bergketen van Nationaal Park Darién, die de huidige grens tussen Colombia en Panama vormt. Daar zijn Eugenio en Damiana naar op weg en daar bevinden zich in dit verhaal ook de gouden monolieten die de coördinaten aangeven van de overzeese delen van het Mali-rijk en die getuigen van de legenden vanaf de buffelvrouw.

In de Dule-cultuur bestaat een band met vogels. Vogels worden gezien als beschermers van menselijke wezens en ze spelen een hoofdrol in hun mythen. De *Bab Igar* (een compilatie van mythische verhalen waar het Dule-volk zich door laat leiden) plaatst ze op gelijke hoogte als menselijke wezens. Niet alle culturen delen alles naar soort in. Wat mensen van niet-mensen onderscheidt, varieert per cultuur en in het geval van de Dule-Mandinka hebben vogels, net als de geesten van mensen, het vermogen om op een andere plek verder te leven.

Hoewel ik er geen bewijs voor heb gevonden dat het plein in Garachico met marmer geplaveid was in het jaar waarin dit verhaal zich afspeelt, wordt wel vermeld dat de stad, waar een groot deel van de internationale handel plaatsvond die het eiland verbond met Europa, Afrika en Amerika, zo welvarend was dat er plaveisel van marmer was. Door de vulkaanuitbarsting van 1706 werd dit allemaal weggevaagd.

De heilige Theresia onderhield een trouwe correspondentie met María de San José. Ze hield niet verborgen dat María haar favoriet was en evenmin dat ze veel liefde voor haar voelde. Hoewel ze er in haar brieven aan refereert om haar nog eens te zien voor ze sterft, werd deze wens niet vervuld. Ze overleed op 4 oktober 1582 in Alba de Tormes zonder weer een voet in Sevilla te hebben gezet, de stad die haar voor altijd tekende. In tegenstelling tot de brieven die María de San José aan Theresia van Avila stuurde, zijn de meeste brieven die de heilige Theresia aan de priorin in Sevilla schreef wel bewaard gebleven. De brief die in dit verhaal is opgenomen vormt een uitzondering.

Wat de vonnisvoltrekking betreft waarmee deze roman begint, werden de genoemde personen inderdaad tot de brandstapel veroordeeld, hetzij in effigie, hetzij in levenden lijve. De opgelegde straffen aan de monniken van het klooster van de heilige Isidoro del Campo, waar ze de vreselijke ketterij hadden begaan de Bijbel voor het eerst in het Spaans op schrift te stellen, moesten als voorbeeld dienen. De enige voorbehouden die werden gemaakt ten aanzien van de slachtoffers zijn die van Leonor Gómez en haar drie dochters, die bij voornoemde vonnisvoltrekking verbrand werden, en dat van een persoon die niet voorkomt in de opsomming van het vonnis, terwijl er evenmin enig gegeven is gevonden over haar proces bij de inquisitie: de ketterin Nali de Villanueva.

Dankwoord

In de tijd dat je jezelf onderdompelt in een nieuw verhaal word je schatplichtig aan de kennis van veel mensen. Het betrof deze keer een titanenwerk, maar het was hanteerbaar en prettig dankzij de ruimhartige medewerking van mensen die veel beter onderlegd zijn dan ik in de verschillende vakgebieden waarvan ik gebruik heb moeten maken. Deze regels geven dan ook blijk van mijn dank.

Aan het begin van mijn zoektocht was de bibliografie waarvan Antonio Fuentes en Selina Gutiérrez mij voorzagen van grote hulp, evenals de gesprekken waarin ze mij inzicht gaven in de verschillende orden in Sevilla, de hoofdstad van Andalusië.

Emilio Monjo voorzag me buitengewoon royaal van uitgebreide documentatie over de Hervorming in het Sevilla van de zestiende eeuw, met inbegrip van het door Tomás López verzamelde corpus met de overzichten van de terechtstellingen van ketters.

De bibliografie over het Panamese grondgebied van voor de komst van de Spanjaarden en over de spannende Dule-cultuur heb ik te danken aan Paula Palicio en Víctor Mojica. Ook dat ze me in Chili gered hebben, maar dat is een ander verhaal.

Rufino Acosta maakte altijd tijd vrij om te reageren op mijn vragen. De locatie van het Zwerenziekenhuis en andere uiteenlopende feiten van het Sevilla uit die tijd heb ik aan hem en aan de collega's die hij hierin betrok te danken.

De publicaties van Esteban Mira Caballos bleken van groot nut voor mij te zijn toen ik me inlas in de scheepvaartkunst van die tijd. Zijn snelle antwoorden, waar ik altijd op kon rekenen, bleken een zodanige schat te vormen dat ik geen oude wrakstukken meer hoefde op te graven.

Van alle verzamelde documentatie springt het werk van Francisco Morales Padrón en Pablo Emilio Pérez-Mallaína in het oog. De onderzoeken van Pablo Emilio waren voor mij al van onschatbare waarde, en het gesprek in levenden lijve dat ik met hem had was dat eens te meer, toen ook nog eens bleek dat zijn grote kennis zich alleen kan meten met zijn oprechte vriendelijkheid.

Dankzij de Fundación Nao Victoria kon ik op een galjoen uit de zestiende eeuw varen, wat een fascinerende ervaring was. Ik kon hierdoor beter begrijpen hoe de oversteek door onder meer Eugenio, Damiana en Gaspar werd beleefd. Zo werd ik zeeziek van de golven die tijdens een storm tegen het schip beukten, sliep ik in bij de geluiden van krakende spanten en huilende wind en hielp ik zelfs mee met het vastsjorren van het want en het hijsen van het sprietzeil. Gelukkig waren er geen vlooien, luizen, muizen, geen mensen die elkaar verdrongen, geen bedorven water of scheepsbeschuit vol wormen – want de hapjes die ik kreeg smaakten, met dank aan Rafa, beter dan die van een restaurant met Michelin-ster.

Mijn vurige dank gaat uit naar het door vrouwen aangevoerde konvooi van Penguin Random House, en naar het droomschip dat uitgeverij Alfaguara is, waarop ik vaar alsof ik word gewiegd door passaatwinden. Graag noem ik in het bijzonder Pilar Reyes die me voor deze roman enthousiasmeerde en María Fasce, voor haar onwankelbare vertrouwen. En uiteraard Ilaria Martinelli, wier uitzonderlijke kwaliteiten haar tot een 'uitgevervriendin' maken, het grootste goed dat een schrijfster kan hebben. Ilaria droomde vanaf het begin mee over Babylon en roeide gedurende het hele traject zij aan zij met me mee. Hoe zou ik je geen paleiselijk huis hebben kunnen geven, Martinelli?

Dank aan de persoon die voor elk van mijn verhalen met hand, tand, zwaard en wat dies meer zij vecht, Justyna Rzewuska. Bij jou voel ik me veilig en bevoorrecht, want niemand strijdt zoals jij.

Dank aan David en Jorge, mijn eerste lezers.

Aan Castro, voor de mantelmeeuwen en de fregatvogels.

Aan mijn altijd fantastische familie.

Aan iedereen die dit allemaal mogelijk maakt: jij, lezeres, lezer. Dank dat je mij door laat gaan met het weven van werelden aan de achterkant van de bladzijden.

We zijn vrouwen! En ik vraag me af:
Hoe kunnen we worden gehoord?
Ze zullen ons nog minder horen wanneer we
getroffen worden door het onheil dat ik voel aankomen!

Brief, zuster María de San José, 1586